徐鹏 著

魁星楼
KUIXING LOU

重庆出版集团 重庆出版社

图书在版编目(CIP)数据

魁星楼/徐鹏著.—重庆:重庆出版社,2023.6(2023.9重印)
ISBN 978-7-229-17685-3

Ⅰ.①魁… Ⅱ.①徐… Ⅲ.①长篇小说—中国—当代 Ⅳ.①I247.5

中国国家版本馆CIP数据核字(2023)第107266号

魁星楼
KUIXING LOU

徐鹏 著

责任编辑:徐　飞　谭翔鹏
责任校对:刘　刚
装帧设计: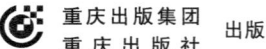周　娟　钟　琛

重庆出版集团
重庆出版社　出版

重庆市南岸区南滨路162号1幢　邮政编码:400061　http://www.cqph.com
重庆出版社艺术设计有限公司制版
重庆天旭印务有限责任公司印刷
重庆出版集团图书发行有限公司发行
E-MAIL:fxchu@cqph.com　邮购电话:023-61520646
全国新华书店经销

开本:890mm×1240mm　1/32　印张:15.75　字数:370千
2023年6月第1版　2023年9月第4次印刷
ISBN 978-7-229-17685-3
定价:59.00元

如有印装质量问题,请向本集团图书发行有限公司调换:023-61520678

版权所有　侵权必究

谨以此书：

　　念所走之路，

　　致所经之事，

　　谢所遇之人。

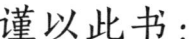

目 录
CONTENTS

第一章/ 风雨长生镇	人生如戏	002
	安土重迁	009
	方老太爷的心事	018
	徐县令到访	029
	借兵碰壁	041
第二章/ 伍家厚善德	伍家的由来	048
	乘人之危	054
	伤痕累累	063
	水火不容	075
第三章/ 青城神鬼魔	营救徐知县	086
	歇居青城山	106
	剿匪难事	112
	妙不可言	127

目录
Contents

第四章/ 方徐渐疏离	整军经武	140
	销声匿迹	147
	方家的秘密	155
	他乡遇故知	165

第五章/ 险胜老故交	这几个人精	178
	赵荣安立威	188
	伍永昌剿匪	203

第六章/ 假戏要真做	大捷	216
	密谈	224
	激将	233
	邂逅	240
	逃离	249

第七章/ 人生似长戏	瓢泼大雨	260
	服软	268
	周旋	276
	往事	285

第八章/ 古寺夜独谈	试探	296
	欲望	301
	入学	313
	懵懂	317
	离开	326
	爆炸	338

第九章/ 泸州河斗戏	搅局	352
	斗戏	366
	烧白	383

第十章/ 夺魁长生镇	栽赃	392
	老少对	406
	执念	413
	拯救	423
	击杀	428
	艳遇	443
	杀,杀!	447
	激战	459
	未了	475

第一章

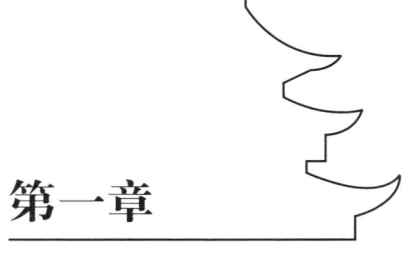

风雨长生镇

人生如戏

又是一年盛夏，阳光像火一样炙烤着大地，池塘边的榕树下，藏在枝杈的知了聒噪个不停。这让光阴显得格外久远而烦躁。扰得世道像快要沸腾的水，叫得讨生活的人们心烦意乱。

不知从何而起，亘古不变的长生镇也泛起了涟漪。这个拥有三街五市、十七条小巷的千年古镇早已经开始了暮年生活。但似乎又有一股不可抗拒的力量，让古老的镇子焕发了青春。似乎人人都能觉察得到那股说不清道不明的劲儿。但是却抓不着、挠不得，让人心生希望却又无可奈何。难以名状的困顿好似已经持续了多年的饥馑一般挥之不去，盘绕在这块狭长地界上。

长生镇位于巴县江边，地形像口铜钟。王铁匠的铺子就在这口"钟"的口沿中间，再往下走几步就是嘉陵江，位置极佳。但对王铁匠家来说，不是什么光彩的事。从他太爷爷辈就开启了麻袋换草袋的日子，一路从镇子最核心地带山甲街兵甲市搬到了这没名没号的江边烂棚棚。

烂棚棚早已经四面漏风，草草扎起的篾片还留着竹子的青色，透过那些拳头大的缝隙，不用进去就能把全屋的家伙什都看一遍——那已经是个耗子来了都嫌弃，小偷来了要留钱的破落户遮风蔽雨之所。饶是这般落魄，他却自得其乐，经常吹嘘祖上从多尔衮入关时就是吃皇粮的，专在此地为满八旗打制兵器，凭着手艺高超、做工精湛享誉本地。原本在兵甲市有大宅子，锻刀造枪都不在话下。兵甲市的皮匠、漆匠全都是靠他祖上养活的。

人一走下坡路就容易怀旧，过往的荣耀，成了落魄的王铁匠最引以为傲的东西。

如今的长生镇早已经没有了军营，原本的山甲街早已为了求取功名改名成了三甲街，老王家的祖宅也早已经踪影无存，闲人们对王铁匠吹壳子的话从没有相信过。他们只是对于本地的深宅大院、床笫欢愉或是奇闻怪谈颇感兴趣。毕竟长生镇以前有着远近闻名、整日熙熙攘攘的水码头，有着十里八乡最大的和尚庙——也有人说那之前是道观——却不允许任何外地僧人挂单，从未在那里见过陌生面孔。水码头之前的繁荣让这座小城充斥着千里之外的稀罕玩意和天南海北的各路客商。他们有些人高马大、满脸胡须，有些又细皮嫩肉说着吴侬软语；有些人是来售卖山货，有些人是来寻找奇珍异药。这些外乡人随着水码头而来，自然也就随着水码头而去，留下的只是一些记忆的片段，残存在人们的脑海里，出现在茶余饭后中。时间越久越失去了丰富的细节，变得简单凝练，固化地成了人们心中的偏见。譬如，他们都相信和尚庙里的和尚都在修炼大力金刚功，早已经不生不死不病不灭。譬如，他们都相信瘟疫是外乡人和大黑耗子带来的，水码头没了，外乡人和大黑耗子也就没了，几十年间都没了瘟病。

他们不相信王铁匠吹壳子的话，是因为他的话从来没有进入过公共视野，不曾在大众记忆中刻下丁点痕迹——祖宗们没有说过的话，那就不是真实存在过的话。王铁匠显然对乡里乡亲信不信不以为意，过过嘴瘾幻想一把祖上也曾经阔

过才是他的目的。现在他的铁匠铺——或者叫铁匠棚已经几十年没有打出过一把军刀了,连打菜刀都是稀罕事。在这个偏僻的小镇子里,依靠着祖上留下来的兵器就足以应付几代人的菜刀需求。王铁匠十分不愿意接这些活计,不仅给的钱少,而且那些军刀马刀改起来费工费时还费力。他宁愿平日里能打点锄头钉耙——这些东西下了地之后日渐被土地舔舐,再好的材料也能被舔舐出一条一条的细痕,慢慢地消融在土里,一如人类自身,一如王铁匠跟他的万万千千的先祖。

每当遇到那些蹲在地上对他的吹嘘表示质疑的人,他总会搬出大人物来反击那些小人物:"张英、张廷玉父子晓得不?"在一群人迷茫地三三两两摇摇脑壳后,他更是自鸣得意,神气活现地说:"你们怎么可能知道?他们父子都是当年的大学士。大学士晓得是啥子不?那可是能在紫禁城骑马,给万岁爷当老师的大人物。"

说话间,他已习惯性地把手叉在腰间,将胸前已经黑得像是驴皮的围兜撑得板正地贴合在肚皮上——那是一个完全不像打铁的人该有的瘦弱的肚皮,倒像极了秋后已经甩子了的蚂蚱,仅剩了一块皮贴合在后膛上:"特别是这个张廷玉,雍正爷特许配享太庙!永享皇家香火,啧啧,放眼整个大清朝,唯一配享太庙的汉臣就是他啊!"

"那跟你有啥子关系耶?"蹲在地上的人一边躲着即将晒到自己的阳光,一边不屑地质疑,"你大字不识得一个,冒皮皮倒是把好手。"

"跟我有啥子关系?"王铁匠斜眼看了那人一眼,不屑地回道,"他的祖上也是打铁的。"他一边观望着众人的反应,一边说道:"要不是我祖上没落了,说不定我现在也能做个道台。"

听到这里,众人轰的一声,爆发出炸雷一样的笑声。王铁匠尴尬至极。只愣了一会儿便也跟着笑起来,他笑得胳肢窝都开始痒痒,沾满了铁锈、布满了裂口的粗糙的手胡乱地挠着。

"不跟你两个说了,"王铁匠等大家消停了,主动开始赶人,"懂都不尿懂。整天就是跑我这里来找消遣。老子伺候完了还要干活路。"

蹲在地上的人自然都能听出来这是主人开始赶客了,开始七手八脚地收拾起茶碗来。

"二狗你不要到处甩撒。甩得到处是茶叶梗子,老子还要收拾。"

追完二狗他又变了一张脸似的讨好另外一人:"胖娃,花生壳壳给我了,吃剩的花生也给我撒。恁个点儿不值当得拿回去了。"

胖娃显然不愿意,使劲想要捂住怀里的花生:"花生壳壳你留到起顶炭用,花生给你做啥子?我还要拿回去吃。"

王铁匠趁着胖娃不注意,一把薅了过来:"你那花生壳壳烧不到几下子,拱火都虚。这花生我可以填五脏庙撒,顶饱。"

看着他笑嘻嘻的丑脸,胖娃只得摆摆手:"要得嘛,每次都要被你捡趴活,下回再也不得来了。老子听戏去了。"

王铁匠听了这话脸更是笑得灿烂:"那更要给我留到起了,老子不给你把这些钉钉、铁棍做好,你看的尿的个戏!"

胖娃边哄着众人走边咒骂着:"我到城里去看!没得你这

狗肉丸子还不开席了？我倒不信了。"

王铁匠也不反驳，他已经得到了精神上和物质上，还有嘴巴上和头脑上的多重满足。扯闲篇这段时间也让他暂时放松了一阵，接下来又是为镇上大户方家叮叮当当地忙一个下午。他还要费力地从江边提来一桶又一桶的江水。与刚才来访者们相比，烧得通红的铁需要的水显然要多得多。

戏台小天地，天地大戏台。一直以来，看戏是长生镇人重要的文化生活。

但不知从何时起，长生镇中心的戏台便开始荒废了，戏台前面的广场也已经杂草丛生，里面空荡荡的。但牌楼、凉亭、回廊、照壁一应俱有。据说戏台对面的荒地就是康熙年间大名鼎鼎的魁星楼，传说里面住着文曲星，全重庆府，乃至西南诸省的举子进京赶考前，都要来魁星楼听一场戏，再到楼前题字，模仿唐代雁塔题名之典故沾沾仙气。

一阵风吹来，随风摇曳，恍惚间，似乎摇曳出这个戏台曾经的辉煌和气势夺人。

谁还曾记得它的雕梁画栋？抑或妙趣横生？

"戏台声高，簪粉胭淡，又诉旧事心殇；钟鼓楼喧，说书巷口，兀自晚秋花盏；春光难尽却不言，多少离殇复断肠。"方家的方老太爷眼神浑浊，忍不住喃喃自语。

"变天了！变天了……"

天空依旧碧空如洗，每天依旧日出日落。

在方老太爷看来，这镇子曾经的魁星楼、戏台和县城的城隍庙、财神庙一样，是这个古镇的魂魄，如果魂魄没了，那和行尸走肉有啥子区别？

想到这儿,方老太爷一阵后怕。

"重修魁星楼和戏台!"方老太爷突然心里生出了这样一个念想。

他知道如今各地的魁星楼都是供奉魁星上仙的,是学子求功名的。学子们向神灵祈祷最大的心愿就是科举得中,不仅能光宗耀祖,而且可以享得荣华富贵。

虽然如今的世道已经变了,科举没了,但戏剧应该会传至后代。总要为后人保留一些东西吧。

站在方家气派的大门前,王铁匠不禁有一丝紧张,已经多少年没有接过这种活了,且不说活大能挣到银子,就方家在镇子上的地位就让他感到后背有些发凉,做得好还罢,要做不好,自己怕是烂棚子也别住了。

但是做了这么多年铁匠,基本的底气还是有的。现在方家要独自出钱修缮戏台,甚至要重修魁星楼。修建的要求还不低:烂了的木头要更换,除了按照原来的结构依样修复外,还要外加铁棍铁钉加固。对于这个外行的要求铁匠一开始就表达了质疑,他倒不是不想挣这个钱,而是铁木本来就不是一家,铁钉铁棍时间长了要锈蚀,会让木头反而烂得更快。

对于他的质疑,方家给出了更加财大气粗的回答:这个不用担心,后面还要刷漆施彩,保证铁器不外露。这个回答更是引发了铁匠的好奇,这么算下来,工程是很庞大的,花费肯定不少,难道方家就打算一家完成,不找乡绅募捐或者拉着高门大户的伍家一起?

铁匠的疑惑一直没有得到解答,倒是方家总是每日来催问进度。先是每日一次,后来每日两次甚至三次。问得烦了

铁匠也冒火,方家来催问的族人就告诉了他实话,原来是方家老太爷自觉来日无多,看到镇上众人浑噩度日,想要在他死之前振奋下全镇人的精气神。

对于这个答案,铁匠先是觉得不可思议,心生敬佩,后又觉得方家老太爷肯定是老得不成样子,脑水都浑浊了——别个过得啥个卵形跟你有啥子关系?这读书人的想法真是不可捉摸。但是真当把现钱送到了眼前,他顿时觉得方家果然是书香门第,大户做派,特别是方家还先付了一半的工钱,连料都已经提前买好,还说好了不够再来补、多了不用退。

这么富裕的买卖,王铁匠打了半辈子锄头铁锅可都是头一遭。

王铁匠隐约地感觉,这戏台似乎成了方老太爷的心事,他自己估摸着时日无多了,怕是临终遗愿吧。

同样对方老太爷的决定感到不解的还有徐知县。他与方老太爷本就是故交好友。当年进京赶考时,他俩机缘巧合又投脾气对路子,成了可以推心置腹的朋友。等到他迁任至此后,方家又是本地最大的乡绅氏族。但是人和人之间的热络总是会逐渐减淡的。

近些年来,他们之间几乎只剩下了书信往来。往常经常传送给方老太爷参阅的朝廷公文也逐渐变成了时有时无。方老太爷常常以身体不便为由拒绝老友的盛情邀请。徐知县虽然一如往常地可以从方家得到声望和金钱的帮助,但是力度和意愿都不如旧时。这一点就连宋师爷都有着切身的体会。

得知方家开始修缮戏台和魁星楼的时候,徐知县只是比王铁匠更早地得到了解释。对于这个解释,徐知县给了四个字的评价:冠冕堂皇。

在一旁的宋师爷立马建议徐知县亲自去了解一下详情。徐知县只是不动声色地将那纸书信烧了。眼下他正忙于完成朝廷的征税任务，还被考绩所纠缠，一时间抽不开身。但是他也绝不会袖手旁观。毕竟在这个节骨眼上，任何的变数都是不被允许的。

伴随着嘉陵江边叮叮当当的击打声和呼哧呼哧的风箱声，如椽的木头和各式泥瓦油彩也陆续运到了长生镇来，随之到来的工匠和器械也让封闭凝固了多年的长生镇顿时喧嚣起来。镇上的人似乎都感觉要起风了。

安土重迁

起风了，可能会晴，可能会雨。可能是泽被万物，可能会天塌地陷。这也是祖祖辈辈传给农户刘宝根的至理名言。刘宝根到了当爷爷的岁数依然没能弄得懂摸得清老天爷的脾气。不仅仅是他，他那些面朝黄土背朝天的祖祖辈辈都没能摸得到老天爷的脉。上一刻还在地里挥汗如雨，下一刻枣子大小的雨滴就砸到了黝黑弯曲的脊背上。长生镇附近的地太薄，就靠着千百年来风化形成的土壤能打点粮食。再往下挖就是坚硬的巨石了。除了士绅富户，老百姓连挖个深坑埋葬先人都困难。前些年发山洪，有些祖上的尸骸直接从土里被冲了出来。

刘宝根显然也怕自家先人会是这种下场，更害怕自己百年之后或暴露荒野，或沉于嘉陵江底。于是，他费尽了周折把祖上几代人的坟全都迁到了本来就只能勉强糊口的口粮

地里。

按照本地的习俗，入土迁坟可是不亚于白事的大动作，都是要请风水先生选风水宝地，确定吉日良辰的。每年祭祀的时候还要培新土垒新石。这些在能确定坟茔的情况下都不是难事。可是前些年闹过长毛和匪乱，剿匪修路的差事自然跑不掉，不产石头的长生镇为了缴上征派的石条，不得不把各家各户的石磨、石台、猪食槽都收敛了去。连镇子中心戏台前广场上铺的条石砖都悉数起走却依然不够。

万般无奈下还是镇上大户伍家带头捐了家族墓地的墓碑，随后方家人也悉数捐出了祖上的墓碑，这才凑够了数。伍家这一做法最终导致所有人都在暗地里戳他们的脊梁骨。说他们背弃了祖宗，把伍家最终的家道败落归咎于失了德行。这些说法最终压垮了伍家辩解的努力，他们像随着长毛冲击下彻底埋进黄土的八旗一样，打光了老本卖尽了祖产，成了破落户一样的存在。伍奎的爷爷临死的时候已经很难吃下东西，恨恨地流泪说道："咱们伍家为保长生镇做了这么大牺牲，谁看见了？谁记着了？怎么能血干了命没了还被埋怨呢？"

这一句话深深地刻在了伍奎父亲心中。外加刺耳的流言——他们都说伍家老爷子是被祖宗封了喉管，说他害得祖宗们没了归宿。刘宝根没空理会这些。他整日忙于填饱肚子和安顿先人。他清楚地记得，那一年，整个长生镇像是被里里外外剥掉了石头骨架，取而代之的是各类木头竹子制成的简陋替代品。据说后来那些被拉走的墓碑还没有派上用场，匪患就因为内斗自行散了。收集起来的墓碑转而被拿来做了修补被匪徒破坏的桥梁、公所的材料。每每想到此，刘宝根就觉得不忿。当初就是因为不同意拿墓碑凑数，认为是有辱先人还闹过一场不小的民愤,他的父亲就是因为参与过深而被拿入了大狱,还没有熬过伏天的雨露就死在了狱中。

刘家不仅没能保住先人的墓碑,反而还多了个需要墓碑的死者。也是在那年连绵不绝的雨水冲刷下,很多刚换的木头竹子墓碑被冲倒了一次又一次。多年的坟茔也平白地低矮了许多。很多长生镇的人认为这是因为动了祖上的东西,是先人们发自心底的怒气。还有人庆幸当地并不流行石棺石椁,不然先人板板都保不住,怕是会有更大的灾殃。

为了平息先人们心底的怒气,重修甚至迁坟就成了很多家族的头等大事。这件大事大到虽然进入长生镇的官道、牌坊、镇门也在应差中被拆得一干二净,却根本不在人们恢复的念想里。在大家眼中,生人之事远不如死者之碑。刘宝根家没有方家和伍家等家族财大气粗。原本的祖坟又是选址于山坡坡上,为了一劳永逸,刘宝根连风水先生、道家天师都没请,自己就做主要把先人们请到自家地里来。

他的这一想法遭到了家里人的强烈反对。刘家的地本来就是块洼地,下起雨来都能养鱼。平日收成也仅能供一家人喝粥而已,现在又要占去不小的面积,那岂不是饿死活人、水泡先人?刘宝根不得不使出了自己的看家本事:沉默。

有时候,沉默也是一种力量。

但沉默的力量他可不懂,他只知道不说话、不吭气、不言语就能躲避那些让人头疼的质问。经年的劳作也让他脸上的胶原蛋白早已经干瘪萎缩,甚至不用想就可以让表情也跟着沉默。他沉默地日出而出、日落而回。农活之余就是上山

找坟。

被雨水劈削过的旧坟早已经无法辨认原来的位置。每年培土时人为的不经意偏移又总是让他白费力气地掘了半天都找不到先人的尸骨。有人说看到刘宝根像是孜孜不倦地在地里找寻虫子的老母鸡一样，手里的锤头铁锨就是这只老母鸡的喙。

坚硬的土壤老是让并不坚硬的喙碰上硬茬。隔三岔五地跑到铁匠棚棚去就成了新的功课。王铁匠的烂棚棚此时成了香饽饽，众多等着修理农具的人们三三两两地各找各的地方蹲下来，彼此兑换着碎烟叶、卷烟纸、洋火等物件。

王铁匠在忙活之余会冷不丁地加入到他们的闲聊之中来。他的祖上倒是有先见之明，修墓的时候就用铁水把石块浇筑在了一起，像一个巨大的龟壳一样庇护着死者。对于这些满脑子先人坟茔的人而言，作为事外之人的铁匠却也能说出点让众人把注意力停留片刻的点子。

"你们哪个不用钉钉把棺材钉在地上呢？反正下面也都是硬的，钉住了就不得动了。"

铁匠的点子让听者都愣住了，有人不自主地抬起了屁股，似乎用屁股咂摸咂摸了他说的话，觉得还有几分道理。有人停住了手里的卷烟动作，呆滞地想着。

"倒是个主意。"有人小声地自言自语。

"是撒。"铁匠摆弄着手里刚打好的方家订做的铁钉，"最多四根钉钉，一劳永逸嘛。也不用你们整日挖啊挖的。"

看到众人仍有疑惑，铁匠补充道："大不了六颗嘛，半中拦腰再来两颗，稳当些。"

刘宝根蹲在地上，抄着手摇着头念叨道："不得行，这可不得行。"

众人的目光一下子全都投射到了刘宝根身上，铁匠右手里那根原本让他耍得虎虎生风的铁钉也慢慢停了下来。

"下葬的时候已经砸了'子孙钉'了，再下钉子，不仅搅扰先人，也不合规矩。"

刘宝根闷声闷气的一句话给了刚才还无头苍蝇一样的众人十足的信心与理由。只需要相互间目光短暂的接触，这份信心就悄然在众人的心中生了根，爬上了一张张黝黑油光、布满了沟壑的脸，瞬间就改变了刚才还在的疑惧。听完刘宝根的话，仿佛从地上升腾起了某种神秘的力量，带着原本或蹲或坐的人不由自主地站了起来。

有些人连屁股上的土都没来得及拍，拔开步子就走了。刘宝根蹲在原地，抬着眼皮看着一个又一个屁股上沾着土的人走了，他也缓缓地站起来，不紧不慢地把旱烟锅在鞋底上磕了磕，看也不看铁匠，背着手走了。

只留下了铁匠在后面鬼叫："不识相！要是你们先人有能耐，早就飞黄腾达喽，还至于让你们操心？穷人该有穷人命，莫怪上天打瞌睡……"

没有人再理会他，只留下了他的声音被江风裹去了下游。除了草木怪石，没有人在意他在鬼叫什么。这些草木怪石平日听惯了断断续续的打铁淬火之声，现在又要听这些家长里短、插科打诨、咒爹骂娘闲话。有时候有些人总是在不如意的时候成了天生的哲人，他们总是能够在别人身上找到自己

的存在感，为自己在这世间稀薄到近似于无的自我存在感找到遮羞的衣物。

铁匠其实丝毫不介意众人的不辞而别，对于他们这些浑身冒着虱子，头发能拧出两斤油来的人来说，脸面只靠着叫嚣其实就能挽回。明天他们还会再来，取回要修理的农具，顺带蹭他的茶水和花生。

完成了最后一批铁钉，王铁匠准备去打酒。他喜欢深夜里醉醺醺地抡起铁锤打铁。在这个远离镇子的小窝棚里，万籁俱寂的时候，除了江水奔流、风吹万物的声音，就是他叮叮当当富有节奏的敲打声。

多年的劳作早就已经让他习惯了每一个流程，有节奏地拉动的风箱把火吹得拉长了尾焰，像极了飘出炉膛的红色、橙色绸布。他能匆匆一瞥就知道温度，能一把铁锤就把水火风林的能量恰到好处地锤进火红的铁块里。

偶尔他也会想起跟随着父亲一起打铁的年岁，大锤小锤的叮叮当当声对他而言简直就是享受，那是另外一种语言体系，只有配合默契的铁匠才能听得懂、呼应得起。现在的王铁匠早已经习惯了自己一个人，连年的战乱和疫病，父母老婆接连病死，几个徒弟先后逃了饥荒后，他早已经习惯了听天由命式的随波逐流。

其实，这何尝不是一种本事，一种生存的本事。

长生镇的人们也早已经习惯了这种偏安一隅的随遇而安。作为曾经的屯兵重镇，唯一的要求就是一成不变，这种观念甚至安常守故到从建镇开始这里的围墙就划定了城镇的外沿，像极了一条画歪了的一字，把一块伸向江中的地围成了世外桃源。

镇上的房子按照功能散落在了这块起起伏伏并不平整的土地上。穿行在镇子里,可能前脚闻到的是坡顶这家的饭菜香,后脚闻到的就是坡下那家的粪坑臭,行进间的五味杂陈像极了百年来积攒下来的发酵了的时光,亘古不变地陈述着无人问津的人间悲喜。

王铁匠此刻已经困乏不已,他草草地归拢了已经打好的铁钉,慢条斯理地封了炉子,在一堆杂物里翻找出已经油光锃亮的酒葫芦,又寻摸出了几个已经有包浆的铜钱,系紧了基本上已经快像是布条子的衣服,径直出了门。

此时月亮刚刚爬过树梢,照得整个山坡像是铺满了银两,明晃晃的闪人眼睛。铁匠通常都是慢悠悠地沿着一条经年日久人踩马踏形成的小路爬坡上坎而行。因为修戏台而点起的灯盏照亮了大半个小镇的街道,宛如飘浮在头顶上一般。

铁匠这类破落户居住的地界连整个"钟"的底沿都不算,那是被几百年的筛子筛遍了碎沙劣土落定之地,是岁月新陈代谢后抛弃不要的"死皮"。平日里镇子里的人极少往江边去,虽然江边也有水路可通四方,但在人们的心中,那曾经有着十二座牌坊的路上大道才是官道。

那些活在老人家以及人们口口相传中的牌坊、官道、城墙早就已经消失的消失,残破的残破。虽然破落户们连"梭叶子"都瞧不起,却为全镇的人充当着力夫、杂役、跑腿等。这种低三下四的日子过惯了,铁匠不免也总是会在心里咒骂上几句,说他们"屁眼长在了眼眶眶里",骂他们"说人话不干人事"。

说归说，骂归骂。铁匠心知肚明咒骂改变不了现实。人有人道，鬼有鬼途。此刻悬在自己头顶的那个镇子，投下了庞大的阴影，阴影下的世界恰好为他这样的人提供了庇护。

此时能被照亮的，除了伍家和方家两大家族的独门大院，就是位于长生镇左边的凌烟阁寺。这个寺的名字看起来不伦不类，叫凌烟阁却一个亭台楼阁都没有，叫做寺却又只有正殿和几间僧房。

据说这寺在没有长生镇的时候就有了，之前是个道观。战乱的时候道士都跑光了。唐朝时，有当地人曾在此地看到过佛祖显迹，于是发愿重新修成了寺院，最初起名叫佛光寺。寺院建好后当地人还请来了不少大德高僧，再加上屡次出现祥瑞之事：一次是天空中出现了像一匹骏马的赤红色祥云，有人说那是唐太宗李世民的坐骑什伐赤；又有一年寺庙的后山上长出了硕大的灵芝；还有一年，清晨江边吹来了大雾，雾气里有一只银白色长着金色独角的怪兽从镇上跑过，径直跑入了寺院的山门，跳入了大殿前的水缸，虽然缸腹上留下了一道裂纹，却盛水不破、盛沙不漏。

诸多奇异之事令佛光寺名声大震，一时间香火鼎盛、声名远扬。据说鼎盛时期整个长生镇都只是它的一部分。整座寺庙的中轴线上坐落着巨大的照壁、天王殿、山门殿、藏经楼、舍利塔、七佛殿、大雄宝殿。两边依次分布着鼓楼、钟楼、客堂、罗汉堂、斋堂、戒堂、禅堂等建筑。佛像、罗汉像数不胜数。

安史之乱后，佛光寺算是彻底败落，因为香火旺盛，被外逃的乱兵抢了一轮又一轮。后来一部分害怕被秋后算账的残兵辗转回到此处，重修了大殿却没有再塑佛像，而是仿照唐太宗旧例，挂上了推选出来的"勤王功臣"像，更名为凌烟阁。希望后来的皇帝能够像唐太宗李世民一样驱驾英才，推心待士，带领凌烟阁功臣重振朝纲。这帮唐兵始终没等来皇帝的眷顾，最终和大殿一样消散在了战乱之中。

后人重修的时候，才在废墟中找到了幸存的匾额，名字就此沿用了下来，可是寺庙再也没能恢复到往昔的光荣。清朝划地屯兵之后，寺庙青黄不接的时候更多，逐渐成了四方云游僧的暂住之所。

前些年来了个叫正觉的僧人，说的是一口难懂的方言，自称是伏虎禅师。正觉一面为战乱死去的人们超度，一面主持各类丧葬仪式，逐渐地在这个满人为主的小镇里有了名望。寺庙不光重建了大殿和配房，起了个叫凌烟阁寺的名字，还神奇地成了既供奉佛祖观世音，又挂着功臣名将良相的地方。

这般古怪的存在自然引发了人们的非议，正觉大和尚的弟子们自然也认为不妥。对于这些疑问，正觉总是简单一笑。问的多了，他便吟诵起苏东坡的一首诗来：横看成岭侧成峰，远近高低各不同。不识庐山真面目，只缘身在此山中。

众人自然不明所以，怎么还扯上了庐山？

对牛弹琴。于是他只能摇着头解释道："寺院是修身之地，叫何名供奉何人都只是修行方式不同。成佛者杀生亦可得道，无缘人一心向善亦下地狱。"

这一惊世骇俗的说法不仅没能解除众人的疑惑，反而酿成了凌烟阁寺属于邪魔外道的传言。这些传言即使正觉和尚

圆寂后成为肉身佛都没能止息。

谣言止于智者,可惜的是大部分人都是凡俗夫子,以讹传讹可是他们的拿手把戏。

现在的凌烟阁寺还有没有曾经的那些功臣名将,如今是否尚存肉身佛,王铁匠都不关心。他虽然不识字,但也知道铁匠的"匠"并非将军的"将"。此刻铁匠心情不错,哼唱了起来:"我本是卧龙岗散淡的人,论阴阳如反定乾坤。先帝爷下南阳御驾三请,联灭曹威鼎足三分。"

他深一脚浅一脚地踩在厚实的杂草丛中,声音也跟着上下起伏跌宕,竟然略微有了那么一点味道。此时的铁匠有了点无酒自醉的劲头,连走路都有点跟跟跄跄。脚下的磕磕绊绊并没有阻碍他唱戏的兴致,依然咿咿呀呀地哼唱着:"官封到武乡侯执掌帅印,东西征南北剿博古通今。周文王访姜尚周室大振,汉诸葛怎比得前辈的先生。"

铁匠摇头晃脑的工夫间,殊不知一场风暴已经开始在方家祖宅里酝酿。

方老太爷的心事

方家老三方同卿此刻正带着族人匆忙赶往镇中央的戏台。

此时虽然已经夜深,戏台四周依然灯火通明,几个巨大的火盆照亮了夜空。力哥们像是工蚁一样,两人一组肩扛着条石赶来。石匠们正在噼里啪啦地敲掉多余的边角,以便于将条石卡在地上挖出来的凹槽里。众人正赶工赶得热火朝天。少有人发现从黑暗里几乎是一路小跑蹿出来的方同卿。

方同卿人刚站定，不等工长上来寒暄，就厉声喝道："都给老子停了停了！莫要搞老！"他这一嗓子把所有人都喊蒙了，一时间都僵持在原地，面面相觑。

方同卿也不多说，做了几个手势，跟随着他的族人们围上来开始收工具，并把石匠、力哥们三三两两地聚拢到一起。不多时，热闹的工地就变成了气氛诡异的临时看押场。方同卿也不做停留，一言不发地又扭头朝家中走去。从方家老宅到戏台需要走过三条小巷，众人急促的脚步声引起了一片狗叫声。在快到家门口时，方家老二方同铜带领的族人从另外一条巷子里会合了过来。

"都办妥当了？"方同铜问道。

"办妥了。"方同卿回道。

方同铜不等方同卿开口，就说道："大和尚不同意改名。只有明天再去磨他。"

"那等会儿怎么跟老爷子说？"

方同铜眉头紧皱着，叹了口气，他也无可奈何。

二人在族人的簇拥下走过了垂花门，方家老大方同海此刻正站在庭院里。

兄弟三个凑在一起之后开始犯了难，谁也不愿意去正房拜见方老太爷。

"有了！"老大方同海突然双手一拍。

兄弟二人被搞得莫名其妙。

"把定祥喊过来！"

两人顿时恍然大悟。

方老太爷是同治年间的举人出身,是方氏家族的大家长,学问阅历、道德人品历来受人景仰。为人断事、起讼判疑在十里八乡也是出了名的公道。方家众多子弟基本上都是他亲自授业。方家三兄弟打小又没有母亲,既是父亲,又是母亲、老师的三重身份下,方老爷子是整个方家,也是整个方氏家族说一不二的存在。

众人在敬佩的同时也心生几分害怕,毕竟他长年不苟言笑,一本正经,仿佛一座山屹立在你面前,倍感压抑。

但凡事皆有例外,方老太爷的软肋便是自己的孙子方定祥,对他那是格外喜爱。他仿佛把自己除了严苛之外的疼爱都倾注在了这个最幼小的孙子身上。

和方家三兄弟不同,方定祥童年记忆中,瘦高如鹤般的爷爷是可以骑的高头大马,是可以揪胡子的仙人老爷爷,是可以翻遍古书寻求良方亲自为自己熬药的郎中爷爷。

尚在熟睡中的方定祥莫名其妙地被奶妈从被窝里薅了起来,迷迷糊糊地站在了方同卿的面前。

方同卿笑嘻嘻地问道:"幺儿,你去帮老汉看看爷爷醒了没得?"

方定祥睡眼惺忪,他此刻打着哈欠,正在酝酿着起床气。方同卿看他半天不动,伸手在他屁股蛋子上拧了一把,方定祥立刻来了精神,瞪了一眼父亲转身跑进了屋里,推开门冲着屋里就吼:"爷爷爷爷,老汉拧得我屁股痛!"

院子里的众人都会心地笑了起来,笑声还没停,一根拐杖就冲破了门帘飞了出来,吓得众人四散闪躲。甚至有人快速躲进了侧院,只探了个脑袋冲着院里张望着。

方氏三兄弟现在陷入了新一轮尴尬，不敢退也不敢进，甚至连大气都不敢出一声。沉默了许久，方同海才敢慢慢地蹲下去试图捡起掉在脚边的拐杖。他刚小心翼翼地捡起拐杖，正房的门帘就掀开了，吓得他心头一紧，拐杖又掉在了地上。

门帘仅仅掀开了一个小口，出现在众人眼前的却是方定祥。他手里端着洗脚盆，缓缓地走向父亲，方同卿几乎是下意识地接了过来。方定祥顿时松了口气，欢快地转身捡起了拐杖，蹦蹦跳跳地向屋里跑去。

又是可怕的沉默，虽然短暂，方家兄弟却感觉无比难熬，随着时间的推移，仿佛逐渐变深的黑夜正在悄然吞噬着世间的一切。方同卿再次有了小时候背不下日课被罚站的体验。

那个时候的父亲年轻力壮，总是能从屋里准确地把自己的桌子椅子扔出来，他只需要默默地扶起来，等着父亲再把书本送出来。在这个家里，不仅仅书本要爱惜，字纸更需要爱惜。书本是禁止变卖的，字纸也不行，必须拿到凌烟阁寺在写有敬惜字纸的炉子里烧掉。

那是他小时候每次被罚时少有的温存，也是一个读书人对于书本的敬重。不允许他们兄弟三个对于课业存在马虎，也就意味着对于他们的人生更不能随性而为。

三兄弟中，除了老三方同卿课业稍好之外，老大老二都是能吃墨水但倒不出墨水的人。一度气得方老太爷打断了十几根戒尺。即便如此，老大老二想要经商的心愿还是从不被允许。

三教九流，士农工商，在方举人看来，从商是末流，简直是属于侮辱门庭，是断然不可能被允许的。兄弟三人中只

有方同卿中了秀才，老大老二都是窝在家里的地主老财。等到老三准备继续考举人时，朝廷学洋人搞新政，又把科举给废除了。

突如其来的变故，让方老太爷像没头的苍蝇一样，到处乱撞却不知所措。仿佛失去了活下去的意义。

方同卿印象最深刻的便是光绪三十一年的那天晚上，科举被废除的上谕传到长生镇，方老太爷锁了房门之后半天没有动静。等到传来砸东西的声音的时候，已经是深夜。方同卿看着灯影照出来的父亲在窗户上不断地举起东西又重重地摔下去，或清脆或沉闷伴随着哀叹声，一下一下地撞击着众人的耳膜。

等到砸累了，方同卿稍稍安下心来，一股火苗又在窗户上升起，等到众人冲进去的时候，方老太爷已经不断地往火盆里烧自己心爱的藏书，那些都是孤本典籍。方同卿拼尽了全力也没有抢下一套完整的书。

那一刻，方同卿终于懂了那句话：哀，莫大于心死。

心死之后的方老太爷不知道从何处弄来了银子，一声不响地转身从书斋走向了商海。兄弟三人从此也终于摆脱了束缚，犹如脱胎换骨一般，老大出去闯荡了半年，弄到了盐引，让这个家庭更加富足。老二在镇上开了第一家当铺，随后又兼并了米店酱油铺，方家一下子显赫了起来。镇上人称，"前脚到方家当了衣帽裤儿，后脚去买方家米面酱油"，反正横竖都是要靠方家活着。

只有方同卿依然日出而作、日落而休地照顾着家里的田地和老爹。方老太爷只需要当好嘴巴上的账房先生，就能把老大、老二赚来的钱分给老三使用。方家的一切都让镇上所有的人艳羡。

伍家带头拆掉祖坟后,方家也跟着拆了祖坟。从那以后伍家走了下坡路,方家走了上坡路。方家在积攒够了银钱后开始了重修祖坟等一系列工程。只不过方老太爷的很多想法开始让众人都无法理解。譬如他要求所有的祖坟都要用最新潮的洋灰做材料。

长生镇从来没人用过这种东西,甚至整个巴县也找不到,只有跑到重庆府甚至川东道托人打听,一来一去花掉了不少银两不说,还被镇上的人说闲话。

方定祥亲眼目睹了爷爷这些奇奇怪怪的要求和父亲伯伯们忙前忙后的景象,多年之后,他再想起的时候,才幡然醒悟:原来那个时候的爷爷不是躺着在思考,而是看透了人间疾苦,看穿了蓝天白云和风霜雨露。他如同先知一般把族人带入到了可以暂且一避的港湾。他零碎的古怪的指示实际上撑起了这个支离破碎的世间寥寥无几的死角。

方老太爷为数不多的社交活动除了应酬县衙和乡邻,就是去凌烟阁寺。一般是去烧掉字纸。谁也不知道为什么那里会有个敬惜字纸的炉子。他曾经带着方定祥去过凌烟阁寺,他让方定祥自己随意玩,然后跟大和尚畅谈了许久,谁也不知道他跟大和尚说了什么。方定祥只是恍惚间似乎听到了爷爷爽朗的笑声。等到离开的时候,方老太爷都会看一眼早就火灭壁冷的敬惜字纸炉。

随着方同卿的回忆暂时中断,他又回归到了漫长的沉默

中。兄弟三人依然无人敢去掀开那道帘子。旁观的人们早就三三两两地撤退了，只剩了孤零零的几个还在坚守。方同卿清了清嗓子，压低声音问："定祥，定祥，落屋睡觉了不？"

无人应答。当他准备再尝试一下的时候，院子外面突然传来了划破空气的声音："王不该当年离龙朝，祸不寻王王自招。虎离深山难展爪，蛟龙出水凤凰离巢。狮子平地遭犬哮，大鹏展翅折翎毛。"这几句秦腔与其说是唱，倒不如说是吼。正是刚刚喝饱了酒准备打道回府的王铁匠吼出来的。方同海向旁边的人使了使眼色，立马有几个人跑了出去准备把铁匠轰走。

刚从得月楼后厨吃得酒足饭饱的铁匠此刻浑身充满了力气，看到几个人冲自己扑过来，扭头就跑，边跑边骂："妈卖麻批，老子不得虚火！"

声音大得让三兄弟想找个地方躲起来或者趁机悄悄溜走好了。没想到正房里传来了方老太爷的声音："下虎穴王把虎子找，蒯蕡剑斩了海底蛟。"

与铁匠酒足饭饱的嘶吼相比，方老太爷的秦腔更有底蕴味道，低沉有力。

"你们三个都进来吧。"

兄弟三人互相使了个眼色便挤了进来。方同卿明白，那是哥仨的暗号："你不说我不说，老爷子问谁谁来说。"

方老太爷依旧平躺在躺椅上，宝贝孙子方定祥已经趴在旁边的凳子上睡着了。他并不正眼看站在旁边的兄弟三人，而是盯着房梁缓缓地说道："你们三个不要以为找了些钱就能胡作非为。刚才那人只是兴致来了唱一唱戏，为什么要把别人追起走?"

不等三人回答,方老太爷又重复了下刚才那两句,只不过这次是以念白的方式。重复完了之后,说道:"你们仨一定很好奇为什么我非要让你们修戏台。我也知道已经花了不少银子了。"

瞅着老爷子没说话的空当,方同海率先打破了三兄弟的默契:"是。每日光工钱都是四五十吊,这眼瞧着至少还要有月余才能完工,后头还要请戏班,都是不菲的开销。"

方老爷子并不理会:"咱们方家啊,其实是老秦人入川。所以刚才那一嗓子秦腔,把我的魂儿都给勾起来了。"说完方老爷子努力地想要欠起上半身,方同铜和同卿看了走忙帮忙。等到老爷子坐稳了,他们才发现老人家原本黯淡的眼眸里充满了光。

他们已经许久没有看到过父亲眼中的光芒了。

"万般皆是命,半点不由人,人这寿数,都是有定数的。"老爷子缓缓说道,"你们哥仨,其实应该是哥四个。同海前面还有个同泗。你们四个啊,合在一起就是'四海同卿'。"说到这里老爷子脸上挂满了自豪和满意的微笑。

"那个时候你们妈妈是大家闺秀,自打嫁到这长生镇来,我就许诺以后要带她周游四海。只可惜造化弄人,同泗早夭,你们妈妈也在生完同卿之后染了热病去了。"方老太爷面带悲伤地说,"从那以后我就再也没离开过长生镇半步。"

听到这些推心置腹的话,三兄弟显然被眼前的父亲吓了一跳,他们从来没见过这一面的父亲,也从没听过这一段家事。但接下来,方老太爷突然握起了拐杖,挨个在三兄弟身上打了一棍。这一下像是蓄力已久的猛然一击。打得三人发出了哎呀忽哟的怪叫。

"老子快要死的人了,让你们!让你们几个龟儿最后办件事情就恁个难迈?"敲打完之后方老太爷声音突然高了八度,打完依然不解气,拿着拐杖依次点名,"是哪个喊停的?老子是老了,但是耳朵没聋!"

方同海只好举着手承认:"老汉,是我的主意。还不是大和尚找了我,说你的梦是假的,他解错了,让我劝劝……"

他话还没说完头上就挨了一记,闷声响得让屋外的人听了都觉得疼。

"放你妈的屁!"

如果刚才对于方老爷子的反常,还可以用动了思乡情来解释,这一句粗口则是兄弟三人完全没见过的阵仗。他们不能理解为何平时不会碰钱,连屙尿屙屎都要称为出虚出恭的父亲此时会粗野到如此。

接下来方老太爷更是犹如连珠炮一样地把中国语言的精髓倾倒在了他们身上,假如这些语言也有色彩的话,相信他们三人现在已经是一身的黄汤子颜色。

"你们晓得个锤子!你这些龟儿子,宝批龙!老子一抬手臂就能给你两耳屎。老子梦里就找啊找啊,梦里总是漆黑一片,远处有个丁丁大的光亮。老子就冲着那光跑过去,跑过去就被一个宝塔给压倒了,恰好压到我的半边身子。老子挣扎着要跑,有一把宝剑横空劈下,把我这半拉身子划了下来。老子立马身轻如燕,想要飞走。可是不能落下那半边身子,刚想伸手捞,一只老虎蹿出来叼走了。老子就急了,可是我只剩下了一条腿,一只胳膊,老子跑不动、跳不动。这时候光亮里出来个三身佛,告诉我吹吹打打可以吓跑老虎,找回我的身子。你们个哈皮,是不是想让老子拖着半拉身子去找你们妈妈、你们哥哥?"

方老太爷近乎癫狂的模样着实把三人吓了一跳。这副模样跟一开始温文尔雅、面带骄傲的父亲完全不同,兄弟三人这辈子都没见过。发泄完毕后,方老太爷像是抽离了精气神的皮囊一样,开始喃喃自语。

方同海此时却还想再试一试,小心翼翼地说道:"吹吹打打好办,咱们办上一台被单戏不也一样?"

方老太爷听了猛然抬起头盯着他,盯得他脊背发凉。"要不,要不十几台?"他的声音已经全然泄露了胆怯的心理,声线都像是蚕丝一样在空气中柔弱无力地摆动着。

方同卿在后面拉了拉方同海:"要不这样子,老汉。我们去寺里捐个塔、重塑下三身佛泥胎,在寺里找个地方请戏班来唱戏行不行?"

此时方同铜蹲下来,抬着头看着低垂着头的方老太爷说:"老汉,不是儿子几个不孝。而是这钱咱花了就是听个响,还不如起个宗祠起个学堂。"

方同海、方同卿听了立马在旁边附和。他们以为这个理由足以说动举人父亲,毕竟也是为了自己的福报,宗祠或者学堂显然福报更大更持久。

"嗯。"方老太爷缓缓地说道,"也要得。戏台要修,宗祠或者学堂也要修。"说完他又开始哼唱那两句:"下虎穴王把虎子找,蒯黄剑斩了海底蛟。"

这下可把三兄弟都气得无语了。看着慢慢地闭上了眼睛又昏睡过去的父亲，三人只好慢慢地退了出来。抱着方定祥的方同卿在门外叹了口气说，"算了，老爷子就和老小孩一样。咱仨还是听他的吧，万一冲喜真冲好了呢？"

方同海听了也叹了口气说，"只有这样了，只是就这么把家底掏出去有点不甘心。"

"谁说不是呢。"方同铜说道，"现在米价贵，米店又不敢卖贵，本身就利润稀薄了。当铺也要银两周转。"

"我那里的钱可以全拿出来。"方同卿说道，"要搞就搞好点，秦腔、川剧、猴戏全给找来！"

方同海像看着傻子一样地看着方同卿说道："你还嫌现在铺的摊子不够大啊？要不要把西太后老佛爷的戏班子请来啊？我怕是长生镇这小庙装不下这么多的佛。"

方同卿听了自知自己没见过什么世面，说浮了话，只好赔着傻笑。方同铜却不这么认为，他思索了下说："大哥，要不然我们去买点川汉铁路的股票，我听说一倒手里外里几十倍的利润。"

方同海听了连忙摇头："要搞你搞，我们三兄弟还是莫一个锅里搅马勺。川汉铁路虽说是官家搞的，但这年头兵荒马乱的，官家的话可比不过洋人的枪。"老大不关心什么铁路、什么股票，还是为每天花几十吊工钱担忧，说罢摇着头背着手走了。走出了没几步，他又想到了什么，退过来吩咐道："还是修书一封给徐知县，说一下。"

那晚，星月皎洁，月亮一直很亮很圆。

被追累了的铁匠还没回到窝棚就醉倒在路边的草丛里。

他那个油光瓦亮的酒葫芦也碎裂成了几片。月光洒在他的身上，像是盖了一层被子，风吹动着草，哗啦啦的仿佛哪个相好的在他耳边哼着小曲。

徐县令到访

等到第二天方家人找到铁匠的时候，他已经慢慢地滚到了旁边浅坑里，裹着自己的呕吐物睡了一夜。刺鼻的酸臭味道让众人谁都不愿意下去把他拉起来，一时也找不到顺手的东西把他戳醒。有人试着喊他，铁匠却纹丝不动地，仍然打着呼噜。

挤在人群中的方定祥机灵地从人腿缝里钻了出来，他转了转眼珠，脱下了裤子开始冲着铁匠的头撒尿。一束淡黄色还带着热乎劲儿的童子尿以抛物线的形式准确地落到了铁匠鸡窝一样的头发上，先是被头发吞掉，随后开始顺着额头脸颊甚至脖子四处流。

众人随即哄然大笑。

尿液流到了他的嘴唇，他似乎很享受地用干裂的嘴唇舔了舔，这很快就让沉醉如烂泥的铁匠有了知觉，两只手胡乱地挠着，童子尿的臊气味真是威力无比，睡得死气沉沉的铁匠，不一会儿，努力地睁开了双眼，然后又是一闻，这才打开了其他的感官，那些综合的感觉告诉他：那是一泡热气腾腾的尿。

众人肆意的笑声此时也传入了耳中，铁匠猛然坐了起来，一下子反应过来，他一边呸呸呸地吐着唾沫，一边努力寻找一个能够避开刺眼的阳光让自己看清楚周围情况的角度。窘迫的样子让大家笑得更加肆无忌惮，有人都已经开始捂着肚子蹲在那里笑，笑得都快要喘不过气来了。

铁匠的内心火热滚烫。"哪个龟儿戏弄老子？莫要让老子晓得，不然把你雀雀剪老！"

他继续用着最恶毒的话诅咒着，直到骂得先前大笑不止的人们逐渐安静下来。方定祥紧张地躲在几个族人身后，生怕剪雀雀这种事情发生在自己身上。

铁匠骂得忘我，骂得词穷，骂得声嘶力竭，连奶娃娃时候学会的骂人本事都使了出来：鲢邦郎，喝米汤，打烂碗，接婆娘，婆娘哭，回娘屋，娘屋远，买把伞，伞又高，买把刀，刀又快，好切菜，菜又咸，好放盐，盐又久，买根狗，狗又歪，咬你妈的猪奶奶！

如果说刚才众人还是在围观一个酒疯子，现在就彻底变成了围观一个真疯子。一直护着方定祥的几个族人实在听不下去了，个子最高的一个喝道："日你妈灌了几斤黄汤马尿就不晓得自己几斤几两了？睁开你的狗眼看看，这都日上三竿了，你个龟儿还在这里躲清闲！耽误了方家的大事你担得起迈？"

这一声呵斥远比那泡尿更能令铁匠醒酒，他浑身一个激灵，就像是被风吹过带走了魂儿一样，六神无主地愣怔在那儿好大一会。也许沉默让他最终恢复了理智，一边打着饱嗝一边摇摇晃晃地爬起来走掉了。

等到方定祥跟随着方家族人回到家的时候，发现方家大门口站着几个衙役，看起来并不眼熟。在拦下他们的时候眼神甚至像是看待可疑的罪犯一样。这对于平时与县衙过从甚密的方家人看来有点难以接受，他们在被简单盘问放进去之后小声嘀咕着，都猜测是不是巴县的县太爷换了。

方定祥被夹在众位表兄弟之间，对这一切似懂非懂的事情既感到新奇又捎带着一丝恐惧。直到他远远地看到了父亲、大伯、二伯恭顺地站在爷爷和县太爷面前，心里的那一丝恐惧才消失不见——县太爷依然是跟爷爷熟识的徐白应。他跟爷爷一样消瘦高挑，下巴上都留了长长的胡须，只不过爷爷的已经全白，他还是花白。两人显然已经聊了多时，方家三兄弟像是陪站的学生一样，任由两个老师天马行空地聊着，话也接不上半句。

众人此时早已经各自散去，没有了其他人护着的方定祥显得格外扎眼。半躺着的方老太爷率先看到了自己最疼爱的孙子，立马招手让他过去。方家三兄弟像是商量好了一样，齐刷刷地带着些许疑惑看着方定祥。徐白应也只是略微转了一下头，随即又继续跟方老太爷聊着。方定祥默默地走到爷爷身边，旁若无人地用小黑手摸起了一块点心就往嘴里塞。徐白应看着方定祥嘴边漏下来的碎渣渣笑了，停下正在说的话，打趣道："真是饼碎如雨下！"

一句话让大家都笑了起来，方定祥吃着满嘴的点心，硬挤出一个五官凑到了一起的笑容，匆忙间一些碎渣渣从嘴里喷了出来，让大家更是开怀大笑。一时间方同卿也打消了要把方定祥带出去的念头。

方老太爷抚摸着孙子的后脑勺，突然似有所想地接了一句："可是人无再少年。"

这一句无头无尾的话让方定祥很纳闷,但在方家三兄弟看来,这显然是父亲的有感而发。老爷子此时正满眼慈爱地看着方定祥,这种隔辈疼是他们三兄弟从小到大都没享受过的待遇,甚至是方氏家族内部很多堂兄表弟们也都没有过的待遇。别说是随手拿起老爷子的点心胡吃海塞了,就算是亲昵的爱抚,都几乎不可能享有。

徐白应对于方家这种情况并不陌生,当县令这几年,大大小小的家族冲突、村落火拼,甚至冲击县衙,徐白应已经经历过多次。唯独长生镇如同世外桃源般,孑然独立。在他心目中,这是他的后花园,也是方老太爷的庄园。徐白应一直都很放心地融入方家的氛围之中,他心知肚明这一切都是他给的,也是他在维系的。

"阡陌交通,鸡犬相闻。其中往来种作,男女衣着,悉如外人。黄发垂髫,并怡然自乐。"每每来到长生镇,他都会想起陶渊明的那首《桃花源记》。

大乱之世,安静得都让他几度忽视了这个镇子的存在。几度想要挂冠而去。

"哎,老太爷是老当益壮。"徐白应像是套近乎一样地说,"不移白首之心!"

众人听了都跟着附和起来。方老太爷微笑着转过头来:"徐知县可知道下面两句?"

"穷且益坚,不坠——"还没等徐白应说完,方老太爷摆手说道:"不对,应该是不须长富贵,安乐是神仙。"

不待众人反应,方老太爷继续说道:"人固有一死,厚棺重椁也好,席草裹尸也罢,人死灯灭,都是万事一场空。"方老太爷说话慢条斯理，每说一句仿佛都在字斟句酌。又像是已经想好了许久，只不过是因为年老力衰、气力不支，每说一句之后需要凝气聚力一样。

"位极人臣贵为帝师，御赐美谥史书列传，门徒牧吏遍布四海，不也就是祖茔一坟包、祠堂一牌位？"方老太爷长出了一口气，依然是谁也不看地自顾自说下去，"徐老爷别嫌老头子烦，当年我堂客去世的时候，三娃儿同卿还没断奶。我当时又一门心思读书考取功名，信奉君子守穷那一套。万不得已就去当铺当了她的嫁妆，草草地给埋了。这么多年过去了，她也从来没托梦给我，抱怨过、埋怨过我。"

方老太爷越说语速越快："都说东边不亮西边亮，顶戴花翎没捞到，银子倒是赚了不少。"

徐知县知道此时再不接话，方老太爷就要彻底沦陷进自己的记忆中去了。

"举人老爷的帽子足矣！"他一边满面微笑，一边身体前倾，将手放在了方老太爷的手上，"倘若不是承蒙皇上恩典，中了恩科，我也不想干这个知县，在乡野当个闲散之人，有个举人的功名就够了。再说了，以方老太爷的财力，别说我这七品知县，只要愿意，随便捐个四品道台都轻而易举。"

看到对方并没有反应，徐知县特意摇了摇方老太爷说："志不在此，志不在此。"

似乎被摇醒了一样，方老太爷转过头来，喃喃自语："等到有钱了，坟却找不到喽。那年一场大雨冲了个一干二净。你说我百年之后哪个面对她？"

徐知县被方老太爷哀切的目光一下子就拉入到了他的回

忆里。"这……这……"他尴尬地想要抽回自己的手,却已经被方老太爷枯瘦的手反握住了。

方同海在一旁看到,默默地向前来,轻轻地把二人的手分开,又示意已经百无聊赖的方定祥自己去玩。方定祥立即心领神会地跑远了。

方同海这才转过身,十分客气地解释道,"徐老爷,平时我们方家是怎么应差的您应该十分清楚。"

徐知县一听连连点头:"无有不应、无有不行。实在是为本县安民化民做了不少好事!"

"这些都是小事,毕竟此地我们方家跟伍家是两个大姓。一直以来都是如此。出点钱出点力我们都是义不容辞。还有很多事情,比如开私塾办义庄,我们方家从来都是不图名不图利。"

徐知县听了连连点头称是。

"我们方家做的,按照道理,伍家也应该承担,但这么多年来他们可是没有一次兑现过。更何况伍家还是当的皇差,方家可一直是自食其力。"

徐知县依然是客气地应和着。方同海却不敢再往下说了。

毕竟在他面前的可是县太爷,纵有牢骚满腹,也只能点到为止。

他偷偷地瞄了一下老爷子,老爷子刚好把脸扭了过去。这下急得他脑门子上都开始往外冒汗。

方同卿瞅了瞅几人。他们似乎都在等着有人能把话茬接过去。有时候,话赶话说起来很痛快,却很容易像脱缰的野马一样失去控制。

语言是一门艺术，也是一门技术。

在外人看来你来我往、长枪短炮的争锋，在当事者眼里却实在是另外一番煎熬。在外人看来十分无趣的礼尚往来，在对话者眼中或许是君子之礼，或许是欲言又止。

又是一阵可怕的沉默。

令人手足无措、脊背发凉的尴尬此时正悄然而至，徐县令一个劲儿地是是是，让方同海心生犹豫，方同铜听不懂众人打哑谜一般的对话，索性神游了四方。方同卿想要戳破，却又生怕得罪了县太爷。

正当大家纠结间，方老太爷轻轻咳嗽了一声，缓慢地说道，"人这一辈子，最难的不是活着。混吃等死啊，容易得很。摆烂装怪，到处都是。最难的是体面地活着。你说是不是？"

徐县令被盯得略显慌张，连忙说道，是是是。

"可是啥子又是体面？人前人后前呼后拥的时候，未必每个人都尊重你，不过是看中你屁股下面的位置而已。可能还有很多人表面说你英明果断，背后会骂你是个哈板。例如很多人就认为你我的位子、银子、房子、女子来路不正。"方老太爷此时难得地笑了一下，这轻微到几乎看不见的笑瞬间就被徐县令捕捉到了，他的眉间闪过了一丝不悦。

"在老农民眼里，你我就是整天白米饭管够，香肠腊肉塞饱。他们怎么知道苏式点心的妙？"方老太爷依旧是自言自语，并不关心徐知县的不悦。

"虎豹不堪骑，人心隔肚皮。休将心腹事，说与结交知。"方老太爷说。"嘴巴长在他人的脑壳上。就算你把他打服了，拿钱把他买通了，甚至是用圣贤之道把他感化了。说不定哪天出个啥子事，他又回去了。"方老太爷长出一口气说，"我呢，一直相信'听人劝吃饱饭'。我这一辈子聪明过也糊涂过，名声不算太好也不算太差。到我这把年纪，也没多少日子了，你就当所谓的人之将死，其言也善。"顿了顿之后，方老太爷又说："之前几封书信都收到了，感谢县太爷抬举。把我们方家看得恁个重，就是办台戏而已，整得恁个大阵仗，还让你亲自屈驾前来。"

方老爷子突然间打开天窗说亮话，让方同海、方同卿都舒了口气，可是方同铜却掉进了迷雾里。什么信啊，什么墓啊，他统统不清楚。倒是老爷子一直跟在屁股后面使命般地催促着自己筹钱。满脑袋的疑问让他急切地向哥哥和弟弟投去了求助的目光，在这种场合下当然也无从解释。

徐县令依然保持着满脸的微笑，摆摆手说道："举人老爷言重了言重了。本来早就该亲自登门拜访的，只是最近匪盗有再次猖獗之势，只能以书信说明。举人老爷还吃得惯这几样小点心吧？下回我让差役再送些过来。"

"点心好吃好吃，有劳徐大人惦记。"方老太爷像是开玩笑一样地说，"只怕我这山猪儿吃不得细糠，糟蹋了。"

徐县令也赔着笑："举人老爷要是山猪儿，我们就都是土狗儿。"特别是徐县令模仿着发出了那一声"土狗儿"的川渝话。惹得大家都禁不住笑了起来。

"举人老爷想要办一台大戏,这可是教化万民、泽润万世的大善事大好事。按照道理,本县断无干涉的道理。更何况方家一直以大家之风,四野皆服,做了很多乡里乡亲交口称赞的事情。"徐县令话锋一转,"只是最近匪患贼人又多了起来。逃难的人多,本县躲饥荒的人也多,县衙组织民防已经无力应付,更是没钱请驻防兵丁剿匪。这些年朝廷摊派下来给洋人的赔款银子、纳粮当差都已经捉襟见肘了。倘若有贼人借机混进长生镇闹事,该如何是好?"

方老太爷十分罕见地瞪了徐县令一眼,嘴唇哆嗦着想要说什么,最终却什么也没说又躺了下去。"那年闹长毛,已经把城墙拆得到处是豁口。匪贼想要来长生镇早就来了。巴县城里无平路,长生镇上无细软。这不是十里八乡尽人皆知的事情?"

徐县令已经从眼神和话语里证实了先前的猜测,明白方老太爷依然心有所梗。便也不打算再行劝阻,叹了口气说道:"看来举人老爷已经拿定了主意,也应该有万全之策。希望举人老爷不要毁掉一世英名。"

说完徐白应站起来拱了下手算作作别,方家三兄弟立马跟上准备送一下。徐白应走了两步就停了下来,转过头对着方同卿说了一句让众人都莫名其妙的话:"其实昆曲、柳琴戏也都还是不错的。"

只有方同铜第一时间反应了过来,脑子里开始飞速地算计着多请一个戏班又要多花多少钱,他一边算计着一边觉得心子尖尖都在滴血。

徐知县并没有理会方同铜,沉吟了一下说道:"你们都出去吧。让我们两个糟老头子说说心里话。"

等到众人都走了，徐知县缓缓地说道："那年菜市口，谭嗣同等六君子处决。你我都在人堆里。"他轻瞥了一眼，看到方老太爷在听，便继续说道："咱俩的手都冰凉。那人多得啊，人挨着人、人挤着人。我们就离着几丈远，看刽子手砍了三十多刀才把复生的头砍下来。那是一个惨啊！"

看着徐知县开始低声哭泣起来，方老太爷有些出乎意料。

徐知县哭了一会儿才抬头继续说道："那天咱俩一路走回会馆，就像是每一步都踩着六君子的血一般。我那个鞋底啊，黏糊糊的，像粘在了地上一般。"

"后来啊，咱俩在房间枯坐了半天，你开始背复生的诗。一遍一遍地背。"徐知县开始有点哽咽，"背得我心更烦更乱！烦躁到极点我就手一挥，喝道'别背了！'"

看到方老太爷点了点头，徐知县继续说道："我说我们不能就此沉沦。复生的血还没有冷掉，没有干透。我们还要继续焐热，唤醒那些沉睡的人。对，我们当时就是觉得没有觉醒的人太多了。"

"于是我们约定一个从政、一个从商。"方老太爷说道。

徐知县并没有接茬，说道："那段日子，真的像做梦一样。前几天我们到处吟诗作乐、探讨国是，后几天就开始联名上书，紧接着就是变法维新。哎呀，我记得很清楚，我一个穷酸书生，在京城待得盘缠都没得了。随便去一家达官贵人家，对着门房亮一亮身份，就能换来些许银钱。"

方老太爷点点头，他也是在这样的日子里结识的徐知县。

"没想到百日都不到，这天就变了！四处抓人、四处碰壁。还好你老兄未雨绸缪，化的缘比我多。不然我要遭饿死。"

方老太爷听了会心一笑。他们两个花甲之人似乎重新回到了那个年月。

"我也没有多少存粮,很快我也揭不开锅了。"方老太爷说道,"还好当时咱俩都是重点人物,被遣送回原籍。不然的话,咱们都成京城叫花子喽。"

"那个时候多好啊。"徐知县感慨道,"百年暮气一朝除,上至暮年下至幼儿,都晓得不变法不得行。很多人还都信那些个传言,说啥马上取消科举。你老兄就信了,不然的话,咱俩就该调个个儿。"

"哎。"方老太爷摆摆手,"我也不完全是怕科举没了。国家取士,没有科举还会有其他途径。我当时是家庭原因。"

"哦哦哦,对对对。"徐知县回道,"也没想到那年我那科这么快就外放了,要不是你来信说发现了藏匿多年的长毛,我现在还在海边吹风呢!"

"都是一念之差。"方老太爷说道,"原本乡勇是伍家主持,没想到拆墓碑伍家成了众矢之的。我们家捡了现成。当时把我愁得呀,就差砸锅卖铁凑银子了。"

"哎,"徐知县说道,"我怎么觉得你在说我呢?话里话外意思是我又像前任一样逼方家带头拆墓碑?你不也没听我的么?"

"是不能听你的撒。"方老太爷开始像老哥们一样地反问道,"当年就是听了你的,先黑了人家财宝,等你买通关系调任后又把他们关押在寺里。这才有今天的困局。"

"怎么叫困局?"徐知县有点不乐意了,拍着椅子说道,

"我这个位子怎么来的?"说完他又指着方家的宅子说道:"这房子又怎么来的?"

看到方老太爷不说话了,徐知县继续说道:"我们也兑现了承诺,没有杀他们。"

"哼!"方老太爷似乎想起了什么,"你是没有杀他们,却把他们兄弟俩离间了,不仅送弟弟留洋,回来后还安插来监视我!"

"这怎么叫监视?"徐知县解释道,"那本身就是一颗钉子。而且你看到起了,他们不也隐瞒了我们?实际上还有漏网之鱼?而且他们让我坐立难安。"

看到方老太爷似乎有所松动,徐知县劝道:"假如我考绩过不了,你觉得这个平衡还存在吗?你过去的努力不就白费了吗?"

方老太爷没有作声,徐知县又说道:"我猜到你搭台唱戏的原因。对外说是教化万民,实际上是想浑水放鱼。"

被看透心思的方老太爷没有说话。徐知县知道温情时刻已经过去了:"这些年你也一直想要更多的回报。给长毛买枪运送火药。"

看到方老太爷错愕的眼神,徐知县不慌不忙地说:"其实盯着我们的不仅仅是长毛那些人,还有很多呢。我劝你不要搞大戏的原因就是你把握不准这盘大棋。"

"方兄,不要为了一时之仁毁掉了一切。"徐知县最后这句话让方老太爷回味了许久。

众衙役看到县令出来了,开始手忙脚乱地整理衣冠并站成一排。消失了多时的宋师爷不知道从哪儿冒出来，紧跟着徐县令身后走了出去。宋师爷显然已经猜到了结果，对于他们这些人精而言，任何结果都在算计之内，一路不通自有他途。

借兵碰壁

众人随着徐白应走出了很远，直到徐白应确定方家三兄弟已经回去才折向了一旁的小路。徐白应的这一举动显然超出了宋师爷的预料，他只能凑上前去："老爷，您这是？"

"去趟伍家。"徐白应回答得十分简练，脚下却走得越发急促。

宋师爷被徐白应的这一举动彻底搞晕了，他不知道伍家有什么好去的。都说自打有了长生镇，就有了方伍两个大姓。伍家自清兵入关起就从龙出征的，据说祖上在康熙年间还曾出过巡抚，有密折专奏权。

当年长生镇还是座军营的时候，伍家就垄断了旗兵的选拔补充资格。当然这都是陈年老皇历，但毕竟祖上阔过，些许的荣耀还是存在的。现在的伍家，比那些破落户好不了多少。偌大的祖宅早就已经租出去了一大半，剩下的一部分年久失修已经与废墟无异，即使这样也都已经被乞丐、流民所占据。

"老爷，咱们去伍家所为何事？"宋师爷不解地问道。

徐白应头也没回地说："借兵。"

宋师爷一听，立马表示反对："伍家自己都食不果腹了，哪里还有本事找到兵勇？"

"宋师爷，"徐白应眼皮也没抬地答道，"你我赴任之初，无人应差，伍家轻松就弄来十几条精壮汉子。所谓瘦死的骆驼比马大，现如今只有试一试了。"

"老爷，其实你大可不必这样。"宋师爷劝道。

"我知道，"徐白应脚步未停，"写一个文书，贴一张告示，就可以明哲保身。可是未来谁还敢卖命？先前为剿匪修路，筹钱捐款不说，还强行拆了乡人的牌坊、祖坟。若不是方家带头出面平息，恐怕你我早就被人打死喽。现在方家人被人戳了脊梁骨，老头子想在临终前解决这件事，自然可以理解。"

"那也是实属无奈，不如此如何运得了那些枪炮。没有枪炮就无法攻坚拔寨。"

"道理是如此。"徐白应答道，"升斗小民，头掉了碗大的疤。可是拆他祖坟那是万万不能够的。"

说到这里，徐白应长叹了口气："刚才方家没把我赶出来已经是仁至义尽喽，我们总不能不仁不义。"

说话间一行人已经来到了伍家祖宅前。与方家宅院的阔绰不同，伍家的祖宅早已经瓦稀门破，屋檐上都长满了杂草。门前的拴马石黑黢黢的，不仔细看还以为是一截朽木。整个宅院已然分不清哪家是伍家、哪家是租户了，院子里也堆满了杂物，只留下了可以让人侧身而过的小路。

空气中弥漫着复杂的味道，有下苦力的劳工的汗味，有鸡鸭鹅的粪味，有做卤菜的小贩清洗食材后的臭味，陈年不见阳光的屋子散发出的霉味，以及女人用的廉价脂粉味。混在一起复杂的味道让人止不住地犯恶心，宋师爷不得不拿出手帕捂住口鼻。徐白应则像是在这里久居的住户一样，丝毫不受影响。

前去问路的衙役很快就回来了，一行人在他的带领下穿过了两个院子，到了一个相对独立的院子。这个院子比先前的院子干净空旷了许多，地上也没有杂草，反倒是摆放着沙袋、木人等练武之人必备的器材。院子只有三面有房，共有四间。一个粗壮的汉子正蹲在向阳的一间正屋门口抽着旱烟。

"你就是伍永昌？"宋师爷问。

蹲在地上的中年男子略微抬了下头又轻轻地点了点头。

"还不快起来给县太爷下跪！"带路的衙役喝道。

伍永昌面无表情地瞅了瞅衙役，缓缓地起身准备下跪，却被徐白应制止了："不必了不必了。"

伍永昌听了依然面无表情，吧嗒吧嗒抽了几口烟才问道："我个粗人能帮什么忙？"

"本县准备剿匪讨贼，需要招募乡勇。"

伍永昌听了不禁扑哧一笑，伸出右手摊开说道："好说。出多少银子，县太爷？这年头兵荒马乱，吃风拉烟可干不了这脑袋别在裤腰带上的活儿。"

"本县无钱。"徐白应无可奈何地说道。

"没钱你说个锤子！"伍永昌说道，"当初新官上任，就你跟师爷孤身前来，大印一拍就让我们伍家出钱出人。要不是老爷子宽厚仁慈，我是不得张视你的。"

"伍永昌！"宋师爷厉声打断了他的话，"不要以为伍家祖上厉害你就胡作非为！现在徐大人亲自来求助，是为了本县长远,并非为了自己私利!"

宋师爷一番话让伍永昌更加不舒服,他慢慢站起来,说道:"谁不知道一年清知府十万雪花银啊?这些年剿匪剿得还少啊?匪没死几个,还更加兵强马壮了。倒是全县的牲口遭了殃。马啊、驴啊、牛啊、羊啊、鸡啊,全死绝了。连祖宗留下的牌位坟头都没得了。你说说这是剿匪还是剿民?"

"你!你……简直就是刁民!"宋师爷被激得一时说不出话来。

"哟,怎么还急眼了呢?"伍永昌依然一副不在意的样子,"这是在方家碰钉子了吧?不然也不会找到我们伍家头上。"

徐白应也一时间无话可说,面无表情地转身就走。伍永昌反而像是个得了胜的大将军,在后面扯着嗓子喊:"县太爷,走好,不送!"

这一嗓子引得其他院里的居民都伸着头想要看看发生了什么,却只见云淡风轻的徐白应和急赤白脸的宋师爷一路向前走。

穷山恶水出刁民。

这是宋师爷对长生镇一贯的看法,他始终认为徐白应过于软弱。他与徐白应是同乡,偶然的机缘,相识了徐白应,从他身上,他似乎看到了一丝光亮,那是他湮没已久的理想和抱负。于是,他跟着徐白应远离家乡前往西南一隅的巴县上任。一路上他已经把能找到的地方志、笔记小说都看了个遍,对于治理这样一个偏远的小县城,他是丝毫不担心的。

可是到任了之后,才发现除了那方大印让他确认徐白应的确是县令之外,其他地方压根找不到当官的感觉。本来就不会骑马的他要跟着徐白应骑马出行。官场上流行的迎来送往、结交显贵那一套似乎与徐白应绝缘。徐知县更像是挂着官印与众人分享县令位置的大圣人：在他眼中习以为常的那些雁过拔毛、克扣跑冒，在徐白应眼中就是罪大恶极。与几个大家族之间的往来更是让师爷觉得这不是来做官的，这是来当孙子的。

宋师爷引以为傲的神机妙算遇到徐白应也变成了瞎算乱掐。他搞不懂徐白应为官的目的是什么，以为经历过朝廷一两次考评后他就会有所改变，却没承想，徐白应最后是口碑中等、考评中等，成为了一个"白白应了科举"的"凡夫庸官"。这也变相地连累了他，让他成为了空有热血难实现的失意之人。

他看不清，看不懂，想不明白。

难道世道真的要变？

第二章

伍家厚善德

伍家的由来

穷则独善其身，达则兼济天下。这是宋师爷一直以来信奉的。

屡次应试不第之后，他索性放弃了。

总有人能够化失意为诗意，如同黑夜中的点点星光。他相信微光汇聚，终成星河。

在这个黑暗的世道，他相信能寻找到光明。

于是他走上了不寻常的师爷之路。

人要学会权达通变，但他依然固守着师爷的传统——绝不碰算盘账本，只做些出谋划策、书信往来的活计。

当然，这并不能说明他不爱财。

取之有道，这也是他的原则。

这么做，正是他的高明之处。

不得已之下，徐白应只得又额外请了个族弟来协助打理账目，这也让徐白应成为比较罕见的拥有两个师爷的县令。衙役们按照年龄分别喊他们大师爷、小师爷。虽然众人以大小区分二人，但在宋师爷眼中，这不过是虚的。小师爷不能算是师爷，顶多算是个账房先生。

大师爷在众人心目中保有满腹牢骚、凡事都要争论个清清楚楚的形象，小师爷则是一个任劳任怨扎实刻苦的老实之人。

老实到什么程度？

老实到你让他买上半斤白砂糖,即使走遍了所有店铺都买不到也不会买绵白糖的地步。

一个人精、一个愚忠的奇妙搭配起到了意想不到的化学反应。不碰算盘的大师爷,心里的算盘无时无刻不打得噼里啪啦的,心里没有小九九的小师爷时时刻刻充当着黑脸包公的角色。川东道的重庆府下属十一县两州一厅,唯有巴县相对公平公正。只是满腹牢骚终会响,坏事难免传千里。

宋师爷看似清高的背后,也有很多不为人知的秘密,毕竟他一生所求不过"名利"二字,既然"名"这条道已经被徐白应堵死了,那只有"利"字当头了。

路遥知马力,日久见人心,渐渐地,人们自然也就见识到了宋师爷敛财的另一副面孔。

徐白应早就听到了一些风言风语,也愿意给这个大师爷写封拜帖,为其谋求更好的出路,却都被他拒绝了。大师爷显然明白,十年老橘树难敌一季柳,挪个坑容易想挪活艰难。

同样体会到挪活艰难的还有伍家人。伍永昌已经想不起来是从何时起自己的生活变得如此落魄的。早些年间,他还不愁吃穿。与成都的那些提笼架鸟的远房表兄弟相比,他甚至没有什么特别的嗜好,那些败家的玩意儿更是沾都不沾。这一度让他与其他旗人相距甚远,纵使那些表兄弟再怎么劝他也没能让他提起丝毫的兴趣。

在旗人圈里,正一品的成都将军讽刺他"汉人终究是汉人,入旗了七八辈人也终究是不识抬举"的话几乎跟随了他后半辈子。同样跟随着他后半辈子的另外一个印象就是"板眼"。

他也时常回忆起祖上的荣耀。他祖上的发家和清廷平定大小金川叛乱是分不开的。

明清更迭之际,四川的金川部落不再遵守明廷诏令,形成割据之势。

后来清兵入关,原来汉人王朝对边疆少数民族"怀柔远人,义在羁縻"那一套的政策废止不用,满人更相信打下来的江山才是铁打的江山。康熙雍正乾隆三帝逐年兴兵,先后拓土开疆,将西北西南先后纳入朝廷直管。对于云贵川的各土司,雍正年间开始强力推行"改土归流",废除土司制,建立州县制,用流官代替"土皇帝"。"改土归流"在云南、贵州运作皆见成效,唯独四川波澜不兴。

大小金川战略地位极其重要:这是成都平原进入川西高原的咽喉,也是藏区、回部通往汉区的要道。占据此处,可以远扼藏、青、甘,近控成都平原。

乾隆十二年(1747年),乾隆帝派张广泗和庆复进讨,后派遣讷亲到四川督师,但清军久而无功,川陕总督张广泗被清廷处死,乾隆帝改派岳钟琪为总兵,讨伐金川,才逐渐扭转了局势,大小金川前后历时近三十年才平定下来。

所谓天下未乱蜀先乱,天下已治蜀未治。

眼前的平静祥和,回首却是血雨腥风。

但终究换来了丰厚的回报,靠着先祖显赫军功的庇护,伍家在长生镇无忧无虑地生活了近百年。

伍家世袭了几代人,但再没了军功爵位,就只有靠山吃山干起了替旗人收养汉人子女、介绍汉人顶替充当兵勇的活路。

这份活路虽然不能大富大贵，却于伍家这种有着铁杆庄稼的家庭天然具有便利。长生镇本来就是为了屯兵而设，作为最早期的行伍，伍家在军中的影响力不可小觑。

据说，八旗兵初到长生镇设营之时，一群大老粗纵马圈地，各自划定地盘。刀插之处就是自己的地产，等到伍家祖上靠着两只脚走过来的时候，已经只剩下了紧挨着马厩的烂污之地。就这还像是天大的恩惠。

看着满八旗轻蔑的眼神，汉八旗出身的伍家祖上带着过命的兄弟，提刀而行，转了大半天才找到了心仪的地方，一刀把插在地上的刀劈成了两半。这一下让旗人和跟随着的人都看愣了。等刀的主人上前理论的时候，站在面前的已经是一个赤裸着上身，露出一身各种刀伤剑伤的生猛汉子。手里的那把刀闪着白光，似乎下一秒就能砍掉对手的头。

刀的主人虽然是满人，最后还是胆怯了。伍家的祖上也不多话，踢掉了还插在地里的断刀，随后一口唾沫准确地吐在了断刀留下的坑里。自那以后，"唾沫换刀、断刀为犁"成了伍家流传后世，傲视整个长生镇其他家族的资本。

围绕着那口唾沫，伍家最终在荒地上修起了如今的宅院。当年一起出生入死的兄弟们也围绕着伍家大院分布。

遥想当初，伍家的地很大，大到整个长生镇都是伍家的。只不过风水轮流转，几代人过去之后，长生镇的这些家族有些发达了有些破落了，早已经没有了当初繁荣的样子。很多甚至成了伍家的租户。只是这些租户常年拖欠着本来就不多的租金。

所谓武德得来仍需武德维持，仗义取财也必疏财。伍家祖上圈来的土地本来足够伍家人作为佃农安享一生。只是时不时地需要接济兄弟亲友、逃难手足，等到最后，伍家便不得不走上了守着铁杆庄稼倒腾兵丁的路。

这条路实际上就只有两种，按照朝廷规矩，八旗子弟终身可以领取饷银。为了保住能吃朝廷饷银的资格，很多没有男丁的旗人开始收养汉人子女，于是便有了专门撮合这事的生意，双方约定介绍成了收取若干月的饷银或者一次性给足银两。还有一种就是为旗人介绍能够顶替参训或者当值的汉人，从中赚取饷银差价。这两条路一开始还能旱涝保收，甚至让伍家小有积蓄，但随着朝廷武备废弛，有这个需求的人越来越少。

往年间经常喜欢找乐子的伍永昌已经记不起来有多久没有吃到德岳楼的宫保肉丁、麻婆豆腐了。翠春院姑娘们的脂粉味他都快忘了。这些年若不是靠着穷戚难友租了他家祖屋，现在可能连肉是啥味他都不知道了。现在每日间充斥在他鼻孔里的，都是穷戚难友各式各样的油盐酱醋味。

多年以前，伍家还没有破落的时候，那些佳肴和脂粉的味道每日都会勾引着他的嗅觉，刺激着他的味蕾，让他食指大动、口水直咽。

只是那个时候他们家还是深宅大院，出身满族的母亲严格限制着饮食，从小就宁肯让他们饿着也不让他们吃饱。伍永昌的几个哥哥姐姐据说都是因此营养不良早夭的。

等到他出生的时候，伍家的命数早已经如同这大清的国运般掉到了谷底,或许是为了让这个孩子不再夭折,或许是为了希望伍家能够逆天改命,伍老爷子给了他永昌这个名字。

瘦死的骆驼原本就比马大,细水长流地变卖祖业祖产也并没让偌大的家业在短时间内化为乌有。

一开始的时候,变卖田地就是十分轻松的事情,只要从祖传的大木柜子里随便拿出一两张田契来去寺里找大和尚就行了。每每从寺里回来,伍老爷子总是会一身酒气地回到家,四仰八叉地躺在床上,任由伍永昌在他怀里摸出荷叶或者油纸包着的吃食。等到伍永昌填饱了饥一顿饱一顿的肚皮,伍老爷子酒也醒了,爷俩开始拳来脚往地比画较量。

伍家的下坠与方家的飞升基本上是前后脚的事儿,等到方家逐渐显赫起来,伍家的田契便开始飞进方家。毕竟与寺庙比起来,方家更大方,讨价还价的时候少。接手了田地之后也不会赶走佃农们,省去了伍家赶走佃农的麻烦。

伍家老太太在这个家族急速下坠的时候依然固守着自己那个小小的佛堂,她仿佛在嫁过来的时候就已经知道了伍家的未来一样,整日吃斋念佛,想要牺牲自己来给后代求个平安。

老太太一直认为是伍家祖上的赫赫军功下压了太多的冤魂,导致受到了上苍的诅咒。现如今需要他们来还了。沉默寡言的她陆续送走了公婆以及自己早夭的孩子,便一头扎进了佛堂之中,一心想要上苍能够眷顾一下这个人丁日渐稀少、不断破落的大家族。对于丈夫变卖祖业祖产度日,也没有多加阻拦。毕竟原本兴旺的大家族逐渐断了支脉,仅剩下他们一家三口,住这么大的宅子既奢侈也没有必要。

青灯残卷，伍永昌的母亲在丈夫去世不到两年的时间也闭上了双眼。临走前，她显得十分安详，也许她认为这几年的吃斋念佛能够保佑子孙平安健康。

伍家从此又少了一个话事人。

乘人之危

等伍永昌接到噩耗赶回来的时候为时已晚。为了办丧事，伍永昌不得已找到方家卖掉了最后的祖产——位于长生镇中心的大戏楼。卖的时候戏楼早已破败不堪，说它是戏楼，其实就是个台子加了个盖。再早以前那也是兵丁集合、士绅宣谕、惩戒罚赏的地方。

方家一开始并不想要这块地方，虽然面积大还当道，但可以用来修房子的地界太小。即便是想要修个铺面，也要占掉很大一片广场，这样乡里乡亲走路要绕远，必然会骂娘。伍永昌被婉拒后并没有想太多，转身又去找了大和尚。

没想到大和尚反而劝伍永昌把老太太的骨灰拿到庙里来供奉。这对伍永昌来讲是不太可能接受的建议。虽然母亲大半辈子吃斋念佛，但从未皈依。只供奉骨灰不仅对母亲不孝，旁人知道了还会嘲笑伍家破落到一个棺材板都买不起。

这是他断然不能接受的。他也不知道为什么大和尚会提出这样的要求。

大和尚看他立场坚决，又抛出了一个让他不能拒绝的条件：可以免费再为他的父亲做上一场超度法事。一边是死去多年的父亲，一边是等待下葬的母亲，这一下让伍永昌犯了难。

人总是在看似模棱两可的问题上拿捏不准，患得患失地想要左右逢源大小通吃。对于伍永昌这种活在冰与火之间的人来说，更是艰难无比。他已经如同惊弓之鸟一般，无法分辨出他人的建议到底是真心实意的好还是陷阱密布的坏。

大和尚以沉默等待着他的沉默，最终等来的是入夜后冷漠地转身而去。等到伍永昌忧心忡忡地回到家时，方同卿父子早已经在门前等候多时。方家父子甚至因为在湿冷的天里站了太久，已经开始原地踩起了小碎步。

伍永昌和方同卿是发小，光着屁股一起玩大的，看着日渐破落的自己和运气不错的方同卿，心里难免有些五味杂陈。他不知道儿时的玩伴此时来是何种目的，也没有心思想知道这些。他只是木讷地冲着方同卿点了点头，连请方氏父子进屋的意思都没有。但这并不妨碍方同卿轻车熟路地跟在后面进了院子。这个伍家仅剩的自住的院子中间长了一棵庞然大物——枝叶十分繁茂的黄桷树，庞大茂盛到整个院子都已经装不下了。

这个黄桷树有些年头了，伍永昌小时候就记得已经长成了参天大树，也许从他祖辈盖伍家祖宅的时候就有了吧。

一定意义上，它也见证了伍家当年的繁盛。

而如今繁茂的黄桷树伸出的枝丫已经让院子的租客怨声载道。毕竟艰难求生的人们宁可风吹日晒也想要多一点能够摆下锅碗瓢盆的空间。原本就已经局促不堪的院子里，各种锻炼拳脚、练习射箭的铁拳、木桩、箭垛又瓜分走了一部分，让跟在伍永昌身后走进来的方同卿一时间不知道该往哪里走、该往哪里下脚。索性就停了下来，缓缓地说道："永昌，你要是急用钱，我可以先借给你。"

伍永昌转过头来看着昔日的玩伴："借了我也未必还得了。最终还是要拿地来抵债。"他顿了顿又说道："真想要帮我，倒不如直接把地买了。"

方同卿像是被人看穿了心思一样，脸一下子就红了。虽然他心里并非如伍永昌或者其他旁人所想的那样想要吃掉伍家最后的田产，但他今天却让他百口莫辩。

人们总是乐意对自己不了解、不熟知的事情评头论足，将一切高尚甚至是无意的行为视作是别有用心、另有所图。总是自己离做个好人都差上一大截，却容不得别人做个凡夫俗子。

伍永昌无意把方同卿置于尴尬的境地，甚至都没想过随口说的一句话会让方同卿进退两难。他只想尽快筹措到能解燃眉之急的钱。最好这钱来得省心、去得省心，不需要弯弯绕绕地考虑还钱以及孳息——这仿佛就是这一家人的秉性，直来直往、单刀直入地应对所有的麻烦。

方同卿此时进退维谷，可方老爷子突然变卦要买伍家那块地，甚至直接拟好了文书，伍永昌只需要签字画押就作数。

在来的路上，方同卿一直在琢磨这事儿，始终不明白，为什么开始就断然拒绝了的，结果突然变卦。更搞不清为何如此火急火燎地让他来把这件事情给办了。

而且还是指定要他来办这件事。

方同卿总觉得在这个时候，来办这件事，让人心里不是滋味，甚至有点居心叵测。方同卿本来想把那份文书再掖回去，但伍永昌的话显然让这个想法变得十分不合时宜。

尴尬之间，方同卿从兜里掏出了文书，略微舒展递给了伍永昌："文书都已经拟好了，你签字画押就行了。"

伍永昌盯着方同卿看了好一会儿，眼神里有着说不出的复杂：似乎是对方同卿虚伪的厌恶，似乎是对伍家难以挽回的败落的无奈，似乎是对年轻时玩伴的重新审视，似乎是对即将可以解决心中难事的解脱。

很多事情就在两相误解中产生了隔阂，生命的乱流又从来不给人们再次重逢或者解释的机会。乱花渐欲迷人眼，在这个欲望擦着流火的岁月，友情与亲情不断凋零，剩下的就是在体面与不堪中企图保存着儿时些许的纯真和天真。

人啊，要是永远不长大该多好。

这似乎是两人藏在心底共同的心声。

方同卿看着伍永昌咬破了手指按了手印，心里莫名升起了一阵愧疚感。这份愧疚在接下来的一段日子里始终让他惴惴不安，方家其他人也都感受到了这份不安。因为在他看来，无论方老太爷什么想法，这事做得确实不地道。

他当然不知道父亲的心思，方老太爷要给镇子上的人留下一座全新的魁星楼，而这个地方是不二之选。

只是方老太爷并没有顾及方同卿的感受，他和伍永昌可是儿时的玩伴啊。这种落井下石的感觉让他时时愧疚。

直到方定祥在某一天的傍晚，带着伍永昌的儿子伍奎来到了家里。

怯生生的伍奎从来没见过方家这样的大户大院，巧合的是，他与方定祥也是发小，似乎延续了方伍两家后辈交往的传统。但他那个极其有尊严的满族母亲受不得任何人可能的歧视。

有一次伍奎兴高采烈地掖着方定祥给的饽饽糕回家，一路上生怕磕坏了、碰坏了，又怕走得慢了糕点就冷了硬了。等到他满头大汗、满心欢喜地拿给母亲的时候，换来的却是劈头盖脸的训斥和毒打。随后彻夜的跪罚更是让他刻骨铭心。他始终想不通为何平日里慈眉善目、温柔怯懦的母亲会突然间暴跳如雷。

他只是想让母亲尝一下蜂蜜和砂糖的香甜，层层酥脆的口感，糯糯弹滑的内馅而已。毕竟他们家已经很久没有品尝过了。这些最终都化成了齑粉。

伍奎的到来让方同卿大喜过望，犹如一剂良药治愈了连日来的愧疚与闷闷不乐。方同卿拿出对待儿子一样的耐心来招呼伍奎。各类茶点、陈设古玩都无不应允，甚至连非请勿入的书房也拉着伍奎逛了一圈，还现场教伍奎写字。

这一切在伍奎看来都是浮于表面的新鲜。当小伙伴曾经描述过的东西一一变为现实的时候，给他带来了极大的震动。新鲜过多甚至超出了他的接受能力，一时间只剩下了眼睛来看，双手去摸，机械地体验着每一样新鲜的东西。

但这些却让方同卿感到欣喜，他以长辈的心情偿赎着对伍家的愧疚。年少的方定祥显然还不能理解父亲的苦心，却也觉得父亲过分热情。直到多年以后，他才能理解其中的奥妙。

方同卿耐心地给伍奎展示着所有能想到的一切，急切地盼望着伍奎能提出拿走点什么。伍奎最终却把目光停留在一把三尖刀上——那是一把唱戏用的木制刀,精细地贴了铝箔,施上了油彩。方同卿看出来了伍奎的心思,大方地让伍奎喜欢就拿走。没想到伍奎却只是摇了摇头,闷声说了一句家里有,但不是这样的。方同卿这才想起来伍家的营生,解释说这是唱戏用的,天上的二郎神用的就是三尖刀。

在方家待了有小半日以后,方同卿把那把三尖刀硬塞给了伍奎,其实伍奎更想要方定祥手里的那个硕大的风筝。伍奎扛着比自己高了一截的刀走街串巷,明明很近的路却被他绕出了两三倍远。直到确定方定祥看不见了,其他人也不注意了,才把刀丢在了路边的野草丛中,回家去了。

这场交易似乎成了一个累赘,一个负债。

其实,这也是各取所需,各有所得,没有输赢。只不过的确有那么一点不合时宜。

无论怎么说,方同卿和伍永昌在彼此的心底保存的那份孩童的记忆渐行渐远。

伍永昌终于可以相对体面地让母亲入土为安,伍家也终于变成了无产可卖的穷困人家。接下来的日子并没有给他更多喘息的机会,为了活着,他不得不从悲伤中抓紧抽离出来,把祖上留下来的营生经营好——即便没有什么大的改观,也至少要止住江河日下的颓势。

只是巧妇难为无米之炊,英雄难挽暮年之颓。按照伍永昌的说法,他们伍家举荐过很多武举人,有些还曾经做到过总兵。昔日的辉煌映照在古老的时间长河中就是这片占地甚广、规模宏大的老宅，还有一品大员成都将军与伍家祖上推杯换盏、伍氏族人在平定苗疆等大小战役中风光无限的言子故事。伍家虽然没有什么"伍氏拳法""伍氏刀法"流传下来，但也积累了众多应试应战的技法，正是这些技法让承平时代的满人新丁更加顺利地参军，也在动乱年代保全了性命。

家道中落之后，还干这一行的人很少了。很多人都改了行，有人发达、有人落魄。有人做了镖师保镖，或缺胳膊少腿，或命丧了黄泉。留下来的，大多是动也动弹不得的人，像是被捆死在了这一份祖传的买卖上。

伍家恰恰就是留下来不得志、活不好也死不了的典型。

伍永昌也知道众人背后都怎么评价伍家的。说伍家早年积了太多冤债，招来了上苍惩罚，人丁渐稀。也有人说伍家的运势都是他的名字起得不好，永昌永昌，本来是希望永远昌盛，加个伍字就变成"无永昌"，完全要不得了。也有人咒骂伍家祖上本身就是忘本的汉人，以为傍着满人就能吃香的喝辣的，没想到满人注定坐不了这汉人的江山。

纵使是这样，伍永昌也丝毫没有放松过对自己吃饭活路的要求。他甚至成为了干这个营生的人群中的另类：无论是炎炎夏日还是数九寒冬，只要是物色到了合适的人手，必定要喊人来进行行伍训练。

家伙什虽然是木制的，但是大小跟真的一样，甚至还会配上铁块让重量也近乎一致。骑马射箭、臂力负重这些跟军营里的要求如出一辙，甚至比军营还要严格。这一点伍奎深有体会。作为伍永昌的儿子，伍奎一点儿也不魁梧，甚至是个柔弱的小白脸。

伍奎整日被父亲拉着按照军营的那一套方式作息生活。每日天不亮就要起床练功,刮风下雨都不曾停止过。平日里修整洗刷武备弓箭这些更是常事。只有父亲要去成都或者其他村镇办事,他才能有肆意奔跑的童年时间。

伍永昌实际上也是这么长大的,他原原本本、一模一样地把父亲对待自己的那一套传给了伍奎。因此,伍奎从小对于各种兵器并不陌生,甚至有着天然的亲近感。舞枪弄棒的生活让他比同龄人更早对伤口的疼痛更有体会。有些时候,伤口几乎是每天且陆续又在愈合又在产生。

伍永昌总是一边在为儿子处理伤口,一边劝导他:"自古就是拿锄头拿刀枪的、拿锤子拿剪刀的,最容易受伤,手上都是口口,脸上都是疤疤。只有拿笔的、拿算盘的,才细皮嫩肉、白白嫩嫩。"

"老汉你这话不对!"有一次伍奎反驳了一句。倒把伍永昌逗笑了:"你说哪儿不对了?"

"当官的也要下田耕地。镇里每次传谕都说皇上会亲自播种……"小伍奎一本正经地回答着。

"你懂个锤子。"伍永昌回道,"那是做样子给老百姓看的,告诉老百姓要老老实实种地。"

"为啥要装样子呢?种就是种,不种就是不种。做样子又不当吃不当喝的。"小伍奎满心疑惑。

对于这个问题,伍永昌却没办法回答。自他接手以来,旗兵的招募也早就成了装装样子。不要说偏居西南的四川,就是直隶和北京都已经是纸面上的军队、数字里的将士。

日常的点卯已经无法把人头凑齐，训练更是无从谈起。不要说骑马，很多人连弓该朝哪边拉都已搞不清，火铳更是见都没见过。

有一年新来的将军动用了一切办法把八旗兵们凑到了一起，费了半日的工夫才能勉强把队列站齐。可不到一刻钟的工夫，不是有人晒晕了，就是大烟瘾犯了。跑肚拉稀趁机溜号的不在少数，甚至有人不惜在操练时砸断自己的腿，就为了能早日结束那要命的集训。

伍永昌就曾经遇到过这么一个主儿，自身条件十分优秀，平日里的各项课目也完成得极好。等到上了沙场就自己掰折了小手指头。几天后伍永昌在市集上碰到了那人，他正被人围在中间，洋洋得意地炫耀着自己的经验。在钱的面前，那些皮肉之苦仿佛也是另外一种甘甜。

只是这点儿钱也不断被压减、被克扣。克扣到有些人已经开始物色街头的乞丐，甚至是精神病人来滥竽充数。甚至曾经发生过一个女哑巴被人当作男人送进了兵营，只因为那个女哑巴五大三粗，像个男人一样。这些乱象都让伍永昌心痛不已，他倒不是痛心自己的营生毫无起色，而是痛心大家心知肚明下表现出来的心安理得。

这种心安理得却又无所畏惧，让他不明所以。但似乎人人都习以为常了。

更让伍永昌不能接受的是，很多兵油子也开始插足这一行当，靠着贿赂军官干起了倒卖人口的勾当。用他的话说这些人干的是"吃人不吐骨头"的下作买卖：只要有钱，人命都是可以拿铜钱来明码标价的。

所谓欲壑难填,乱象丛生。旗兵汉营里塞满了地方民团、富商打手的活路。咸丰年闹长毛的时候,有人一边接着湘军淮军的募兵生意,一边收了长毛的钱输送兵丁。战争胶着之时,征召利诱来的都是些刚放下锄头的农民,懵懂着就被胡乱塞上了不知前途的马车。很多人都是到了地方才知道自己成了兵还是勇,是官家还是匪人。

只是在这动荡的年月里,是官是匪已经不是很重要了,毕竟最终都会演变为寇,成为十里八乡痛恨的流寇,官府衙门告示悬赏的贼人。

落草为寇。伍永昌每每看到这等情形,都会想起这个词。

他知道,长此以往,会出大乱的。

但很多人不以为然,时间久了,他也就麻木了。

伤痕累累

伍永昌越来越看不懂这个世道了。他最为不齿的就是有些人还要吃孤儿寡母、白发人的钱。那些满心欢喜、充满向往,以为可以挣到大钱或是锦衣貂裘戎马回归故里的人,最终大多数都变成了无处找寻的孤魂野鬼。

他们留下的少得可怜的饷银以及抚恤金,也会成为那些兵油子的贪墨之物。等到亲人找来,多半人已经没了,尸骨也无从寻找,但这又成了向亲属讨要钱财的良机,部分人甚至被索要到倾家荡产。可是花费了千辛万苦筹措来的银两,换来的可能是不知道是谁的骨殖。早些年就有过已经入土为安多年的人一路讨饭归来的事情,当时操办的人被愤怒的亲属砸断了双腿。

还有些人已经无父无母无兄无亲了，还要来端这碗饭。更有骇人的讲一些"革命""造反"的话想要来拉拢他。世道的陆离已经远远寒过了刀光剑影。

久而久之，伍永昌的营生越来越难干，名声越来越臭。伍家已经从原本的熙熙攘攘变得门可罗雀，后来就变成了重奖也不见勇夫。伍永昌不得不越来越往穷乡僻壤中去寻兵丁，纵使这样也往往是十人九逃。甚至有人为了不去送死故意咬掉食指。百姓们似乎已经对这个世道见怪不怪。只是不知道为什么伍永昌还执迷不悟，也心安理得地看待伍永昌的严苛像是在看一个怪胎一样。

平日里伍家小院门口、院墙上总是趴满了看稀奇一样的人们。他们衣衫褴褛、骨瘦如柴，目光呆滞得像是能够吃掉一切看到的活物。那些挤在门口或是趴在墙头上的人入定一般地注视着伍永昌和即将替代他人去当兵的新人们"耍花活"。

这个词也不知道是谁起的，似乎是因为他们使用的木刀木矛像是唱戏用的，各种套路动作也活像是唱戏人的唱念做打。这些看客几乎从来不发出任何声响，也没人组织。总是悄无声息地出现，而后又不声不响地散去。

也正因为这些无关者的注视，伍奎有些时候觉得自己就是一个被耍的猴子，但不得不根据父亲的指令做出相应的动作，不然等待他的就是几鞭子或者一阵毒打。最令人尴尬的是，每次挨打，那帮看客反倒会爆发出阵阵狂笑。

伍永昌却对这一切似乎已经司空见惯，对看客们也从不驱赶，他甚至还期盼着他们的关注。

伍奎有些时候在心里会痛恨自己的父亲，明明知县和乡绅们都指望着伍家输送的衙役家丁，父亲却从不靠着这层关系捞取好处，甚至连无形的排场都不要。

伍奎甚至认定，只要父亲说上一句话，那些衙役就会把看客们赶走，谁也不敢欺负他们伍家。可是伍永昌却仿佛从来不拥有这份权威。这反而让众人更加尊重他。

无论那些看客以及旁人如何看待伍家，凡是从伍家出来的，没有一人敢于挑战伍永昌的权威，至少在各种场合都给足了他面子。伍永昌无论是在自家小院里还是走在外面，都有着属于自己的威严。

这份威严连宋师爷都不得不让他三分，宋师爷再狐假虎威，面对需要真刀真枪以命相搏的时候，他也是懂得要乖乖地认怂，缩起脑壳等着伍永昌出面。

有一年流匪成了坐寇，占了山头为非作歹。宋师爷借着强征摊派来的银两四处招兵买马，很快凑起了一支百八十人的队伍。宋师爷不知道从哪本古籍里学来的兵法，差人耗时耗力做了许多藤甲帽、藤甲盔，这些土黄色的帽子一戴，让这群脸比黄瓜绿、腿比发丝细的可怜人成为了名副其实的"豆芽兵"。

连他们自己都编了不成体统的民谣嘲笑自己："一个脑袋一个筐，一步一晃一哐啷。一碗稀粥一天粮，打个屁来梭标枪。"这群平时拿来维持治安都会被人嫌弃的人，怎么看也是不知天高地厚、朝生夕死的可怜虫。

为了让这支队伍看起来可堪一用，宋师爷除了给他们配备了以藤甲为主的制式装备外，还额外发了银两让他们自行置办家伙什，于是一支冷兵器与热兵器交相呼应、老古董与新服装争奇斗艳的队伍出现在了伍永昌家门口。

　　这帮把整条小巷堵得密不透风的人一刻不停地聊着天，凌乱的方言让人觉得想要他们安静下来都是个难事。嘈杂的人声周围还伴随着拴在身上的旱烟杆、生锈的菜刀、刚编的草鞋等细碎物品碰撞发出的声音。更让人觉得不可思议的是，他们居然还带着鸡鸭鹅。他们像是要去赶赴一场短途旅行一样，带上了不知道从哪里弄来的牲畜家禽。

　　这些人普通到你都无法把他们跟乡野间游手好闲的人区别开来，甚至于随机选一个人丢到整日围在伍家门口看热闹的人群里都能瞬间化成一个整体。

　　伍永昌看到这群乌合之众，眼光甚至都没把他们扫过一遍，就已经认定这些人根本不堪重用。他冷不丁地抽出了腰间的大刀，那把捆着红缨子都已经褪色的刀闪出的白光就已经让这群人吓掉了一半的魂魄。很多人本能地往后躲，缩成了一团。

　　伍永昌嘴角浮现出了蔑视的微笑，一闪而过的微笑被宋师爷捕捉到了，可他并不在意。他也不在意伍永昌当着众人的面羞辱了自己口口声声所谓的"勇士与死士"们。

　　宋师爷的脸上甚至还挂着笑，公事公办的刻板笑容中夹杂了些许满足的意味。迟钝的伍永昌并没有察觉出异样，他只是从专业人士的角度单纯地认为这群"勇士与死士"此时与未来的区别，仅仅是今天还活着，明天可能就成了一堆死尸。

　　宋师爷把这些乌泱乌泱的人带过来，显然并不是非要让伍永昌答应把这群人训练出来，在伍永昌带有蔑视的微笑浮现出来之后，他已经心满意足地开始命令这支嘈杂的队伍继续往前移动。

看着伍永昌不可思议的表情,骑在马上的宋师爷微笑地说道:"平时机警,战时才可堪大用嘛!"说完驱马而去。

伍永昌从未听过此等荒谬的兵法,一时竟有些语塞。旁边一人一句"那照这么说,带着鸡鸭鹅岂不就是粮草同行?"彻底揭穿了宋师爷的西洋镜。伍永昌循声望去,正是多年好友傅军奇。

两人相让进屋以后,傅军奇继续着自己的话题:"现在这县太爷无心民政,倒是一门心思寻仙问道,请来的正一道老道士说最近两个月不能妄动干戈。倒让这宋师爷捡了便宜,借机狐假虎威、作威作福。"

"这些倒也不打紧,毕竟没跟我们扯上关系。"伍永昌抱着头说。

"怎么不打紧?这些年世道不太平,长毛刚消停,洋人们又兴风作浪,还有那些数不清的盗匪马匪。哪个清剿不得需要人?可这么多年打下来,老兵渣子都没剩下几个。"傅军奇略显痛心地说道。

"这不就是军户的命嘛。"伍永昌安慰他道,"有战事了就要丢命,没战事了就要丢脸。你选哪个?这也不能怪那些人,宋师爷给得太高了,太诱人了。"

"岂止是高,简直是离谱。"傅军奇气鼓鼓地说,"我手底下几个训练了多年的都投他去了。"

伍永昌听了点点头:"听说了。现在朝廷的兵还不如个乡勇找钱。"

"对头的嘛。一颗头左也是砍一刀、右也是砍一刀,落到哪个框里不都是钱?自然是选择钱多的框框。"说到这里,傅军奇叹了口气,"只能说这些当官的安逸,狗日的煽呼别个送死都他妈能找钱。我听说宋师爷马上就要娶第四房姨太太了。"

"嗯?"这倒让伍永昌吃惊不小。

"你还不晓得嗦?"傅军奇开始摆起了龙门阵,"说是泸州的一个秀才家的姑娘,还没出阁就被宋师爷看上了。前些天聘礼都下了,马上要摆几台大戏。你瞧瞧人家,娶个小都搞得这么大的排场。我听说,那几台大戏硬是巴适,听得人都燥热。好几个梭叶子第二天床都下不来。"

"打胡乱说!"伍永昌严肃地打断了傅军奇的话,"老人说,要能跑得滩,泸州河去搭班。那些都是真本事、真能耐。再说了,他宋师爷好歹也是读书人,怎么也不会搞那些淫词艳曲来唱吧?"

"嘿,你不信?你到处去问问,泸州还有哪个不晓得?"

伍永昌不想跟他纠缠这些裤裆子里的事儿,岔开话说:"就算是真的,又能怎样?跟他拉起来这支草包队伍有啥关系?"

这下轮到傅军奇惊讶了:"啷个没得关系耶?"傅军奇显然还不能立马从脑海中飘过的那些唱词中回过神来,茫然地又重复了一次:"啷个没得关系耶?"恍惚间突然又想起了什么,语调由不确定向十足肯定转变:"啷个没得关系耶?!"

伍永昌莫名其妙地看着他,手上的旱烟杆呼哧呼哧地冒着烟。

"你算一下,现在募兵好多钱一个月?每个兵需要银两置办装备,还要训练、伙食,御敌或者剿匪俸钱还要加倍。钱从哪里来?"傅军奇等了半天都没等到回答,只有继续说下去,"县衙早就穷得抠肸了,进去只耗子都要哭着走出来。县太爷大笔一画也就是个'借'字。借谁的?当然是乡绅富户、咱们老百姓。钱借来了总要有点成绩撒,不然哪个豁别个继续借嘛。"

"你是说?"傅军奇的话让伍永昌有点想明白了,但又差那么点事儿,就像是一层窗户纸被捅了个还没有完全贯通的洞。

"哪里恁个恼火嘛。"傅军奇显然有些不耐烦,"你真是铁匠打架忘了带锤锤。自己就是搞这个的,还不懂这里面的猫腻?"

"克扣饷银?偷梁换柱?这一套?"

"格外还能有啥子?大清朝立国两百多年,这些不早就被玩明白了?就是苍蝇腿腿,都能给你刮下几两肉来!"傅军奇压低了声音说道,"我那在县衙当差的兄弟伙些说,这次压根就没走公账,全都是宋师爷说了算。他们都没少得到油水。日妈原来穷得裤裆都钻风的人,现在一身的新衣裳,连马靴都置办上了。你说他一个衙役,要马靴那不是糟蹋东西吗?"

"承平时期搞这些司空见惯嘛,现在是什么时候?"伍永昌显然有点不相信,"还在中饱私囊,到时候战场哗变、投敌引路都有可能的,那不坏事么?!"

"你说你。"傅军奇像是看稀奇一样看着老友,"都什么年代了,还在用你那老一辈的眼光看世界!古往今来,国之大事,在祀与戎。祀的是天地,是让老天爷、土地老儿、列祖列宗保佑风调雨顺、江山永葆。江山哪个永葆嘛？还不是要靠戎？靠那帮书生、和尚、道士是打不下天下，坐不了江山的。"

伍永昌从来没想过这个问题，准确地说他根本不用想这个问题——打从出生开始，他就知道自己这一辈子都逃不掉那个兵字。只不过混到如同他这般田地，的确有点对不起这个"兵"字。

毕竟，伍家一直以来是以保家卫国为己任，这份传统已经刻入骨髓。只不过现在却显得多么不合时宜。

"只不过旗人弓马骑射早就不行了。不是脑满肠肥就是骨瘦如柴。打个长毛都溃不成军。还得要曾国藩的湘军和李鸿章的淮军力挽狂澜。"看着伍永昌沉默地低着头，傅军奇继续说道，"僧格林沁的蒙古骑兵总算能用一用，可是八里桥一战，人家洋枪洋炮弹指间，咱们伤亡数千，英国人、法国人几乎分毫未伤啊！依我看呐，这满人的江山早晚是马上得来、马上丢。"

伍永昌显然被老友的这番话给震惊了，大惊失色地示意他不要再说了："你这话可是大逆不道！要诛九族的。虽然说这些年光景不好，但是咱们是大清的子民，更别说还靠着替朝廷募兵过活，怎么能盼着它倒？"

"行啦行啦！"傅军奇满不在乎地说，"你瞧瞧外面那些人，别说白衣布身，就是各省督抚，哪个不是一万个忠心表给圣上、表给朝廷。背地里呢？都他妈的是刮地皮一般地征敛。号称是要练新兵、编新军，买火器、买大炮。结果呢？我看都是抬枪火铳。这些打打鸟、吓吓孩子还行，剿匪那不就是走个过场,让老百姓捐更多的钱?如此往复,几个长生镇也不够他宋师爷一个人刮的。"

这些伍永昌也有所耳闻,跟着点了点头,依然没有说话。两人沉默了半天,他才像是自言自语一样地说道:"历朝历代不都是这样的么。没有好大个差别。过好个人的日子就好了。"

傅军奇摇了摇头:"那也要让人喘口气不是?现在这差役胡摊乱派,杂税说收就收。你我有功名在身,自是不必纳粮当差,可是这些年民生凋敝还要四处招兵,我们也干了不少不落好还昧良心的事儿。"

说到这儿,傅军奇叹了口气:"自古以来,送死的都是冲锋陷阵的,找钱的都是纸上春秋的。送人的穿绸穿金穿貂,送命的换得来破席裹身不?想想我们以报效朝廷、食禄奉君为名招揽的那些人……"

这番话说得彻底,一下子戳到了伍永昌的痛处。打小受到的家族教育许给他大清朝会江山永固,万世不移,铁杆庄稼将代代相传。他要做的只是踩着先辈们的脚步,按部就班地等待着一场战争获得军功爵位。

生来入档,壮则当兵,披甲从军,金戈铁马,这都是他们的天职——这样的家传描绘得过于美好,以至于等待成年从军成了很多人年少时最大的追求。当然这样的美好也是随着距离,或者说是圈子不断缩小的,虽说都在旗,但待遇可千差万别。

满八旗从龙入关,自然是高人一等。蒙古八旗是异姓王公,都能出皇后、铁帽子王,属于与皇家休戚与共。汉八旗基本都是抬籍入旗,地位最差。一个群体有一个群体的尿性,一个圈子有一个圈子的玩法。满八旗里再有上三旗下五旗之分也比蒙古八旗、汉八旗过得滋润。

在京城八旗盛行的提笼架鸟、金石考据并没有在这远离帝国心脏的偏远小镇盛行，自然也不会有皇帝的恩泽过多地向这里倾泻。在伍永昌的记忆里，国家根本所系的八旗在道光朝就已经不堪重负了，下五旗里蒙荫的佐领名额都有了具体的限制。

对于尚能活得安稳的伍永昌而言，既然祖辈们没有出旗为民，现在体制的荣光依然还在闪耀，至少还能泽被几代人。这也就让他更加珍视最后的这点生计。对儿子伍奎有着望子成龙的渴望，自然也就有恨铁不成钢的恼怒。毕竟自己的人生已经下坠到了边缘，绝不能让子孙后代下坠到社会的最底层。

这也就导致了伍奎从小得到的父爱是严厉的，从记事起似乎就没有什么正常点的玩具，方定祥有的纸鸢竹马在他这里就是刀枪棍棒。从小就抱着比自己身长几倍的兵器玩耍的他常常成为众人取笑和欺负的对象。

伍永昌却从来不以为意，每当伍奎哭哭啼啼跑来告状，必定会被伍永昌加练一番，美其名曰教授给他制敌之策，却往往事与愿违，换来变本加厉的取笑和欺负。每次当伍奎试图举起长枪与众人对抗的时候，长枪总是像被人抽去了脊梁骨一样软趴趴地耷拉在了地上。

这根软趴趴的棍子显然起不到任何作用，反而徒增了笑料。"伍家男人硬不起来"在那之后成为了流传了很久的民间言子，乃至于多年以后，第一次登台的伍奎面对着台下的嘘声,耍花枪的时候,猛然间想起了这一幕,恍惚间差点脚下拌了蒜。更加急切的嘘声和哄堂大笑让他更加局促,最后连锣鼓点都没踩着就下了台。

这些经历倒也让伍奎渐渐学会了熟悉生活的残忍,与人生的无奈和解,纵使被众人当作怪人或者猴子看待也不以为意。

慢慢地被盯久了、被旁观多了,他甚至演化出了应对之法,那就是盯回去、看过去。你比我坚定,那我就比你更加坚定,直到盯得旁观者浑身感觉不自在——在互相打不死的水平上,谁先恶心死对方谁就能赢——这是他一生奉为圭臬的宝贵经验。伍奎就在父亲的严厉教导和众人的关注下慢慢成长。据他自己所说,骨头断的次数比打断的棍子都多。

当伍奎还在父亲望子成龙的渴望中摔打的时候,方定祥已经跟着爷爷见识了外面世界的光怪陆离。方老太爷饱读圣贤之书,却又不只读圣贤之书。方家也是长生镇第一个订阅报纸的人家。邮差第一次来长生镇送报的时候,是坐着牛车来的。

一路上走走歇歇,让大家对这一户位居巴蜀腹地却订了上海报纸的人家好奇万分。据邮差讲,那个叫上海的地方五光十色、光怪陆离,洋人众多。人们说话都是半土不洋的。报纸更是琳琅满目,上书无奇不有的故事:什么九十岁老太下嫁二八青年、老和尚下山娶妻、老夫人为喝咖啡大闹酒馆等不一而足。甚至还有专门记录房中秘术、壮阳神技的报纸。邮差的描述显然香艳猎奇,勾得人们都想一览其详。

方家每日倒出来的垃圾、包裹物品的纸张都成为了人们尤为关注的，只是方老爷子爱惜字纸，人们从来也没见到邮差嘴里那个叫安纳斯托·美查的人创办的报纸。

人们趋之若鹜、好奇万分的，恰恰是方氏兄弟万般躲避的。方同铜甚至让管家在收到报纸后一定要跟自己讲一声，不然被老爷子揪着一起读报还要研究，实在是折磨。"龟儿子的，洋人办个报也搞得字体丁点大，看得人都对眼了，就不能印得大一些吗？鬼大爷看得清！"

对于花了大价钱买来的报纸，他总是满腹牢骚。

大人们躲着老太爷，方定祥就成了爷爷的御用读伴。每每看着爷爷举着硕大的放大镜在报纸上游走，他都想要拿过来跑到院子里去晒蚂蚁。

爷孙之间围绕着放大镜总是展开着各种斗智斗勇，徜徉在火轮车、弗朗机、自鸣钟、大水法、计学群学、哥白尼、美利坚，乃至自由之理的世界里。这个小世界是完全属于老爷子和"小友"的，青瓦柱梁下的阳光午后总是恬静得让人流连忘返。

爷孙俩为了争夺放大镜展开的周旋带起了地上的尘埃，使得整间屋子都能看清楚阳光的形状。一老一小脑后的那根辫子悬于空中，像极了追不上主人但又不敢松手的仆从。于是方老爷子就把这间书房起名做了"两辩斋"，既是调侃他们脑后的辫子，又是暗喻东西两个世界在这个房间空间中，由报纸释放出来的新旧之辩。

假如就此认为方老爷子是个纸上谈兵的老书生，那可就大错特错了。他有一幅《康熙皇舆全览图》，一幅《皇朝一统舆地图》。凭借着这两张图，关内十八省、关外三省、四大藩部都烂熟于心。年轻的时候借着跑商的名义，方老爷子亲自用脚丈量了蜀地、两广等处。

多年的游历经验让他对于纸上的地形倍感熟悉，那些平平的经纬线在他眼中、心里就是曾经走过的高低起伏的山峦河流。在他看来，胡林翼简直就是天纵人才，绘制的图谱北抵北冰洋，西及里海，东达日本，南至越南，"这才是万方来朝的天朝上国！""这才是中兴之臣的风骨！"

每每听到爷爷的感叹，方定祥眼中都是一片的茫然。那些爷爷视为珍宝的图，实际上是厚厚的书卷。读书这档子事往往能引起他的瞌睡，跟他一提到书就两眼放光的爷爷完全不同。

宋师爷招兵买马准备进山剿匪的那一年，长生镇刚好遇到了一场持续许久的干旱。旱得杂草都长薄了几分，土地上都是皲裂的口子。那些口子宽到可以掉进去一个小孩，长到一直延伸到江边。

水火不容

王铁匠在某日醒来的清晨，发现了水位退却后搁浅在江边的鱼，毫不犹豫地就饱餐了一顿。那些鱼还没在肚子里消化，他就开始诅咒上天，咒骂老天爷让大旱降临、江水退却，导致他提水都要多走很多冤枉路，要多费几尺布来做鞋——虽然他平常根本就不穿鞋。

王铁匠的咒骂显然没有什么效果，太阳依然毒辣地挂在天上，任性地晒着大地。晒得人们睁不开眼睛，时间长了都眯缝着，看上去眼睛全都小了一圈。毒辣的太阳晒得人们无心做工，连闲聊的心都给晒蒸发了。

燥热的天气让久居不出的方老爷子倍感压抑，于是便带着一家人准备去青城山下居住一段时间，他在那里置办过一处宅院。爷孙俩开始了马车上的游学，却刚好错过了宋师爷出征的大戏。

比干旱更可怕的是人心的躁动。有儒生趁着落日前的光亮四处游说，跟人们说是人道有失导致天道不彰，才降下此等灾祸。这种说法显然是在指责沉迷于道教修仙中的县太爷。有庄稼汉们晚上凑在寺院前的石阶上，嬉笑着讨论和尚和尼姑到底哪个法力更强。商人们则盘算着今年的收成，生怕颗粒无收后赊下的账款无法还清。

这些都被手下人听了几耳朵后报告给了宋师爷。宋师爷不想管这一摊子烂事儿，但又怕乱起来了大家都没好果子吃。灵机一动想出了个"新修缮"活动，把他那三百来人集结起来，人手一把铁锹或者铁镐，四五个人发一个石斧和竹筐，以军民互助的名义开始了浩大的修缮工作。具体而言就是拆掉旧城墙修建蓄水池，让一部分人四处打井寻找新的水源。

宋师爷的如意算盘打得噼里啪啦响，算到了方方面面，却没有算到方老爷子一家人已经去了青城山。没有领头的方家，羸如蚊虫的伍家自然也榨不出几两油来。眼瞅着自己盘剥来的"军费"使用得所剩无几，蓄水池、水井却连一个影子都没有，宋师爷打上了沿路牌坊的主意。他听说这些牌坊在修建时都会把铜钱塞满砖与砖的缝隙，牌坊顶上还藏有宝贝。这一下就激起了他爱财的本能。

爱财归爱财，宋师爷毕竟是个读书人，懂得君子爱财、取之有道，了解读书人的思想和行为。你可以让这些谦谦君子不吃不喝不睡，辱骂他们的娘亲妻儿，万万不可侮辱他们的至圣先师。作为圣人精神、万世伦理代表的牌坊，那更是动也动不得。

正当宋师爷一筹莫展的时候，不承想瞌睡碰到了枕头。长生镇一个醉汉吃多了酒，一路上走得尿胀。走到贞节牌坊的时候憋不住了，一泡尿全撒在了睡在地上的老乞丐身上。乞丐气不过便随即跳起来追打醉汉，醉汉一个没留神摔了个趔趄，不由得怒从心生，反过来追打起乞丐来。

乞丐哪里是吃醉了酒壮汉的对手，三两下就咽了气。乞丐的头上被砸了一个大窟窿，鲜血带着热气，呼呼地往外冒。醉汉酒都被吓醒了，突然感觉裤裆里冷飕飕的，低头一看，原来自己一直都光着下半截在与乞丐厮打。醉汉一看四下无人，准备把尸体拖到江边扔掉。正在挪动间被路过的人远远地看到了。慌忙之间醉汉只有光着屁股逃跑了。

第二天整个长生镇就炸了锅了。坊间都在传有个三条腿的妖怪杀人吸髓，身形似人又像鬼，逃遁的时候能走能跑还能滚。镇里的老人们根据当晚路人的描述，认为妖怪是傲因，山海经中有过记载。傲因喜欢袭击单独行动的旅人，抓到就会吃人脑。傲因的舌头非常长，能够卷出地面一丈多远。路人看到的第三条腿就是它的长舌。

宋师爷面对这些老人一板一眼的描述，心中疑惑但又不好明说，仵作的调查已经证明这就是一起凶杀案。现场的尿臊味和沾满了脑水的石头、多出来了的一条裤子都证明这是人而非妖所为。就算真如老者所言是傲因,那现场也应该留下虎爪,可现场除了纷乱的脚印,再无其他兽印。

　　宋师爷不动声色地安排衙役清理了现场,草草地埋了尸首,张贴了安民告示,等待着有人把此事往牌坊上联系。谁知当天晚上,一道红色的落雷击中了石牌坊,随即大雨倾盆。苦于干旱了许久的人们喜出望外,纷纷跑出家门在雨水中肆意地舒展着身体。这场雨的到来差点让宋师爷的"新修缮"活动半途而废,宋师爷还没等到那个能够点燃柴火的火星,柴火就被倾盆的大雨给浇了个透透的。

　　雨一直下了两天一夜,干裂的土地再次吸饱了水,变得到处都是泥泞,一步一个黄脚印。铁匠坐在自己的烂棚棚里,眼瞅着江水就要冲进来。汹涌的江水还带走了堆在外面的煤块,腐蚀了尚未来得及炼化的铁矿石。遍布长生镇的一眼眼枯井一夜之间也还了魂,吐出了无数个被吞没的水桶,像一个个泉眼一样彻夜冒水,住在井边的人说晚上听到了井龙王摆龙门阵的声音。

　　已经修好的蓄水池早就已经吃饱喝足,再也容不下一尺水深。忧心这烂棚棚要遭冲垮的铁匠很快就不再忧心。大水在镇子里横冲直撞,肆意地敲开每一户的家门,带走了一切可以带走的物件。这些漂浮着的财富要么迅速地从铁匠门口闪过,要么就是撞到了棚子上被拦了下来。

　　铁匠不费力气地就得到了两把太师椅,三个水烟筒,五六把菜刀,还有若干个夜壶恭桶、肚兜裤衩和鞋子。铁匠对于一切能用的东西都表现出了极大的兴趣,十分耐心地把那些鞋子烘干了摆在一起，试图凑出几双能穿的鞋子出来。可后来发现这只是徒劳，那些鞋子有些是女眷的，有些又太小了，唯一能凑成一对的又是一双寿鞋。在放弃了努力之后，他又开始认真地观察那些漂来的夜壶和恭桶。

除了写有明显名字的之外，其他的都长得差不多。铁匠心想原来富人家也没富到夜壶恭桶上贴金用银。他还企图从残留的味道上来分辨哪个是富人家用的，哪个是穷人家用的。

一开始他觉得味道大的、臊的肯定是有钱人家的，毕竟他们吃肉、吃白面。后来又觉得不对：富人家肯定请了用人，为了钱不白花一定是下死力气使唤，说不定一天洗他娘的五六回，就是粪坑里的石头也早没了味儿。王铁匠就在自己的猜谜游戏中挨过了这场大雨。

在他猜谜的时候，宋师爷等待拆掉牌坊的机会兜兜转转又回来了。让人意外的是，这个千载难逢的机会居然是以对他的不满为起点的。那天宋师爷委婉地拒绝了镇上老者抓傲因的建言，随后搁置了整个事件，这令老者十分不满。

回到家后，老者隔着空气把宋师爷祖宗十八代全都问候了一个遍。慷慨激昂地从三皇五帝一直扯到了康熙乾隆，从周公说到了海瑞田文镜。骂一班官员有眼无珠、尸位素餐，不懂得事态之严重，说得不去抓妖精就好像立马要亡国灭种一般。

越是慷慨激昂的陈词往往由滥调来充数，背后不是讲述者无能的愤怒就是无知的傲慢。老者的愤怒显然激起了众人的傲慢，纷纷表示必须拯救全镇人免遭妖精毒手。

老者对众人的表态十分满意，徐徐地讲出了自己的计划：

古籍中记载傲因舌长。那么只要想方设法让它伸出舌头，再用烧红的铁块扔到它的舌头上必然会气绝而死。众人在老者的指挥下行动起来，没有入夜就在贞节牌坊下面搭起了临时的窝棚，为了抵挡贞洁烈女的阴气，在他人提议下还提前杀了一只黑色的公狗和红色的公鸡，把公狗血和公鸡血洒满了窝棚前的土地。

等到入夜时分，窝棚里生起了白色的炭火，为了方便击中傲因，有人提议将铁块变成铁条，这样只需要一端加热即可。同时为了防止妖精舌头被烫后拉扯，铁条的另一端绑在了牌坊的柱基上。

众人没有等来傲因，先等来了甘霖。没有风助力的雨直直地砸向地面的一切，临时搭起的窝棚很快就四处漏雨了。几位年事已高的老者很快就以风寒入侵腿脚不灵为由想要撤退，可是外面的大雨完全挡死了回去的可能。

幸好准备的炭柴足够多，几个精壮点的开始不间断地往里续火，整个窝棚成为了方圆十里最亮眼的一个白点，烧得靠近炉火的铁条都已经通红发光。大雨带来的寒气被火焰的温度逼退，一层白雾笼罩在窝棚周边，虽然整个窝棚还是四处漏雨漏风，但温暖已然包围了众人。在火力的催动下，大家开始想象着大雨停了之后的生活，要抓紧救秧苗，要存水囤粮，还要接受百姓们迎接英雄般地迎接自己。

带头的老者被大家的畅想所激发，又开始了新一轮的慷慨激昂，历数了徐县令和宋师爷的诸多不足，把全县风气下滑、世风日下、民生凋敝、征伐不息等问题全都算到了他俩头上。众人在面面相觑中听出来老者是想要借着除掉傲因的机会向县令和师爷展现自身的能力,从而"救民于水火,挽大厦于将倾"。

就在老者口泛白沫说个不停的时候,齐刷刷的落雨声中传来了某种东西碎裂的声音,吓得听到的人鸡皮疙瘩起了一片,立马抱紧了双臂。老者的滔滔不绝也被打断了,正在迷茫间,一块巨大的石头从天而降,把窝棚边上的一个人当场砸成了肉泥。惊吓万分的众人慌乱中只能看清楚那是牌坊上的飞檐,它由巨大的整石雕刻而成。

还没等众人弄明白发生了什么,窝棚被砸塌后,雨水猛灌了进来,浇得火炉吱吱作响,升腾起的烟雾混合着炭尚未燃烧充分的刺鼻气味,白茫茫的一片又熏得人们睁不开眼睛。只听见有人带着惊恐的音调高喊了一声:"傲因把牌坊推倒了!"

这句话如同魔咒般,瞬间吓破了众人胆。有人为了自保直接抽出了滚烫的铁条胡乱地抡着,没几下就抡到了老者的头上,直接削掉了半拉脑袋。众人的慌乱并没有持续太久,随后倒下的整个牌坊掩埋了所有一切。

宋师爷第一时间赶到了现场,看到的是一堆乱石和红色的泥浆。他一言不发地扫视着现场,敏锐地发现了一枚铜钱。等他弯腰捡起才发现那不过是一枚雍正通宝。持续的大雨阻碍了现场的清理,除妖小分队的全军覆没却是不争的事实。

不管家人们怎么哭闹,宋师爷都只是公事公办地看着眼前的一切。对于傲因这一荒诞的说法,他从一开始就不相信,此时自然也不相信。相信的是永远没有到过现场的普罗大众。

毕竟道听途说已经可以满足他们的渴望，添油加醋的流言更能激起公众的恐慌。只要留给几天的时间，乌合之众自己就能从冰冷加热到沸腾。到那个时候只需要适当的引导就能水到渠成。

等到雨停下来的时候，铁匠的烂棚棚像是开了染坊一样挂着他收捡来的裤子衣服，那些花花绿绿的肚兜和绣花鞋甚是惹眼。铁匠以暴雨中打捞抢救不易的名义想要向失主们讨要点钱财，可是他却忘了，公开展示他人肚兜内裤，往往会导致这些东西成为弃物，纵使金贵也不会有人来应声。

晾晒了半天，铁匠一文钱都没赚到，相反倒成了众人询问的对象。一上午的时间至少十数人来问他有没有看到自己先人的棺材或者尸骨。这让他觉得十分晦气。

同样觉得晦气的还有宋师爷。他一边要处理老者一群人被牌坊砸死的案子，一边还要被击鼓鸣冤要求帮忙寻找先人棺材尸骨的民众所打扰。事情多得起堆堆以后，他内心无比冒火："嘿，下了一场雨，怎么都死到一块去了？"

表面上的怒火中烧并没能掩盖掉宋师爷内心的窃喜。此时的县令正在外与道士云游，自己主动请缨的剿匪大计已经准备了个七七八八。如今大雨成灾，只要再有三五回恫吓，士绅们的钱银就会源源不断地涌来。新娶的小妾粗懂诗文，温柔娇嫩更是让他受用不尽。只是好事不能一下子全得完。水满则溢、月盈则亏的道理他是懂的，凡事还是要留上一线的余地。

大好的局面让宋师爷在无人的时候恍如进入了仙境，走路都是迈着四方步，哼唱着随时浮现出来的戏词："不提当初犹小可，提起当初怒火燃。持理执法行不变，纲纪严明辨忠奸。""金梁玉柱能拔断，泰山依旧能凿翻。"

雨停之后，长生镇的人们都在拼命打捞残破的生活。王铁匠悬挂起来的花花绿绿始终无人认领，一个子都没有赚到不说，晚上还总会被奇奇怪怪的声音吵醒。等到第二天那些挂着的花花绿绿肯定会少上那么一两件。这让王铁匠大为光火，叉着腰在岸边漫无目地骂了一个早上。

等到老者的尸体从一片泥浆中捞出来的时候，惨烈的模样让旁观的人都大惊失色。宋师爷敏锐觉察到了众人的神色变化，这些脸色煞白的人告诉他，旁边竖立着的断茬清晰的石柱础已经不足为虑。老者被削掉半拉的脑袋让众人充分相信傲因的存在。那只本来被用来驱赶傲因的黑狗此时成了"妖精无所不杀"的明证。

宋师爷故意不清场的做法既让恐惧传播，也让自己的英明远布。他看着尚且矗立着的贞节牌坊，以"莫要再为害生人"为由下令拆除。还没等衙役们动手，围观的人群就已经将恐惧幻化成了破坏力，七手八脚间上面贴着的瓷砖就被扒了个七零八落，贞节牌坊成了裸露在众人面前的丑陋石砌构造物。

零散着夹在石缝里的铜钱加速了牌坊的垮塌，随后发生的事情已经不用宋师爷再说一句话。人们接二连三地开始推倒其他依然矗立在大地上的牌坊。不管这些牌坊曾经多么辉煌，为他们提供了暂时的遮风蔽雨之处，此时都在人们亢奋的打击下逐个倒掉。

失去理智的人群是最具有破坏力的，也最贪婪。宋师爷此时只需要安排几名眼疾手快的手下盯着散落在地上的铜钱古玩即可。即便是这样，最终也没收集到什么宝贝，都是些书刻经文，还被杂乱的人们踩坏踩脏了不少。

虽然没有得到什么实际的好处，但是宋师爷轻松地处理完了两起死亡案，现在可以悠闲地回复徐县令的问询了。望着遍地的石块，宋师爷下令就地分割拿来铺路，"以震妖魔"。死去的老者属于"为民除害而力有不逮"，应当由官方旌表后厚葬。他的命令得到了众人的一致拥护，哭哭啼啼的家属们便也不再说什么。

宋师爷继续乘胜追击，宣布"近日大雨诱发山洪，先民墓地多有损毁。官府将酌情异地重整安置"。听到这里，众人安静了，谁也不敢应声，毕竟是涉及自己先人的问题。面面相觑间有人怯生生地问道："敢问大人如何安置？"

"能救则救，不能者另行安置。"

宋师爷的话说给死人或许不会有异议，只是活人总有千百种算计。有些人已经开始悄悄地离开了，有些儒生也开始缩头缩脑。宋师爷可不会放过任何一个可以一鼓作气的机会，缓缓地掏出了一封书信，扬起来给众人看："这是宋某与方老太爷的往来书信。宋某告知了方家墓地被损毁的凄惨，建议方老太爷尽快处置。方老太爷体谅官府事项繁多，常遇众口难调之困，已经带头表示愿意由宋某人全权处置。还请大家放心。"

众人一听方老太爷都已经表态，便不再多言，三三两两地散去了。宋师爷露出了诡谲的笑容，此时的他已经是志得意满，宛如江山在握。

第三章
青城神鬼魔

营救徐知县

方老太爷总是内敛得不动声色，内敛得无声无息。他一贯信奉满招损、谦受益，中庸之道烂熟于胸。

这是典型的老式文人。他将行为法则融入了日常生活的规矩教条：日出而作、日落而息，饭只吃八分饱，话说一半留一半，做事也总是模棱两可，可进可退，不是那么爽快，也不是硬生生地拒绝。这倒不是说虚假应付的那种推托，而仅仅是性格多变想法多样的中和。

为人处世上的不轻易显山露水，也潜移默化地影响到了生活方式，据说方老太爷连呼吸吐纳、喝茶漱口都讲究吐一半留一半。这些在外人看来是繁文缛节、迂腐陈旧的举动，在幼时的方氏三兄弟看来都是"静心"的必备。在分家不分院之后就成了孝道礼数之一。

那么大的家业，每日张口吃饭百十张嘴，用方同海的话来说就是"放屁吹凳子"的事情还是少做，"有等那个屁的功夫还不如手拂袖抹"。方同铜相对务实一些："等到我跟老爷子一样不愁吃穿用度，我也修仙成神。"

久而久之，方同卿就成了用这些仪式来满足老爷子精神需求、生活方式认可的绝佳代言人。方定祥在父亲的威逼利诱下不得不低头，毕竟不能跟父亲给的压兜钱和爷爷给的好吃的点心过不去。也许是隔辈亲的缘故，有了方定祥的陪伴，方老太爷内敛的同时，每天似乎都很开心。

方老太爷内敛的性子几乎跟了他一辈子，长生镇尽人皆知。像徐县令、宋师爷，早早地就从属僚那里了解到方老太爷是个"会炸的闷葫芦"：平日里诸多事情从不积极表态，书信往来总是久久不见回音。一旦派人催促就肯定是被骂个狗血淋头，等到亲自登门拜访，又很难不被方老太爷扔出来的所谓"难言的隐情"说服。

徐县令、宋师爷总是在事后才醒过味来，意识到方老太爷实际上已经暗通款曲地做了很多工作，特别是在伍家衰败之后，方家早就已经拥有了左右乡里的绝对力量。方老太爷意志的生长阻碍了官老爷们势力的膨胀，撑起了可以讨价还价甚至平起平坐的空间。有些时候徐县令甚至有被牵着鼻子走的感觉。

徐知县念旧情，可是位置的微妙变化让他心中有了怨气。他想要教训一下这个不听话的老友，但又想要维护着表面上的和平。

宋师爷是断然不会接受被人牵着鼻子走的，他喜欢高高在上、众星捧月的感觉。为了这种快感，他打着为县太爷分忧的旗号，通过主动延揽各类看起来费心费力的差事，成了徐县令的"左膀右臂"。

士绅们心照不宣地默认，毕恭毕敬的态度更加让宋师爷飘飘然起来，与道台老爷曾经同署共事，与哪位巡抚曾经举杯共饮，哪位身在高位的还曾经是自己的小兄弟、是自己带出来的，都成为挂在他嘴边四处炫耀的资本。乃至于有好事者求证过几次，每次都换来当事人的茫然，甚至是鄙夷之声。哪怕是有些已经作古了的人，依然还是宋师爷嘴巴上的座上宾。

越是没有什么,越是炫耀什么。宋师爷的权力欲和表现欲被他施展得淋漓尽致。

狐假虎威。这是众人对他的一致评价。

纵使成了他人私底下嘲笑的对象,也并不妨碍宋师爷继续活在权力的空中楼阁中。

徐县令作为大印的主人、一县之长,却截然相反。作为一个父母官,他早就习惯了迎来送往中的趾高气昂与卑躬屈膝。经历过数个县令位子历练后的他,早就固化了丁是丁、卯是卯的处世规则。他更像是个提线木偶,必须应对着各种场景,早就练就了千人千面不留破绽的本事。

在他眼中,小心才能驶得万年船,含混方能立于不败之地。左右逢源永远要比固守一隅更加容易闪转腾挪。只要小心翼翼地把自己削成各种规制的榫子,时刻保证跟卯严丝合缝就是万事大吉。"俗话不说嘛,先出头的椽子先烂,榫卯合缝的才能使用上百年万年。""你瞧古往今来屹立不倒的建筑,躲过了战火、躲过了王朝兴替,还是那木头疙瘩造的经事。但凡用点铁钉铁皮,一定是从内部生锈腐烂,木裂楼歪,最后不复存在。"

这是他经常开导身边人的话,也是他的人生格言。在他的眼中,所有的人都不可能与自己的利益完全一致,严格来讲所有的人都是敌人。那么跟所有的人都不对付的下场只有死路一条。与其如此,还不如跟任何人都好说好聊,做个朋友。朋友的朋友自然就会更多,这样才能坐稳位子、挣得面子、有了里子、换得帽子。

徐县令的做派为很多儒生所不齿,骂他枉读圣贤书、书都读到狗肚子里的都算是客气的，骂他墙头草、乞尾犬的也大有人在。三载考绩中也有过过于油滑、迂拘软弱的评语。可这并不妨碍他活在五行中、跳出三界外，试想对于一个无欲无求、甚少贪取的官员，平日里又小心谨慎镇得住乡绅，团结得了百姓，已经是殊为难得的了。

随着年龄的增长，徐县令收获了威严的同时，那只无时无刻不按在印章上的手却日渐虚幻起来。在升迁无望，多次想要归乡养老之后，无为而治似乎成了他最后的精神追求。

"以水之柔，积久尚能穿石克刚。为人更应如此。""无欲者无所求，必然为至刚。"纵使有人劝他、怂恿他，他也多以"朱子是大圣人，尚且要存天理、灭人欲，吾辈岂不是更要去除心底之欲望？"反驳。

看似豁达背后其实是无奈，无奈于仕途、无奈于世事。无奈久了就变成了百无聊赖，更加随遇而安于左右逢源的官场游戏。

一场游戏一场梦，徐县令近年来过得逍遥而洒脱。

特别是他与四方道士的往来紧密，更有不理人间琐碎、只求得道成仙的架势。只是信与不信、诚与不诚，只有他自己心里清楚。毕竟作为一个混迹官场许久的人，不显山不露水是基本，只有讲讲大道理、过好小日子才是人生的真谛。

有宋师爷蠢蠢欲动，有方老太爷这种乡绅可资遣用，有伍家这样的丘八世家襄助，剩下的就是躲在云雾之中遥指远空。当然，徐县令深知大道无形的道理。他深信遮掩起来的才是好东西，迫不及待想让别人瞧的都是兔子的尾巴。

秉持着这一理念，任谁想要在县衙内找到一尊塑像、一张符谶都是不可能的。那个坊间传闻"县太爷万事不决必相问"的牛鼻子老道谁也没见过。

然而这牛鼻子老道的轶闻经过一番添油加醋已经散播开来：考绩的官员收到了密报，举报徐县令豢养邪道。为了查证，考绩官故意拉着徐县令在内衙喝酒。等到二人都醉眼蒙眬，徐县令已经吐字不清了，考绩官方才蹑手蹑脚地来到院子中四处探查。院子跟一般的府衙并无太大区别，甚至还略显寒酸，除了当地植物之外并没有奇花异草。没有太湖石这些大型装饰的遮掩，整个院子一览无余。

"哎呀。"考绩官边笑边连连摇头，"没想到徐县令居然还是个两袖清风的大清官。"他一边笑着一边在院子里瞎逛，逛着逛着发现院子的角落里放着一块奇怪的石头，似乎在压着一块泛着微光的布角。他好奇地弯腰搬起了石头，抓住了那块布角。刚刚掀开一点，已经有轻盈之水流了出来，很快就淹没了脚背。

考绩官正在惊奇之际，突然发现脚下的地面正在迅速变软下陷，原本轻盈透亮的水翻腾成为了黑恶之水。眼瞧着即将没过脖子，考绩官张大了嘴却发不出一点儿声音。焦躁之间，发不出声响的嘴巴里却伸出了一只纤细的手，被徐县令拉拽了上来。他惊魂未定，徐县令已经飘然而去，留下了一句"未知之道，别有洞天"。

此事很快就被徐县令亲口否认，说当晚喝醉了，发生了什么一概不知。只知道第二天考绩官人已不见，在院子里留了一摊呕吐秽物。说到此，徐县令还不忘自责几句："都怪我那日把家丁都差遣了出去，家眷也不在家，导致如此狼狈，有失待客之道。"

考绩官则一口咬定当晚的确遇到了诡异之事,而且怀疑救自己的并非县令本人,据他回忆,拉他的那只手冰冷无比,那只手的主人面无表情,脸颊还像纸一样地卷起。"定是邪道妖人的纸人纸马术。"

只是毫无实证也无人证,很难让知府大人相信,反倒成了徐县令没有豢养妖僧邪道的佐证:倘若真有邪道存在,只需躲藏起来让人找不到就是了,为何犯险现身?

被知府训斥一番的考绩官并不服气,千方百计地想要寻找并拉拢一个人证来证明自己所言非虚。可他找了一圈才发现,徐县令以下几乎都是不入流的小官小吏。县丞、主簿早就已经开缺许久,典史、巡检、驿丞、闸官、县仓大使等属官更是或因县内无坝无仓而未设。

长生镇虽然是因八旗始设,但现在早已无旗军驻扎,绿营武职更是无从设置。想要离间县衙里的属官看起来殊为不易,虽然宋师爷一直有着县令的梦,可他也精明地知道徐县令倒了未必自己的屁股能挪到那个位子上去。万一来个不如徐县令的,可能连手中这些权力都会被收走。

考绩官的四处游走最终惊动并惹恼了重庆知府,知府大人对这个外来的考绩官企图搅动治下的宁静感到莫名的愤怒。巴县作为重庆府治下十一县两州一厅之一,扼守两江交汇,尚武乐贫之风盛行。

本地居民与外来士人难以融合,几分薄地除了光景好的时候能够完粮够吃,其余年份都是饥一顿饱一顿。诸多捐官候缺的官员到任后都被满目的菜色所震惊,待不了几日就主动辞官而去,甚至有人宁愿前程尽毁也要选择不辞而别。还好徐县令如鱼得水般地坐稳了位子，治理出了些许成绩。不然就是一群饥民难民整日围着他的府邸，让他不得安生。与巴县比起来，其他几个州县已经足够他头疼的了，此时因为一个捕风捉影的由头就要换掉能挡事、能平事的干吏，这不是吃饱了没事儿干么？

但是考绩官硬是一根筋地想要走到黑，还要联合几个官员上奏。无奈之下，知府只有亲自出马，企图说服考绩官。

"官员的绩廉一直都是国之大事，选贤任能、裁汰冗员都要靠考绩。刻功兄此番秉公处置，没有半点私心情谊，着实让人钦佩。"知府上来就是一番恭维的话语，让戴了高帽的考绩官有点飘飘然。

"府台大人过奖了。都是职责所系。仰仗府台大人深耕精育，下辖官员无不尽心用命。近些年来虽然世道不稳，灾荒连连，各地兵乱、匪乱、拳患此起彼伏。反观府台治下，各辖区内不仅没有发生大规模的饥荒、抛荒、逃难，还出了几位远近闻名的贞洁烈女，商贸农林更是所出丰盛，满足本地所需之余还能远销陕甘等地，可以说是街上夜不闭户、百姓安居乐业。此番盛景全赖府台大人治理有方。"

"哎，"府台大人连忙摆手打断，"过誉了，过誉了。都是皇恩浩荡、同仁用命、百姓齐心，才有今日小成就。都是职责所系，职责所系。怎当得刻功兄如此谬赞。"

"府台大人太过自谦了！"考绩官突然话锋一转，"都说这考绩考绩，绩优者得意洋洋，劣等者怀恨在心。名义上外来和尚考核本地僧，实际上都成了无根之水、可恨之人。当年我从京察外放，没想到这一放就成了到哪儿哪儿不喜欢、人人不待见的主儿。"

府台大人没有想到考绩官开始大倒苦水,只有拿起酒壶给他倒上酒水,安慰道:"刻功兄从来都是秉公办事,既不向权贵低头,也不向下官索要好处。我要是有你这样的口碑,他日归隐也能心安理得。不知所为何事,今日有此感慨?"

"哦,看来是卑职言语不当,让府台大人过虑了。"考绩官连忙起身作揖,吓得府台大人也只好屁股离凳、双重搀扶,等到二人都再次落座,考绩官才继续说道,"我只是感叹时光已逝,当年在京是个闲差,没有外放为官。后来得了考绩的机会,没承想接到了就离不了手。整日里都是研究信札人言,钻研考成之法。一直以来都是对他人指指点点,玩些文字游戏、酒桌空谈,现在须发花白了,才发现一无所成。此次考绩感触颇多,加倍感到羞愧。没承想被府台大人所误解了。"

这一番话说完,顿时让府台大人也摸不着他的脉,是褒是贬更是无从判断。只有将计就计:"刻功兄如此一说,倒是让我好奇万分,不知能否讲述一二?"

"哈哈哈,"考绩官爽朗一笑,连连摆手说,"我并非自怨自艾之人,也非乱嚼舌根、背后非议他人之人。若非府台大人说起,绝不会跟外人谈起。"说到这儿,他故意卖了个关子,不再说下去。

府台大人只得悻悻地端起酒杯,装作毫不在意的样子说道:"考绩官就好比是医官,总要在人身强力壮的时候发出几声警醒。多半还都是关乎生死的诤言。俗话说医官不医好,就是报丧鸟。"

说到这儿,二人相视一笑,举杯一碰,算是达成了酒桌上的第一个共识——不能断人仕途,只要能活下去,化敌为友也是可以考虑的选择。

考绩官缓缓地碰杯,却迟迟未喝,仿佛在回味着什么。知府大人已经开始夹菜:"尝尝樱桃肉,还有这西亭脆饼,都是我府上的厨子现学的。可能没有刻功兄家乡做的地道,但多少也是那么个意思。"

"知府大人费心了。这巴蜀大地气候潮湿闷热不说,菜品也是重盐偏麻,我都快受不了了。"喝完酒后,考绩官夹起一块脆饼,端详着,"西亭脆饼十八层,层层分明能照人。知府大人不仅懂我的乡愁,还懂我的心愁啊!"

当他说出那两句诗的时候,知府大人已经有点悔青了肠子,他知道这个人有点不好对付。

"这饼可是大费周章,光这做法都是找了许久,才找到一位曾经在复隆茂号当过学徒的人教授一二。材料选的是上等精白面粉,本地的灰面压根不能用,都是托大同号专门从上海购置的。前后经过揉、叠、压、烤二十八道工艺才做得。"说到这儿,知府大人得意地一笑,说道,"刻功兄对脆饼显然比我更加了解,我这都是班门弄斧。"

考绩官摆摆手道:"知府大人不仅会吃还懂吃,自愧不如。"说完他把手中的饼一掰为二,一半投入了茶杯之中,一半送入嘴中。待到咀嚼完毕,又端起已经泡软的脆饼:"脆饼一定要两吃。干吃松脆香酥,越嚼越香。软吃再配上一杯热茶,既鲜甜又有茶香。"

看着吃得有滋有味的考绩官,知府大人觉得川人形容此类人的那句话万分贴切。此人真的是宝得有盐有味的，前脚夸我会吃懂吃，后脚就示范干吃软吃。这不是明摆着端着碗筷吃饭，放下挥手打脸吗？假如这种怪人是自己的手下，一定早就不知道死过多少回了。

一时间让知府大人也没了主意，只得学着来了个一饼二吃。那摊外表软如泥、内里依然脆硬的饼着实说不上来是美味，倒像极了面前的这个人——藏着掖着的不过是些许小权力，却能发挥出掣肘掐喉的效果。被人掣肘掐喉总归是不爽的，毕竟我为鱼肉、人为刀俎。知府大人觉得有点羞辱，自己的一番好意成了他人羞辱自己的借口：一个饼老子还不会吃吗？就算是再怎么讲究，这终归也还是一块饼，也还是自己的地盘。

"确实别有一番风味。"知府大人装作不经意的样子，筷子一松，只咬了一口的饼自由落体般地掉进了茶杯里，茶水溅湿了一小块桌面。他却不以为意，用食指蘸着水，画着圆圈将桌上的水越画越大。扩散的水圈很快就把掉在桌面上的饼渣渣圈了进去。那些饼渣渣一开始还倔强地站立着，很快就在水的湿润下趴了下来，晕染开来，碎裂成了面粉原有的形态。

"想来我那满口牙齿都掉光了的老母亲也能享用。之前老人家特别喜爱吃面食，像个山西人，顿顿离不开面条、面鱼、面疙瘩、面饼。哎哟那个喜欢哟，你可不知道。说出去都能让人笑死。你想那些死面的东西，年龄大了能消化吗？咬起来也费劲。有一年吃烩饼，许是厨师起得急了，饼夹生，里面有硬心子。愣是给崩掉了一颗牙齿。"

"哎哟。"听了知府大人这一描述,考绩官觉得自己的牙齿莫名开始痛楚起来。

知府大人没理他,继续往下说:"后来我说给老人家做副假牙,从成都府给请来的西洋大夫。拿着那小圆镜给照了半天,说是不用做假牙。"

"不用做假牙?难不成用真牙?"

"对啊,我也纳闷。不都是拿金拿银做假牙吗?没听说过还有不用做的。这要是用真牙,上哪儿弄去啊?找活人拔一个?您别说硌硬不硌硬,那被拔牙的人不就成豁口了吗?这要是找动物的,那岂不是挑战人伦?你说这人嘴里有个狗牙算怎么回事儿?"

考绩官显然被知府大人的故事迷住了,不自主地接话道:"是啊。难道西洋人还有其他法子?"

"有。"知府大人终于画完了桌子上的图案,确切地说是把桌子上的水给抹匀用干了,"洋人说老太太本身就多长了三颗智齿,两颗冲下,一颗横生。都没对着该对着的齿儿。这不刚好崩掉一个嘛,就用铁丝把牙齿箍紧,慢慢地把牙齿给收起来,既能把掉了的那颗牙的位置补上,又能把智齿错位的事情给解决了。可以说是一举两得。"

考绩官丝毫没有听出知府大人话中深意,仍然饶有兴趣地问道:"真有如此奇特的医术?这自体之物肯定比外来之物更易被接纳,可这牙齿自成年后就已经定型,可是几根铁丝可以轻易矫正移位的?"

"谁说不是啊。都是取之易,替之难。"知府大人略带深意地望了考绩官一眼,继续说道,"那个西洋医生拍着胸脯保证万无一失,特意量身定做了一个石膏模型展示功效。还说什么背后有教会的医团当参谋,英吉利皇室都找他看牙。我也就信了,按照医生要求还专门请了堪舆师看了天气。

"到了那天果然是晴空万里,太阳照得都晃眼睛。你说那西洋人,究竟是怎么想的,拿出来的那些工具啊,不是刀子就是叉子,还有斧头锯子。看得我哟,后来吃西餐的时候都害怕,总觉得洋人、厨子、医生不分家。反正他们那菜也都血呼啦差的,牛肉永远都带着血水,现从鱼肚子里取出来的籽籽就是一盘菜。喝的酒也跟血很像,说他们茹毛饮血一点儿也不过分……"

知府大人自顾自地说着,说到这儿才意识到怠慢了客人:"哎呀,你瞧你瞧。这年纪一大,说起事情来老是刹不住。莫要见怪。"得到客人礼貌的回应后,他又继续说了下去:"说到……说到哪儿了?哦,对对对。说到阳光热烈了。那个西洋医生,叫啥皮尔斯,道格特·皮尔斯。"

显然,知府大人把医生的职业当成了他姓名的一部分。"拿着手钻就开始钻。你知道木匠钻木头吗?跟那动静差不多,但是尖锐了很多。听得家仆们都听不下去啦,都捂着耳朵躲清净去了。"

考绩官再也没有了之前听故事的兴致盎然,开始有了家仆们一样的煎熬之感。

"你说这怪不怪?牙齿。"知府大人举起两根手指,比画了一个牙齿的样子,"除了根部与血肉相连,其他部分都是死的。钻起来只有牵扯之感,本人无甚痛苦,旁人却备受煎熬。"

知府大人的手指停在了空中，目光中也没了之前的含糊混沌，犀利地看着考绩官。看得后者不由自主地打了个冷颤。只在这一瞬间，知府大人的目光已经恢复了和蔼温柔。

　　"打完洞了再辅之以铁丝固定。说什么要逐步收紧，以达到紧固之效。西洋医生这一手术一做就到了日落。你还不得不承认洋人这花样是多，每用一样器具都要消毒。皮尔斯长了手却又像没长一样。所有的器械都是助手递给他，连擦汗都是。中间还嫌我这院子灰尘太大，家仆们不间断地泼水，泼得我这院子都成湖了。"

　　考绩官已经有点如坐针毡了，他已经忘不了知府大人举着手指盯着自己的样子。

　　"好在后来西洋医生说手术十分成功，老人家遭的那些罪也就不算啥了。我们家老太太后来埋怨了个把月，说她一直张着嘴，下巴都要脱臼了。说什么铁丝劳什子老磨嘴皮子，整得满嘴的小包。

　　"本以为这下可以一劳永逸了，可没承想，这西医啊，始终是外来的和尚，经念得再花哨也不对付咱国人的耳朵。别说把牙齿排列整齐了，反而连累了好的牙齿，没几个月，老人家的牙齿就落光了。"知府大人说到这里开始面露痛苦之色，眼睛里开始闪着泪花。

　　考绩官这才明白，或者说是才确认知府大人这是在敲山震虎，话里话外看似在诉说尽孝不能，实际上是在告诫他不要做只会念歪经的外来和尚。

　　"更可气的是洋人最后说是老人体质不好，还拿出了新的解决方案。"知府大人叹了口气，"是一副假牙。说是玳瑁做的。戴上去才解决了问题。不然那人啊，没有牙齿撑着脸都是垮的，看不得、看不得啊。"

停顿了一会儿，知府大人又说道："你看一个小小的牙齿，不痛不痒的时候，没有把舌头咬破的时候，你永远都感受不到它的存在。可当它疼起来了那可真要命，牙齿没了更让人无法正常进食，时间一长人就软了废了。在四川待了这么久，几乎年年有涨水溃坝之事，所费颇多。每年征发劳力民工不计其数。可是无论再怎么认真仔细，严查贪污昏聩，永远都会出现堤毁人亡。这个问题一直困扰着我，让我吃不下睡不着。你想想，花着民脂民膏修的大堤大坝，最终又冲了万千百姓的家，别说老百姓骂娘了，冲击府衙都是可以理解的。"

"按理说只要监工到位、工序合理、用料真实，是不会出现溃坝的。都江堰千年来定期疏浚，大修未曾中断，不也一样可以坚持使用至今？"考绩官心里松了口气，心想难熬的话题终于可以结束了。

"理是这么个理。可就算是拿蒸熟了的土盖坟，几年过后也保不了会长草。古人云，千里堤坝毁于蚁穴，这些年我是深有体会。"知府大人又把话绕回到了他想要说的领域，"很多时候你觉得安枕无忧了，半夜里就一定会被衙役们叫醒，告诉你又出事了。即使你阖夜不睡地在大堤上梭巡，看到万无一失了，也总会有泉涌在后方出现。简直是防不胜防。"

考绩官听明白了，知府大人所说的水患并非水患，堤坝也绝非沙石所筑："这些倒是有所耳闻，每年朝廷为了兴修水利安置灾民都会拨出大量银两，倘若层层奉旨为民用心用命，想必不会出现知府大人所说的问题……"

话还没说完，知府大人就打断了他的话："刻功兄的意思是我等有违圣恩尸位素餐喽？"

"知府大人误会了。"考绩官似乎在有意对着干一样，执意要把自己想说的话说出来，"本朝以四柱册为考绩依据，目的就是考察官员操守、政事、才具、年力，我等考绩官员为……"

知府大人不耐烦地抢话道："为国选仕，为民察情——哎呀，这些话、这些大道理谁不懂？老兄你这么多年辗转了这么多地，还不清楚下情？"

考绩官沉默了，似乎想起了之前在京城坐冷板凳，外放后遭人白眼的时光。作为一名读书人，从一名不入流京官转身一变成为考绩官之后，虽然品阶未变却已然是踏入了另外一个世界。

平日里门可罗雀的寒酸宅院里开始车水马龙起来，各路人马接踵而至。很多时候甚至人未到，求情说请的先来了。来人所送金银财宝远超想象，据同僚指点，若是收下基本可保未来三年无虞。"那三年之后呢？"当时尚且不懂这些门道的他追问着，被同僚当作了怪物看待："三年之后又是大考之年，你说呢？"

事后的诸多事实证明，他的确成为了有名的怪物。他在考绩路上执意住驿站、被地方官员唆使民众围堵，甚至于被沽名钓誉之徒欺骗玩弄，都成了圈内流传已久的事实。这些窘迫的过往不仅仅没有给他带来清廉的名声，反而成了迂腐不知变通的佐证。

"成天翻翻奏章、看看账簿、对对律例、升堂审案就能发现基层官员的问题啦？福建漳泉二府'宰白鸭'刻功兄可听说过？"知府大人抿了一口酒，斜眼瞄了下茫然的客人。

考绩官像是入定了很久方才醒悟的僧人，连忙摇头："'宰白鸭'是何物？未曾听说。"

"哈哈哈。"知府大人长笑道，"这'宰白鸭'可不是吃食，而是人！"

"人？"考绩官吓了一跳。

"对，是人。"知府大人平静地说道，"福建靠海，生计不唯农耕。下南洋或者出海行商的人极多。明朝时受到倭乱骚扰，崇尚武力，村与村之间械斗不断，邻与邻之间也多有罅隙。富裕人家寻仇，不小心把人打死了，就会出钱找穷困人家买一个身形差不多的男丁来顶罪。当地人称为'宰白鸭'。"

"此等事情只要查问一二自能查明，有何困难？"考绩官不解地问道。

"是啊。你我都知道要人证、物证、口供吻合才行。可是被买来顶罪的压根不等你审问，就竹筒倒豆子一般地和盘托出。认罪认罚，以命相抵也甘愿。甚至有父母官看出猫腻想要为其洗冤都不愿意。"知府大人略微向前探了探身子，问道，"你说这是为何？"

考绩官仔细想了想，不自信地问道，"难道是为了钱？可跟钱相比，命更重要。留着青山在不怕没柴烧。只要有命，钱随时可以挣。想必没有谁会傻到以命换钱。"

知府大人听了这番书生气十足的话被逗笑了，他的笑让考绩官十分不解："知府大人为何发笑？"

"当一个卫道士总是容易的，脱离了现实从纸张里获得的道德就是伪善。"知府大人用食指点着桌子说道，"苦主要求偿命，宗族想要袒护族人，杀人者想要保命，官府想要破案，百姓想要公平，你说该如何是好？"

"自然是缉拿凶嫌从速审理，公开公正以正视听。"

"按道理应该是这样的。可有些时候，很多事情它并不讲理。"知府大人解释道，"譬如生苗熟苗、洋教红莲教，朝廷早有成例。一样会遇到法外之事，按照成例无法让各方满意，必然会导致祸乱。不按照成例吧，又常常会被弹劾。再说到这具体的地界上，那更是一方水土养育一方人，陋习败俗那是不胜枚举。想要改变就必须春风化雨持续改进，不是宣谕一番就能涤荡一空。"

知府大人的一番说教再一次离题万里，让考绩官听得云里雾里。他自然知道乡土中的宗族士绅是多么地强大与难缠，但他不信这些人是超越法律的存在。

"都说普天之下莫非王土，实际上呢，皇权就是到不了县啊。万千读书人苦读圣人之书，考取了功名当了县令，可是除了那个衙门里面他说了算，出了大门可都是民风淳朴的百姓啊。那群人饿了知道要粮，遭灾了知道要钱，遇不平事知道吼三吼，可是把自己弄干净活明白却是难上加难。除了向别人倾倒苦水，就是胡乱嚼别人舌根子，看不得他人些许进步，在他们眼中，你就是拯救了天下苍生，也可能是个好色之徒。他们要求他人成圣成仙，却对自己说人无完人。一面说着钱财乃身外之物，一面只要有了丁点利益就要撕扯一番。"

"愚昧！"知府大人的话还没说完，考绩官就愤愤然地说道。

知府大人意味深长地一笑。"愚昧是会传染的，跟贫穷一样。"知府大人顿了一顿，"'宰白鸭'早在圣祖康熙年间就已经有了，为何三令五申仍未禁绝？究其原因还是一个穷字。穷致困，困才绝。一旦遇到了顶替者一口咬定不肯翻案的情况，官府一般就会睁一只眼闭一只眼。原本不可能全部满足的，现在就有了回转的余地。你瞧，有人偿命，苦主九泉之下可以安息。宗族保护了族人，以后族人更加听从族长号令。杀人者得以保命，官府破了案子，百姓得到了所谓的公平。"

"可顶替者却丢了性命，成了冤案！"考绩官依然固执地守护着身后想象出来的大同世界，在那个世界里，这些奇谈怪论都不存在，甚至人心也都是向好向善的。

"顶替者是丢了性命，可是得了一笔这辈子赚不来的银子。"知府大人再一次道出了个中奥秘，"有钱能使鬼推磨，也能让活人闭嘴。这一笔银子可以给兄弟姐妹们读书穿衣，温饱无虞。再也不必卖儿卖女过活，岂不是一大好事？这么看来，官府看似糊涂，但是却皆大欢喜，何乐不为？"

"这……这实属是草菅人命。"考绩官死死守护着身后的理想世界，可他惊悚的表情和颤抖的声音表明那道防线正在不断地压缩。

"草菅人命？"知府大人略微坐直了下身子，"很多时候，顶替者的家庭还阻拦官府为其翻案，要求速判。只因为已经拿了别人家的银子。"

考绩官脸上的惊悚之色已经变成面无血色："这……怎会

有此等骇人听闻之事?"

"最多再给苦主家点银子,这事儿就了了。多么美妙的一个泡泡,可你非要戳破它。那就不美妙了,还会溅得到处是。"知府大人敲击着桌子上的水,激起了细微的水滴。

这番话已经说得十分直白了,直白到就差指着鼻子说了。考绩官纵使再愚钝也能听得出来。就在他还想固执地守护自己身后的世界的时候,知府大人再一次敲击了他心理的边界:"你我这样的外来户,不拜码头、不敲山门是戴不稳这顶乌纱帽的。对于地方官员的考绩,不过八个字而已。与这人命相比,说小很小,不过是纸上游戏。说大也很大,毕竟干系到一地人民福祉。"

考绩官默然许久,起身拱手道:"今日受教良多,知府大人的话容我细细品味。"

知府大人起身拱手回应道:"只是几杯清茶,闲聊几句。"

"恕在下不胜酒力,告辞。"考绩官说完要走之间,发现衣袖已经被拉住。知府大人亲切地靠近来说:"那兄弟我送送你。"

两人相让间已经走到了院子里,月光如银线坠地,树叶随风摇摆间摩擦出窃窃私语之声。考绩官望了望十几步之外站岗的衙役,知府大人已经敏锐地捕捉到了这一眼,说道:"刻功兄放心,今日小院内只有咱俩对酌,再无他人。仅你知我知,天知地知。"

考绩官听了微笑着回应道:"风也知道,月亦知晓。"说完二人相视哈哈哈大笑。

知府大人一直相送出府,送至停在府前的一顶二人小轿前。考绩官突然回头，握着知府大人的手，全然不理会已经被掀起的轿帘和周边相送的随从："此次考绩，重庆府治下巴县，徐知县政绩突出、治理有方、四下安宁、民望甚高，不过辖内有零星匪患需要铲除。不然我看举个卓异都是可以的。"

近乎一记冷箭的话语让知府大人有点不知所措，但对于他这种纵横官场多年的人而言，已经习惯了各类节外生枝、话里有话的场面，应对起来早就从容不迫："刻功兄放心，剿匪是大事，本府一定亲自督阵。"

看着远去的轿子，知府大人长出了一口气：至少有八成的把握可以确保本次考绩不会出现岔子。至于所谓的"卓异"，他压根就没奢求。这个"卓异"不仅他说了不算，考绩官说了也不算。按照朝廷制度，必须由督抚考评鉴定，经吏部复核后安排引见，受皇帝召见后均加一级回任等候升迁。

大计考核为卓异是有定额的，川东道及下府州县官加总在内才十五选一，基本上是凤毛麟角。对于他而言，要的是一团和气，而不是一枝独秀。临别前考绩官指出的问题显然不是说给他一个人听的，在场者都听见了，这是最麻烦的地方——不怕人忘记，就怕人惦记。倘若不做出点实质性举动，不剿灭几个匪首，断然是堵不住悠悠众口的。

当然，这个堵住悠悠众口的事情不会是知府大人亲自去做，也不会只有一个人去做。知府大人深知很多事情零敲碎打成不了气候，响鼓重锤才能声名远播。对于剿匪这一有点类似于捉老鼠的游戏，重点在于找到巢穴、煽风点火、四面围堵。

为了达到目的，正规军配合乡勇团练的组合刚好适用，既能让八旗老爷们活动活动腿脚，又能让乡勇团练们学会打仗放枪，顺道还能劫财充盈下府库，可谓一举多得。于是，经过春天的夜宴，夏天的筹备，秋天的操练，等到冬天的时候，一场大范围的剿匪大戏开演了。

歇居青城山

徐知县在去青城山的路上收到了知府大人的来信，也知道了此番考绩的来龙去脉。徐知县松了一口气，现在看来只要做好剿匪一事，就可以高枕无忧了。

于是徐知县放心地把这事儿全盘甩给了宋师爷，给了他一个夏天的时间来整军备战。毕竟到了秋天，那些农民凑成的军队会立马化作溶解在稻田里的粉尘，抓不住也捞不起。秋季收割完足够的粮食，不仅能够完成钱谷任务，还能充实一下剿匪的粮草供给，可以说是万全之策。

徐知县依旧带着家人随从前往青城山。方老太爷一家早几日已经上路。久不出门的父亲突然决定进行这一次长途旅行，让方氏三兄弟都大为惊讶。

成年之后，兄弟三人各自分担了一部分生意，父亲几乎从不干预任何经营上的事情。他们早就已经习惯了生意上的奔波劳碌和家庭上的无暇顾及，只需每日前来问候或者陪着老人家坐一阵子，就是一家人的团聚。类似的远行几乎未曾有人提及。

他们不知道这次前往青城山的目的是什么，但父亲的决定还是让他们无条件地遵从。

因为他从来都是说一不二。

按照老人家的习惯，光他要看的书籍字画，要用的茶具文玩，要写字的笔墨纸砚，都挑了又挑、选了又选。前前后后在书房里折腾了小半月，等到出发那天愣是陆陆续续搬出来了五个大木箱子，衣服却没带几件。满满当当的塞了一辆牛车，箱子顶上还摆着方定祥吵着闹着非要带着去的火轮船模型——那是他大伯从武汉带回来的，里面是木头，外面包着铁皮，硕大无比又死沉死沉的。

方氏三兄弟就简单得多，除了家眷和必要的衣服，几乎就没有其他东西。相比之下，方老太爷像是去常住的，他们则像是短居的。后来的旅途证明，老人家成功地消磨掉了在路上的时光，却又因为几乎没带衣服饱受了寒气侵蚀。

方氏三兄弟几乎拿出了所有的时间来睡觉，用所有能用的被子、垫子、衣服抵御全程的颠簸。一直处于半睡半醒状态的他们，在夜晚投宿后失去了所有睡眠的欲望。方同铜说他们哥仨晚上眼睛瞪得像发光的铃铛，兄弟三人开始了秉烛夜谈，谈起他们小时候的趣事，长大后的烦恼以及生意上的无奈，直到东方泛起了鱼肚白，还意犹未尽。

众人之中最为兴奋的就是孩童，他们憋了一整天的精力都在夜间得到了充分释放。男孩女孩们混作了一堆，举着纸鸢竹枪互相追赶着，成了坎源山水脏洞里的混世魔王。打打闹闹间给萧条的驿所增添了许多生气。

方定祥只能享受到一半的乐趣，还没等到他跟父亲打闹完毕，就已经听到了爷爷呼唤他的声音。那个声音响起的时候说明老人家已经洗漱完毕，等着他去做书童把近几日的报纸读一下。虽然稍有不情愿，但是晚间的时候爷爷让他读的都是些小文或者乡野趣事。

那些小字在昏黄的光线下困扰着老年人的视力，就算是方定祥也辨认得很吃力。他又不能完全识得所有的字，有些时候会连猜带蒙且稀里糊涂地往下读，念半边、去上下的念法总是让方老太爷先是发愣后又发笑，引得方定祥慢慢地觉得这个"差事"并非那么枯燥。

就这么在路上耗费了十几日的时间，他们才赶到青城山脚下，接下来就是换成滑竿上山。方老太爷的几个大箱子再一次大费周章，争吵了许久才谈拢一个比较好的价格。导致运到山间别院的时候，老爷子因为无事可做大发雷霆。

久无人住、略显荒凉的小院已经被重新收拾得颇具人气。在门房的帮助下，方氏三兄弟重新栽种了植物，更换了长满了青苔的石板路。在女人们的巧手下，原本青色灰色的门帘、被褥也都有了粉黛之色。方老太爷依然沉浸于读书写字，他的字画慢慢地变成了几幅装饰品挂在了院子的门楣上、角落里。

子夜时分，徐县令才姗姗来迟，开门人慵懒地开过门就又躲进了自己的小屋里去了。前院里逐渐被堆满了行李。徐知县径直进了西院，推开院门冲着方老太爷的房间而去。方老太爷此时尚未休息，仍在屋内写着大字。看到敲门后进来的徐县令，老人家大喜过望，忘了笔上还蘸着墨水，直接就搁在了桌子上。

二人寒暄过后，徐县令指着已经晕脏了的字幅念道："正身直行。写得好啊，可惜'行'字被墨污了。可惜可惜。"

方老太爷像是被表扬了的孩子一样，羞涩地红了脸颊，一边摆手说写得不好，一边拉着徐县令向茶桌走去。

"'正身直行，众邪自息。'这可是《淮南子》中的名句。"徐县令捻着胡须笑眯眯地问道，"怎么，方兄不念孔子书，改修道了？"

"哈哈哈，你老弟又在揶揄我。"方老太爷一边倒茶一边回道，"你这个弯酸的样儿一点儿也没变过。我长你十几岁，你尊称我方兄，说我念孔子书，这不就是说我是孔方兄嘛。我就是写得再高雅，你这一说也是满篇铜臭味。"

"哎，你可别这么说。"徐县令品了一口茶问道，"这是敬亭绿雪？味道好，味道好。要不是你的铜臭，我估计还喝不上这茶。"

"好久没喝到了吧？"方老太爷有点神秘地说道，"这茶倒不贵，就是从江苏镇江运过来要费点周折。"

徐县令又品了一口茶，缓缓说道："这本地茶叶除了老鹰茶就是砖茶，喝得我一身霉味。四川倒是产茶叶，每年十几种名茶，可产量太少现在连进贡都困难。黑市场价格又高得咂舌，你我无福消受。不过你放心，这次来青城山我托了熟人，隔日会有此地芽茶中的上品沙坪茶送到。这茶可是产自丈人山一带，味道绝了。"

方老太爷一边点头一边接过话茬："现在茶叶生意是不好做。往年都是卖茶到西藏赚钱，听说英吉利人在印度设立了公司以种茶制茶，不仅价格便宜很多，质量也比砖茶好了不少。"

"是啊。茶叶一滞销就没人种茶叶，那些费了功夫从上海、汉口买来机器的制茶工厂还没回本就倒闭了。长此以往我看不仅茶叶喝不上，贡茶凑不齐，估计连西藏也要乱哟。"

"西藏？"方老太爷有些糊涂，问道，"这四川的茶叶还跟西藏有关系？现在不是有洋人的茶叶供应了么？"

"这每年四川总督要往朝廷进贡十样茶叶，其中四川雅安的仙茶、陪茶、菱角湾茶、春茗茶、观音茶五种要用银瓶装，每年不足贡的还要拿其他名茶补上。这些贡茶是不挣钱甚至赔钱的。"徐县令拿起一个点心，掰掉了一块放进了嘴里，"这笔钱要从其他地方找补，最好的方式就是卖茶引。"

"茶引这个我知道，跟盐引一样。"方老太爷接话道。

"对，但这也只能是补上窟窿。全川其他茶叶挣的钱还要拿到西藏去巩固边防。"徐县令从剩下的饼上掰掉了一大块，现在那块饼只剩下了捏在两指之间的碎末，"之前是有富余的，可现在不行了，西藏也就越管越差。每个月都有洋人非法入境、滋事打人。我看洋人哪，一开始是惦记着茶碗，现在惦记的是咱们的饭碗。"

"饭碗？"方老太爷听到这里一时有点转不过弯来，"西藏又不产粮食，据说寸草不生，只适合养养牲畜，怎么会影响到饭碗？"

"西藏只是第一口嘛。"徐县令吃掉了最后一点饼渣渣，"西藏若丢了，下一步不就是云贵川？天府之地丢失了，你我就只有端着饭碗去湖广讨饭吃了。"

方老太爷皱着眉头，"这我倒没想太多。看来一心只读书是不行了，快成井底之蛙了。"

"您老兄哪里是井底蛙？光方家的生意就已经是一张官府都不及的网络，别说张家长李家短这种邻里八卦，任何市场上的风吹草动都在您老兄耳朵里、眼睛里。那可是比我还管用的千里眼、顺风耳。"

"您就别酸我了。"方老太爷苦笑道，"现在世道不好，方家也就做点柴米油盐、衣帽皮货这类的生意，还要时刻提防着遇到匪徒、碰到洪水。本来就利薄，一场灾一次难就一年白干了。"

徐县令听了扑哧一声笑了出来："食利者货殖者也，奇货可居但奇货少啊。这个年月能安心写字、有心喝茶的，已经是人上之人了。你老兄还不知足。"

方老太爷听了这揶揄的话，也不生气，说道："安心写字、有心喝茶，那是因为无心应付时局。只好躲入小楼成一统喽。"

"哈哈哈。"徐县令被方老太爷这一番机智的话语给逗乐了，"我也想像你老兄一样不问世事、不应时局啊，怎奈何身不由己。"

"你可是一县父母，生杀予夺大权在握，怎么会身不由己？"方老太爷问道，"况且现在一切都理顺了，本地也无大的问题，百姓们都很爱戴您啊。"

"方兄有所不知啊，我早就想挂印归去了。实在是知府大人不让。"徐县令叹口气说道，"早知道当日我也该学你，不去考取功名，回乡做个生意人。"

"我当日是书生意气，以为学子上书可以成事。没想到百日维新之后就重归于死寂。官府不追究我的责任已经很不错了,哪儿还敢谈什么功名?更何况这些年来若是没有你的帮衬,方家生意也不会做得如此顺风顺水。"

徐县令听了摆摆手说道:"说这些就见外了。你们方家也没少出钱出力出人。咱们当年百无禁忌大谈国是的情景我还历历在目。这人哪,一老了就爱怀旧。就跟在眼前放那西洋景一样。"

"西洋景?"方老太爷有点没听明白,他努力思索着,仿佛在报纸上并没有看到过这个东西。

"就是有个大盘子,人手摇动它,通过烛光就能把缩小在盘子上的影像放大出来,而且还是能动的,活灵活现。"

徐县令的解释依然没能让方老太爷明白,二人很快就在叙旧与惆怅的氛围中开始了新的话题。那一夜灯光一直没熄过。等到第二天方同卿来叫老爷子吃饭的时候,才发现二人不知道何时睡的,天光大亮了还没醒来。看着二人一个倒在摇椅上,一个蜷缩在炕桌前,方同卿默默地退了出去。

山中的岁月就这样在两家之间开始了,青城山的景色的确让人心旷神怡,对于忙碌的徐知县和方家来说,这可是难得的休憩时机。方老太爷和徐知县不由得想起了盛唐诗人王维的那首山水诗:"空山新雨后,天气晚来秋。明月松间照,清泉石上流。竹喧归浣女,莲动下渔舟。随意春芳歇,王孙自可留。"

这诗词与青城山的景色简直就是相得益彰。

剿匪难事

与山中的闲适快乐相比,长生镇的酷热干旱尚未褪去,自从上次大雨之后就再也没有半点雨星掉落，人们被热得晕头转向，连老人们都连说这辈子没见过这么热的天气。每天天不亮就开始热，热得整个上午都没有一片云彩。炽热的阳光几乎都倾泻在了大地上，没有一处可供乘凉的地方。

男人们几乎都只穿着已经撸到膝盖的短裤，汗水涔涔地往下滑落。人们无精打采地聚集在墙脚下、黄桷树下，与之前互相打趣形成了鲜明的对比。如果你盯着他们看久一点，除了滴溜溜还在转的眼睛之外，他们已然并无半点生气。高温天气仿佛蒸发掉了他们的魂儿。

高温看似让一切静止，却又悄悄地加速着水汽升腾，催动着土壤龟裂，涌动着稻米灌浆，抽打着蝉鸣蛙叫。只不过这些与恼人的燥热相比，已经不能让人欢欣愉悦。唯有苦熬，靠挨过这段日子才能重新唤回人们的魂儿。其他的一切都只是短时间内的强心剂而已。

就比如那帮被宋师爷连哄带骗外加强迫组织起来的草台队伍。他们原本占据了镇子中心老戏台的绝佳位置，像是一把倾倒了的豆子随意归堆的归堆，散落的散落。正是由于他们的盘踞，镇子里的闲汉们才慢慢地坐到了他们对面的墙根里——他们无心互相加入，也无心仇视干架，只是单纯地像看着动物一样看着对方。

当然也期待着从对方身上搜刮出来一些东西，像饥饿的猴子遇到食物那般，在炎热的天气中，有丁点儿的兴奋。

可是长生镇早就已经像是被拿篦子细细筛过的河流，别说大鱼了，就是小拇指粗细的小鱼鲨子都被一网打尽了。都说溃兵不如寇，这些还没打过仗甚至队列都不会走的闲散勇夫,比流寇还要难缠。

他们不像流寇一样抢了就跑,更像是一群有枪的乞丐,随意推开踢开或者用枪托砸开,制造出足以惊得主人家院子鸡飞狗跳的声音,在主人家还没反应之前迅速锁定好中意之物,然后抓起就跑。后来这招已经不管用了,因为能抓、能顺、能抢的东西已经没有了。那就索性赖着不走,等着主人家着急出门或者要开火做饭——他们无所事事,耗得起等得着,直到被骚扰的人家不得不拿出点什么打发他们为止。

"送死鬼"——这是长生镇的人诅咒他们的外号。游荡久了,适应了小镇的生态,不仅没有发生缺衣少食后的出逃,反而自给自足了起来,开始了自我繁殖。一些在周边游荡的乞讨逃难的人也慢慢地加入了进来。无所事事久了之后,他们也开始动手拆除老旧的城墙和牌坊,除了少量的铜钱外一无所获。大量的石头被废弃在了荒郊野外,一小部分成了他们盖的临时营房。

镇子里的人们与"送死鬼"们的冲突在某天下午彻底爆发,一个不知道哪里来的半大小子闯进了一个高墙大院,祸祸完了厨房里的东西之后又偷喝了一坛老酒。出了厨房门后丢了方向,喝醉了脚软爬不上墙,就想找个枕头醒一下瞌睡。等到主人家发现的时候,他正躺在女眷的床上鼾声如雷。

虽说当时屋内无人,但这也足够让任何人大为光火,何况那还是个五老之家。气急败坏的老人吩咐家中男丁把他打了个半死,等到"送死鬼"们闻讯赶来解围的时候,肇祸者已经躺在呕吐物、血污和屎尿中不省人事。"送死鬼"们一时间谁也拿不准到底是不是自己人,本着宁错不纵的原则,他们招呼了更多的人前来对峙,数十杆枪就把五老家的族人们围在了中间。

等到其他五老拉着伍永昌赶来的时候，两拨人依然在旁观者的围观中对峙着。伍永昌颇为费力地拨开众人才挤到中间。互相对峙的人们还没反应过来，已经被他干净利落地下了三四杆枪。除了一把看上去还能用的之外，其余的都被他顺手丢在了地上。被下了枪的"送死鬼"们有点蒙，五老的族人们还没得意起来，也被下了几把柴刀和扁担。

伍永昌就站在被下掉的武器中间，右手倒拎着枪，平静地看着双方。"送死鬼"中被下了枪的其中一人并不甘心，突然伸手想要抢枪。伍永昌反应更快地架起了枪，黑色的枪管直抵着那人的额头。那人下意识地想要夺枪，却发现枪像是长在了伍永昌手里一般。抢枪不得只有企图将枪口从额头上挪开，枪却纹丝不动。

抢枪的人此时才感觉到恐怖，汗水如泉水般从头顶冒出，恐惧的神情还没在脸上完全展开，就已经被一枪托打倒在地。沉闷的声音把所有人都震住了，有些人不由自主地去摸自己的腮帮子，仿佛被打中的是自己。随之而来的是伍永昌大声怒斥："枪都拿不稳，还敢指着别人?! 瓜娃子！"

五老的人虽然也被下了手里的家伙什，可看到"送死鬼"被打趴下了，还是感到十分解气。可还没高兴一会儿，就被伍永昌噼里啪啦打了几巴掌。被打的几个年轻人脸上多了一个手掌印，耳朵里嗡嗡直响，有几个嘴巴里还尝到了咸咸的味道。没等明白过来，耳边又充斥着伍永昌的怒吼："还愣着干什么？把人抬出来送回去。"

几个被打蒙的年轻人捂着脸看着五老。旁边的几个老人都不作声，等于默许了伍永昌全权处置这一切。众人只好七手八脚地把瘫在地上的人抬起来，由于时间太久且温度太高，污秽已经干在了那个人身上，想要找个下手的地方都很难。等到把人抬起来了，才有人意识到一个问题："抬……抬哪儿去啊？"

这个问题一下子把伍永昌也问住了，他回头冲着吃了一枪托的人问道："你们营地在哪儿？"

"有些在北边，有些在戏台，还有些住庙里。"

"那就抬到庙里去。"伍永昌说着开始聚拢人，像赶着一群羊一样向凌烟阁寺方向而去。

伍永昌成功地化解了一次危机，让五老们交口称赞。他们很快就通过写信、登门等诸多方式告知了宋师爷。他们说的很多事情宋师爷早就有所耳闻，之前他们也曾经多方控告过。宋师爷一律以"少一良将节制，正在寻觅"为由搪塞。现在出了这档子事，还让伍永昌轻松摆平了。宋师爷不禁觉得这是天作之合，他一边应承着五老们的要求，让手下一一记录下来，亲口承诺要严纠立改；一边面露难色地说到军纪不严跟饷银不足有关，士兵多有不服。

五老们虽然老眼昏花，但在钱上面却聪明通透，一口咬定之前摊派到各家的饷银已经如数凑齐，再增加恐怕难以服众。

宋师爷一看要钱无门，便开始要人。他始终对伍永昌驳了自己面子不肯训练"送死鬼"耿耿于怀，这一次又碰到了绝佳的机会，自然不会放过。五老一听，几乎都异口同声地同意了。其中一人还主动提出可以负担伍永昌的饷银。宋师爷一听大喜过望，心想这帮老不死的有时候还是挺会顺竿爬的。但他依然面露难色地表示，之前多次延请过伍永昌，但都被拒绝了，恐怕此次也还是会被拒绝。

五老立即表示愿意去做说客，不要老脸都要让伍永昌应承下来。宋师爷这才满意地笑了，他的剿匪大计又圆满了一环。实际上不需要五老做工作，伍永昌已经开始张罗一切。

他认为在长生镇，剿匪是他责无旁贷的责任，之前之所以拒绝配合宋师爷，纯属是看他不顺眼。现在伍永昌似乎有点怀疑，自己误会了宋师爷。

他先是查看了所谓营房，不禁摇摇头，几番思索，他决定把新营房建在了城墙豁口处，那里刚好也是个小土坡，视野要比平地好得多。他把所有人编成组，将拆掉的营地以及散落在外的条石、木料进行集中，他要在新营地建起三道壕沟及三道石墙组成的工事。

伍永昌还去找了大和尚，要求大和尚空出间大殿来，准备接收治疗伤员。这一建议被大和尚直接拒绝了，一是佛门圣地不能见到血光。二来"送死鬼"们临时搭建的营地已经破坏了寺庙的田地，损失了很大一笔收成。伍永昌也并不跟大和尚计较，只是在寺院里兜了一圈就走了。

回到新营地后，他找了几个脑壳灵光点的，让他们借着拆除旧营地的掩护，悄悄地在寺院的围墙上开了个大洞，并用铁索从里面把被凿通的大殿锁了起来——伍永昌才不管你佛门不佛门圣地，他现在要的是给那些"送死鬼"一点生气，一点能够生存下去的勇气。

大和尚气得砸了半天门，又绕到了外面企图找人理论。

几个持枪的"送死鬼"直接把他赶跑了。咽不下这口气的大和尚跑去找五老,五个老家伙要么装聋作哑,要么装病不起,把大和尚气得光溜溜的头上冒起了青烟。

伍永昌可没空理那个大和尚,他奔波在几个地方忙着他的规划。早出晚归到连自己儿子都顾不上了,引来了老婆的质疑:"你这是在干什么?不是瞧不起那帮人,说他们早晚都是送死的鬼吗?怎么还混作一堆去了?"伍永昌头也没回地回了句:"我没跟他们混作一堆。我只是让他们能多活一会儿。"

让他们多活一会儿。基于这个朴素的信念,伍永昌不管刮风下雨,他都要在鸡鸣之前就把他们从被窝里踹起来,一直操练到晚上繁星满天才允许他们回营休息。原本就站没站相、坐没坐相的一群人开始了每日站岗放哨、操练口令、骑马射箭等练习。这些在他们看来无异于是难到登天,对伍永昌而言也是无比艰难。他发现这群人,连最起码的左右都不分,更听不懂各种阵型。他只得从最基本的东西教起,努力让他们学会保命的技艺。

"送死鬼"们有人管了,自然就没有闲心去骚扰镇子里的居民了。五老们看到一切都在走上正轨,"送死鬼"虽然还是满脸菜色,但是精气神与之前完全不一样了。镇子年久失修的道路和城墙慢慢修起来了,新的军营看上去牢不可破。诸多变化下,五老们自觉组织乡民抬着肉菜酒类前来劳军,顺带给伍永昌送来了几个月的饷银。

那些原本怨声载道,整日间想着偷懒逃跑的"送死鬼"平生第一次看到了如此丰盛的物资:吊在两个壮汉抬着的竹竿上的半扇猪,数十只鸡鸭鹅,十几坛好酒,以及若干布匹。

这些都远远地超过了他们劫掠勒索所得。

更让他们难以理解的是，这一切都是自愿给予的。伍家虽然落魄，但论威望果然了不得。"送死鬼"们终于见识到了伍永昌的厉害之处。这让他们开始崇拜起伍永昌来了，这种崇拜已经不再是弱者对于强者的武力崇拜，而是精神层面的折服。

"送死鬼"们对伍永昌的崇拜在宋师爷的某次突然造访后达到了顶点。宋师爷亲自押送着拖延了很久的给养物资，极为张扬地来劳军。一行人马就像是不知道军营在那儿一样，敲锣打鼓地在镇子里绕了一大圈才抵达。此时"送死鬼"们正在烈日底下练习队列。宋师爷在马上看了半天都没人搭理他，更没人扶他下马。烈日当头下，马鞍子晒得直烫大腿根子。

"非鸡儿热的这个天，那个官老爷怕是卵蛋都烫熟了哦。"不知道谁在队伍里嘟囔了一句，周围的人听了拼命憋笑，憋得身体都在前后抖动。

卵蛋快要烫熟的宋师爷只好悻悻地下马，下马的时候不仅窝到了大肚子，还险些被马镫子给绊倒。滑稽的样子引得众人一片哄笑。宋师爷通红的脸也看不出来是被热的还是羞臊的，还没说话就听到伍永昌严厉地教训着大汗淋漓的"送死鬼"们："笑啥子笑？婆娘摇裤儿露出来啦还是天上掉银子啦？你们现在不好生练，到了战场上就是挨砍的货！"伍永昌仿佛看不到宋师爷一样，依旧如常地安排着一切："所有人，加练两圈！"

宋师爷遭遇到冷落，心中有些不悦，心想此人真是得意便猖狂，目中无人到了把本官视作无物的程度，但还是依然保持着微笑，吸了口气沉稳地说道："好铁还需名匠炼。这才几日间，就已经脱胎换骨了。"

伍永昌轻瞟了他一眼，说："顶多能保证两轮不溃败。"

"才两轮？"宋师爷有点不相信。

"是啊。这打仗可跟升堂审案不一样，没有你来我往那一套，只有你死我活。"说到这儿，伍永昌转过头来问，"宋师爷可曾打过猎？"

"这倒没有。"宋师爷明显不悦，因为伍永昌直呼师爷二字，让他颇为不满。

"听过放枪？"伍永昌继续问道。

"那年遇到钦差出行，听到过放三眼铳。"宋师爷得意地回道。假如他知晓接下来伍永昌将更加藐视他，他可能就不会这么说了。

伍永昌有些嘲讽地指着宋师爷身后背着枪的衙役们说："那他们背的都是烧火棍吗？居然没听到过枪响？假如县衙就是想听个响，我用十支三眼铳换一支十三响，行不行？"

宋师爷一听就不乐意了："枪支弹药都是凶险之物，哪儿能随意使用？"

伍永昌气得双手一背："平时不用战时不响，这仗怎么可能打赢？"

"哎呀，莫说丧气话嘛。"宋师爷生怕伍永昌这武人脾气上来闹得不好收场，一边安抚一边说道，"有啥子事去大帐里面说。"说完就要推着伍永昌走。伍永昌被推得稍微侧了侧身，没好气地说道："哪里来的大帐？是不是还有中军、左路右路啊？宋大人，您这是第一次送钱送物来，本人一无名、二无分，不为名也不图利。来就是一张嘴，去也是两条腿。走到哪里都是如此，没有那么多讲究门道。"

宋师爷被这番话说得哑口无言，环顾了一下四周。这里除了秩序之外，丝毫看不出与军营有啥关联。"送死鬼"们只是暂时拥有了一个"窝"，那些半截砖块、半截土坯上面搭个茅草顶的窝棚实在是不像个样子。

"万事……"宋师爷想了半天，说道，"万事开头难嘛。你有什么需要的尽管开口，只要我能办到的，一定尽力满足！"

"此话当真？"

"当然当真。"宋师爷一口应承着。

"那就把你们的马匹都留下。"伍永昌看着目瞪口呆的宋师爷，笑了，"怎么？办不到？"

"办得到，办得到。"宋师爷没想到伍永昌会来这一手，但是夸出去的海口已经难以收回，只好答应了。

"再来五十条十三响。"伍永昌继续要求着，"现在这些枪都不够一人一条，怎么能打胜仗？"

五十条枪对于任何一个县而言都是不小的数目，更别提一支乡勇队伍了。假如谁有了这样一支队伍，别说剿匪了，划地自治都绰绰有余。伍永昌这一要求并没有令宋师爷惊讶，宋师爷反而很平静地回答道："好说好说。还有什么要求？"

这下轮到伍永昌犯蒙了，他没想到宋师爷居然会答应。这最难的问题被轻松应承下来了，反而让他不知所措。顿了顿说道:"要说还有什么……那就是修路和修城墙的石料所剩不多了。"

宋师爷一听面露难色:"此地并不产石料。从他处运来恐怕远水不解近渴。不如继续拆些年久失修的建筑。"

"现在能拆的几乎都拆了。"伍永昌答道,"连猪圈能拆的都拆了。"

宋师爷正在思索的时候,旁边有人提醒说老坟地那边有许多石材可堪一用。宋师爷没等那人把话说完就打断了:"万万不可!挖人祖坟那是要遭天谴的。"那人连忙解释道并非主动拆毁,而是因为上次山洪暴发冲毁了很多坟茔,冲出来了许多石头。

"那也不行。"宋师爷斩钉截铁地说道,"纵使是天灾使然,始终得路不正。得路不正、出师无名,都是战前败象。绝对不可。"说完宋师爷对伍永昌说:"容我再想想办法。你这儿连个坐的地儿都没有,又把我的马给要走了,我这晒得汗流浃背的,还倒欠你一堆东西。看来此地不宜久留。"

几句看似玩笑的话成功地化解了尴尬,也堵住了后续狮子大开口的机会。宋师爷一边吩咐手下把马都留下,一边吩咐要尽快把马匹需要的粮草送过来,还安排了一名兽医听候差遣。

安排好一切以后,宋师爷一行几乎是一路走着回的县衙,宋师爷右脚的大拇指都顶出了皂靴。长生镇的居民先是看着这支队伍妆容齐整,骑着高头大马,锣鼓喧天地绕着镇子一圈,后又看着他们除了身上之物外再无其他,一众人步行着离开了镇子。从趾高气扬到垂头丧气也不过如此。

居民们都误以为是伍永昌重重地挫伤了宋师爷的锐气，把一只花孔雀打成了小公鸡。"伍永昌终于发达了""成了一人（县太爷）之下，万人之上"等说法不胫而走，连伍家的远房亲戚都跑来攀亲依附，吓得伍奎妈妈打发他去把伍永昌叫回家来。

伍奎其实心里很抵触，他很喜欢这种无拘无束的状态，父亲现在无暇来管束他，这正是他所希望的。直到他在营地外面蹲守了一个晚上才发现自己错了。原来父亲没在军营里，守门的"送死鬼"压根不让他进去。他也不敢回家，只有蹲在外面守了一夜。

宋师爷专门给徐知县写了一封信，在信里大夸特夸了新队伍的巨大成效，表示不出月余即可出战。粗略地算了算还差七十条枪，打算通过商行从洋人那里购进。信中宋师爷还告知每日花销以及修路所需条石缺口。直言大战在即，没有钱一日难度。当然是希望知县从中斡旋。

徐县令在某次吃早饭的时候，把这封信拿给了方老太爷看，方老太爷知道这是在让自己表态。先前所谓助官剿匪就是让方家带的头。此时的方老太爷再次使出了打马虎眼的本事儿。徐知县也深知方老太爷的行事风格，所以他也并不急于得到方老太爷的表态。

早餐后二人开始转山。据方老太爷说，每次他们从别院出来，走不了几步就能看到雾气环绕，浓得连条路都看不到。等到走近了才能发现路就在脚前四五步处。总是这么边走边找路地走着，他也不知道每日转到了哪里、走过了哪里。在外人看来，二位老人就像是仙人道长一样，只要一转山就会有雾气笼罩在别院围墙之外。二人出了后门就像是掉进了牛奶之中。旁人却从未见过如此奇景。

这日二人又在雾中穿行，徐县令吟诵道："酒色财气四道墙，人人都在里边藏。若是谁能跳过去，不是神仙也寿长。"

方老太爷听了并无反应，心中仍在想着信中之事。

"怎么？还在想同意还是不同意？"徐县令问道，"或是考虑答应多少，不答应多少？"

"啊。"方老太爷茫然回应着，"倒也不是。同意肯定是同意。"

"那还有何顾虑？"

"剿匪是理所应当的。"方老太爷有些答非所问，"只是这些年其他地方都是越剿越多，百姓反而不得安生。本县以防范为主反而获得安宁。不知为何突然非要剿匪？"

"哎。"徐县令长叹一口气，看着雾中的老友，缓缓说道，"知我者兄也。自那年京城一别，很多你我同届之人，有的飞黄腾达，有的名震一时，有的就此销声匿迹。方兄我以为会至少坐在我这个位置上，没承想。造化弄人，我却成了这头顶乌纱的犯人。"

徐县令拍着自己的脑袋，那里并无官帽。他把辫子甩到胸前握住，继续说道："不知道从什么时候开始，我这白发是拦也拦不住地疯长，后来遮也遮不住。"

方老太爷笑笑："你那个算啥，我的都全白了！"

"要不咱俩换换？"徐县令笑着说，"拿我的乌纱换你的白银？"

二人不约而同地笑了，笑声不知道惊起了什么鸟类，只听见树林里传来了灵动的声音。

"不给换。不给换。"方老太爷摆摆手,"你这个炭圆儿烫手得很。"

"是哟。"徐县令回答道,"这些年干起来是越来越劳心劳力,关键是还止不住这江河日下的局势。能够勉力维持都是托您老兄们和五老的福哟。"

方老太爷此时有点疑惑——这种疑惑并不是今天才有的。他跟徐县令之间的关系微妙而又复杂,清晰却又混沌。很多时候他分不清楚跟自己说话的是那个赴京赶考时遇到的忘年交,还是高高在上的县太爷。就像森林之雾一样,说它虚无却遮挡了视线,说它存在却又拿捏不住。虽然无法准确定义这层关系,但是方家这么多年从中获益又是十分之多。

方老太爷经常把在商言商这一标准挂在嘴边,对于徐县令而言,他也是这么要求自己儿子的。只是现在这个时刻,他觉得应该放下这一标准:"你是不是遇到什么难事了?"

徐县令微微一笑,说道:"我本来就是江浙人,对蜀地气候十分不适,补缺才来到的这里,没想到遇到了故人。年轻时气盛,总想有所作为。那些年披肝沥胆也是做了不少实事。"

"嗯,这个大家有目共睹。"

"后来我就发现啊,这布料啊,不管你是丝绸、是麻布,还是什么,缝缝补补是可以过三年又三年。可是补多了,补丁撂补丁了,那就不是布了。那是谁都弥补不了的坑。"徐县令越说越兴奋,"这是你请什么裁缝,上海裁缝、皇上御用裁缝、西洋裁缝,都解决不了的难题。那该怎么办?那段时间我特别煎熬。后来看老庄,我才恍然大悟,要无为而治啊。"

"所以你就一直不剿匪?"方老太爷问道。

"不是不剿,是要看怎么剿。自古都是官逼民反,老百姓吃不起饭了才会选择去当匪。只要匪徒不四下流动就成不了气候,本地人最终还是要下山为民。外地匪徒就更加不必理会,想走欢送,不走围困。"徐县令解释道,"这样自然而然就解决了。"

这番理论着实超出了方老太爷的认知,在他看来,只要有匪就不得安宁。徐县令所说的与其说是剿匪,不如说是抚匪、招安。

这等境界和见识,自然是他无法比拟的。

"本来我已经打算辞官回乡养老了。"徐县令说着突然话锋一转,"当然方兄不必担心,必要的支持我还是能够给予的。毕竟经营这么多年。可惜此次考绩,有人对我县不剿匪反而怀柔贼人大为不满。"

"就是那个说是在你府上遇到了妖人的那个?"方老太爷问道。

"对对对。"徐县令爽朗一笑,"原来传这么离谱啊,连老兄你都知道?"

"有所耳闻。听说考绩官发誓掘地三尺找到那个妖人。"

徐县令笑着摆着手说:"没有什么妖人,吃醉酒了而已。可是你知道,这些口衔令牌的人才最难缠。他们整天坐在阳光晒不到、雨水淋不到的屋子里,做着天下大同的美梦,实际上完全不管外面世界早就已经大厦将倾。此番考绩,无论督抚、知府如何保举。不信官家信坊间,不信实证信人言。即便是最终眼见了也非说不为实,非要把这个剿匪当成是弱项来说。若是照实说来，也的确是弱项。可是弱项一般就是没得钱、没得人来搞。你说全县一年就那么多钱粮稻谷，维持运转已经勉为其难了，现在又要剿匪，这不是拆东墙、补西墙的问题，这是寅吃卯粮的问题。"

方老太爷静静地听着，他清楚为官一方的不易。整日里方氏家族的事情已经够恼火的了，遇到千人千面、万人不齐心的烂摊子，更是难以平衡把握。

他也知道在商言商的道理，自古以来没有哪个商人是能够独立于官员之外的，那顶帽子、那个章子才是财富的源头。适当的甚至是必要的赌注，对于官商而言都是必要甚至是唯一的生存手段。互相交换不能赚钱的资源来达到共赢，方才是一切关系的根本。这些都是心照不宣的生存法则。

"君子见机，达人知命。"方老太爷说道，"考绩官这一次难为你不见得是件坏事。一团和气、一潭死水都不好。"

"嗯。"徐县令边走边沉吟着，"有破才有立，有人推着剿匪总是比我自己要剿匪好得多。只是这钱款难办。"

方老太爷刚想说愿意资助，没想到徐县令抢先一步："眼目下县衙的钱粮还够用。安徽和山西的票号都已经登门拜访过我多次了。"

方老太爷望着眼前的县令，熟悉而又陌生。

妙不可言

二人边走边聊，很快来到了一座山门前。观门虚掩着，爬满青苔的匾额上写着"上清观"三个清晰的大字。方老太爷有点疑惑地问道："这上清观不是在青城山顶么？方才也没走几步路,怎么就到了?"

徐县令轻车熟路地推门而入,丢下了一句话:"山中起雾,人间仓促。步履未歇,莫逆于心。"

这一番没头没尾的话显然没能解开方老太爷心头之惑。强烈的好奇仿佛让他年轻了几岁,紧随其后闪进了山门。观内几位小道士正在打扫庭院,对于二人的到来并没有什么特别的反应,甚至没人抬头看他们一眼,专心于自己手中的扫帚和地上的落叶。方老太爷极目远望,看到了大殿内的三清像,每一尊都威严辉煌。

徐县令仿佛到了自己家一样,轻车熟路地就往后院走,穿过了几个飘着阵阵檀香味的连廊后,一位仙风道骨的道长正站在院子中央,闭目入定。

待到二人走近才睁开眼睛,微微一笑。

"尽道无方能缩地,梦中夜夜上青城。"徐县令以诗开场,罕见而又热情地与道长打着招呼。看来二人早已熟络。寒暄几句后,徐县令方才介绍道:"这位是燮琦兄,戊戌年与我在京会试时熟识。松筠庵共同与会的兄长。"

说完转身向方老太爷介绍道:"自真道人,多年前大旱,就是延请了道长作法祈雨才得解。"

方老太爷心中的疑惑解开了一个,看来这个就是外界所说的妖人。自真道人十分谦虚地说:"就是一个牛鼻子老道。二位若是不嫌弃,我们茶室小坐。"

进入茶室之后,檀香味更加扑鼻。室内早就架起了一炉炭火,红火的火焰贪婪地舔着上面的茶壶。小童娴熟地烫着茶具,轻巧地斟着茶,茶香味在热水注入的一瞬间蓬勃而出,与室内的檀香味相得益彰，香得让人如痴如醉，沁入心脾。

"这是南洋产的香樟，混合了点龙涎香。"自真道人解释道，"山中多雾气，焚香能定心。"

徐县令大方利落地端起面前的茶，向方老太爷介绍道："这就是我说的沙坪茶。"

方老太爷端起来细品，茶水入喉后感觉与在别院中品尝的味道不甚一致。疑惑之中他又品尝了一口，这一口更加坚定了自己的判断。还没等他发问，徐县令就笑着问道："是不是跟在别院中喝的不一样？"

"确实。"方老太爷努力回味着，"味道更加香甜回甘，唇齿间都觉得香气萦绕。是茶不一样么？"

"哈哈哈。"自真道人笑着答道，"茶叶是一样的。我也是云游回来后刚制的茶。"

"那是水不太一样。"方老太爷皱着眉头品尝着，自言自语一样地说道，"煮茶之水，用山水上，江水中，井水下。别院中用的是山泉水，已经是最上。莫非还有更上品之水？"

自真道人并不直接回答，看着桌上的炉火出了会儿神，缓缓说道："贫道云游的道观很多，蜀地的基本上可以说是遍历过了。甘陕云贵也去过。可就是忘不了这一口。"说完慢慢地品了一口茶。

"这是实话。"徐县令笑着说，"我拿陈年老酒换他一壶水他都不换。哈哈哈。"

"还真就不换。"自真道人笑了，"白云观悟道那年，就因为想念这一口得很啊，差点没能突破山居一阶。"

方老太爷听了灵机一动，调侃道："现在道长既然突破了,那为何还不换?"

徐县令一听在旁拍手称赞:"妙极妙极,看你这老道还如何推托!"

"哈哈哈。贫道早已不拘世累,万物皆为身外之物,又何来拥有交换一说?"

自真道人这一解释赢得了在座二人的钦佩,不约而同投去了赞赏的目光。徐县令借机说道:"那我可不客气了啊,走的时候统统都带走。"

"随意随意。"自真道人答道,"再过几日又是紫气东来之时,可取九瓢水。不如你多住上几年,攒够一桶再下山。"

"哈哈哈,也可也可。"徐县令笑答道,"那你要把延年益寿的丹药炼好,不然我可等不了那么久。"

听了二人的对话,方老太爷十分好奇地问道:"莫非这水制得十分困难?"

"倒也不困难。"自真道人答道,"就在这观中,有一对井。占地一丈,深又一丈。分为一方一圆,方为雌,圆为雄。曾有人潜入两口井中探查过,这两口井中之水出于一源,但却一清一浊,水温也是一高一低。煮茶之水就来自紫气东来、雾入岷江之时,两口井中翻涌而上的水花。"

"水花?这可如何打得上来?"

"这个简单。只需要练好眼力,从春至冬每日在最亮处、最暗处各一个时辰观察旌旗上的红缨飘动即可。打捞时用当年新伐的松木做桶,捞出水面后尚能保持水花形态才算是功夫练到了家。"

自真道人说这话的时候稀松平常,却已经让方老太爷觉得大开了眼界："道长看起来是在取水，实际上还是在修行修心啊！"

徐县令在旁插话道："别急，后面还有呢。"

自真道人拿着木勺舀起一勺水，加入到沸腾的水壶中："雄井雌井各取9朵水花，分别贮存在陶缸内，施以神咒。"随着几个手势变换，徐县令和方老太爷仿佛被一阵风吹动，眨眼间已经离自真道人一丈远。茶室已经不见，自真道人正坐在风卷梅花形成的法坛之上，手握拂尘，背后道幡上下翻动。

只见他嘴唇轻轻启动，口中念念有声。手中拂尘轻挥几下，在空中飘浮的烟雾中画出一个八卦图形，八卦徐徐转动间，自真道人开始念起开坛谶语："君不见千丈梯，倚于峻岭，蹑之可至巅峰，临于陆地，则数尺墙不可越。梯非不及，所立者非。万斛之舟，安于大川，济之可涉江海，委于漱水，则数步溪不可渡。舟非不能，所安者非。"

伴随着抑扬顿挫、吐字清晰的声音，三人之间的书案已经化作流动之水，水流涌动之间浮现出两口陶缸。方老太爷已经被眼前的景象震撼到了，使劲地揉眼睛搓脸，已经全然不顾体态得不得体。

可是任凭他怎么努力，乃至于把眼睛闭上，都依然无法将自己从这个"梦境"中唤醒。方老太爷看着面前的一切，这如此真切却又无法抓握，他望向一旁的徐县令，企图借助旁人来求证这一切到底是现实还是虚幻。

可是他看到的却是一脸享受的徐县令，似乎随时都能跟随着盘旋的水雾飞升而去。

拂尘挥舞间，三个坛子已经平地而起，刚才还在四处飞舞的水滴聚拢成水流汇入两边的坛子中。两张黄纸从道长袖中飞出，自真道人左右开弓，蘸着空中飘浮的水滴开始在黄纸上画下天书一样的符号。

他的手指如同翩翩起舞的飞蝶，羽化成仙，上下挥舞间，纸上竟然出现了朱砂写就的笔迹。几乎是顷刻之间，两张写好了的符箓已经灰飞烟灭，上面的字迹却如同活了一样，如云朵如走兽般地扭动起来，飞向左右两边的坛子。在坛子壁上盘旋攀爬，朱红色的字体周边泛着金光，仿佛在发热一样，把坛中之水煮沸蒸腾。

不多时，水汽犹如形成了泛着七彩之光的霞帏，慢慢地聚拢在一起，不久后竟然开始下起了雨，雨滴不偏不倚地全都落进了中间那个坛子。两边的坛子随着水的减少不断消失，那两道持续蜿蜒的朱红色字体逐渐消散在空中。

方老太爷始终无法相信眼前的一切，他一直在内心里告诉自己，这一切都是虚幻，都是一场梦境，但是扑鼻而来的异香又让他感觉到身处现实之中。直到亲眼看到坛中之水自行注入到茶壶之中，再度闻到茶香，看到茶杯缓缓地朝自己飞过来，方老太爷再次怀疑眼前的一切，痴痴地望着那杯凭空出现的茶水。

旁边的徐县令早已欣然喝下，拍掌道："以前只是听你说这雌雄井中之水难以融合，清者不够甘甜，浊者满是尘泥。今日看了，这清浊也不是水火不容。"徐县令说这话时意味深长地看着方老太爷，方老太爷下意识地点了点头，小心翼翼地喝下了手中的茶水。

"茶是好茶，可是这一切都似梦似幻。不甚真切。"

"哈哈哈哈。"听了方老太爷的话，徐县令爽朗地笑着说，"假作真时真亦假，真作假时假亦真。方兄，这可是难得的开悟得道之机啊！"

方老太爷听到这句话内心诧异万分，他实在想象不到，自以为很熟悉的老友居然会沉迷于道法仙术。他想要扭过头去看一眼说出此话的到底是不是徐县令，但他的脖子像是石头做的一样，僵硬得别说转头了，连动都动弹不得。这种意识清醒但又肢体不听招呼的感觉，跟似梦非梦的黏滞感十分相似，几近要让人窒息。

二人说话的间隙，原本飘在三人之间的茶案、水坛以及案上之物都已经消失不见。明明无风却不时飘动的道幡已经化为了五根顶天立地看不到上端的石柱。接下来看到的一切足以摧毁方老太爷毕生所建立的精神世界。

自真道人继续念道："吾家法箓，上可以动天地，下可以撼山川，明可以役龙虎，幽可以摄鬼神，功可以起朽骸，修可以脱生死，大可以镇邦家，小可以却灾祸。"

原本虚幻的烟雾水汽围绕着的五根石柱上出现了两只巨大的女性之手，手掌撑开间，两团泥巴逐渐伸展出头脚，初始还有着尾巴连在手掌之上，随着手掌的消失一同隐去。具备人形的那团泥巴内生骨肉，外长毛发。很快竟然成了一男一女的模样。原本并列的五根石柱分列五方，两个小人开始结对生活不断繁衍之时，空中风卷云涌，三团乌云之中隐现三位神人。

方老太爷看到这里看了个将将巴巴：这是女娲造人哇。跟书上所书有几分相似，可与他头脑中的想象差之甚远。这让他想起了从上海十里洋场寄过来的报纸上看到的内容，那些灯红酒绿、洋货洋景想必也跟自己从纸上得来的完全不一样。他开始动摇了，开始怀疑自己的固有认知。他游走于虚幻和真实之间，就像是构筑已久的思想之塔发生了偏移，在一开始歪斜的时候遇到了西来的风。

更加冲击他认知的是，原本以为是水流的三团乌云中出现了一位巨神，耳鬓如剑戟，八肱八趾，头有角。随手一挥，五根石柱就化为了手中的五把兵器。风伯、雨师紧跟在其后，只是顷刻之间，已经风雨大作。被风雨雷电火所威胁的人们，正值惊慌失措间，另外两朵云已经化为了二位长者。二人召出了熊罴貔貅䝙虎，三人斗做一团。

方老太爷看得忘我，端着的一杯茶水都倒在了身上，烫到皮肉才有所察觉。

三位大神相互斗法，直到一一打败了持兵巨神的八十一位兄弟和手中的五兵，将其斩杀，世间才重归安宁。原本慌乱不堪的人们纷纷跪服，持兵巨神留下的五把兵器重新化为了一座高耸入云的仙山。二位胜利者沿着仙山上升消失，地上的人们为他们立祠纪念。

没过多久，人类中间起了纷争。二位胜利者的后代开始了漫长的战争。无数人的死亡与刀戈相向如同真实生活一样展现在方老太爷面前，逼真的血腥味直冲鼻腔。最终头上长有两角的战胜了人首蛇身、满头赤发、骑着两条龙的。后者气愤不过，骑着龙以头撞折了仙山，瞬间天倾西北，日月星辰移位；地不满东南，以致洪水泛滥。

正在人类惊慌四窜之际，那双曾经诞生过他们的手再度出现，补上了天空中的窟窿。暂时得到喘息的人们不停地疏浚河流，再度恢复了生活的平静。

一直在空中念念有词、操纵着各色符咒的自真道人继续吟唱道："荣华富贵，秉烛当风，恩爱妻儿，同枝宿乌。高车大马，难将长夜之游。美妾艳妻，宁救九幽之苦。雕墙峻宇，白玉黄金，偶尔属君，不可长守。茫茫三界，碌碌四生，一逐逝波，永沉苦海。莫待酆都使至，黑簿勾名。到此悔之，何及今日。汝去父母国，来亲师匠门，蹑蹄担簦，冲霜冒雨，倾肝涤胆，来瞻太上之真风，赍信投名，拜受天师之秘箓。"

吟咏间，种种人间不幸与快乐展现在烟水画卷之中。九幽地狱中的幽冥七十二司，如同镜像一般与人世间一一对应。掌生天、掌催生、掌不公、掌索命等在各自的掌司内审死判生。人间的熙熙攘攘与地狱的嘈杂声交织联动，活人的修业举止影响来世福报，祖宗泉下之灵或荫泽后世或遗祸子孙。

生子、束发、弱冠、中举、生死无一不是凡人苦乐，刀山、镬汤、剑树、针穿无不展示着修德行善才能往生极乐。沟通着阴阳两界的，正是道士、僧人甚至还有教士以及各路叫不出名号的神明。

这让方老太爷意料不到，他原本以为这是道术构建的道家世界，没想到佛家的天道、人道、畜生道、饿鬼道、地狱道，白头教的圣火，萨满教的占卜和洋人的以马内利都涵盖其中。望着仍在坐坛施法的道长，他已经不知道葫芦里到底卖的什么药了。

"死人归阴，生人归阳。生人有里，死人有乡。乐无相念，苦无相思。""愿我来世，得菩提时，身如琉璃，内外明彻，净无瑕秽，光明广大，功德巍巍，身善安住，焰网庄严，过于日月，幽冥众生，悉蒙开晓，随意所趣，作诸事业。"

"我是世界的光。跟从我的，就不在黑暗里行走，必要得着生命的光。"

各类经典如同水银泻地一般冲进方老太爷的脑袋，他短时间内经受了不曾有过的宗教洗礼。

随着人世间代代更迭的还有朝代的更替。一闪而过的场面间，遍地白骨、人间空旷而地府熙熙攘攘的景象屡屡出现。每每都触碰到观者内心最柔软的地方。

最后的画面是让方老太爷记忆犹新的长毛之乱。虽然四川处于偏远腹地，但也多少受到了影响。一想到曾经差点被洗劫一空的长生镇，特别是被炮轰塌了的城墙，依然心有余悸。

自真道人此时额头上已经有了汗滴，盘起的发髻上也有热气在蒸发。他依然闭着眼睛，朗声念道：

"从兹已去，革故日新，名虽奏于高穹，身尚拘于世网。从前恩爱，割绝渐休，日后冤憎，相逢莫结。惟是解纷挫锐，济物救人，养性安恬，存神静虑。攀缘既断，火必息于心猿；妄想不生，内自停于意马。知身是患，见命为真，阳不煦生，阴不幽死。自是大风不动，劫火难烧，念既绝于三尸，性岂著于五欲。瑶台阆苑，为自己之家乡；爱海恩山，是他人之活计。人生何定，白首难期，日月迅速，下手犹迟，若更蹉跎，空成潦倒。此生幸到宝山，不得回时空手。伏愿皇基永固，圣寿延长，四夷不战，来王万国。无私自化，然后十方三界，六道四生，一切有情，俱登道岸。今则玄坛已就，开度俄临，不敢久立学人。伏惟珍重。"

话音一落，原本飘在空中的水滴如下雨般坠地，烟气则随风而去。飘摇在自真道人身后的经幡以及他身上的道袍化作了一条条符箓，迅速地飞入了袖中。三人不知何时，已经又回到了初入室内时的位置和姿势。

方老太爷错愕之间，一个声音像是从遥远之地传来："方兄，喝茶呀。"这个声音才算是把他拉回了现实。自真道人和徐县令仿佛什么事情都没发生一样地聊着闲天。正聊到湘西匪患，自真道人说起了龙虎山的道家祖庭。

老太爷后来全然不记得当时的场景了。他的记忆散成了碎片，细碎到怎么也拼凑不起来。徐县令开玩笑说方老太爷吃茶吃醉了，醉得比酒鬼还要厉害。

方老太爷只记得去的时候是在雾中穿行，山门威严而又破旧。只记得走的时候太阳还没有挂在半空，小道士们依然还在打扫着庭院。后来的记忆就只剩了阳光穿射过树林钉在地上的斑斑点点，以及长袍之下踉踉跄跄的脚。

方同卿当天并没有见到父亲的模样。方定祥缠着非要下山，父子二人等到傍晚才回到别院，那个时候方老太爷已经昏昏沉沉地睡了一整日。接下来的四天时间里都在昏睡之中，不吃不喝不曾起床。

他们不知道发生了什么，但父亲这般模样，可急坏了方氏兄弟。据下人说，方老太爷一进门就瘫倒在了地上，等到被扶起来的时候，方老太爷眼神中发出骇人的光，随后他只是笑了笑就昏睡了过去。

下人惊恐地让兄弟俩去山上的道观里请个道士来作法：

"肯定是地上有不干净的东西，绊倒了老太爷！"

三兄弟顿时也没了主意，但他们知道方老太爷向来是不信妖魔鬼道的。

目前只能等。

是的，六神无主的他们，除了等待，别无他法。

第四章

方徐渐疏离

整军经武

伍永昌费了好大的劲儿终于拉起了一个营的人马，不仅如此，还人手一支鸟枪，少部分人甚至有了洋枪。有了枪的"送死鬼"们腰杆子瞬间硬了很多，枪壮人胆，很多人已经开始不满足于被围困在小小的营地之内，止不住开始蠢蠢欲动，有时候一言不合就端着枪威胁恫吓。

百姓们都敢怒不敢言。在伍永昌看来，一切都在走入正轨，一切都在有条不紊地进行中。

更让他想不到的是，被夺了坐骑的宋师爷不仅没有克扣他们的饷银，甚至还给他们送来了一门格林炮。

这门连珠格林炮被几个衙役押送着与给养混在一起送来。宋师爷在书信上说这炮是金陵制造局仿制的，托人花了大价钱才买到。因为买了炮，导致军费紧张，本月的粮食就减半供应，不足的一半换成了黑豆，希望伍永昌可以理解。

看罢了信，伍永昌心里开始对宋师爷的印象大为改观。原本他以为宋师爷不过是借剿匪之名敛财图爵，现在看来还是古人说得对，三人成虎。纵使吃了瘪，丢了颜面，宋师爷依然尽心尽力筹银筹饷，毫不吝啬地把马贡献出来。伍永昌甚至怀疑流传甚久的宋师爷纳妾是无中生有的恶意中伤。

正在他背着手拿着宋师爷的信琢磨的时候，几个"送死鬼"已经七手八脚地把装着格林炮的箱子从马车上卸了下来。伴随着撬棍打开后的声响，围观的人群发出了一阵混合着"咿咿呀呀"以及倒吸凉气的复杂声音，你几乎可以在这一堆声音中找到人类能发出的所有的语气。

关二娃弯腰试图把枪身抱起来，却估摸错了重量，差点闪到了腰。他趔趄的那一下惹得众人发笑。

"耶，又不是抱婆娘，啷个恁个小心耶？"旁边的罗友发边开玩笑边过来帮忙。二人把枪管抱出来之后，才发现压根没有地方可以摆放。

伍永昌见状喊道："把枪抬到火器库去。关二娃、罗友发、郑贤旭，你们三人以后操弄此炮。"

众人听了立即发出一阵哄笑，围着被点名的三人开起了玩笑。在他们看来，三个人伺候一个黑不溜秋的大家伙跟马戏团差不多。带着这么重的家伙，怕是还没放一枪，战斗就已经结束了。就算是赶趟，抱着这玩意往上冲就是活靶子。

面对众人的玩笑，三人一丝不苟地开始摆弄起那个笨重的铁家伙。

不大一会儿，格林炮便以一种全新的姿态出现在众人面前。伍永昌不知从哪里搞来了一辆独轮车，稍加改造就让这门炮运动自如了起来。在简单培训后，关二娃他们三人学会了基本技巧就推着这门炮出了营地。这让其他人摸不着头脑，猜不透伍永昌葫芦里到底卖的什么药。

虽然接下来几日的训练比往日还要辛苦，但是换上了新定制的通肩号衣的"送死鬼"们如同脱胎换骨了一般，人靠衣装马靠鞍，统一的湖蓝色制服和肩上的枪一样给了他们身份与信心。用宋师爷的话来说就是"脱胎换骨之变""精气神都像是一支能胜之师"，用伍永昌的话而言就是"家犬豹变成了豺狼"。

傅军奇、刘铁战临时顶替了伍永昌，代管这几百号人的训练与作息。伍永昌找到傅军奇的时候颇费了一番口舌。傅军奇对伍永昌几乎一百八十度的转弯大为不解,一开始他并不想来。甚至觉得伍永昌不是中了邪,就是收了大把的银子。

他一直以为伍永昌最多也就跟他一样是个有底线的兵油子。

底线？这东西说出来他自己都要笑。

经过了乱世,才知道这世上本就是没有底线的。

他们之所以还有点底线,无非就是二百多年来的延续中,尚存的些许军人的血脉。

自打他弃了行伍,配合着八旗绿营的老爷们做着里应外合吃空饷的勾当开始,他就认为自己已经堕落了。但除了当兵,他们并没有其他的谋生手段。即使当兵他们也毫无尊严可言,若不是手里的家伙什和那身皮,也没人会给好脸色看。

被抛弃的怨恨以及抛弃出卖别人的悔恨几乎是同步而来,伴随着金钱的罪恶,最终打倒了他们。

这份饭碗在承平年代尚能衣食无忧,稍有头脑的投资点小买卖还能小有所成。现在这个狗年月,完全像个大乱之兆,从军队的种种腐败中就能窥一斑而知全豹。

原本相安无事的和平社会,可能很多时候都要面对赤裸裸的丛林法则。

但是他们毕竟曾经是军人,虽然承平日久,但血脉中的传承,也让他们多少懂得生而为人,还是要有所为、有所不为的。

对于压根进不了满城核心圈的抬旗之人的后代,傅军奇、伍永昌们早就已经不记得成都将军上一次莅临长生镇是什么时候了。他们是一帮占不到半点高枝，但又丁点不落地背负着所有骂名的人。先前闹教乱，朝廷跟洋人开干，一些八旗兵瓶瓶罐罐众多，既怕洋人、洋枪、洋炮，又怕后方汉人造反，杀了许多手无寸铁之人。导致八旗声名狼藉。那一阵子伍永昌们都不敢独自出军营。

他们上下合力、中饱私囊间，如同蛀虫一般地腐蚀了整个肌体，还连带着蚂蚁搬家一样地搬空了整座江山。

傅军奇眼睛望着伍永昌，就指着这位同生共死过的朋友给予自己精神的支撑。等到伍永昌上门的时候，他闻到了媾和的味道，听到了内心深处碎裂的声音。

伍永昌并没有想象中的长篇大论，叩开了傅家布满了破洞的门之后，把身上的褡裢随手一卸，就顺势坐在了门槛上，掏出了烟杆子就像在自己家门口一样抽起了烟。劣质烟叶烧出的烟直往屋里灌，呛得傅军奇直咳嗽。他在军中是辎重兵，有一年被偷了营，大火几乎烧光了所有的物资，他被呛了满肺的烟火星子，自那儿闹下了毛病，在哪儿都闻不得烟味。

傅军奇像是躲在洞里被熏出来的耗子一样，一边强烈咳嗽着，一边顺势夺下了伍永昌的烟袋锅子，在脚底上用力地磕着："你是不是成心的？我快把心肝肺都给吐出来了！"

伍永昌心疼地想要制止："哎，哎，给我留点，可金贵呢。"话音刚落，被敲打干净的烟锅子就被扔了回来。

"不会抽别瞎抽。你那过喉入肺了吗？净抽些耍耍烟！"

伍永昌麻溜地把烟袋一缠，顺手别在腰后，乐了："我这烟又不是抽给我自己的。"

傅军奇一听更加来气，边咳嗽边说："你还真把我当耗子了?你可真是猫哭耗子啊!不走动就不走动,一走动就玩阴的。"

伍永昌一瞅老友咳得腰都弯了,立马上前搀扶,一只手帮忙拍着背部:"啥猫啊耗子的。你又不是匪……"

他话还没说完就被傅军奇顶了回去:"你还真把自己当成个都统了?我看顶多就是个臭皮匠。"

"臭皮匠就臭皮匠吧。"伍永昌一边使劲地拍着老友的背,一边说,"那我也得凑齐三个臭皮匠。"

傅军奇惊讶地看着他。两人正在沉默间,伍永昌像是火烧了屁股一样地从地上直直地弹了起来。伴随着"哎哟哟"的惨叫声,伍永昌反着手摸到了别在腰间的烟杆子,里面残留的火星和烟叶碎碰撞出了新的火花,烫到了他的屁股。

伍永昌先是被烫了屁股,后面又烫到了手指,顾头不顾腚的样子着实好笑,让原本心中有气的傅军奇都乐了:"进去吧,别丢咱们哥几个的老脸了。"

那一天二人喝了点小酒,喝得格外开心。伍永昌和傅军奇实际上依然是谁都没能说服谁。傅军奇还是迈不过那个坎,纵使伍永昌保证会以剿匪为首要任务,他也觉得这实际上还是煽呼着别人去送死的买卖。

这些年来他一直在与那些孤魂游鬼斗着,生怕它们趁着自己睡着了索命而去。也许是因为杀戮了太多,让他时时刻刻谨小慎微,不仅把生活圈子划定得很小,还特别害怕与他人发生冲突,生怕争吵之间被人咒骂是"挨千刀的"、送别人去死而自己苟活的"杂种"。

伍永昌看着眼中忧虑、心中彷徨的老友,不说话也不接茬，自顾自地说着这些日子来的鸡毛蒜皮小事。原本一盘散沙的"送死鬼"们终于像模像样了，挂在他们身上的破锅烂盆、鸡鸭鹅也都被清理干净，牲畜们甚至暂时还有了自己的窝棚。

前两天有几个想逃跑，半夜里被抓回来了，还没等他训斥就已经被同袍毒打了一顿。他也想不明白为何这群人开始生了根一样不再跑一个带走一窝，他甚至想不明白这样一群原本无脸无皮的人居然开始有了荣誉之心。

傅军奇也想不明白。耳边越来越模糊的是伍永昌酒酣耳热之后舌头不听使唤絮絮叨叨的声音，让他又想起了绿营中的生活。那个时候他们有着使不完的野蛮生长的力气和精力，每次冲锋陷阵都如同虎入羊群一样。

特别是那个王二栓，他真是人如其名，总是觉得枪好用但是麻烦，不如拎着刀砍瓜切菜来得直接。有好几次他都是第一个从壕沟里跃起，砍到带着的三把刀都卷刃了才罢休。傅军奇他们总是担心他会被枪炮所伤，可是几年下来，除了衣服上的孔洞，那小子愣是一点伤疤都没留下来。浑身上下都是雪白雪白的横肉。据他说，那年回家以后，要不是常年摆弄火器在手上留下的茧子和火药痕迹，差点就被官府当成歹人给抓了起来。

酒越喝越热，脑子越来越清醒，清醒得让人不堪回首。纵使傅军奇他们作战勇猛且敢于用命，却永远拿不到全饷。他们流血流汗得来的不过是几句夸奖，封官封侯的永远都是见也没见过的人，点将时永远都是听都没听过的名字。久而久之，热血终究被现实所凉。

傅军奇终于懂得了什么是"六朝何事，只成门户私计"。最终他们这些老兵油子在一个纸上谈兵的年轻将领指挥下打光了，那个兔崽子丢下了阵地和官兵躲在了一个粪坑里。等到伍永昌找到他的时候，他还以为是长毛爷爷来索命，一个劲儿地求饶。

伍永昌那一刻真想杀了他，但最终没有下得去手，转而以此要挟带着弟兄几个要齐了拖欠的饷银返了乡，转身干起了倒卖铁杆庄稼的营生。想到这里，傅军奇也不得不承认，现在这碗饭比死人堆里裹安逸多了。只要不像伍永昌那样上心，甚至可以当个二掌柜坐在家里数钱。现在绿营是不吃香了，可是还会有其他的军队顶上，那些官老爷只要还在位子上，他们就依然不愁吃穿。

当他醉眼惺忪地按住伍永昌的手，打了个饱嗝问他"还折腾什么？"的时候，伍永昌愣住了。

他以为伍永昌没有听清楚，再一次重复了一遍："你还他妈的折腾什么？折腾什么？一把年纪，黄土都埋半截了！"

他使劲地摇着对方，伍永昌任凭他摇晃着，头像是拨浪鼓一样在脖子上前后摇晃。沉默了半晌才回答道："总不能真成了个煽呼别人去送死，自己昧良心偷活的人吧？"

喃喃低语如同轻飘飘的雾团，让傅军奇的怒火没了站脚的地方，也让他狂奔的心里潮湿了起来："都埋半截了，怎么活着不是活呀！你要当圣人！那你就去当！肉骨凡胎能经得起金粉塑身吗？"

傅军奇还在喋喋不休地说着，伍永昌知道那既是在试图说服他，也是在试图说服自己。每个人心里面总是住着另外一群自己，有着翻版的七情六欲。遇上事儿的时候就会跳出来,彼此打上那么一架,谁占上风了谁就主了你的脾气,做了你的主。真正里外一致的,才是圣人。伍永昌想到这儿,不由自主地微笑了一下,轻轻地哼唱着:

"叹杨家秉忠心大宋扶保,到如今只落得兵败荒郊……"这是他在江南大营里跟着军官听戏学会的。

那一晚上说不清谁喝醉了谁,谁又说服了谁。等到傅军奇四肢死沉地梦到躺在一片空地上的时候,突然间倒下的巨树砸向了他的腰部。随后他被一阵剧痛砸醒,发现伍永昌的腿直直地压在自己肚子上。

两个人就这样相拥而睡,伴随着此起彼伏的呼噜声,睡得是那么地死气沉沉。

销声匿迹

毕竟一起扛过枪,算是生死之交。

傅军奇醒来后发现自己已经上了"贼船",床头还放着为他准备好的号衣。傅军奇环视了四周,缓缓地走出房间,发现这里的一切都与当年朝廷平定长毛时组建的江南大营有几分相似。在丹阳的时候,他就时常调侃伍永昌是一朵粪坑里的荷花——他到哪儿都忘不了自祖上承袭下来的行伍经验与传统,随时携带着祖上传下来的雕花弯弓。

江南大营跟伍永昌现在的这支队伍有几分相似,也都是由"送死鬼"们组成。说是大营,却大门四开,兵士们每日进出或为他人盖房,或为了进城快活。大营里面养花弄草、遛狗养鸟的多如牛毛,连吸大烟都能分出几个派系来。伍永昌一律不沾，整日里除了整理装备就是登高望远，搞得军官们都嘲笑他是"丫鬟的身世小姐的病"——还真以为自己能一战成名。

这不是做梦吧？

恍然间，傅军奇觉得这里似乎依然是当年的江南大营。要不是他们的装扮和辫子，他还会以为自己没有醒来。

还没等到傅军奇适应过来，伍永昌简单交代了几句，安排了后几日的训练就走了。看着远去的几人骑马扬起的烟尘，刘铁战一脸崇拜地说："咸丰六年，长毛秦日纲破了江南大营，咱们被迫固守丹阳城，像个孙子一般，在这儿咱可是这个。"

看着他竖起的大拇指，傅军奇乐了："你小子，也就风光这么一阵子。"说完向着营门外走去，他想去镇子里转转。

刘铁战被说得莫名其妙，愣了愣冲着远去的身影喊道："等得胜了，咱就能风光一辈子！"

风把这句话带进了傅军奇的耳朵里，他轻微地摇了摇头，动作小得刘铁战完全看不出来。刚出了大门走了几步，傅军奇用眼角瞥见了蹲在墙角的像个叫花子一样的孩子，突然觉得有几分眼熟。他便折回来仔细瞧。

"伍奎？"傅军奇喜出望外，他不知道现在风光无两的伍永昌居然让孩子混成乞丐的模样。

"傅叔叔。"伍奎小声喊着。

傅军奇一把将他从地上提溜起来，抱在怀里高兴极了。逗了他一会儿，奇怪地问："你怎么像个叫花子一样？"

伍奎被问到了伤心处，连日的委屈终于化作泪水，决堤而出。

看着只顾着哭的伍奎，傅军奇只有慢慢哄着，寻了一处路边的小吃摊，叫了点东西，看着伍奎挂着泪滴狼吞虎咽。不消一刻钟，桌子上的几屉包子就如风卷残云般快被消灭完了，只剩了最后几个。

傅军奇正在惊讶之间，伍奎开始摸起剩下的包子往怀里放。

"唉，"傅军奇迅速地用手打落了伍奎手中的包子，"真是半大小子吃穷老子。你这是还没吃够啊？再给你叫几笼就是了，你那小脏手还往怀里塞什么？以后想吃随时带你来就是了。"

伍奎并不为之所动，依然抓着滚落在桌上的包子想要塞进怀里。

傅军奇这才恍然大悟，他这是要留着下一顿吃。

他还真把自己当成个叫花子了。

傅军奇叹口气，任由伍奎把剩下的包子囫囵个儿地在胸前堆起了一座小山。放好了还心满意足地轻轻拍了几下，幸福地笑着说："还是热的。"

"你额娘呢？"傅军奇回了个微笑，问道。

"整日里待在佛堂念经。"伍奎此时已经吃饱了，有了心情和兴致回答一切问题。

"她不是不信这个的吗？"

"她不让阿玛去剿匪，可又拗不过，就开始信菩萨了。"伍奎的回答证实了傅军奇心中的疑惑，他早前就知道满族富贵人家不懂得养娃儿，生怕暖了冷了，饿了渴了。吃个东西讲究众多，吃枣怕噎着，吃饭怕粘喉咙管，反倒是养得很多孩子营养不良面带菜色。

傅军奇为了印证自己的猜测，继续问道："她最近怎样？"

"身子不是很好。"伍奎显然有点坐不住了，在凳子上扭来扭去，就像是板凳着火了一样，"腰背越来越弯了，人人都说她无时无刻不给人鞠躬。身上也总是有股味道，晚上老是说屋子里太暗了。可我明明已经把油灯点得很亮了。"

傅军奇听了长叹口气，心中也对这个侄儿怜悯万分："走，咱们逛逛去。"

"去哪儿？"伍奎高兴坏了，几乎是从凳子上蹦了起来。

"市上买点东西，回去看看你额娘。"傅军奇神神秘秘地说，"我可还有两坛好酒埋在你们家院子里，一并挖出来！"

听了这话，伍奎终于露出久违的笑容。自从父亲决定出山剿匪之后，他从整日里被人围观议论的猴变成了人，却成为了一个基本上与孤儿无异的人。饿得满眼金星的他，每次来军营找父亲总是会被无情地赶出来。

傅军奇倒是完全理解伍永昌的做法，就像他自己对待儿女一样，只有一个准则：干什么都好，哪怕种地，也不要再干这个营生。他明白伍永昌的难处和苦心，恰恰是这份理解让他决定，无论如何也要让伍奎留在军营里混口饱饭吃。只是他们都没想到，这一次回家之后，伍奎就再也没有回去过。

进了军营的伍奎在傅军奇的照应下很快就适应了新的生活，军营对他来说跟家里的院子一样，都是拿来训练用的。唯一不同的是，在这里他不用再当陪练，只要当好傅叔叔的小尾巴就行了。起初伍永昌看到之后大发雷霆，扭着他的衣服领子就要把他扔出去,还好在场的其他人把他拦了下来。

久而久之,军营里就出现了十分怪异的一幕,伍永昌永远在忙着自己的事情,一丝不苟地严苛训练着兵勇。而他的儿子就跟在副手傅军奇屁股后面转悠。伍永昌熟稔的是刀枪拳脚,傅军奇拿手的是火药枪械。伍奎自然而然地又多了一个教他射击的师父。

第一次射击的时候,傅军奇直接从腰间掏出了一支老式火铳丢给他,沉重的枪带着巨大的下沉惯性,直接把伍奎坠到了地上。开枪的时候,巨大的声响震得人耳朵都快聋了,呛人的火药充斥着肺叶的每一个分叉。接下来的几日里,伍奎总是觉得耳朵里有只小虫在嗡嗡叫着,每吐一口痰都能吐出几个火药渣子来。

傅军奇可顾不了伍奎的反应,每日除了让他跟着其他兵勇练习射击之外,还要开小灶加练。那帮"送死鬼"都很乐意围在一旁看小心翼翼放枪的伍奎。每当打中了,还会起哄大喊"枪师父教得好!"

这些"送死鬼"有了约定俗成的规矩,把伍永昌叫做棍师父,刘铁战是马师父,而傅军奇则是枪师父。

三位师父中最受欢迎的是刘铁战,他教习骑马,因为人人都想着策马奔腾,战争不就是骑着战马,犹如秋风扫落叶一般,得胜而归。

这才叫威风凛凛。

年幼的伍奎不明白为何要学习射击和骑术,他已经厌烦了之前父亲在家里严苛的教育。傅军奇只是告诉他:打仗和这操演完全不是一回事儿。等到了战场上，没有那么多的木靶子、草墩子等着你去砍杀。对面冲过来的一样是想要活命的人，也都端着枪拿着大刀长枪。真要打起来了，一声枪响都有很多人会尿裤子屙一裤裆，拿枪的手打闪闪也是常事。平常多练练，多打几发子弹，战场上活下来的概率就大很多。

傅军奇的预言还没到战场上就应验了。宋师爷定下了秋阅之期，还明言已经请了成都的八旗老爷和临县的乡勇们来助阵。消息总是不胫而走，引来了"送死鬼"们的纷纷议论。

那些议论还没飞出院墙就消失不见了，"送死鬼"们惯常有的自我滑落再一次展现了强大的生命力，新制的号衣下依然还是那个见机行事听天由命的灵魂。任何努力在他们看来都是与老天搏命的买卖，输了赢了都早是命数，那还何必搏上一搏。

秋阅的事情似乎并没有打扰到伍永昌，他依然早出晚归，甚至接连几日都不回营。每次带出去的人也都不一样，没人能确切完整地描述出来每次他们去了哪里，只记得没日没夜地赶路，翻山越岭地赶到地方之后，众人除了警戒之外没有其他任务，连吃饭睡觉都几乎是在马背上完成的。

众人不知道怎么着就开始了地鼠的生活。手里的铁铲铁锹倒是并不陌生，挖掘的方向却从平地向地下发展。整日里灰头土脸、尘垢满面的，几乎把军营外的荒地挖了一个遍。附近看稀奇的老百姓还以为能挖到什么宝贝，也跟着四处挖掘。奈何长生镇土壤稀薄，挖不了几尺便是岩石。寻宝者悻悻放弃的同时，对整日里发了疯一样掘土的兵勇们佩服不已。

接连半月的苦练让"送死鬼"们在秋阅中挽回了一城，他们敏捷干练的身手和浑身虬结的肌肉令人印象深刻。特别是在一炷香的时间内迅速挖成的坑道更让人刮目相看，众人这才明白伍永昌的良苦用心。

宋师爷却全程黑着脸，他怎么能高兴得起来。这次秋阅是他亲自张罗的，本想在众人面前大肆炫耀一番，毕竟花了那么多的钱，总要听个响。可是伍永昌没打招呼带走了一半的人，导致阅兵大受影响。更让宋师爷颜面无存的是，没有骑兵演练，仅有射击、刺杀、弓箭、工事等科目也就罢了，他吹嘘了很久的格林炮居然也不见了踪影。

看到这番景象，一众参观者面面相觑。他们心里都暗自发笑：原来这支被吹嘘的队伍跟八旗绿营都是一个套路，天下的军队还是逃不脱吃空饷、卖军火六个字。

观摩的众人最终还是碍于宋师爷给的车马费口下留情，说了一通"汉人还是擅长结硬寨、打呆仗""与流匪较量还需骑兵为上"等不痛不痒的话走了。

宋师爷花了大钱却没办成大事，他不敢惹怒伍永昌，便把怨气全都撒在了傅军奇和刘铁战身上。他仿佛自乱了阵脚，又像是完全没有军事常识一样地胡乱下着命令：前脚让傅军奇派人去找伍永昌，后脚就下令戒严，不允许一兵一卒进出长生镇。这边刚刚命令做好伍永昌可能率众从匪的准备，那边又宣布取消伍永昌的带兵之权，准备以通匪论处。

傅军奇一一应承下来，却只做了一件事：除了守营的，其余的都编成了五人小队，两人带枪三人带刀，固守在全镇各个防守薄弱的地点。

冷静下来的宋师爷亲自翻检了伍永昌的房间，除了简单的衣物和烟草以及劣质白酒，一张写着字迹的纸张都未找到。

这一番搜查也让伍奎感受到了众人目光的转变。虽然有枪师父庇护着,但现在他已经成为了众人心中那个逃兵的儿子。

坚定信任之后的不信任最致命,无人张扬的认可最属可疑。查无所获后,宋师爷暂住进了方家宅子里,整日里被秋阅当天的话语所困扰着。

人性有时候总是诡谲难辨,见不得别人好的红眼话大概率会说出来,仿佛说出来才能减轻心中的嫉妒之情。这些毁伤之语往往假借关心爱护的名义道出,借着微风或者人口吹入耳中,钻入脑髓,困扰人心。

宋师爷这种宦海老手深知人言可畏,善用人言远比揣摩人心容易得多。困扰自己的有时候也是可以投向敌人的。他在房间里反复揣摩着那些流言蜚语:"今日雄壮,来日祸患。""实数不足啊,不是虚张就是另有内情。""银钱养兵也必为银钱所败。"

等待的时日总是最焦灼的,伍奎把薅来的野草结出的种子都数了几遍,将抓来的虫子须子腿脚都一一拆下来摆好。

他不知道父亲到底在做什么,但他心里清楚父亲不是个逃兵。

傅军奇和刘铁战因为被寸步不离地监视着,开始了坐监一样的生活。留在营里的"送死鬼"们再度回到了蹲在墙根里晒太阳、抓虱子的日子。

"这他妈什么世道!"整日里与牲畜混作一堆的刘铁战都开始愤愤然,"你瞧瞧,整个营里最有精气神的居然是那些探子!"

"慌什么慌。"傅军奇躺在床上,"你驴喂了吗?老是在那儿叫。你是不是又吃了那些四脚兽的细粮?"

刘铁战一听乐了:"叫驴叫驴的嘛,不叫那叫驴吗?"

"斗是了哟。"傅军奇缓缓说道,"马无草不跑,人无粮不动。"

刘铁战眼睛滴溜溜转了几圈,问道:"你是说他们带的干粮差不多了?"说完掐指一算:"也对,咱们的褡裢最多才能带五日的粮草。这都第四天了!"

傅军奇也不搭话,翻了个身,翻过手来挠了挠背:"等吧。太阳反正不是东升就是西落。"

"太阳?"刘铁战摸不着头脑,茫然地把头伸出窗外,被明晃晃的阳光晃得瞌睡上了头。

方家的秘密

长生镇发生这一切的同时,方太老爷的状态让众人捏了一把汗。

下山回来的方老太爷睡了整整一天,从第二天起进入了半睡半醒的状态。没有人知道老爷子何时醒又何时睡着了,方氏三兄弟便轮流成为了父亲的哨兵,既要听着房内的风吹草动,还要提防着方定祥来捣乱。

方定祥像是一只没人管的野猫,再也没了大人的约束,开始前后院窜来窜去。这也为方氏三兄弟带来了徐知县的动向。徐知县仿佛没有受到任何影响,依旧每日早睡早起,读书写字。只是改了转山的习惯,改成了每日在院中踱步。

每当徐知县踱步看到方定祥窜进来的时候,他都会微微一笑，然后自顾自地继续转圈。方定祥说他像头拉磨的驴一样不停旋转。这个说法让方同卿印象深刻，以至于后来看到穿便服的徐知县就会想起驴子。

乱窜的方定祥有些时候也充当了邮差、门房、传话员等多种差事，时不时地就给前院带来信笺、吃食等物品。方氏三兄弟总是稳妥地把信笺拆了、消化了，再等着老爷子醒了送进去。

徐知县从来不会在信笺中写下大段大段的话，只会塞些好看的插画、有意思的文章在里面，或者转过来一些县衙文书。信皮上的钧鉴、亲启等字写得极为漂亮，格外地好看。

方老太爷就这么浑浑噩噩地睡了四天之后，逐渐养起了精神。

一切恍然如梦，一切又真实存在。

亦真亦假，虚幻而真实。

恍恍惚惚的视野让方老太爷获得了前所未有的体验，整个世界都在晃晃悠悠中展开。那日早上被牛鼻子老道震撼到的场景，就像是依然没有散去一样。从来不事香料的方老太爷不知道从哪儿找来了一盒沉香，点上后屋子里烟雾缭绕，光线都有了具体的形状。方同铜看着自己的老爹穿着宽大的棉纱袍子，披散着头发、拿着信纸、追着光线，认真识别着上面的字迹。

"真成仙了！"方同铜万分感慨地跟大哥说，"可是仙不能当饭吃啊！咱都是肉胎凡骨，喝风屙烟那套不成啊！"

老大方同海看着方同铜刚从房间里拿出来的一叠书信，接过来前后翻了翻，疑惑地问道："啷个啥子都没得耶？"

"你问我，我问哪个？"方同铜没好气地回道，"你去问屋头那个撒。"

方同海也并不说话，拢了拢手里的书信，径直推门进屋。屋内方老爷子正躺在躺椅上，对着光看着用薄如蝉翼的纸张和细竹子搭成的十分漂亮的盔帽。那是一顶金王帽，画有盘龙、绒球。还有两根朝天翅。

金王帽画得如假包换、惟妙惟肖，看得方同海发了一阵子的呆，他无论如何也想象不到，足不出户的父亲是怎么凑齐这些东西的。方老爷子旁若无人地欣赏着、调试着自己手中的金王帽，纸张随着角度的不断变换展现出不同的样貌，那些描着金线、涂着丹粉的地方在阳光下闪现出柔和的光芒。

方同海的注意力被柔和的光芒短暂地迷住了，随后又被桌子上那张画了一半的另一张万卷书吸引住了。浅蓝为底，金龙上舞的精细画风让人叹为观止。

方同海从没想到父亲还会做此等玲珑精细的物件。在他的印象中，父亲从不关心他们的玩乐，甚至以玩物丧志为由予以褫夺。家里的玩具家什基本都是母亲购置，或者兄弟姐妹们淘汰下来的。除了读书写字，父亲也从未有其他爱好。

在他的印象中，父亲进京赶考后有段时间痴迷于各种玩意儿，算筹、浑天仪、西洋密码机等器械无所不包，府衙县志、天象水文、志怪小说等也与历代碑帖、名人字画一样成为收藏重点。闲暇之余，他还亲自动手磨玻璃镜片，做机械齿轮。有没有研究戏曲这个实在是记不得了，毕竟自小学习的家学是不允许听戏唱曲的。他也不记得父亲曾经去过戏院或者茶楼。

那段爱好广泛的日子很快就因为时局变动和母亲去世戛然而止了。

方老太爷不知道是旧有的还是新的爱好，很快就难住了沉思中的方同海："来，瞧瞧。"

方同海连忙放下手中的信件，小心翼翼地接过那顶袖珍的金王帽端详着。

"这是宋江坐楼杀惜时戴的帽子。"方老太爷缓缓地说道。

"宋江？"方同海摸不着头脑，飞速开动着大脑，心里想着及时雨宋江是《水浒传》里的忠义之士。"及时雨"被这阎婆惜抓住了与梁山晁盖暗中通信的证据，一再要挟，方才有了乌龙院里坐楼杀惜之事。"要没这档子事儿，宋江也不会被逼上梁山。毕竟谁也不愿意落草为寇。"

"纯用术数去笼络众人。"方老太爷继续说道。

"啊？嗯。"方同海的反应显然表明他没有听懂。

"金圣叹说的。"方老太爷的语气加重了起来，话里话外充满了教训的意味，"平时多读读书！"

"哎。要得，老汉。"方同海生怕父亲再提起他最头疼的读书问题，赶忙把书信呈上，企图打断话题。

方老太爷不接也不看，任由它放在躺椅边的几案上。这可让方同海着急了："老汉，有几封已经几天了。怕徐知县等到起回复。"

"那你把同铜、同卿叫来。"方老太爷就像没听到一样，自顾自地说道。

等到方氏三兄弟齐聚的时候，方老太爷像是睡着了一样。

正当三人面面相觑的时候，听到了方老太爷慵懒的声音："都到了？"

得到肯定的答复后，方老太爷稍微起了起身，依旧闭着眼睛说道："最近都有些么子事儿啊？"

兄弟三人相互看了看，开始默契地分工合作：方同海用他万年不变的账房先生口吻播报着近日的进项花销，一笔一笔地说着生意的盈亏积余。说的人不觉得累，听的人瞌睡都快来登了。方同铜作为一个生意人都听得哈欠连连，不过他反而超脱了，毕竟大哥帮他说了该说的一切。

方同卿就在一旁快速地翻阅着积攒下的信件。那些信件以寒暄聊天居多，包含了读书人读书时偶得的点滴思绪。这些思绪都需要具体的语境和经历才能体会。对于三兄弟中学识最渊博的方同卿来讲，有些都是生硬拗口、晦涩难懂。

他在这个时候有点理解，为何大哥二哥宁愿跑商也不愿意读书了。经商看起来乏味枯燥，但至少常有所获、常有所得，读书这东西除了宽慰心灵、响应情绪，两两相对的时候，总是话不投机的多，相见恨晚的几乎没有。

更加明显的是，经商的账目数字带来的都是明确的欢喜。盈余与亏损是不会骗人的。今年半年的行情已经强过去年一年，年初捐纳给官府的银两也已经赚了回来。方同海、方同铜对这个成绩甚是满意，一本本厚厚的账本是他们最厚实的支撑。

令他们想不到的是，往常从不关心钱财的方老太爷说了一句："还不够好。"

方同海有点吃惊，急忙解释道："年初加征了地丁银两，几乎每项物品都要缴纳厘捐。这还不算为了剿匪要出的银两。

现在已经是勉力维持了。剿匪这种事情，一向都是无底洞。输了要继续强捐，赢了要酬军犒赏，我们左右都要挨那一刀儿，还晓不得何时要挨。往后还有没有这样的年景都难说。"

方同海的话音刚落，方同铜就接话道："这不就是老汉说的还不够好么？"方同海这才意识到自己刚才的辩解实际上成了方老太爷的注脚。

"米面粮油、磨坊染坊这些日常用度费用不能涨。"方老太爷转过头来，睁开眼睛说道。

"就是啊。"方同铜接话道，"这不能涨，那不能涨，生意不好做哟。就拿这米来说，卖米要斗满尺平，收米就百般困难。常平仓、义仓收粮又要遭官员淋尖踢斛，遭漕官横敲纵抢。这一收一卖之间就差价不少，如果年景不好，保本都难！"

"是啊。"方老太爷思索了一会儿，说道，"那就不做了吧。"

"啊？"方氏三兄弟都吃了一惊，连正在翻阅信件的方同卿都呆住了。

"不……不做了？"方同海反问道，"可是这，这义仓，这漕粮，还有这县衙所需，甚至道台衙门都有所需。要是停了怕是徐知县不依。更何况需要外运进来的货品也离不开官老爷们开路条。要是不做了，会一损俱损，其他的生意怕也做不了了。"

"是啊，是啊。"方同卿随手抽了几个信笺出来，说道，"马上道台夫人生日、总督儿子婚娶，都需要花销。还有剿匪，徐知县已经来信说了几次三番了。"

方老太爷默不作声，沉沉地叹了口气。

　　"现在我们方家也是被逼无奈。"方同铜接话道，"外人看起来家大业大，实际上就是官家的管家！"
　　此番话显然点破了一切，是众人看破不说破的千古逻辑。这个逻辑也是千百年来不被方老太爷这样的读书人愿意承认的。
　　方同铜率性的话让方同海、方同卿都吓了一跳，面面相觑地不敢说话。
　　"官家自有师爷，有账房。"方老爷子回道，"我们方家不做。"
　　方同铜显然不同意老爷子的说法，说道："不做自然有别人争到、抢到要去做。就像那庄稼汉一样，年年都说歉收，年年开春雷打不动还是要去播种。交完了租子来年还是得给别人当长工扛活。我们方家不做，自然有其他家族来做。这么多年积累下来的就都烟消云散啦。"
　　"本来就是高楼起、高楼塌，宴完宾客宴大家。这些年咱们方家攒下的家产家业不少啦。年岁不好民生多艰难，倒也不必勉力维持。"方老太爷说道。
　　方同铜接话道："年岁好有年岁好的活法，年岁不好有年岁不好的路子。靠针头线脑是挣不到金元宝的。"说到这儿方同铜停住了，他看了眼方同海，方同海默默地摇了摇头。二人的互动把方同卿看迷糊了。

　　"哦？"方老太爷转过头来，看着方同铜，"说说。"
　　方同铜刚想说话就被方同海在后面扯了扯衣服。犹豫再三，说道："我……我还没想好。"

方老太爷又看向方同海："你说说。"

方同海立马回道："最近徐知县还有马夫人、刘老太太都在托我们帮忙买一些洋玩意，有吃的、喝的、穿的、用的。上次我跟同铜去成都，街上很多铺子都在卖西洋货物。像洋火、糖果这些，比咱自己生产的还便宜好用。我也问了下火轮船的运费。虽然现在还不能从上海直运到成都，但已经可以运到一半的路程。火轮船一次性又拉得多，价格上更加有优势。不如我们也跟洋人做些生意。"

"跟洋人打交道？"方老太爷心中仍有疑惑，"现在到处都有教案，不光洋人被针对，只要是跟西洋沾边的都会被打、被砸。更何况在长生镇这里，除了官老爷富户人家，有多少人需要这些的？"

"老汉，这个我打听过了。可以不跟洋人打交道，直接跟洋行交易，也是一样的。"方同海补充道。

"行吧。"方老太爷回答道，"那你们自己做主。但是有一个原则，不能亏待自家，也不能欺负乡里乡亲。同海啊，方氏私塾支出的钱还是过低了，可以再高点。"

"私塾这事儿同卿清楚。"方同海回答道，"眼下本支只有定祥还在读，本家的几个弟子们只有十几个。过年的时候您定下来要让定祥去成都求学。这样算下来，开春就是六个老师教十二个娃儿。这在十里八乡都没几个做得到。要是再高点，怕是要比得上翰林院的待遇了。"

"就是就是。"方同铜在一旁接茬，"那帮崽子们学会了写自己的名字就不想背文章，能认清铜钱和银子就不愿学算学。那些天文地理他们更是不感兴趣。说是学堂，基本上都成了睡觉的地方。"

方老爷子并不理会，只是就着孙儿读书的问题说了下去："嗯，老大一说我才想起来定祥读书的事儿。同海、同铜家的有学医的，有学矿产的，还有学邮传的、学文的。我看定祥还是要学个武，也不要拘泥于成都或者中华之内，东洋西洋都可以考虑。这个同卿来定。"

方氏三兄弟听了相互看了一下，老大老二脸上露出了些许无奈，方同卿回道："过几日我们就要回去了，到时候我带定祥先去成都看看，问一问。"

方老太爷点点头，算是认可了这个建议："还有别的事儿吗？没有的话你们先出去吧，同卿留下来。"

方同海、方同铜走出房门后没几步，方同铜就小声抱怨了起来："老爷子现在是越来越糊涂了，还是那天跟徐知县出去受啥刺激了？从小让我们读书又不让我们参加科考，让我们经商又这不让、那不让的。他自己倒好，举人老爷不闻窗外事，反过来怪我们生意做得撇了，赚的米米少了。"

他越说嗓门越高，吓得方同海不断地示意他小声点："你嚷嚷什么？老汉有他的考虑，只是不方便说的。你龟儿还有脸说考功名，不就是你回回都把老师气走的？打你的篾片都不晓得打断了好多。"

"你莫岔开话题。"方同铜气愤地说道，"现在这苛捐杂税越来越多。咱们方家又常常被点名做表率。一开始还说好是借，待征粮完税后还。后来就只借不还。这还就算了，关键是我们方家做了表率，其他的家族也只有跟着出钱出力。最后都落得个有去无回，现在个个都在撅我们，说我们方家骏脑壳。最过分的是，从去年开始把义仓交给我们来管理，我是上手了才晓得这里面那么多猫腻。一个小小的衙役都敢大半夜里用旧粮掺了沙子换走我的新粮，你更别提库平两、海关两、上海两之间的价差。管了一年搭进去我一个铺子的营收！"

"这个我晓得。"方同海回答道，"你不是也跟老爷子说了？老爷子不去过问，不去跟徐知县说，就说明这事儿没得搞。只有硬着头皮撑起。"

"噢，赔本买卖还得要我硬着头皮撑起嗦。那你不如直接明抢算屎了。"

"你啊你。"方同海抱着账本站定了，说道，"你又不是不晓得为啥子会黑起屁眼地压榨我们这些商贾。那些官老爷心里明镜得很：捐税捐税，捐得多了，税收得就少。老百姓能有几个钱？你就是拿他们榨油，都榨不出二两来。逼迫得紧了，那就是逼上梁山，就是方腊起义。到时候别说县令道台们的乌纱帽，甚至脑袋都不保，我们这些商贾又上哪里做生意挣钱？再退一步，就算是不做买卖了，修个庄园，佃户们都跑了，你自己种地养牛啊？"

"那也不能这么压榨咱们方家。"方同铜还是转不过弯来，他是个算盘脑袋，进出买卖、仓储转运他是一把好手，事事洞察这篇文章他却写不来，"就算是让我们当牛做马，那也得把草料喂足吧。你说老爷子也是，干吗就不同意开当铺或者开个烟馆什么的？那些来钱多快啊。但凡老爷子努努力，去找徐知县花点银子搞个票号，我跟你说，他们再要多少我都不带心疼的。你知道永寿县那个胡老六吗？就那个小时候整天不洗澡，大鼻涕挂到胸前那个。就是开票号发了，大字不识一箩筐却是许多县令的座上宾。"

"行啦行啦。"方同海已经不想再听弟弟的唠叨了，他已经猜到了下面方同铜要说什么，"我告诉你啊，你想分家，门都没有。至少老爷子在就不可能分家。不分家你也就别想着开你的当铺烟馆啥子的。好好经营好你的大同号就行。"

说完方同海向自己房间走去。被识破了的方同铜顿觉无趣，小声嘀咕着："老子要不是三个姑娘，但凡有一个儿子，就能独立门户。"

嘀咕完了他冲着方同海的背影喊道："我就是气不过被卸磨杀驴。"

"你龟儿才是驴！"方同海头也不回地骂道。

听到他这一骂，方同铜自己也乐了，笑着摇着头回自己的房间了。

他乡遇故知

房间内，方老爷子听完了方同卿对信件的主要内容的描述，吩咐了应该怎么做，就又开始拿起自己做的盔帽来："你可晓得这两个是哪样？"

方同卿接过来看了看，端详了半天说道："一个是李克用、宋江这些成王成寇者的盔帽，一个是天官仙官的盔帽。"

"说得不错。"方老太爷脸上带着笑，"那又是啥意思？"

"这个一个天上，一个地下……"方同卿犹豫了一下，说道，"我看不出来。"

"你这不已经看出来了嘛。"方老太爷伸手接过来,说道,"这本来天上一脚、地上一脚,却能泰然相处,你说怪不怪?"

方同卿听得云里雾里的,不知道该说啥好。

方老爷子看出来了他的窘迫,用下巴点了点,吩咐道:"坐下吧,陪我聊一会儿。"

看着方同卿坐下之后,方老太爷把手里的两顶盔帽放在一旁,长出了一口气,说:"这就像我跟你徐世伯一样。原本我们俩并不认识,年龄也差了一轮之多。他跟我一同参加乙未科进士会试,等待放榜的时候,朝廷签订了《马关条约》,割让台湾、辽东,还要赔款白银二亿两。简直是丧权辱国呀!"

古稀之年的方老太爷回忆起当时往事,仍显得义愤填膺。

方同卿被老爷子突然间开启的话题震住了,他之前只知道父亲进士未中,并不知道他跟徐知县还有同窗之谊。

"那是我第一次见到读书人的力量。大家住在不同的会馆,说着各自的乡音,却同为一件事激愤。南海康有为写下一万八千字的'上今上皇帝书',十八省举人响应,一千多人联署。大家浩浩荡荡地一路向都察院进发,沿途数千市民跟随。到了府衙门口,众人推选代表要去递书。我自告奋勇,这才与徐知县相识。"

方同卿自然知道上书失败了,因为上书之时条约早已经签订了。

"下诏鼓天下之气;迁都定天下之本;练兵强天下之势;变法成天下之治。"方老太爷突然激昂地念道,"康南海条条针砭时弊,字字可救黎民!那天递书之后,为了等待消息,我跟你徐世伯就在都察院对面的一家酒馆二楼坐下来，边喝边等。没想到相谈甚欢，不知不觉喝了许多酒，没等到消息人却喝麻了。"

"我跟他，就像这天上、地下的一样，"方老太爷指着桌子上的两个盔帽说，"我认同变法图强，赞成康有为、梁启超那套维新之论。他不认为变法就能变强，深信祖宗之法来治祖宗之地。虽然我们观念不同，但是目标一致，实现的方式也一致。那就是考取功名。我们甚至还约好了，倘若二人一同考中，就以三年为期，看能否令一方大治。如果二人都不中，就回乡待机再考。如果一人考中、一人未考中，未考中之人就弃学从商，为考中之人臂膀。"

听到这里，方同卿恍然大悟，他这才明白为何父亲会选择从商："那老汉您跟徐知县还真是缘分不浅，刚好到咱家乡就职。"

"这倒不是。"方老太爷回答道，"一开始他是去的最富庶的江浙一带，那里曾经是长毛祸乱最为严重的地方。你世伯去的时候已经基本恢复正常，他是想着百废重兴之地更容易推行新政新法。富足之余，你徐世伯开始推行一系列变法举措。那个时候基本上是朝廷上午有诏，下午县里就宣谕执行。加上他年轻干练，时常废寝忘食，很快官声鹊起。更加难能可贵的是懂得变通，对于百日维新中的过火之举，他有自己的看法。观望之态度最终也保护了他。"

"没想到徐世伯曾经还是维新一员。"方同卿若有所思地说道。

方老太爷冷冷地一笑："谁知道他到底是个啥？人呢，有时候总是在自己最熟悉的时候变得陌生了。就说这剿匪，其实他在江浙做官时是最积极的，不光这陆上隘口管得严严实实的，海上关防也密不透风。"

"嗐。都是读死书读傻了。"方老太爷感慨道，"我写过几封信，赞颂他强力剿匪、为国为民。还为民请愿，建言本县也设卡剿匪。"

方同卿听了，不由得一愣。他万万没想到，原来遍布各处官道和山口的关卡居然是自己父亲促成的。

"当时的县令本身就是捐来的功名，就等着有人提议呢。"方老太爷没好气地说着，"一听说我建言立马就采纳了。拦路设卡，三步一岗，五步一卡。不过好在县令知道不能竭泽而渔，所收并不是很多。只是与满人起了利益冲突，最终分摊不均被弹劾罢官了。我从来没想过接任这巴县县令的就是你徐世伯。"

"可是现在县里除了进出的几个重要官道，并没有这么多关卡，这是徐世伯取消的么？"方同卿问道。

"不是他。前任县令贪得无厌，为了尽快收回买官的钱，不仅不愿意与满人统领分钱，连上贡给道台的钱都不愿兑现。最终引发了民怨。"方老太爷拍了拍桌子上的书信说道，"现在你能明白我为何要敬而远之，也不让你们捐功名了吧？那是泥潭深渊！"

"老汉我明白你的意思。"方同卿回答道，"只是古往今来，官商官商，无官不商。即便是我们现在这样若即若离，旁人也都知道徐知县跟方家的关系。"

方同卿的言外之意似乎是在责备自己的父亲，尽是干些沽名钓誉、掩耳盗铃的事情。

方老太爷岂能听不出弦外之音，他抬头望了一眼方同卿。

"清者自清。"方老太爷几近无意识地摆了摆手，"我只想干干净净地挣钱，老老实实活着，踏踏实实死去。那一次的事情差点让我身败名裂，我晓得好多人都背地里戳着脊梁骨骂咱们方家。"

"既然前任县令开缺，老汉为何不捐补上？"方同卿突然脑洞大开地问道，"这样也正好是洗刷骂名的好机会。"

"我跟川东道的道台不熟。而且也是有一次徐知县无意中告诉我才知道，这个孙利高是跟着四川总督赵尔丰在西藏平叛的功臣，剿灭了理塘叛乱土司。外人都说他一介武夫嗜杀滥杀，延揽你徐世伯一是为了搭上维新的车，二是因为同情。"

"同情？"方同卿有点诧异，这个跟他同名的词此时让他困惑不已。

"当年发生过一起震惊全国的案子，就在他的辖区。"方老太爷拿起桌上报纸，露出报头，说道，"一个在他举办的女学中学习的女学生参与了放足，号召不再裹小脚，回到家后就被婆家关了起来。婆家以不守妇道人伦为由囚禁并加以百般辱骂。相关种种最终被女学生一一记录投稿给了报社，报社连载刊登后引发轩然大波。社会上兴起了营救声势，可是女学生已经被虐待致死了。婆家推了个老仆来顶罪，只承认是老仆抓到女学生偷人，气不过才殴打了她。还说报上刊登的都是不实之词，要反告诬陷。这可就把你世伯架在火上烤了。"

"是有点棘手。不知道女方家里势力怎样？"方同卿像个判官一样开始代入自己的角色。

"破落户。"

"一个至亲也没有了么？"

"就剩了一个大烟鬼的爹多年杳无音讯。此外就还有个陪嫁过来的贴身丫鬟。也是书稿流出的关键。后来被婆家查出来后卖给了乡下一个癞子。"方老爷子补充道。

"那女方家基本不会出气了，可是汹涌的民意难办。"

方老太爷听到这里点点头，露出了赞许的眼神道："对。你能看到这层，不容易。这才是症结所在。水能载舟，亦能覆舟，人情激愤下，连他创办的女校都管不住了，学生拉着横幅上街都劝阻不住。女学生下葬那天，百姓堵塞了所有的道路，打跑了婆家请来送葬的人。围了婆家的宅子要求交出凶嫌。差点引发全城骚乱。"

"那这种的话只有恩威并重，各自安抚。"方同卿若有所思地说道。

"你跟你世伯想到一块去了。"方老太爷说，"他几乎动用了所有可以动用的资源，德高望重的老人、知识渊博的学者、笔尖锋利的记者，几乎都动员起来了。你瞧你瞧。"方老太爷说着摸起老花镜，在一堆整理好的剪报中找到了一张："在这里。'女性天然拥有入学之权利、交友之权利、营业之权利、掌握财产之权利、出入自由之权利与婚姻自由之权利。''20世纪女权之问题，议政之问题也。'说得多好！"

方同卿疑惑道："这么微不足道的事情，居然处理起来如此被动和棘手。"

"这是大势！"说完他又把剪报放好，收起眼镜，"还记得你母亲吗？"

听到这里，方同卿似乎被电击般似的，浑身一激灵："母亲去世得早，只记得一些模糊的碎片。"

"是啊。在这方面我很愧对你们，也愧对你母亲。"方老太爷说，"年轻的时候贪多嚼不烂，想科举入仕，想一朝成名，想衣锦还乡。可惜屡不中第，等到考进士的时候又遇到时局动荡，抛了功名从了商。最终修身、齐家、治国、平天下，没有哪一个做到。要不是有你母亲在我背后撑着，苦苦地经营着家业，恐怕我也没有这些任性的资本。等我浪子回头正儿八经沉下心来经商的时候，她却累垮了身子，没享几天清福就走了。"

方同卿被父亲说得回忆起了小时候的快乐时光，眼泪不自觉地就下来了。

"你说这样禀赋优异的女子，不事生产不能营生，这不是埋没人才浪费智力？"方老太爷说道，"我自认为不如你母亲，还尚有现在的地位，假如你母亲是男儿身，恐怕早就造福一方或者富甲一方了。"

方老太爷说到此时，方同卿分明从父亲眼中看到了闪亮的光。那点点亮光说不清是浑浊眼球反射的光，还是泪滴的色泽之光。

"万万不可逆潮流而动。你世伯就是如此。他与我曾经不相同路，上书时期的抱负最终还是被官场的习气消磨，亲手开启的时代进步前又想要阻止潮流涌动。可是民智已启，民心已成。"方老太爷说道，"这个进步可能是极其微弱的，但是只要有机会，就是蓬勃的。你世伯还在用着老一套的方式试图平息此事，可是社会名流、报社编辑都已经畅所欲言了，作恶的婆家已经很难堵住悠悠众口。他以为修一个牌坊，募集一些善款，责罚一下婆家老仆就万事大吉了。"

"结果呢？"方同卿已经被父亲的讲述吸引住了，十分好奇后续的故事。

"老仆下了狱，还没提审就暴毙了。牌坊修一点就被人破坏一点，不是泼了墨就是扔上了粪。最后连儒生们都开始要罢他的官，抓了几个领头的，关了几处公开议论的酒楼茶馆。儒生们继续呼吁，都跑到青楼里开大会去啦！这青楼谁敢封啊？封了老鸨子要堵门，全城的老爷们要骂娘。你世伯彻底成了孤家寡人。"

"噢，所以他才一来巴县就如此低调，这么多年了也就是敷衍走而已？"方同卿疑惑地问道。

"一开始我还以为是权宜之计。为了安慰他支持了许多银两。后来我才知道，他是彻底掉进了权谋的黑洞之中。"方老太爷叹口气道，"我也只有虚与委蛇，凡事不出头躲着走。方才你兄弟说得对，这只吸血的蚂蟥不致命，但心烦。"

"老汉，现在也没得办法，乱世之中更需要官家的支持和身份。徐世伯虽然多次找我们要钱要物，但始终还是为公居多。更何况我们也无真凭实据。只要他在任，就只能如此。"方同卿说道，"我平日里也不经手生意，就是陪在父亲左右。好些事儿看到了也想不明白。今天听了这些，很多东西才顺了。"

"出钱出物倒是无妨，我是怕陷入不义之地。"方老太爷索性把话说开了,"知道为何这几日我都假装昏睡么?"

说到这里方同卿才恍然大悟,原来父亲的昏睡都是装出来的,松了口气的同时不禁好奇道:"是徐世伯又提了过分的要求?"

"他已经开始相信神魔那一套了。"方老太爷摇摇头,"身是菩提树,心如明镜台。时时勤拂拭,勿使惹尘埃。可惜啊,有些人终究误入歧途了。"

方同卿听了吓了一跳:"那所谓的妖道是真的?"

方老太爷点了点头,详细地把那日所见所闻描述了一番。方同卿听完沉默了半晌,说道:"之前听说考绩官在县衙遇到了奇事,很多人都以为是热瘴让考绩官糊涂了。这么说,还真有这种人?"

"我怀疑当日的茶和熏香有鬼。明后日徐知县应该会来探访我。到时候你找个机会去道观里寻那道人,探一下他的底。"

"只怕有点冒险。"方同卿犹豫地说道,"万一被徐知县知道了,恐怕两家关系就无法再像从前了。"

"嗯。"方老太爷思索良久,说道,"你们兄弟三人不都已经想好了后路了嘛。这些日子经常梦到你们母亲,我这身体也一天不如一天了。这次出来颠得我哪儿哪儿都不舒服。赶明你再给我拿床厚点的被褥来。"

方同卿听了有点悲伤,本来他是不同意方老太爷来青城山的,他已经不止一次看到父亲因为双腿浮肿无法站立行走了。老爷子把方定祥这个孙儿留在身边,一方面是疼爱,更重要的是可以替代自己传话跑腿。都说寿命长不长，低头看看脚。站不起来基本上就是活不下去了。

方老太爷有些感慨地说道："今儿我又只能……"他用手在身体附近画了个不大的圈子，"只能在这个小圈里动动。你可别……可别跟老大老二说啊。"

方老太爷这一番像孩子一样的神情让方同卿的眼泪一下子就下来了。

方老太爷看着眼睛噙满泪水的儿子，温情地说道："你看你，莫恁个，我倒不是……不是怕他们啊。是他们一直想分家，想分家后开当铺、开票号。这些我都知道。"方老太爷顿了顿接着说："等我百年之后，随他们去吧。倒是你，我担心你啊，你打小就没有经商的头脑。"

就像人之将死、其言也善，这番叮嘱让方同卿心里更加难受。"老汉，你可千万别恁个说。现在西洋医术发达，哪天找个医生来瞧瞧。"

方老太爷摆摆手说："都是命定的，再怎么扳也没得用。人哪个可能扳得赢天嘛，人只能跟人斗上一斗。你莫操心我了。空了还是先把我孙儿的学校定了，上个警察学校或者军校都行。听说巴县不少孩子去读的啥子日本的国士官学校，如果他感兴趣也行。家里有个行伍出身的，乱世做生意也不得虚哪个。你嘛，我已经在重庆、成都都买了寓所，今后你当个寓公是没得问题的。"

听到这里，方同卿彻底绷不住了，扑通一下跪倒在地，一个劲儿地哭泣。

方老太爷叹了口气，小声命令道："多大的人了！还跟小时候一样，遇到啥难题就哭。就知道哭！哭是能给我添寿，还是能给你娘还魂啊？"说完又换了相对和蔼的口气："你是要哭到我能站起来吗？快过来扶我。我要上茅厕！"

方同卿这才收住了声，站起来搀扶方老太爷。方老太爷略显吃力地站起来，边走边说道："也不知道你那个小时候的玩伴怎么样了。"方同卿听了一愣——他知道方老太爷说的是伍永昌。

"上回徐知县说过那么一嘴，说宋师爷请他出山当教习，他不去还给了别个冷屁股吃。后来不知道怎么又同意了，还教得有模有样的。这两天说是不在镇里，都不知道他在搞啥子名堂。"

方同卿完全不清楚这些，老老实实地回答了之后，方老太爷便不再说下去，转而说道："你自己做主买伍家的地是对的。救人救急，救难不救贫，也别觉得自己就是乘人之危。"

"原来老汉你都晓得。"方同卿长出了口气，总算能够放下心中的大石头，"他过得也挺艰难的，总不能连个睡觉的地儿也没得了。"

"嗯。"方老太爷说道，"达要兼济天下。君子不能看重小钱。"

方老太爷抬头望天，这青城山的天色似乎比其他地方显得格外晴朗，白云悠悠，几只鸟儿在自由飞翔，叽叽喳喳地叫个不停。

方老太爷难得露出欣慰的笑容，不禁吟诵道："结庐在人境，而无车马喧。问君何能尔？心远地自偏。采菊东篱下，悠然见南山。山气日夕佳，飞鸟相与还。此中有真意，欲辨已忘言。"

此诗、此情、此景，相得益彰。

第五章
险胜老故交

这几个人精

时光慢慢流淌的时候，人人都觉得百无聊赖：影子在镇子中心的坝子上短了又长，在地上留下了星星点点的叶子模样。猫儿从李家的屋瓦跳到刘家的屋脊上，影子随着碎石掉落在墙角。惊醒了墙底下昏昏欲睡的人。

井辘轳沉闷地卷起一截又一截的麻绳，粗糙的声音泼洒出的水早已经浸湿了地面。劳作了一天的黄牛，卧在田边反刍，巨大的如同蒙皮灯笼一样的身体有节奏地起伏，咀嚼掉青草里的光阴，也咀嚼掉日复一日的一成不变。

这真是春有百花秋有月，夏有凉风冬有雪；若无闲事挂心头，便是人间好时节。

几千年前，孔老夫子便发出了"逝者如斯夫，不舍昼夜"的感慨。感叹人生世事，沧海桑田。

但对于凡夫俗子来说，时光大多数都是无聊的，并没有"一寸光阴一寸金"的紧迫感。人在无聊的时候想要有个盼头，有个奔头。哪怕是被人安排个什么事情，搁在心里、挂在嘴边，总比空落落的要好。有些人说这是闲的，可人就是闲不下来。

伍奎一个人的时候总是执着地与脑袋里的古怪念头对弈。他像是在跟老友下棋一样地拆解着每一个念头，给他们找到合理的解释。这些解释有时候总是暂时的，毕竟总有新的东西冲击着他原有的想法。比如为什么有人生而富贵，为什么有人生而贫贱，为什么有人高高在上，为什么有人卑躬屈膝？

还有为什么伍家会败落到如此地步，以至于他几乎沦为了乞丐。

他要体面地活着。这是他进兵营后的想法。

无疑，目前能给他这份体面的，只有师父傅军奇。虽然他没有孩子，却比伍永昌更加讨小孩喜欢。除了舞枪弄棍之外，傅军奇不疾不徐的性子对伍奎影响也很大，中和了与生俱来的急躁与火爆。

伍永昌消失不见的这段时间里，伍奎的枪法愈发娴熟，对于枪械的熟悉程度远远超过了其他人，除了没有实战经验，已经基本上与一个老兵无异。空闲的时候他还读书识字，这总计不到两箩筐的大字几次三番在关键时刻帮了伍奎不少。人有的时候不得不承认天赋的存在，就像是梨园行里说的"老天爷赏饭吃"。

此时，伍奎还没有意识到，他所学的这些对他日后将产生怎样的影响。

"咱爷们几个虽然都是行伍出身，斗大的字认不得几个，那也是光荣。可看这光景，说不准哪天咱都得下地种田去。多认得几个字说不定还能多条出路。"

天子重英豪，文章教尔曹，万般皆下品，唯有读书高。在任何时代，都是亘古不变的真理。

几乎每次教字之前，傅师父都是这一套差不多的说辞。伴随着这一套说辞，小心翼翼逃出来的是妥帖地藏在右边胸口的纸和笔。其实完全不需要这些说教，伍奎不仅对学写字兴趣浓厚，还写得十分不赖。看过的人都以为是出自老秀才之手。

面前有万言，一句总入耳。这番说辞说多了，伍奎心里逐渐构建了一个坎,那个坎再往外走就是田地。虽然他也知道自己是破落人家,可终归不需要自己春耕秋种。社会的惯性正在透过时代之门企图将他拉进涌动的洪流。

多写几个字、多学点东西是他唯一的寄托。懵懂中,他希望通过这个方式能给他带来改变。

傅军奇左胸口上总是耷拉着烟枪和烟丝。吸烟是以前当兵的时候为了提神醒脑留下的习惯。长期的抽烟让粗粝的手指除了火药味还额外包裹了一层大烟叶子味。在傅军奇看来,这才是人味。有一次闲来无事,几个"送死鬼"问起了打仗的情形。傅军奇一边调侃他们像是没踩过母鸡的小鸡仔子一样,一边比画了个盒子:"这个东西你们见过没得?"

"啥子东西哟?砖头?"看到傅军奇摇头,众人七嘴八舌地猜起来:

"铁坨坨!"

"腊肉块!"

"我看是红苕粉!"

"茶砖撒!"

听着越来越离谱的猜测,傅军奇中气十足地回答道:"这个叫罐头。"

"罐头?"有人充满好奇地问,"是泡菜罐罐的头么?"

众人一听哄笑起来,傅军奇也跟着笑着。边笑边把比画的小盒子塞进了怀里:"看到没得,就只有丁丁个大。随身携带,走到哪里连火都不用开,上面带了个啾啾,只要拧开就行。拧不开拿刀撬开就可以吃了。"

"西洋人就喜欢整这些不中用的玩意儿。你说带干粮搞那么复杂干啥。像咱们真打起仗来了,还不是有啥子抢啥子,抢来啥子吃啥子。"有人说道。

众人都深以为然地点点头,毕竟除了稳定的伙食和几个银元的兵饷,胜利后的烧抢能更快地发家致富。

傅军奇对此完全不以为意,说道:"你要是在荒郊野外,百里之内没有人烟的地方呢?这玩意儿用处可就大了。人家西洋人发明了这个东西,可以随身携带。也可以成箱带走。都是四方块,一箱可以装很多,不像咱们那个干粮褡裢,又大又重。"

"可这跟打仗杀人有啥关系呢?"旁边又有人问道。

"哎,这才算是问到点子上了。"傅军奇接着话茬往下说道,"你要打仗,就得先吃饱肚子。西洋人就靠这罐头,里面啥都有。有豆子的,牛肉的,猪肉的。"

"有时候你根本不晓得罐头里面装的是啥,只有打开了闻到味道才晓得。打仗也是恁个,很多时候有探子打探的情报。有时候又没得,这就完全看运气了。现在战场上又凶得很,你们背上背的烧火棍,虽然比不上旗兵洋人,打个一两百米还是可以的。就是跳到脚背上都能给你打掉一块肉。"

傅军奇描述的内容吓到了一些人,气氛突然变得紧张严肃起来。众人都屏住呼吸继续听他讲着。

"你们一路冲出去的弟兄,上一秒还在你身边放枪,下一秒可能就没了半个脑袋。上一秒你还看到他的后背,一个炮弹过来,除了地上的坑,可能就留下了点衣服角角。你说人哪里去了?都在地上、树上、石头上,都是星星点点的红色肉末。运气好的,天灵盖、门牙这些可能还能找得到。"

傅军奇用罐头来比喻战场上的死亡,生在一起、死却随机的印象让很多人当场就反了胃,吐出了胃肠里装的一切东西。吐到苦胆水都吐光了还在干呕。

伍奎听到这些心里并没有多少波澜。相反地,他还有点期待。这种期待显然是不可能告诉傅军奇的,但却被后者看穿了,只是没有说出来。傅军奇从咸丰年间投军到现在,几十年的行伍生涯见过了太多的兵,新兵老兵、八旗绿营、倭兵洋兵,他知道不尿个一回两回,甚至拉在裤裆里,是不会成长为一名老兵的。

老兵的宝贵就在于视死如归的无奈,而非兴奋嗜血的杀戮。你可以说他们这些老兵不仅油还尿,打仗的时候像乌龟一样把头缩在土堆下面。可是他们会告诉你,尿归尿,阎王小鬼不得收。勇是勇,堂客别个屋头睡。那些被子弹打中的人就像被锤子锤爆了的包菜一样。抬下去郎中一看布满了枪子的伤口,二话不说就像屠户一样随便把柴刀一热就开始剜肉截肢。

"谁有功夫给你挑里面的砂子儿啊?真以为是皇帝还是王爷受伤了啊?那都是生刺。顶多给你口烟抽,还不能让你昏过去,怕做着做着你死了,醒不过来。"傅军奇继续比画着手里的空气罐头,"就跟这罐头一样,不打开你晓不得里面是啥子。打开了你就脑浆子、眼球、手指拇到处飞了。"

活下来的是少数。

但只有活下来的才是好汉。

虽然在伍奎心中造成了恐惧,但他反而愈加敬佩父亲和这几位师父。年过花甲的他们除了老了一点，身上并没有明显的刀疤。按照他们说的，刀尖上舔血、枪林弹雨中求富贵的，身上不应该像白纸一样干净。

哪有什么岁月静好，现在的生活虽然吃不饱穿不暖，但好死不如赖活着，总比那些牺牲在战场上，无人掩埋的替死鬼强百倍。

可是，幼小的他却有了那么一丝期待，他期待能够像父亲和师傅那般驰骋疆场。

虽然这个很不像样的军营里有了几个像样的人撑起了脊梁，但是谁都知道，只有打仗才是他们存在的意义。而且只有打胜仗才能些许改变人们对他们的看法。被困在墙内的他们从未与外界发生联系，除了平日里游手好闲的人会来打听打听，能不能也当个兵混个饱饭，就再也没人关注他们的死活。

越是不被关注，反而越觉得有如芒刺在背，令人煎熬、坐立不安。年龄的差距下，伍奎根本找不到贴心的朋友。起初方定祥还会时不时来上一两回。可自从天气热起来以后，他连这个小伙伴也没有了。

沉寂，所有人都在等待，都在期盼。也有些人像没事人一样。"死耗子"就是其中一个。他永远是敞开着上衣露出胸膛，无时无刻不在搓着身上的陈年圬垢。他似乎总有着永远搓不完的圬垢，两指之间轻轻一揉就是一个黑色泥丸子。

他的另一个爱好是抠鼻孔。没有成为乞丐之前，他在山西挖煤。他原本是木匠，一开始是同村的介绍他去干活。在贵州大山里砍了一个月的木头，木头堆成了山才停。可是始终没有人来运出去,也没有人来结算工钱。他们几个一商量就出山找工头要钱。找了几天人都快饿疯了的时候,在十几具摆在路边等待认领的尸首中找到了工头。

"他头上插着两支箭,把脑壳都射穿了。像在脑壳上钉了个木叉叉。"要钱无望的他们只好自己组织起来,运木头下山。还好有人知道原本的买主是山西的一个煤矿主,他们才不至于什么都没有搞到。可是这一折腾就耽误了收谷子的季节。他索性就留在了矿上继续把木头锯成需要的尺寸,装在坑道里,盖成矿工住的小木屋。也算是从那个时候起,他开始积攒一切可以攒下来的食物。最多的就是耗子。

"开矿就像是土地开膛破肚。山西那个地方怪得很,庄稼长不好,是它那个土太薄。挖开了上面的土皮皮就是黑色的煤炭,人只要往下挖就可以了。只要挖开了,就有耗子、刺猬、癞疙宝这些,多得很。"

据他描述,山西的耗子跟人一样缺水,更加美味香甜。刺猬就不行,哪里的刺猬都是臊臭臊臭的。癞蛤蟆就没得必要吃,留着还能保护庄稼。他的这个习惯一直保留着,那些挂在屋檐下像是风铃一样的老鼠干,成功让人忘了他的本名,获得了"死耗子"的外号。

"死耗子"说矿越往下挖越硬,越往下挖越会有脉气扰动。"你们晓不晓得为啥子朝廷流放犯人就到宁古塔为止,不再往北了不?"他喜欢这种交流方式,通常都是大家闲着无事聚在一起发呆,他突然从回忆里跳了出来。

"啥子是流放?"突如其来的话题生硬得总会让其他人反应不过来。

"就是犯了王法被发配到关外给皮甲人为奴。""死耗子"刚一说完就发现披甲人可能他们也不晓得。只有自己回答自己的问题,"关外有龙脉,私自出关是要砍脑壳的。就是怕人扰了龙脉,所以能去的都是给苦寒八旗兵当奴隶。"

在一片噢声中,他获得了前所未有的认同感和快感,接着便满意地闭了嘴,回归到自己的世界里去了。

只留下其他人在风中凌乱。

而"死耗子"似乎陷入了回忆之中。那可怕的回忆是他一辈子的阴影,也是他向众人炫耀的资本。

随着矿洞向地心挺进,"死耗子"的猎物逐渐少了起来。到最后甚至三五天都找不到一只耗子。攒起来的萝卜条、地瓜干又总是莫名其妙地就被人偷走,越攒越少,这让他大为恼火,而越来越多的塌方、漏水又让他越来越惧怕。

"矿是有脉的,万事万物都应该有脉的。就跟人和猪儿是一样的。有血脉有经络,还有气脉。不同的脉络走的东西不一样。这矿也是恁个的,走矿的、走水的、走气的不能乱,乱了就要出问题。"

也许是敬畏神明,也许是有先见之明。"死耗子"最终带着他的两百二十一只耗子干连夜跑了,跑在煤矿出问题之前,那个矿五天之后就塌了。

"死耗子"害怕官府的人要拿他当替罪羊,家也不敢回,混在讨饭的流民里一直流浪到了这里。他营生的手艺最终让他端住了现在的饭碗,改不掉的攒食物习惯又让人觉得,说不准什么时候他就像自己最爱的耗子一样,感觉到危险又悄无声息地跑掉。

有人曾经开玩笑说"死耗子"说的那些都是吹牛皮,要是真的只要去告官他就跑不脱。"死耗子"对这种质疑表现出了不屑一顾,他认为众人是没有资格指责他的。

　　他也不辩解,用手掏出了一团黑黢黢的鼻屎,炫耀似的在众人面前展示了一圈,意在告诉众人,他是从死人堆里侥幸活下来的,然后心满意足地晒着太阳。

　　"麻汤圆"是"死耗子"唯一搞不定的人。他平时像闷葫芦一样,但只要惹了他,他那如炬的眼光死死地盯着你,让人不寒而栗。包括"死耗子"在内,谁都不敢惹他。定武军的出身也让他有底气教训这些杂鱼。

　　对于过往,"麻汤圆"永远讳莫如深,他是众人口中因为与胡燏棻同乡后被裁撤下来的冗员。与"死耗子"不同,他穿"军装"永远是板板正正、一丝不苟的,最像职业军人。正因如此,他看不惯其他人的松散破败,看不上这里依旧延续着的训练方式,即便是他们待在一个屋檐底下,"麻汤圆"也是水里的一滴油,天然地跟其他人不溶解。

　　"我们这里至少要有步兵、炮兵、骑兵三个兵种。""麻汤圆"在伍永昌第一次集结他们的时候就大声建议过。

　　这个建议自然引发了哄堂大笑。

　　有人嘲讽道:"哟,咱这粗人里还有个大秀才。"

　　"鸡窝里出凤凰,那可不是一般的鸟儿。"

　　伍永昌鄙视地望着众人,顺着"麻汤圆"的话说了下去:"不管什么兵种,首先你要自己带种。带把的站着屙尿,带种的拿棍照样杀人!"

　　"麻汤圆"的话就这样成了训话的由头,闷葫芦的脾气性格没有丝毫的改变。于是他提出的改革课程、增加科目等都成了众矢之的。

慢慢地,他活成了众人眼中的笑话。

但他似乎浑然不觉,依然我行我素。

除了他们这些活蹦乱跳,能够到处走动的人之外,被关在单独一间房里的病号们就显得十分可怜。那五六个人都是一开始就摆出了想要离开这里的架势。拼了命地喝凉水、吃泻药,甚至还有人搞来了观音土,想要撑到胀气好逃出去。他们算定了这个简陋到不能再简陋的军营里没有郎中,他们害怕这个屁大点的地方一旦打起仗来,他们就成炮灰了。

只是他们这些伎俩很难骗得过伍永昌他们。对于动不动就蹿稀跑茅房的,伍永昌直接让人拿木条把茅房门钉死。吃了观音土的架起来灌大粪水。这让那些准备洗凉水澡感染风寒感冒的人都不敢轻举妄动了。

本以为就此打消了他们逃跑的念头,没想到有几个不要命的夜里剁掉了右手的食指。这一损招惊动了宋师爷,他既把这些人拎出来示众惩罚、通告四邻,也派了郎中来医治救人,以显示他的好生之德。

可是事与愿违,乡土郎中毕竟手艺不精,草药包扎后的伤口反而肿成了三倍大。还有两个人被活活折磨死了。

郎中倒也是个忠厚之人,一边说自己行医几十年了都没遇到此等伤害的。平常里也就是接生的时候见点血。这药已经是翻遍了古书找到的最好方子。

第二天换了方子之后手指头消肿了,可是身上开始痒了起来，有几个人腿都肿了。郎中这才发现有味药损伤肝肾，病人尿不出去自然就肿大了。那一天那几个人没了指头之痛，却有了小腹之痛。他们肿胀难忍，却尿不出来，每次挤出几滴尿来都刺痛难忍。疼痛导致的哀嚎整整持续了一天，嚎得附近住的百姓都跑来打听，寺里响起了超度念经的声音。

有人好奇地问"麻汤圆"："听说你们那个啥子军是太医给瞧病？"

"定武军。""麻汤圆"着重强调了下，"是有这么个章程。只是四五万人，太医院哪里管得过来。"

"那你们也是这个样子？"那人被嚎叫声折磨得心神不宁，说道，"那不遭罪了？"

"一般不会受伤，战场上受伤了，就跟屠夫杀牛宰羊一样。""麻汤圆"解释道，"锯胳膊锯腿，保命要紧。"

"可这遭罪啊。命保下来，快活没了，那还搞尿？"问的人自问自答地躺下去了，顺手堵住了耳朵，把"麻汤圆"想说的话和那些哀嚎声都挡在了外面。

这般悲惨的遭遇之后，再也没人敢效仿着切掉手指了。等待着那几个人的，除了郎中不断尝试的药方，还有更加悲惨的结局。

赵荣安立威

第五天天刚擦黑，放饭完毕的众人刚刚端起碗四处寻找着吃饭的地儿，就在众人准备边吃饭边侃大山的时候，远处就传来了枪炮声。刘铁战第一个冲了出来，冲着木讷的众人吼着:"吓傻了?都愣着干什么?列队!列队!"

傅军奇叮嘱好了正在写字的伍奎方才出来,跟刘铁战说道:"像是鱼老河方向。"

刘铁战点点头:"是快利步枪,是我们的人。还有抬枪、鸟枪、曼利夏。肯定是遇到土匪了。等了这么久,正瞅着找不着他们呢!"

看着刘铁战被枪炮声点燃起来的斗志,傅军奇默默地按住了他的枪:"听枪炮声很密集。你怎么知道是我们的人遇到了土匪?"

刘铁战瞬间蒙了一下:"我……我是不知道。但是从枪声就能听出来一强一弱。定有一方是弱势,我们只有出兵才晓得哪个回事儿,要是我们的人,那就是增援,可获全胜。要不是我们的人,可以夹击,也是大功一件。"

傅军奇却摇了摇头,下了刘铁战的枪,对着已经集结得七七八八的人们说道:"铁战,让他们就地休息,先吃饭。"

刘铁战还想说什么,却被傅军奇制止了:"走,你跟我去镇里看看。"

一阵兴奋,继而失落,但也有一丝庆幸,打仗毕竟是要死人了。刚刚集结完又被命令就地休息待命的人们立即牢骚满腹,但很快他们就出奇地安静,想不到这么快就要上战场了。

他们知道,躲得了初一、躲不过十五。

傅军奇和刘铁战刚走到门口就被哨兵拦住了。那是两个生面孔,傅军奇猜测是县衙派来的。宋师爷在编成军的时候就抽调了二三十人补充了县衙,这种明里看起来是借剿匪壮大了县衙力量，实际上就是为了以防万一用的。

"二位请回吧。"其中一人说道。没等刘铁战发火，就又补充道："宋师爷有令，没有他的许可，任何人不得迈入、迈出大门半步。"

刘铁战的火气没发出来，只得生生咽了回去。他瞧了眼傅军奇，傅军奇正背着手、眯着眼望着远处。那里已然有烟升了起来。枪炮声搅动了长生镇的安宁，很多人家都开始关门关窗，原本正在做饭的灶台也逐渐停了下来，飘荡在镇子上空的炊烟不一会儿的工夫就消失了。

傅军奇就这么一声不响地直直地站在那里。刘铁战陪着干看了一会儿，实在耐不住性子，索性回去了。傍晚的景色是迷人的，蓝了一天的天空禁不住疲惫开始发黄翻红，云朵也跟着染上了粉黛颜色。飞低的鸟群，闭合的花朵，层叠的云，无一不在按部就班地配合着夕阳西下。

转瞬即逝的美景总是还没感叹完、欣赏够就要落下帷幕。

一如远处的枪炮声。枪炮声逐渐变稀的时候，一队人马从远处赶来，傅军奇早已经猜到是谁，此时看清楚了确认了之后，便不再言语，静等着宋师爷他们到来。

这一次宋师爷一改往日的谦逊与毕恭毕敬。他没有下马，甚至连速度都没有减，就径直从傅军奇身边打马而过。十几个人的马队扬起的尘土再一次糟蹋了众人吃饭的机会，等到尘烟散去，饭上已经是一层细土。

宋师爷一边下马登上检阅台，一边痛斥着已经吃不上饭的人们："你们这些人，还有心情吃饭？天都要塌了！百姓们连火都不敢生，你们还有心情吃饭？"

这一通训斥让无缘无故没饭吃的人们困惑不已。宋师爷并不理会下面手足无措的人们，命令傅军奇和刘铁战整队。其间他还在不停地催促着，仿佛有什么万分火急的事情在催着他。必须争分夺秒，一刻也不能耽误。

等到整队完毕，宋师爷对着二人说道："入列。"

一句"入列"让傅军奇和刘铁战面面相觑，台下众人也表情各异。也就愣了几秒钟，傅军奇先走了下去，在方阵之外一人成列。刘铁战瞥了一眼宋师爷，眼神中充满了不屑与不满，在无声地抗议。整齐的方阵外侧就此多了两个点，多少显得有点格格不入。

宋师爷用眼角看着他们二人站成一列，叹了口气说道："春分前后，宋某奉徐知县之令筹备练兵。我县民力疲弱，武备久弛。只有长生镇有险能防。为了剿灭山匪，过上安宁日子。我县百姓是倾其所有，连牌坊、祖坟都拆了修路补防。自己的孩子送来作乡勇。举全县之力筹备半年有余，终成现今模样。"宋师爷说得吐沫乱飞，得意骄傲的神色，似乎在刻意彰显着他的运筹帷幄。当然傅军奇也鄙夷地望着他，在他眼里，宋师爷就是个狐假虎威之徒。

远处的枪炮声在宋师爷的训话中逐渐消失了，刚开始还频频回头张望、窃窃私语的人们已经完全安静了下来。宋师爷十分享受这种信息不对称带来的快感，其实他要的就是这个效果，他要在这群人中树立威望。他故意加重了声调：

"既然已经成军，就要有军队的样子。更何况本县已经打算将本团乡勇改名长生军，作为新军培养。"

这句话说得铿锵有力，人群中顿时炸开了锅，傅军奇、刘铁战也都不知所措，他们不知道怎么着就成了新军，他们可还一仗未打。只有"麻汤圆"如同鹤立鸡群一样兴奋，他本以为自己再也与职业军人无缘，没想到兜兜转转从北军反而成了南军。

何为新军？

甲午战争朝廷败给日本后，北洋舰队全军覆灭，为加强陆军力量，也为改革多年八旗陋习，下令由湖广总督张之洞、直隶提督聂士成、温处道袁世凯等编练新式陆军，"习洋枪，学西法"，史称新军。

毕竟八旗和绿营现在都不是洋人的对手了。现在各地都在操练新军。

所以众人对于新军还是颇为期待的，因为朝廷出了血本，要求足额饷银，至少军饷不用发愁了。

"好了好了。"宋师爷对自己宣布如此重大的决定带来的惊喜十分满意。一边让众人安静下来，一边又丢出了重磅消息："军无令不能行，兵无将不能用。今天，我就正式宣布，今后咱们长生军的团正就是赵荣安。这可是府台大人钦点的名将，大家鼓掌欢迎！"

随着下面稀稀拉拉的掌声，书生模样穿着长衫长褂的一个中年男子走上台去。他看起来干净利落，面容俊朗，像是刚从书斋里放下书本走出来的一样。可是谁也没想到，接下来他的举动就震惊了所有的人，包括宋师爷。

"闲话少说。"甫一站定，赵团正也不与宋师爷客套，立马换了一副威严的面孔。

他下达的第一道命令就是升旗。

升什么旗？

所有的人都不知所措，因为这里压根就没有旗杆，更别说什么旗了。

众人面面相觑，低声议论。

有些人本来就当过乡勇，是拿起锄头犁地、放下锄头列队的凑数之人，有些人则给地主富商看家护院。像"麻汤圆"那样的正规军出身简直就是百里挑一，更多的是为了混口饭吃有件衣穿的乞丐们。这样的一支队伍，他们做梦也没有想到，会从团练一步登天成为正规军，而且还是新军。

没等众人理清头绪，四五个人已经抱来了一根木头，那是一根堆在地上许久未用的木头，几个精壮的小伙子以惊人的速度和默契把那根木头扛了过来，众目睽睽之下再一头打进去了一个铁环，穿过了一根麻绳，随即众人合力把木头竖了起来，安稳地挪进了旁边已经挖好了的坑里。

随即有人拿出了一面三角黄龙旗，挂在麻绳上开始升旗。众人呆呆地看着那面旗子升起，突然间传来了一阵军号的声音，声音之大把很多人都吓了一激灵，缩起了脖子。

"不许缩脖子！"赵荣安突然吼道，他的声音甚至大得盖过了军号声，"抬起你们的头，看一看这面旗子。兹是中国，所站之地皆为华夏！你们打的是为国为民之仗。今天跟山匪打，明天可能就要跟英吉利人、法国人、意大利人、日本人打。今日升的是旗，更为提一口气。环顾四海，没有国歌者已经不多。只有以军号代之。望诸位保住这江山，守护住这华夏！"

他这番话与其说是讲给下面的人听的，倒不如说是讲给自己，讲给宋师爷他们的。下面站着的那些人连国歌是什么都不清楚。假如不是那面黄龙旗上绣有五爪金龙，他们可能都认不出来那是代表着皇帝的旗子。也正是那条金龙和红珠，在风中招展的同时，彰显着这个帝国依然是大清皇帝的天下。

那么国家又是谁的呢？对于这帮人而言，那一点儿也不重要。

他们当兵的目的就是混一口饭吃而已。

所以下面人是一脸茫然，不知所措。

宋师爷适时地接话想要化解无人响应的尴尬："赵团正果然是个能人干将！一个升旗就把人的精气神给提起来了。相信有众人相助，大胜指日可待。"

"漂亮话还是少说为好。"赵荣安直接驳斥了宋师爷的恭维，宋师爷反而陷入了尴尬。一时之间手都愣在了半空中。

"杀人之前还是严肃点的好。"说完之后他扭头看了一眼身旁的宋师爷。然后朝手下挥了挥手。

"杀人？"众人免不了窃窃私语。

只见那几个自断食指的人被押了上来。被关在茅厕里的几个人也被扶了出来，他们已经几近虚脱。众人都被这个阵势吓住了，连宋师爷都猜不到："赵团正，你这是要做甚？"

看着那几个已经被五花大绑跪在地上的人，赵荣安朗声说道："既已从军，就不问因由。恶意毁伤身体逃避责任，不是大丈夫所为，也不是军人应有行为。"

话说到这儿，下面跪着的人里已经有人反应了过来，面对着即将到来的死亡，开始如鸡啄米一般地猛烈磕头，祈求饶命。对死的恐惧是会传染的,特别是临场感十足的死亡恐惧。一时间,剩下的几个人也都开始磕头求饶。地上的沙土在他们额头上磕碰出了细小的伤口,血液渗了出来,慢慢地伤口越来越大,混杂着泥土,像是额头上贴了一记膏药。

赵荣安侧着头看了一眼宋师爷。宋师爷此时已经回归了平静,像是此事跟自己无关一样,两手握着垂在身前,泰然自若。

"大敌当前,军心为要。对不住了,各位兄弟。你们的家小,自会厚待。"赵荣安说完,几个人从身后拉紧了捆绑的绳子,跪在地上的人只能被迫绷直了身体。

紧接着就是有人捏开了他们的嘴巴,不顾在喊叫什么,也不管能不能倒进去,直接倒了一碗上路酒。劣质的酒喷洒而出,涌入鼻孔后像是放了一把火。一时间,血水、鼻涕、酒混合而出,骇得站在后面的人大气都不敢出。

一声令下,整齐的枪声响起后,众人干净利落地倒地。几乎是一瞬间,现场静得每个人都清楚地听到自己的呼吸声,心跳声则大得如同擂鼓。很多人都眼见着子弹抵近射入人的脑袋,巨大的惯性下,人的头只是稍稍往后一仰便随即从前面爆开。有个人的半边脸都掀开了,整个牙齿都翻在了外面。倒下去的人身体还在抽搐抖动。扩散开来的血腥味让人本能地想要呕吐。

经历过傅军奇罐头教育的人已经有了心理预设,还能忍住。其他人里有的直接昏倒了过去,没有晕倒的人想要拿手捂住嘴巴,呕吐物从手指缝里喷涌而出。

那几个企图假装肠胃不好想要躲避的人,赵荣安此时给了他们一个改过自新的机会。

他们成了下一次大战时冲在最前面的那拨人。对，就是现在软如烂泥需要旁人搀扶的那几个人。

"送死鬼"们就这么稀里糊涂地多了一个团正，也多了一个画得很大很大的饼。傅军奇、刘铁战莫名其妙地就从这个队伍中重要性排位前三的人，变成了无关紧要的人。

"这算啥事儿啊？"刘铁战无奈地说道，"那咱们明天还训不训练了？"

"本来就没啥事儿。"傅军奇像是完全没往心里去一样地回答道，"来的时候也没许诺个一官半职的。现在明确了还不好么？"

"啊？"这话让刘铁战彻底蒙了，在他心里，伍永昌找他们来就是要安排位子的，"这可整个啥啊？"说到这儿，他突然想起来了："对了。伍永昌他们几个是死是活我们还不知道呢？"

"放心吧，没事儿。"

傅军奇话音刚落，就听到身后有人在叫他们。回头一看，是赵荣安带来的一个士兵，来传话让他们去一趟大营。

"大营？"傅军奇回答道，"这里没有什么大营。团正是想要干啥？"

"那请找一间可以座谈的地方，团正要研究军务。"

"噢，那就只有我们三个住的那间屋子。"傅军奇回答道。

没等他说出下面客套的话，来人就答道："好，我马上去请团正。"

傅军奇和刘铁战互相对视了一下。这时"死耗子"和

"四脚蛇"恰好走过去。

"这个主可不好惹呢。""四脚蛇"挠着头说,"走马上任第一件事就是杀人立威。这是杀鸡儆猴呢。王老五就这么给毙了,眼睛都不眨。狗日的前几天还找我借钱,幸好我没借给他。"

"要烧三把火呢。以后日子怕是不好过哟。""死耗子"并不怕日子不好过,反正大不了就撒丫子跑路,这个他熟。他只是在意自己辛辛苦苦攒下来的耗子干:"不晓得,得不得没收我的干粮。"

傅军奇就势喊住了他们俩,让他们跟着自己一起回到了屋子。一进屋,傅军奇就安排他们二人帮忙收拾东西,想要空出一间房子来。这一安排让伏在桌子上写字的伍奎有点吃惊。

放下了手里的笔,伍奎走到傅军奇身边问道:"傅叔叔,外面打枪是枪毙了人吗?"

刘铁战立马制止伍奎说下去:"小孩子别瞎打听。是练习打靶。"

傅军奇的眼神给了伍奎肯定的答案,他缓缓说道:"没事儿,一会儿叔叔们要讨论点事情。"傅军奇回头对"死耗子"说:"你先去安顿好我们新的住处。"

"你们睡哪点儿?""死耗子"一边收拾一边问。

"就跟你们睡一起就行了。"傅军奇回答道。

"那可遭罪哟。""四脚蛇"说道,"我们那边十几个人大通铺,晚上放屁磨牙打呼噜的,可睡不好。"

傅军奇笑了:"别说放屁磨牙打呼噜,当年炮声连天,子弹擦着头皮飞,我们照样睡得着。"

几人正说话的时候,赵荣安推开门走了进来。他熟稔地摸了摸伍奎的头,伍奎没有说话,只是缩在了傅军奇的背后。众人还不知道该如何开口,反倒是赵荣安先说了话:"唉?怎么在搬东西?谁要走?"

"噢。没人要走。"傅军奇答道,"这本来是我们三个的屋子,现在腾出来,先给团正住。"

"给我住?"赵荣安吃惊地说道,"我住什么啊?我不住这儿。我有家有业的,为什么要住在这里啊?"说完他指着伍奎说道:"你阿玛这几年怎么也不来一趟成都?玉昆将军还记得你们一家呢。等会儿你跟我走,今儿来得仓促,房子还没找好。姑且借方家的宅子将就一段时间。"

傅军奇这才恍然大悟,想起了伍永昌提到过的远房亲戚,可是这亲戚究竟有多远多亲,他是一概不知道。原来这个赵荣安和伍永昌居然有联姻关系。

"还愣着干什么?放下放下。"赵荣安让"四脚蛇""死耗子"抓紧把手里的东西放下,并带着伍奎先出去一下。等到众人走后,他才从袖子里掏出一本小册子,打开来平铺在桌子上,是一张手绘的地图。

他指着说道:"就是长生镇。你们知道为什么这么些年,巴县一直剿匪不力吗?"

"都是穷山恶水出悍匪。"傅军奇说道,"剿匪剿的是人心,打的是钱粮。这里很多匪徒都是住家人,袭扰的也多是富户,所以动力决心都不大。"

"嗯。是一种解释。"赵荣安转头冲向刘铁战问道,"你怎么看?"

"我?"刘铁战被问得一激灵,想了想回答道,"此地多山多水,口隘众多。山匪多是骑马掠抢,抢劫并不驻扎,略地从不攻城。神出鬼没,防不胜防。"

"所以此次伍永昌变他人优势为我方优势,山匪纵马骑掠那我们也纵马出击。你们所听到的炮声,看似是遭遇战,但实际上是早就预谋好的伏击战。打了个措手不及,开了个好头。"赵荣安说完,指着地图说道,"就在古道河口。巴县虽然多山地,但是实际上能够藏匿的就只有这里。"

傅军奇和刘铁战凑上去一看,赵荣安指的正是双峰山。

"此山形如两个馒头,连绵之间有个峡谷,尽头是悬崖峭壁,虽然是个死地,但也是易守难攻之地。这儿,古道河口,是通衢要道。船只沿长江运至码头,只许马驮驴运,半日内就能运到双峰山。这几日我查看了附近几个县的漕运记录、客商账簿,就在这里,很多东西都不见了。真是算得巧妙啊。以双峰山这个地处三镇交界的地方藏匿行踪,再用古道河口这个看似有人管、实则无人管的地方中转,自然神不知鬼不觉。"

"团正,啥叫看似有人管、实则无人管?"刘铁战好奇地问道。

"川省复杂。有地方设镇,有地方设路。除了镇、路之外,还有犬牙交错的场。这个古道河口恰恰就是交叠之处。名义上归固安镇管,实际上还有个教谕场。这个场能管到江北镇和长生镇的绝大部分地方。这就会形成灯下黑。"赵荣安一边分析一边说道,"难怪之前有人奏本弹劾徐知县养匪自重。这是个要夺人钱财的买卖。"

赵荣安分析的这一切都超出了傅军奇的认知,他只从赵荣安的话里进一步确认了伍永昌他们的安全,并能确认已经打赢了。

"那我们现在该怎么办?"傅军奇接着问道。

"刚才点验我看人数不足三分之二,其他人是不是派出去各处巩固城防了?"

傅军奇回答道:"以五人为一小队的人马已经安排在了各个防御环节。"

赵荣安听了继续安排道:"现在城墙的缺口还是没补好。明天开始要抓紧把这里修好。今天晚上要防的是贼人偷袭。从现在起增派巡逻人手,所有同行一律要对口令。铁战,你马上点验五十个人,分成两队,一队沿着河向古道河口接应。都这个点儿了还没回来,估计赚的浮财不少。多带辆大车,同时要注意贼人增援。另外一队直扑义仓。那里估计无人防守。我猜贼人在古道河口吃了亏,很有可能想要切断我们的粮草。"

"得令!"赵荣安一开始的不容置疑甚至是冷血,一度让傅军奇、刘铁战对他毫无好感,甚至觉得他就是道台安插下来的一个眼线。他那毫无人性的军法从事虽然并无瑕疵,但始终让人心生隔阂。现在看到他精明干练的作风,二人顿然释怀了许多,也从心底里佩服这个看上去只会纸上谈兵的人。

还没等出发,义仓方向突然传出了枪炮声。

"坏了。"赵荣安第一次表现出有点焦急的样子,"贼人还有连珠格林炮……这要真把义仓烧了，我们就只能速战速决了。"

刘铁战却一点也不着急，他笑着说道："团正有所不知，格林炮是我们的装备。本来秋阅的时候是一个课目。但是为了布防，一早就藏到义仓去了。"

"妙啊！"赵荣安赞叹道，"看来我以后可以高枕无忧了。"说到这里，他突然想起来一个事情，说道："哦对了，傅老师，麻烦准备些农具，我们要趁着胜利把稻子割了。不能留粮食给贼人过冬。"

"团正放心，"傅军奇答道，"早已经备好了。"

"那我就放心了。"赵荣安说道，"今夜吩咐伙房给将士们多备点酒菜。提前把郎中请来，到时候好及时医治。收缴的战利品也及时造册。我就先行回去休息了，明日的训练还是有劳二位。"

说完赵荣安就告辞离去了，留下了那幅地图。傅军奇仔细地看了半天，图上的线条清晰，简洁优美。跟他曾经看到过的洋人做的地图相似，都用了一圈一圈的线。

当年如果不是亲眼所见，他是不相信这种如同鬼画符的地图能够指挥打仗的。可是当几个英吉利人冲着地图指指点点，随即读出几个数字，旁边的炮兵转动了几个轮子，趴在炮身上一看，迅即开炮，远在几百米之外的十几个长毛兵应声与土同尘了。

一开始傅军奇始终想不通，几乎相同的操作为什么自己的红衣大炮总是偏出去很多。要打城门楼的最后则轰了石牌坊，要打山头的却落进了山谷里。他看着那些费力地用尽全身力气压低炮管的士兵,在屡屡射击不中后的沮丧,与其说他们在打仗,不如说在玩高级别的过家家游戏。只不过这游戏输了就是输了,没有翻盘的可能。

吩咐完一切后,赵荣安没有丝毫的停留,把伍奎放到马上就一起去了方家院子。出了营寨的大门,伍奎才发现镇上已经恢复了日常的秩序,甚至有士兵在敲门要求居民开门出来庆祝。街上的喜悦和拍门声此起彼伏,这让伍奎有点困惑,他扭头看了下赵荣安,他却满脸的得意与享受。

似乎看出了伍奎的困惑,他解释道:"我来的时候已经试过了,各处都有兵丁把守。虽然不算强,但是吓唬吓唬刚刚被打败的贼人已经够了。整个镇子恰恰需要防范的是浑水摸鱼混进来的探子,探子是不会走在明处的,越宵禁他们越容易躲起来。越宵禁人们越恐慌。"

停顿了一会儿,他接着说道:"就算是输了,这个时候也要让大家先赢一会儿。"

到了方家,赵荣安把伍奎安顿在楼下的客房里,自己上楼去了。离开之前,他叮嘱伍奎把这里当成自己的家,除了书房和女眷的房间不能去,其他的地方可随意去。

伍奎虽然跟方定祥关系很好,也来过方家。却从来没有留下来过过夜。他对于方家的庞大并没有概念。在屋子里待了一会儿后,便好奇心上涌想要到处走走。可是他提着灯笼走了几步就不敢再往前走。夜里的黑暗像是浓雾一样,灯笼仅仅只能驱散身前身后有限的地界。一旦走出去了,黑暗就会裹过来。

偌大的宅子因为有段时间无人居住,虽然每日有人打理,但依然少了些许活泛的生机。伍奎还没走完长廊就停了下来，随着黑暗裹身的还有夜晚的寒冷。他此刻特别希望方定祥能来陪陪自己。

同样期待别人能来陪陪自己的还有傅军奇，江边日落之后退温慢，一旦冷了之后又寒彻骨。他不知道伍永昌那边怎么样了。义仓方向的枪声响了不到一刻钟就停了，他也不知道刘铁战到了没有，那门格林炮是不是被山匪拉走了。等待的焦灼让他这个沉稳老练的人都不由自主地开始兜圈。

这注定是彻夜难眠的一夜。

伍永昌剿匪

晨光熹微，傅军奇不知道兜了多少圈，才听到了由远及近的马蹄声。随着大门打开，几个浑身布满油污、满脸疲惫但是眼睛放光的人骑着马出现在面前。从他们的眼神里，傅军奇看到了胜利。

伍永昌走到跟前的时候，傅军奇激动得不亚于久别重逢。伍永昌也难得高兴，下马后把背上的四五支枪丢给同伴，兴奋地对着傅军奇说道："没白等，终于逮到只大耗子！"

傅军奇悬着的心终于放下了，他一边拉着伍永昌往屋子走，一边关心地说道："不容易不容易。这几天等得我们焦心极了！怎么样？我们伤亡怎么样？"

"还好。"伍永昌答道，"突袭的时候落马死了两个，后面捉对厮杀的时候又伤了几个。"说完他掏出个左轮手枪，递给傅军奇："给，欠你的。我可还了啊。"

傅军奇欣喜地接过那支手枪，仔细端详了下，看了一下子弹,立马变了脸:"哎,你这还我个枪壳子有啥用?才两发子弹。打完了让我当锤子使啊?"

"你当年借我那把可是就只有一颗子弹。我这都双倍还你了。"伍永昌笑着说道,"剩下的自己抢去!"

"自己抢?"傅军奇没好气地说,"你现在都自己玩自己的,我哪儿有机会抢啊?"说到这里他突然想起来了:"你没见到铁战?他不是接应你去了么?"

"见到了。"伍永昌答道,"他在善后,还有几车物资可以运过来。"

"那就好。"傅军奇这下完全放心了,说道,"只是下次不要这样了。连我俩都不说一声,万一贼人多打不过怎么办?更何况打仗又不是一锤子买卖,万一有增援怎么办?"

此时二人已经进了屋。伍永昌在桌子前重重地坐下来,似乎绷了很久的身体终于可以得以放松,他问道:"有没有吃的?来一口。"

傅军奇倚着炕沿站着,抽着烟袋回答道:"灶上一直热着。马上给你送过来。"

说话间饭菜就已经送到了。丰盛的程度不仅伍永昌没想到,傅军奇都吓了一跳。

"嘿,黄米馇馇、炙烤猪肉!"伍永昌高兴坏了,说道,"老傅还是你懂,早就吩咐准备了这些餐食。好久没吃到了。"

看着狼吞虎咽的伍永昌,傅军奇不知从哪儿摸出了一小壶酒,三个酒盅:"来整两口?别吃独食,让我也尝尝。"

"你不吃过了么?"伍永昌闷了一口酒,诧异地问。

"这是赵团正吩咐准备的,我哪儿有机会吃。"傅军奇直接上手抓了一块猪肉，烤得恰到好处的猪肉外酥里嫩，还有着溢满口腔的油脂。简直是极致的享受。

"赵团正？"伍永昌吃了一惊，问道，"哪个赵团正？"

"就是你的小舅子啊。说是府台大人举荐的。"傅军奇也奇怪地望着伍永昌。

"认识。"伍永昌十分坦然地说道，"也算是远房亲戚。祖上一起留在四川，他们家一直是成都将军的随扈。我们家就一直在这长生镇。前几辈还经常来往，这不是咱破落了嘛，走动就少了。"

"哎，你这不对啊。"傅军奇劝解道，"穷人无亲戚，富人有远亲。人家对伍奎很主动、很热情，还专门把他带走了。你有这高枝不攀，图啥？还远房亲戚，你们可算是一家人啊。"

"是个狠角色，一来就杀人祭旗。"傅军奇补充道。

伍永昌这才想起来自己儿子的事儿，忙问道："带走了？带哪儿去了？"

"方家老宅。"傅军奇回答道，"团正不住军营，要借住方家。这不挺好的嘛，你看咱这说是军营，跟个叫花子窝没啥区别。"

伍永昌听到这儿倒是放心了。他边喝酒边说道："富不住大屋，穷不行远路。咱各有各的命，人有人的道。达官贵人觉得屋头的猫儿狗儿喜庆，乞丐还就觉得叫花子窝里的跳蚤安逸。"

"哈哈哈。"傅军奇听了一阵大笑，笑得眼泪都快出来了，他擦着眼泪说道，"你说你，要强个什么劲儿啊。有些事儿过去了就过去了，谁跟银子、跟前途有仇啊？你不在乎这些个东西，那伍奎呢？你不为儿子想想啊？"

"想啊。想有啥用。"伍永昌说道，"儿孙还不是自有儿孙福。你看我这个家，各干各的，各活各的。我还能拖得动多久？"

傅军奇知道伍永昌的苦楚，他默默地仰头喝干了一盅酒，顺手把伍永昌的酒杯给收了。

可是那个酒杯却被伍永昌死死地抓住了。傅军奇试了几次都拿不过来，只好妥协了，又给他满了一盅。

"最后一杯了啊。还得给铁战留点。他还没回来。"

"不用留。等他回来你就不缺酒喝了。"伍永昌神秘兮兮地说道，"这次咱们吃掉的是个马队，抢的好东西不少。"

"嘿。"傅军奇猛然想起了赵荣安之前的判断，说道，"还真对得上！你之前去过成都？还是找过宋师爷？"

他的这番问话让伍永昌有点摸不着头脑："我去成都干吗？找宋师爷干吗？"

傅军奇知道自己猜错了，原原本本地把赵荣安的推测和部署说了一遍。伍永昌听了也觉得十分神奇："这次我带人出去，都是乔装打扮。暗中摸了几天，把邻近三个镇都跑遍了才发现贼人踪迹。我还去了几个受害的富户家里探访，每次绑票所要的赎金也并不多，而且大多数都是见了赎金就放人。有些穷人家里还收到过'飞天银'。"

"什么叫'飞天银'？"傅军奇好奇地问道。

伍永昌从怀里掏出一个红色的带子，展开铺在桌面上说道："就是这。"

傅军奇拿起来一看，上面有红色的"飞天银"三个字："写得很工整。倒不像是写上去的，像是拿印章盖上去的。"

"嗯。"伍永昌敲着桌子说道，"用这个带子，裹上点碎银子就从院子外面或者窗户里丢进去，等到人出来的时候根本看不到是谁扔的。有些人以为这是菩萨显灵，派飞天来救苦救难的，才保留了一些。"

"那你怎么确定这就是贼人所为？"傅军奇问道。

"绑票这种买卖自古就有。贼人为了不被拿住，都不要银票，铜钱也不要，都是要的现银。"伍永昌解释道，"纵使大户人家再有钱，也不会在家里放这么大量的银两。必然会去兑换。之前县衙曾经想过顺藤摸瓜找到贼人所在，就拿了一锭官银碎成碎银掺杂其中，刚巧裹在了这个带子中。那个老汉穷了一辈子，没见过这么大的碎银子，还没舍得花就让我寻到了。"

"这么看来，还是伙义匪？"

"那不是。"伍永昌说道，"恐怕这只是花小钱买名声。他们名下已经撕票了数十人了。一些大户几代单传，香火都给断了。"

"那你是如何知道贼人躲藏在双峰山的？"傅军奇继续问道。

"找到踪迹之后，我们连续等了几日都没发现他们再动手绑架。偶然一次在驿站，听到几个船夫在说有外水可以赚，而且是每月固定那几日的活路。这不就发现了贼人在我们眼皮子底下买枪买物资了吗？"伍永昌说道，"你是没见到那些东西。我估摸着这帮贼人肯定不止打家劫舍这一个买卖，他们买的那些枪支弹药，比我们好多了。没有洋行帮忙是不可能买到的。"

"你的意思是这帮贼人还有外应？"傅军奇思索了半天问道。

"很有可能。"伍永昌答道，"不是帮忙打点关系，就是有人在外面支持他们。"

"如果这样的话，无论如何，他们都有可能持续坐大，甚至能够攻城拔寨？"傅军奇推理道。

"不是没有这种可能。"伍永昌说道，"我这次也听县衙的那帮差役们说，徐知县之所以要剿匪，是因为乌纱帽快保不住了。府台大人为他求了情，才给了这次机会。咱们可能碰上硬茬了。我看不管怎么着，都得想办法把这伙人吃下。"

"之前是有人说徐知县是养匪自重。"傅军奇不以为然地说道，"现在已经小胜了一场，完全可以交差了。而且，退一万步讲，现在团正不是你我。我们三人只是襄助，剿匪剿不下来也不是我们的责任。"

"话是这么说。"伍永昌说道，"可是假如这个毒瘤不铲除，伍奎他们以后怎么好好过日子？"

傅军奇从没想过这个问题，他也没想到伍永昌会考虑到这个高度。他在一天里连续地吃了几次惊，他发觉身边原本熟悉的人逐渐地变化了。

起初伍永昌像个疯子，十来岁的年纪里天不怕地不怕的样子。当年剿长毛，他蜷缩在壕沟里无助地看着战友四散奔逃，他腿软手软得站都站不起来，枪栓重得拉也拉不动。没想要等仗快打完的时候，伍永昌却突然拿着砍刀冲向了长毛。

打光了子弹之后倒拿着枪抡圆了在空中画圈,看到发呆的傅军奇之后还抢走了他别在腰上的手枪。

等到伍永昌拉着他冲出重围,找到一个安静地方的时候,傅军奇问他为什么打仗这么不要命。伍永昌嘿嘿一笑,朗声说道:"打仗打仗,打的就是出其不意,仗的就是想的比敌人更多更勇。想攻城略地,想银钱无数,想活下去,想赢!"

可是现在的他不想赢了,至少不想为自己赢了。他在想着为相干的、不相干的人赢。

在他发呆的时候,刘铁战回来了,在屋里都能听到他吩咐手下抓紧卸车的命令。等到他钻进屋子的时候,却是一脸惊慌的样子。傅军奇和伍永昌都十分茫然地看着他。

刘铁战手里拿着一个牛皮做的圆筒,上面的背带已经断了。伍永昌一看高兴坏了:"还有地图?这是什么地图?"

刘铁战惊慌地摇摇头,随即用颤抖的手打开了圆筒,露出了一截长长的杆子。还没等伍永昌反应过来,猛地一抽,一面黑旗出现在了三人面前。

看着徐徐展开的黑旗,伍永昌、傅军奇都吓得一激灵。傅军奇一把夺过来问道:"这是哪里找到的?"

"义仓。"刘铁战回答道,"我分兵两路,一路去支援伍大哥,我自己带一队支援义仓。等到的时候义仓已经被包围了,贼人正在不断地往里面扔火把。还好有格林炮压制,手持火把的人就是活靶子。我们里外夹击很快就把贼人击退了。那帮人并不恋战,一看没有机会就撤退了。黑旗是我们在打扫战场的时候,从一具尸体上摸到的。"

"那也就是说古道河口今天被吃掉的物资,还真的有可能是长毛余部的？"傅军奇猜测道。

"这不太可能。"伍永昌分析道，"当年长毛的翼王石达开于大渡河陷入重围后接受谈判，自行遣散四千人，剩下的二千人全部被杀。石达开也在成都被凌迟处死，余部不可能坚持到今天。就算是坚持到今天，为何一直不露声色，突然间出现？"

"难道是齐宣淮？"刘铁战猜测道，"当年我们两次打败他，他一直怀恨在心。曾经放言东山再起后会取我五人性命。"

"不可能。"傅军奇反驳道，"还是不要疑神疑鬼。当年在江苏，我们是两次打败了他，可都没下死手。而且那时候他已经跟随彭大顺东归天京，城破之日恐怕早已经死在湘军手里。就算是侥幸逃脱，也没必要千里迢迢来找我们寻仇。"

"嗯。有道理。"伍永昌接话道，"如果他真的找我们寻仇，早就可以挨个找到我们，逐一解决了。完全没有必要兜这么大的圈子。"

"那这可怎么办？"刘铁战举起那面黑旗说道，"难道是有人冒充长毛？不怕砍头？"

"你只找到这面小黑旗么？"傅军奇说道，"这黑旗不都是一大一小的么？由发号施令者举起小旗，然后阵前升起大旗。表明死战不退、格杀勿论之意。你怎么就只摸到了小黑旗？"

"这我也不知道。"刘铁战说道，"里里外外都找了，就这个。"

"留下活口没有？"伍永昌问道。

"这倒没有。"

"那看来我们说不准还真能碰上老朋友。"伍永昌自言自语道,"咱哥几个都逃不出这命数啊。"

"哼。"傅军奇冷笑了一声,招呼着刘铁战,"赶紧把那个旗子收起来,就算是长毛,也就是个手下败将,没啥好怕的。来来来,喝点酒暖暖身子,压压惊。"

倒完酒后,傅军奇看着伍永昌,问道:"咱哥仨是知道了,倒是另外那二位,你看咋办?"

"倒也不急。"伍永昌想了想,说道,"反正也没留活口。义仓那边逃跑的人估计没几个认识铁战的。我们还有时间准备。"

傅军奇听完乐了:"老子倒还有点兴奋了。"

伍永昌听完也乐了,打了傅军奇一下:"你兴奋个锤子。要搏命了你兴奋了。"

屋子里瞬间充满了难得的轻松欢乐氛围。三个人又闲聊了几句,伍永昌开玩笑说自己这个名字挺好,但是沾了这个姓就不好。这次不知道是上苍看他太不顺了,还是自己媳妇求神拜佛起了作用,运气好到不到十个人就敢跟二十多人对着干。

他后来想想确实挺后怕的,毕竟除了他和其他两三个人,剩余的人都是完全没有经验的雏儿。他们对于战争没有准确的概念,一腔热血只管往前冲。但是骑着马用长枪,开枪本来就很不容易,他们那些七拼八凑的马受到枪声惊吓,也更容易发疯乱窜。死掉的那两个人就是一个朝天放了枪,被对面的敌人开了瓢。一个马受惊了,掉落马下被拖得只剩了一条腿还挂在马鞍子上。后来伍永昌才发现那人怕坠下马来,把一只脚用麻绳绑在了马鞍子上。

至于义仓的布防,他也仅仅是出于习惯性的做法。没想到真的瞎猫碰到了死耗子。

傅军奇告诉了伍永昌,赵荣安也吩咐要准备好农具,他笑着说:"你们俩是不是看上了寺里和尚们种的庄稼?"这话提醒了伍永昌,他解释说断了别人的粮草,贼人肯定会下山抢粮。

正值秋收时节,必须先下手为强。一想到第二天还要抢收庄稼,伍永昌催促二人快睡。但是三人正是酒热话密的时候,等到他们睡下的时候天都快亮了。

天亮了的时候,镇子里的鸡会先叫,随后狗儿们跟着狂吠起来。伍奎住的客房在方家老宅的里面,并不受到这鸡鸣狗吠的影响。他是被门外的脚步声和搬东西的声音吵醒的。

等到他睡眼惺忪地打开房门,阳光已经斜斜地照到了门口。当他习惯了刺眼的阳光,睁开眼睛的时候,满院子里的各式行头、配饰、道具:蟒袍、官衣、帔、开氅、褶子等大衣,箭衣、抱衣裤、打衣裤等,胖袄、护领、彩裤等应有尽有。

这些物件在阳光下散发着独有的魅力,有的雍容华贵,有的珠光宝气,有的英气逼人,有的市井地气。方家的老管家正在按照顺序从一个大箱子里小心翼翼地往外拿,院子里还摆着六七个大箱子。他把这些东西拿出来之后一一舒展开来,按照不同的类别或挂在木制的架子上,或放在帽撑上。

仿佛来到另外一个世界的伍奎兴奋地东瞧瞧西看看,在那些架子中间钻来钻去。老管家也不冒火,反而慈祥地一遍遍叮嘱他"慢点慢点"。

"这些都是谁的?"伍奎好奇地问道。

"当然是方老太爷的。"老管家回答道,"您可得慢点,很多都是角儿送的。"

"角儿是啥?"

"角儿就是唱戏唱得好的,那可都是有头有脸的人。火得不行,到哪儿都受人尊敬。"老管家笑眯眯地解释道。

"他们为什么火?为什么受人尊敬?"

"因为戏唱得好啊。勾上脸上好大靠,演什么像什么,唱什么美什么。"老管家说道,"只可惜好久没看到喽。你瞧瞧这些行头,老是擦哪里有神儿啊,得角儿穿上才行。"说完他把一个簪子比戴在头上,比了一个兰花掌。可是他稀疏的头发已经架不住那支簪子,差点掉在了地上。还好伍奎眼疾手快接住了。

老管家小心翼翼地从他手上接过来,像是个老先生一样,耐心地介绍道:"瞅见没有?这是拿那翠鸟尾巴尖上的羽毛贴的。当今能用这东西的,就只有皇后娘娘。"

"那为什么角儿也能用?"伍奎打断道。

"哎哟,你还真聪明。我正想说呢。"老管家说道,"你见过戏台没有?"见伍奎茫然地摇了摇头,老管家只好换了个说法:"戏台也就比这个院子大不了多少。可是你别看它小,这方寸之间都是世界,这个世界比咱这现实世界还要全乎。这里面不光有才子佳人,也有皇帝皇后,王侯将相。那你说是不是皇后娘娘能用的东西,角儿也能用啊?"

"嗯。"伍奎一下子就听明白了，可他还是有疑问，"为什么明明已经有皇后娘娘了，还要角儿来演她呢？这不是多此一举？"

"你还小，你不懂。"老管家把那根簪子放回原位，说道，"伍子胥过昭关一夜白了头，杨贵妃醉酒迷倒了唐玄宗，楚霸王四面楚歌别虞姬这些咱都没人见过，可不妨碍咱们口口相传、代代均知，这就是靠角儿的演绎。这戏啊，方寸之间，可比天大。"

"啊？"伍奎不相信地说道，"这世界上哪儿有比天还大的东西？你骗人！"

"你还小，等什么时候真正看一场戏，你就懂了。"老管家循循善诱道。

他们俩有趣的对话，都被站在二楼的赵荣安看在眼里，听在耳里。

第六章
假戏要真做

大捷

方老太爷的房间弥漫着一种独特的味道,那是老人才有的气息,而且是他特意熏陶出来的。

他有每日点燃沉香的习惯,只是漫长的夏天耗尽了带来的所有香料。方同铜专程去了趟成都,都没有寻到父亲要的那款。他足足在香料铺子里待了整整一个下午,闻遍了所有的味道。最后晕头转向地买了一堆金桂香回来。回来的路上醉了一路,怎么叫也叫不醒。

金桂甜腻的香味太重了,不仅腻得人发慌,还在屋子里四处逃窜。这让原本就不通风透气的房屋气味更加复杂。任谁进来都要皱一皱眉头。唯独方定祥觉得好玩,他在屋里跑来跑去,身后的风带动起屋里停滞的空气,于是他就能够闻到忽明忽暗的香味以及爷爷身上独有的气味。

方老爷子心里十分不满,他不止一次地当着儿子们念叨着:"这人都是越老,越丑越臭,气味越大。大到像是尸臭味了,就离死不远喽。"方氏兄弟们都能从老爷子的话中听出来,可是谁也无可奈何。只好每次都回应说已经差人去汉口买了,应该很快就能送到。

每次都是这样的说辞,都会让方老太爷大为光火:"哼!事到临头抱佛脚,送到了还要得个铲铲!"

挨了责骂的方氏兄弟也不辩解,他们现在更头疼的是:货物根本就运不进来。

真是巧妇难为无米之炊,就是方老太爷骂个三天三夜也无济于事。

原来最近重庆府的各县都出现了流寇,一些饥民、泼皮也跟着闹腾。有的驿站都被一把火烧了个一干二净,连各地间的通衢大道都开始变得危险,不仅运费大幅上涨,方家的马队还有几个伙计丧了命。很多族人以担心自家人出事为由,上门要求方同海撤换。面对着叔叔、伯伯、大姨、伯娘们的软磨硬泡,方同海一筹莫展。

方同卿还听说,有些流寇饥民已经开始信教,甚至作法行凶:他们三五成群地趁夜活动,没有目的地见房就丢火把,火把上房后熄灭,那么这个屋子就安全了,不再被骚扰。这是"天意"。

如果烧着了,就守在门口等着截杀从屋子里逃出来的人。那些人就在诸如"神祝我,火祝我,山风雷电灭邪恶。男无伦,女鲜节,鬼子不是人所生。如不信,仔细看,鬼子眼珠都发蓝。不下雨,地发干,全是邪淫止住天。劝从善,劝杀妖,赶那鬼子出四川"的咏诵声中惨死。

虽然没有亲眼见到过,但是方同卿也能敏锐地觉察到,洋人已经成了敌对的对象。那些流寇饥民除了直接攻击教堂和洋人之外,正在利用他们的"神",通过火来选择那些人世间心中有愧、信仰洋教的二鬼子,并且加以惩罚。

这样做显然是立竿见影的,会带动更多的人信奉他们的神以求自保,并且主动丢弃洋火、洋油等跟外国人沾边的东西。而这恰恰是方家谋利和生存的根本。即使方同海已经开始在重庆附近寻找作坊和土地准备建立自家的工厂,也不能消除方氏三兄弟的焦虑。毕竟那是远水,解决不了近渴。

长期不迈出房门的方老太爷不仅要跟浑浊的空气作斗争,慢慢地也开始跟湿疹作斗争。青城山潮湿的空气无孔不入,炎热的夏天不遗余力地蒸发着地面上的每一滴水。整个像个倒扣着的大蒸笼一样,闷得人慵懒心慌。

徐知县最近也没再转山了,一家人缩在院子里不出门,也甚少能听到说话的声音。方家、徐家的孩子们依然忘我地你追我赶似的疯跑。

方老太爷是在某次写字的时候,突然感觉到后背开始发痒,而那里恰恰是人手很难够到的地方。方老爷子手都快挠脱臼了都没能挠到。老爷子双手并用挠了好一阵才停下来,手指缝里已经长出了细密的红色小水疱。

接下来的时间里,方老太爷完全埋入了古籍书堆里,带的本来就不多的几本医书早就被翻了几遍。《神农本草经》《本草崇原》这些都能倒背如流、烂熟于心的书里也遍寻不着。

越找不着方老太爷心里便愈加焦躁,手指缝里的红色小水疱愈加痛痒难耐,如同千百只蚂蚁在啃咬。咬得他连平素最喜欢的午后小寐都不再感兴趣,开始在屋子里缓慢地踱步。

方老太爷不喜欢焦灼之感,又深知人生无奈、无情、无法之事太多,无言以对、默默垂泪往往已是最好的结局。对抗焦灼最好的方式只有无聊,做一些无聊的事情,脑子中生出一些无聊的想法,把焦灼的"土壤"给刨了,把焦虑的时间占满了,自然就不会劳心伤神。很多时候,很多事情并不是能力人脉所能解决的,只等时间到了,结自然而然就打开了。

他选择缓慢地在屋子里踱步,一圈一圈地踱步,就围着他那张堆满了书籍和卷轴的桌子。一边踱步一边念念有词:

背他最爱的张孝祥,背江山自雄丽,风露与高寒;背楚天阔处数峰青。背到落霞残照横西阁的时候,心里真有了悠然心会,妙处难与君说的惆怅。

这份惆怅和孤独感再度让他想起了先自己而去的妻子。

"既见君子,云胡不喜。"老人家眼角竟然开始流下热泪。小声抽泣起来,悲恸得不能站立,只能靠着颤抖的手臂支持着桌子站在了那里。

在那一瞬间,方老太爷突然停止了悲伤,早已经衰退多年的听力和视力突然恢复了如年轻时一般,粗糙的喘气声,屋子里晃动的烛影,都历历在目、声声在耳。手上的痛楚带着心跳一下一下地刺痛着皮肤。老爷子甚至能感受到刚才踱步催发出来的汗水正在顺着脸颊流下。

"这是……蚂蚁窝?"方老太爷嘴唇颤抖着,小心翼翼地念叨着,"风湿结成,多生手足,形似蚁窝,俨如针眼,奇痒入心,破流脂水。"

想到这里,方老太爷重新拿出医书。翻找间,门外传来了人声、跑动声。方老太爷听不清楚外面的人重复在喊的那两个字是什么,他只看到一束火光在门窗上跑过。丢下了一声声模糊的呐喊。

不一会儿,方同海突然闯了进来,带进来一股冷风。方老太爷茫然地抬起头,看着气喘吁吁的儿子,从他的表情可以看出来,有些兴奋:

"大捷了!"方同海喊道,"剿匪大捷了!"

"大捷?"方老爷子听了有点不太相信。一直以来,徐知县软磨硬泡地就是想要让方家出钱剿匪。推托了几次之后,方老太爷磨不开面子，最终答应出面号召乡邻捐款捐资，让出了现在那片营地，还无偿从宜宾拉来了石材。

在方老太爷眼里，钱财并不重要，均是身外之物。他也愿意拿出家财来修缮道路、立碑立坊、建立义庄，可是直接拿钱出来却是他不愿意的。一来是怕被人雁过拔毛、中饱私囊，二来是不想被人戴上官商勾结的帽子。

他只是个读书人，书中自有千钟粟，书中自有黄金屋，书中有马多如簇，书中自有颜如玉。他只是想在他的书斋里当个万世不易的君主。然而却也不得不面对这现实的世界。

"大捷！大捷！"随后方同铜也跑了进来，撞在了方同海的身上。方同海并不恼怒，兄弟二人依然是满面笑容。

方老爷子放下手里的书，长出了口气，说道："来，说说吧。"

方同海赶忙绕过来，扶着方老爷子在躺椅上坐下，又拿起了一旁方凳上的小被子盖上，回答道："说是终于找到了贼人，干掉了二三十人呢！"

"还缴获了不少东西。光枪就近百杆。"方同铜接着说道。

"这么多啊？"方老太爷闻听一惊，说道，"那岂不是这一伙贼人至少百余人？"

"说不准。"方同铜答道，"我听说义仓被人偷袭了，跟前一伙贼人被消灭差不多前后脚的工夫。说不准有好几拨呢！"

"不可能！"方同海反驳道，"不可能是两拨人。你想啊，之前秋阅那么大的声势这伙人都没出现，为啥这次突然就碰到一堆了？如果是不同的人马，中间怎么联系的？假如联系了，为何是前后脚而不是一齐？"

方同海的话让人陷入沉思。方同铜想了想回答道:"哥的意思是,本来就是准备策应的人马,接应不到了才临时起意声东击西?"

"嗯。我猜还有可能想引蛇出洞,吸引其他的兵力出击,然后攻打长生镇!"方同海说道。

方同海斩钉截铁的口气让方老太爷忍不住笑了:"你两个说得好像刚凯旋样。不去剿匪可惜了。"

"那不是。"方同海不服气地说道,"没吃过猪肉总见过猪跑,小时候我们跟永昌他们耍的时候分两堆,就是靠这些计谋才能你来我往。"

"对头对头,"方同铜接话道,"这就叫贼不走空。既然已经损兵折将了,就不能再火中取栗,而应该声东击西、调虎离山。"

"行了行了。"方老太爷笑着说,"我看你们比谁都懂得多。也比哪个都高兴。可问题是,这是你徐叔叔的大捷,跟你们有啥子关系?"

"哪个能恁个说也?"方同铜回答道,"徐叔叔虽然不是我们至亲,但好在两家走动甚密撒。而且剿匪大捷,后续我们经商运货都安全得多。这还不值得高兴啊?"

方老太爷听了点点头,缓缓说道:"有了小胜就会想大胜,打败一次就想彻底把别人打趴下。钱从何来?人又何来?假如速胜还好,大不了出一大笔银子。可要是经年累月打下去呢?邻县不是没有先例。"

老爷子的话让两个儿子都沉默了。他们也清楚,大捷实际上打破了原有的平衡。但任何改变到来的时候是不会听从人的意志或者祈求的。人至多算是天平一边秤盘上的砝码，突然或多或少的偏差导致的便是急速的失衡。

方老太爷无疑就是那个拦在年轻气盛、渴望钱权的族人面前，兜头来一盆凉水的人。他心知肚明，无论是方同海还是方同铜，抑或是他们的小圈子里，都在数落着自己的冥顽不灵、食古不化、僵硬呆板。他们认为以方家徐家这样的关系，即使没有任何来往，外人也会百般附会。与其遮遮掩掩，不如索性大大方方。老爷子这种忸怩作态、哪儿都不沾的处事风格只会束手束脚，还要遭受徐县令的猜忌。

"我倒觉得这都是迟早的事儿。"方同海鼓起勇气说道，"而且现在打都打了，开弓没有回头箭。我们这个时候再不表明态度，怕是最后连汤都喝不着。"

"表明什么态度？"方老太爷突然提高了嗓门，"你的意思是咱们方家一直没有态度喽？你个混账东西！你怎么知道徐伯伯到底是真剿匪还是假剿匪？你又怎么知道府台大人为其说项到底是真保还是假保？嗯？"方老太爷极力压着声音，不想让声音传出屋子。被强制压低的声音里听得出他的怒不可遏："他们都是头上有顶戴的人，大不了拍拍屁股走人。你们可是生于此长于此的，你们出钱，同乡人就会跟着砸锅卖铁。你们喊杀，他们就可能豁出性命！"

方同铜还想辩解，话还没说出口，就被方同海拉住了。方老爷子明白地看到了这个动作，却什么也没有说。沉默了一会儿说道："以后此事不再争论。方家行大道，走正途。只求我问心无愧，不求他人能给美名。"

说完之后方老爷子补充道："明天一早让老三过来见我。"

这一夜对于方老爷子而言简直是煎熬。米粒大小的水疱像是学会了飞翔，开始在腰间、肚皮上开花。老爷子以为是捂出来的，可是一翻身、风一吹立马就巨痒难忍，只要一抓转瞬间就连成一片。这一夜老爷子就在痛痒难耐和抓痒解痛之间辗转反侧，等到第二日的时候，整个人看上去都瘦下去了一圈，像是一截落叶枯木。

方同卿打开门的时候吓了一跳，手里端着的餐食差点掉到地上。等到老爷子气若游丝地告诉他自己长了"蚂蚁窝"之后，方同卿撩起老爷子的衣服，那一圈疹子已经快在腰上合成了一圈。这把方同卿吓了一跳，立马跑回房间取来了药膏给父亲涂上。

"读段书吧。"方老太爷突然说道。

"啊？"方同卿一直在专心致志地涂药，并没有听清楚父亲的要求。

"读段书。"方老太爷提高嗓门说道。

方同卿哦了一声，问道："哪一本？"

方老太爷笑了，止不住地一直在笑，笑得方同卿更加手足无措。笑了一会儿，说道："随意。"

方同卿加快了速度，把最后的一点儿药涂完，走到桌子前，翻开一本，念道："漳水风寒，潞城云紫；浩气横飞，雄师直指。与诸君痛饮，血战余生；命乐部长歌，心惊不已……"

他专心致志地念着，方老太爷闭着眼睛悄无声息地跟着背着，他长着胡须的嘴唇上下动着，一字一字地背着。当读到"目空十国群雄,心念廿年后事"的时候,两行热泪流了下来。

读到"三百年残山剩水,留作少年角逐之场;五千人卷甲偃旗,重经老子婆娑之处"的时候,方老太爷长出了一口气,调整了下姿势,准备睡了。

方同卿还在不知疲倦地念着。方老太爷得到了莫大的安慰,他时常会为三个儿子迥异的性格而烦心。老大老二能力拔群,都能独当一面,但也贪婪冒进。

老三性格温柔,平日里虽然沉默寡言,却是最能理解他的人,也是三兄弟中眼光最能放长远的。这显然是两种不能调和的特质。方老太爷每次看到他们,就如同在老大老二身上看到自己的青年,在老三身上看到迟暮。

方同卿无意间拿起了那本书,又无意间读到了这一首。已经烂熟于心的辞赋与困扰已久的心绪再度回潮,真真是只剩了三百年残山剩水、五千人卷甲偃旗。尘烟暮鼓和老年发肤,每一样都如同身上的"蚂蚁窝"一样钻入心扉。冥冥之中似乎有天意,至少老三和方定祥让他完全放心。

密谈

傍晚时分,方老太爷在疼痛中醒来。他艰难把身体翻过来,恍惚中看到了坐在一边的徐知县。方老太爷揉了揉眼睛,吓了一跳,又很快淡定下来。

方老太爷还想着继续翻过身去睡,徐知县边看手里的《清嘉集初编》边开口说话了。"你我今日之别,"徐知县用手指了指彼此，说道，"恰如这两句诗：快马健儿，是何意态！平沙落日，无限悲凉。"

说完徐知县合上了书，意味深长地看着方老太爷。

方老太爷没好气地想要站起来，徐知县赶忙上前搀扶。方老太爷瞥了他一眼，借着徐知县的手臂之力站了起来，径直要往外走。

"你要去哪儿？"徐知县轻轻地拉了一下问道。

"屙尿！"方老太爷一把甩开了他的手臂，顺势扬起右臂，气场十足地说。

徐知县被他这一下搞得哭笑不得，连连摇头。轻声骂了句："这老东西。"

等到方老太爷回来的时候，徐知县发现是方同卿扶着他。等到方老太爷坐定，徐知县方才说道："你瞧你瞧，你现在是出入都有人陪，我还是到哪儿都是孤家寡人。这不正是你快马健儿，我平沙落日？"说完哈哈大笑起来。

方老太爷在让方同卿垫了一个靠垫之后才坐起来了一点。他找了一个舒服的姿势，回答道："您是父母官，我是草民一个，还久病缠身，快得起来吗？"

看着方老太爷手上的疹子，徐知县心疼起来："哎哟，同卿，这是什么时候的事情，为什么不说一声。说一声我好让差役寻个大夫来，不巧今早我刚差走。"

说完徐知县又关切地问方老太爷："怎么，是这儿太潮了？需不需要安排人来起个火盆烤烤？我听说这后山的木头自带香味，还能驱虫疗伤……"

方老太爷没有接话，气氛很尴尬。方同卿站在那里都有点不知所措。

"噢。"徐知县给自己找了个话茬，说道，"要不我请自真道人来做场法事？"

徐知县一再地试探让方老太爷无可奈何，再也无法忍受，叹了口气，吩咐道："同卿，茶凉了，去续点热的。"

方同卿如释重负地出去了。方老太爷瞥了一眼他的背影，迅速问道："自真道人根本就不存在！你到底是被什么猪油蒙了心？"

"你派人去打探了？"徐知县十分淡定地回道，"外人道行不够看不透，这很正常。你还看不透么？"

方同卿端着热茶进来，把冷茶换掉，拿来了些苏式点心，然后知趣地离开了。

傍晚的阳光斜斜地打进屋子里，飞尘赋予了光线形状。徐知县像个孩童一样时而拂去衣服上的灰尘，时而捋捋胡须。兴起的时候还拿手指去拨弄阳光照射出来的光影光斑。

方老太爷几乎是在对角线的位置，隐匿在阴影里看着这位老友。等到方同卿出去了，他才扑哧一笑，说道："不穿官服的你跟当年那个小朋友没有什么两样。现在老了还是个老小孩！"

"哈哈。"徐知县笑着回道，"不年轻喽，胡子都有白的了。那个时候我可没有胡子。"

"是啊。一晃十几年了。兜兜转转最后还是咱老哥俩走到最后。其他那些人早就了无音信了。"方老太爷感慨道。

"也不是。硬要算，康梁二人还活得好好的。"

"哦，对头对头。"方老太爷笑着说，"梁启超的《少年中国说》确是好文章。南海康有为倒是没什么声音了。"

"谭嗣同他们六人都已成白骨了,"徐知县说道,"也不知道他们作何感想。"

"当年我们确实过于书生意气了,'三年见效、十年大成'鼓舞了多少士子。"方老太爷动情地回忆道,"我那时都已年届不惑,在京时日都忙于聚会讨论,根本无心功名。"

"你老兄的确是。"徐知县笑道,"我劝你考取功名为要,你却豪迈地说'生当变局当持剑定之'。如果不是过分热衷于政治,不至于不第。"

方老太爷瞬间从温情的回忆中抽身出来,他听出来徐知县话外之意。便顺着话头接了下去:"是啊。年少时家贫,为了功名立誓白身不娶。等到混到了举人,年纪也大了,还一事无成。所以痛定思痛,弃学经商,才有了此等光景。这政治啊,自然由你们这些能人志士来担。"

"也不那么绝对。"徐知县喝了一口茶,说道,"就像当年维新,虽然百日就失败了,不也换来了张之洞等股肱大臣进入京畿?随后改革一样全国推行。办洋务、练新军、办学堂、修水利,哪一个不比当年我们空谈的来得实在。"

方老太爷一时没能明白徐知县此番话语的意思,他反问道:"这不正是你们这些官员老爷推动的么?"

"唉,我看你是把书读死了。"徐知县有点生气地说道,"凡事不那么绝对,一根手指是弹不好古筝的。你以为办洋务几道诏书就行了?那些火轮船、蒸汽机、冲压机哪个不需要找洋人买?练新军也是,大到舰艇枪炮,小到军服上的扣子,都是要拿钱买来的。我们当年就是误以为圣人之道可使万民,却忘记了这个世界的法则不是道德。"

"不是道德？"方老太爷疑惑地问道，"这就是你会与道士结交的原因？"

"你说自真道人？"徐知县摆了摆手，说道，"这么些年来，官场的尔虞我诈看了太多。彼此互相攻讦、互揪辫子、交换利益已经让我疲惫不堪。寻仙问道不过是障眼法而已。"

"障眼法？"方老太爷有些不肯相信，"不正是这个妖道被考绩官拿来打压你的么？"

"唉，那可不是。"徐知县否认道，"考绩官想要打压的不是我，是总督大人。"看着方老太爷不相信的表情，徐知县进一步解释道："总督大人是以军功赴任，府台大人是其亲信。都是外来户，一向不被本省官僚、满洲八旗视为一体。这就如同人的身体，经脉不通，大脑指挥不了臂膀，更别提手指。商贾则不同，既逐利又攀附权力。各项新政改革落地又少不了钱款支持，自然就成了总督和府台大人的依仗。只是，你怎么知道那些笑面虎一样的商人，心里是不是跟你一条心？"

方老太爷听了这话，端着茶杯的手静止在了空中。

"我虽然一向不跟任何人拉帮结派，但也清楚做官不能如海瑞、田文镜那般六亲不认。水至清则无鱼。"徐知县捏着一个点心，掰成两半，给了老友一半，"我可不想死后被列入酷吏、廉吏传中。也不想被人孤立，被千夫所指。"

吃完了半块点心，徐知县掏出手绢擦了擦手，掏出了一封书信递给方老太爷。方老太爷疑惑地接过来，仔细地读着。

"这是都察院满督事兼经历的亲笔信。"徐知县解释道，"让我照顾一个做生意的亲戚。我找人打探了一番，是个有命案在身的人。家世倒是清白，苦孩子出身，不知怎的会跟京官有联系。这些京官从来是眼睛朝天不肯轻易下视的人，却肯为了一个走马贩茶的人写了一封亲笔信。"

方老太爷读完觉得十分不可思议："信中语句看来与你并不相识。"

"不相识。我完全不认识。"徐知县站起来脸朝着门外，背着手说道，"可这情又不能不给，面子上总是要过得去吧。我就把他介绍给了广安知县。没想到那人还很有手段，几年打拼就做大了，在成都都有自己的产业，也没听说跟京城的人过从甚密。这事儿反倒成全了广安知县，很快就拔擢了。"

方老太爷听闻之后乐了："你这是别人投桃你该报李的，结果你当作是板栗丢给别个了，为别个做了嫁衣。"

"是嘛是嘛。"徐知县摆摆手解释道，"这种事情谁能说得清楚。本以为是祸水外引，没想到别人变了凤凰。我还琢磨这事儿也算是我向总督和知府大人表了忠心，没承想他们塞过来那个自真道人。"

"塞过来的？"方老太爷心里一惊。

"你以为是我愿意的啊？"徐知县痛心疾首地说道，"他们居然想要让我把凌烟阁寺里的僧人给赶了，把庙改成观给那道人。说是风水先生看过了，大佛灭方能大道兴。哼，我看是为了自己的官运亨通。"

"你真打算奉了上命拆庙？"

"我还没有想好万全之策，只能拖延。"徐知县愤愤然坐下说道，"我原本以为好吃好喝伺候着，先让他在这青城山清修能清静清静。没想到三天两头来催我，白白耗去不少银两不说，还成了考绩官员死揪住不放的小辫子。"

"那你更不该在跟考绩官喝酒当日把那妖道请出来。"方老太爷提醒道。

"我压根就没想到那道人会出现！"徐知县悔恨地说道，"事后我把衙内上上下下的人都盘查了个遍，始终没查出是谁走漏的风声。如果知府大人没有出面摆平此事，估计我此刻早就已经被革职了。"

"为何要革你的职？"方老太爷说道，"你是剿匪不力，又不是跟妖道有关。"

"剿匪也是其一。"徐知县回答道，"知府大人不也一并摆平了么？"

"有没有可能两边都在做局，唯独你在局中？"方老太爷试探地说道。

"这……"徐知县一时语塞，他显然从没想到过这个问题。"你的意思是，原本想要拉拢我的，双方反而想对我下死手？"

说完之后，徐知县想了半天，他想不明白为何会成为双方针对的对象。"这不可能。要是总督和府台大人想置我于死地，有的是招数，随便找个理由就能把我开缺，换上自己人。而且也没有必要去为我说情。"

"换上自己人不也一样要处理这几个棘手的事情？"方老太爷分析道，"驱赶僧人、拆掉庙宇、剿匪灭贼，哪个不是硬骨头？都是得罪人的事儿。更别提还要管民政、教谕、诉讼。倘若你能干下来一件，那也是为后人奠定基业。干不下来那就正中下怀，落井下石即可。"

方老太爷分析得不无道理,让徐知县倒吸了一口凉气,他没想到,在十分重要和随时可弃之间,是他自己也无法掌控的命运。

二人沉默了半晌,徐知县缓缓说道:"不管如何,现在都已经是箭在弦上了。剿匪已经获得首次大捷,就算是你想收兵,也不可能了。事已至此,只有硬着头皮干到底。"

"嗯。"方老太爷回答道。

"你这么一说,"徐知县突然想起了什么,说道,"我突然想起来,府台大人推荐了赵荣安来任团正,徐春风近日又托人介绍了山西的票号过来……"

"徐春风是谁?"方老太爷疑惑地问道。

"哦。"徐知县用指头点着桌子上的信解释道,"就是都察院老爷信里推荐的那人。"

"那这是通过人事和财权掌握了剿匪啊。"方老太爷意味深长地说道,"恐怕后面的事情就难办了。"

"还有回转的余地。"徐知县说道,"赵荣安已经到任了,他是成都将军玉昆的人,不能得罪、不能拒绝。山西票号这杯酒的确不能喝。剿匪就要打仗,所费也并非小数。倘若贸然借了票号的银子,我怕以后全县都要被敲髓吸血。"

说到这里,徐知县抬头望了一眼老友,方老太爷也正在看着他。二人都心照不宣,都在互相衡量着这笔买卖到底做得做不得。

看方老太爷没有作声,徐知县继续说道:"到时只有几个大姓捐助一点,百姓筹措一点,再看看臬司能否支持一点。"

说到这里，徐知县有些不自在地用手摩挲着椅子扶手，说道："现在其他几个大姓都各自捐了一千两……"

"方家也愿捐一千两。"方老太爷几乎没有迟疑地接话道。

这反而让徐知县没有想到，迟疑了一会儿之后，连连说道："好，好，好！有方兄鼎力相助，我这个知县就更有底气了。不过你放心，其他人的钱我不管，方家的钱我自会想方设法筹出返还。"

"那倒不必。"方老太爷回道，"让他人知晓了不好。"

"这你放心，一定会寻个万全之策。现在全川兴办新军，到时候方家多担些事务，钱自然就来了。"徐知县谋划道。

方老太爷之所以那么痛快答应出钱，不再坚持之前的原则，其实是已经放下了思想上的包袱。既然其他家族都已经出钱了，只要我不是带头出钱的，跟风出钱是可以接受的选项。

对于商人而言，追逐风险固然可能带来暴利，但也是时刻伴随着高风险的。他需要徐知县解决这一问题，确保方家能够保证安全地买进卖出。这至关重要，而且眼下只有徐知县能解决。

"既然大家都要出钱出力，方家没有不闻不问的道理。"方老太爷说道，"只是希望徐兄能够费些精力在治安上。现在驿站官道都不安全，买卖交易遭受重创，再这么下去恐怕等到再需要钱的时候就拿不出来了。"

"所以才要剿匪！方老哥提醒得对。"徐知县突然换了个更加亲密的称呼，让方老太爷有点不太适应，"不太平了老百姓日子都过不好，没吃没穿更要造反。不过最近事务繁多，容我仔细谋划一下。"得到了方老太爷点头的徐知县心情大好,暂时把方老太爷分析的"局中棋"问题抛在了脑后,他似乎已经看到了光明的未来。

方老太爷依然忧心忡忡。他深知凡事没有绝对,更何况当事情早已经不是一两个人可以掌控的时候。

"你放心。"徐知县拍了拍方老太爷的手,说道,"有人要唱戏,点了咱们的将,咱就陪他们唱到底。大不了两袖清风去,一生留淡泊。"

徐知县后面这两句听起来十分耳熟,方老太爷正在思索间,徐知县自己道破了方老太爷心头疑惑:"玉明班这出《五丈原》是唱得真好。下次他们再在成都开唱的时候,我请你听。"

"这出戏可是大悲。"方老太爷像是自言自语,"彼时赵子龙已逝,五虎上将均没,魏延要反,姜维尚未崭露头角,诸葛丞相已是风烛残年。这兆头可不好。"

徐知县听闻脸色立马黑了下来,脸上浮现出不悦之色,说道:"事在人为。方兄莫要做魏延。"说完起身离去。

等徐知县离开后,方老太爷才发现桌上那封信还在。他喊了方同卿进来把信烧了。看着火光燃起、灰烬纷飞,方老太爷几天来第一次要求出门去转转。

他已经准备好下山,迎接接下来的一切。

激将

长生镇只在胜利的喜悦中沉浸了几天就恢复了往常。吃了败仗的匪徒并没有攻击镇子或者县城,相反地,附近都再也没有出现打家劫舍的现象。宋师爷趁机下令把山上的墓碑、坟头都拆了巩固城防。

一开始遭到了百姓的强烈反对，很多人拿着锄头、锅铲护在自家祖坟前面，誓死不让。宋师爷下令把带头的几个绑在树上鞭笞得血肉模糊，也没能让他们让步。

最后宋师爷念了知县的命令，当听到方老太爷全力支持剿匪事业，并愿意把方家祖坟里的条石贡献出来时，在场的几个大姓代表面面相觑，随后一言不发地走了。他们带走了绝大多数的人。后来，长生镇的祖辈们就这样被砌进了墙里、铺在了路上。

宋师爷还把那天被赵荣安枪毙的人、剿匪时牺牲的人的骨灰送进了凌烟阁寺里，嘱咐大和尚诵法超度。在他走之前还提前发了饷，这让他在众人心里的好感度直线上升。

伍永昌回了趟家，把近五十两的饷银全都留在了家里。他没有看到伍奎，猜到可能还在方家，就又转向方家寻人。伍奎这些日子跟着老总管晒行头，跟着学了几句唱腔，幼儿本身就明亮清脆的嗓音唱出来之后，让楼上的赵荣安听后都觉得心旷神怡，拍手叫好。这一幕恰恰让伍永昌看到，他上去就给了儿子一脚。伍奎径直飞了出去。

这一脚吓坏了老总管和赵荣安。吓得伍奎连哭都忘了。

"好的不学！学什么戏子！"伍永昌气呼呼地骂道，"老子是丘二，儿子是戏子，以后祠堂都进不了！伍家的脸都让你丢尽了！"

伍奎委屈得都快哭了，他怎么也没想到，自己担心了许久的父亲见了面就给了他一阵打骂。老总管一边心疼地抱着伍奎,一边数落道:"学几句戏就是戏子啦?那慈禧老佛爷还爱听爱唱呢,她老人家也是不入流的戏子?!"

这一番话说得伍永昌哑口无言。正在羞愤间,楼上传来了赵荣安的声音:"丢不丢脸要看自己争不争气。自己不要的脸,别个再怎么给面儿也贴不回去。"

这话说得伍永昌更加羞愧,上前拉着伍奎的手就要走。伍奎此时上了脾气,死活不肯走。正僵持间,赵荣安说道:"你跟个孩子较什么劲儿啊。姐夫,快上来吧,来我屋里,说几句话。"

"你我没什么好说的。"伍永昌回答道,"我教育自己儿子,还不用你来管。"

"好。"赵荣安答道,"那我就以团正的名义要求你上来。"

一句话又把伍永昌给噎得哑口无言,只得从命。等到他来到赵荣安房门口的时候,赵荣安已经换好了衣服,像是要出门。

"团正有何吩咐。"伍永昌悻悻地说道。

"见到本团正为何不跪?!"赵荣安开玩笑说。

伍永昌却有点当真了,他瞥了一眼便准备跪下,被赵荣安接住了。

"不要恁个生分。"赵荣安说道,"进来坐吧。这里没外人,就只有你我。"等到伍永昌坐下之后,他反问道:"没想到是我来当这个团正吧?"

伍永昌依然没说话,他确实没有想到会是这样。伍永昌原本以为自己会是团正的第一人选,毕竟傅军奇、刘铁战这都是自己请来的。他本来可以不过问这些，安心过自己的小日子的。现在赵荣安来了，虽说是熟人，但在伍永昌看来则是被戏耍、被愚弄、被抛弃，他没有明说，但是心里面很难接受，甚至能够猜测出来在别人心里他已经没了面子、没了地位。

"是我主动提出来的。"赵荣安说道，"想了很多办法，找了玉昆将军在总督面前说项才勉强同意的。"

伍永昌心想："我并没求着你来。"他决定以沉默应对，全然不理会赵荣安的自说自话。

"你也不用多想。知道你不愿意去成都谋差事，也瞧不上我们这些个牵马执鞭的享受荣华富贵。"赵荣安依旧是他那惯有的语气，"都说咱满人入关了就鸡犬升天、人人得道，出生就不愁吃穿，到哪儿都提笼架鸟。可是谁能看到咱们打下这江山流的血汗，看得到咱们戍边固土的辛苦？这么些年也就京城那帮公子哥们衣食无忧，出了四九城、皇城根的那帮人不也活得像个孙子一样？这不让干那不让干的，跟个拿着金饭碗要饭的乞丐有什么区别？"

伍永昌听出来这是在拐弯抹角地说自己，他最受不得的就是这种趾高气扬的说教。赵荣安显然也看出了他的不自在，可这恰恰是他的用意，他要用激将法激怒这位"食古不化"的人来达成自己的目的。

"我知道你听不得这些话，觉得不过是三十年河东、三十年河西，自己这辈人赶上了而已。可有些时候不就是认命了太久，都忘了祖辈也是从龙入关之人？"赵荣安继续说道，"要论经营，咱满人始终不如汉人。论读书，孔圣人朱子哪个不是汉人的先哲？咱们还得是靠祖上那一套，要抢要攻。"

看着伍永昌依然抗拒的表情，赵荣安说道："太平天国一战，八旗精锐尽数毁于长毛之手，僧格林沁塘沽大败拼掉了最后的蒙古铁骑。好在曾国藩识得大体，就地解散了湘军，不然这皇帝还是不是咱满人都不好说。现在朝廷编练新军，正是我们旗人再度重整江山的时机！朝廷政治我们不能左右，有了兵权，至少能保证后代无忧。"

伍永昌这才听明白赵荣安的话外之音，可他对这些大而空的谋划已经不再感兴趣。他的心思已经被赵荣安看透："就算你淡泊名利，不愿意出力，总要想想奎儿吧？我看奎儿还识得些字，基本功扎实，底子好。不如跟我回成都，找个新式学堂，出来后当个军官不成问题。"

说到伍奎，伍永昌开始松动了。现在他已经完全没有能力和渠道给伍奎提供富足的生活，甚至连私塾都已经无力为继。他原本也是看不上宋师爷拉起的这帮乌合之众的，是为了那一年五十两的银子才动了心。可是他却要维护那一份最后的体面，让大家都以为是为了保家卫国。

"你的意思是你不会在这里常驻？"伍永昌疑惑地问。

"当然不会。"赵荣安说道，"如今川省就像个火药桶。日子不太平，大家都不好过，汉人对满人的不满越来越大。各路山贼悍匪占山为王，阻断交通。各县各自为政，官员们心怀鬼胎。京师的那帮老爷们还想着把手插进来，安插心腹搅动吏治、邮传，连川人修铁路都想从中分一杯羹。哪日要是来一个火星子，就会引爆。当务之急就是各地的团练乡勇必须加紧收编，要全部控制在我们手里。"

"这谈何容易。"伍永昌回答道,"八旗松弛了不是一日两日,旗人抽大烟都抽废了,哪里找得到人统领?"

"所以说啊。"赵荣安语重心长地劝解道,"你才需要放下包袱,跟着我一起干。这么些年我一直蛰伏,为的就是找寻机会等待时机。眼下就是最好的时机!我来任这个团正,虽然是名义上的,可一样有决断权。如今徐知县、宋师爷能够筹措的饷银不过几千两,根本不够一年半载的花销。在我走之前,一定要让他们设立斗市、团田,再把团正的位置让给你。这样就能摆脱徐、宋他们的管辖。"

赵荣安基本上算是和盘托出,他甚至连伍永昌没有想到的问题都想到了:"你不要以为我带奎儿走是把他当人质。我绝无此意。我们两家毕竟是姻亲,现在又是为了满人基业,应该同心同德。"

这番话让伍永昌彻底放下了戒备。人总是在愁眉不展时对伸过来的任何好意都抱有敌视,却也最容易被说服。

"你想多了。"伍永昌回道,"奎儿以前也经常随你姐省亲。只是这些年身体不好,受不了舟车劳顿,才少了走动。"

赵荣安听了点点头。

"谋划得很好,恐怕实施起来没那么容易。"伍永昌说道,"上一次交手完全是运气。侥幸地摸到了门路,又巧合地遇到了知情的马夫,才伏击成功。这都几日过去了,派出去几拨探子,到现在一无所获。恐怕别人对我们知根知底,我们对别个是两眼一抹黑。"

"具体是什么人不清楚么?"赵荣安问道。

"可能是长毛。"伍永昌答道。

赵荣安并未觉得惊讶，甚至连表情都没有变化："有什么证据？"

"当晚袭击义仓的小队中有一人随身携带了黑旗。"伍永昌回答道。

"黑旗都是一大一小，发现的是大是小？"赵荣安继续问道。

"是一面小旗子，没有打开，装在旗筒里。"

"小旗出现附近必有大旗，可曾找到？"

赵荣安的话引起了伍永昌的怀疑，对于长毛的此类作战方法，不是经历过的人很难知晓。更何况使用黑旗的尽是太平军精锐，对于黑旗需要一大一小配合使用恐怕知之更少。伍永昌开始怀疑赵荣安故意隐瞒了些什么。

"没有。"伍永昌如实回答道，"本来义仓就是为了防患于未然的，属于瞎猫碰到了死耗子。守仓的也没有经验，拿着格林炮乱打一通，碰巧打死了带着黑旗的人。"

"那更要从长计议。"赵荣安说道，"大渡河一战，石达开伏诛后，全川进行过大清理，没想到还有余孽。这可就跟一般的匪徒不一样了。不能轻易让他们坐大，还是要加派人手，加紧探查。"

"此事恐怕不该由我们作主。"伍永昌冷冷地回道，"最好让玉昆将军拿主意。"

"哦。"赵荣安笑道，"对极对极。这么多年书斋里待久了，免不了什么事情都想要指点江山一番，每每总是越俎代庖。等过几日徐知县回来后，再由他定夺。"

这显然是承认了一半，又否认了一半。伍永昌感觉得到赵荣安肯定还有别的使命，他打算接住赵荣安对伍奎的好，至于其他的，完全可以见机行事。

邂逅

伍奎并不知道父亲就这么决定了他的命运。遭受到父亲那一脚后，他已然失去了继续学戏的兴趣和胆量，老总管倒是一直寸步不离地陪在左右。等到伍永昌再度出现在院子里的时候，伍奎从房间的窗户看出去，看到的是父亲头也不回离去的身影。他似乎把这个儿子给忘记了。

老总管先是看到了伍奎失落的表情，继而才扭头发现伍永昌已经快走出院子的身影："唉？这人怎么打完儿子就不管啦？真是的，这种老汉缺心少爱，都觉得顶天立地不得了。真不得了拿孩子撒什么气啊！"

正在埋怨间，赵荣安走了进来，他笑着说道："好啦好啦，我的孙四爷。您这再骂两句就该骂到我了。"

"哎哟，"老总管转过身来回道，"我可没说您，您别吃心。"

"知道知道。"赵荣安说道，"我这姐夫就这脾气，十里八乡远近闻名。我这不来了嘛，以后奎儿就跟着我。"

"唉。"老总管笑得脸上像开了花一样，"这才对嘛。这娃娃是块材料。"

"我才不跟着你呢！"老总管的话还没说完，立马就被伍奎气愤的喊叫打断了。

"嘿，你这孩子！"老总管佯装生气地训斥道，"别分不清好赖。跟这儿窝着没有出息的！"

"我就不去。"伍奎依然生气地喊道。赵荣安拦住了还想劝阻的老总管说道,"没事儿没事儿,总有个过程。反正不急这几日。"

同样不知道自己的命运即将转向的还有方定祥。这几日爷爷病了之后,除了早晚父亲会带他去看望爷爷之外,他都在跟徐家的小朋友一起玩。他并不知道还可以在乡间肆意奔跑的日子就快要结束了。

徐知县在第二天就启程回县衙了。方老太爷等到了他要的药品,用了两三天之后方才遏制了病情。等到能够久坐了,方家才踏上返程。

长途跋涉回到家的时候,方定祥才发现伍奎住在了自己家里。两个小伙伴开始畅谈这些时日的见闻。伍奎告诉方定祥自己已经学会了射击,当场演示了动作要领。

方定祥则兴高采烈地跟小伙伴分享了山中见闻,掏出了一切他可以掏得出来的稀罕物件,各式西洋糖果、画片让伍奎应接不暇。伍奎瞠目结舌的时候,方定祥掏出来一个万花筒,不怀好意地给伍奎使了使眼色。伍奎凑上去一看,里面居然是不穿衣服的西洋女子,一下把他臊得不行,脸唰的一下红了。方定祥却怂恿他继续看一看,还帮他转动万花筒,里面的女子瞬间动了起来,活灵活现的。看得伍奎心跳加速,连忙甩在了一边。

惊得方定祥连声叫道:"你别给我摔坏了。我还打算送给孙四爷呢。"

"孙四爷?"伍奎惊奇地问道,"你送给他干啥?"

"你不觉得孙四爷怪怪的?"方定祥暗示道。

"哪里怪怪的?我觉得他人很好。"伍奎茫然地说道。

"人好归人好。可没说好人不能怪头怪脑的。"方定祥回答道。

"那我没看出来。这些日子他很关照我,还教我唱戏。"伍奎老老实实地说道。

"你没觉得他不像个男人?"方定祥反问道。他这么一说,伍奎倒觉得是那么回事儿。老总管比同年龄的男子都显得更加白净胖嫩,总是慈眉善目的。伍奎从来没有看到过他的胡须,也没有看到过他的喉结。

虽然伍奎知道这么做肯定是不对的,但是他还是拗不过方定祥,被他拉着去找了老总管。老总管刚刚照料完方家归来后的一堆琐事,正坐在桌前喝茶。方定祥拉着伍奎跑进去,还没等他反应过来就被拉出屋门。老总管一口一个少爷地叫着,请求方定祥不要这么用力,拉得他胸口都痛了。

方定祥则一边说着要给他看个稀罕东西,一边对着伍奎挤眉弄眼。伍奎扭扭捏捏地把藏在背后的万花筒拿了出来。正当老总管聚精会神地往里看的时候,方定祥突然使劲去拽他的裤子,随着啪的一声,裤带应声而断,随之而来的还有老总管凄厉的叫声。

经过的人们都被吓到了,不约而同地看到了那只硕大的"鸟"。方定祥更是最先看到它"飞"出来抖了下,差点弹到他的脸上。

老总管匆忙着去提自己的裤子,万花筒掉在地上摔了个稀碎。伍奎愣愣地站在一边,接受着老总管怨恨的眼神。羞得跑出去的女眷很快就喊来了方同卿,方同卿如同抓小鸡仔一样地把方定祥提溜了出去。老总管早已经关紧了房门，一时间只剩下伍奎愣在了原地。

从那以后，伍奎再也没见过老总管，不知道他去了哪里，什么时候离开的长生镇。人们的饭后谈资里多了关于老总管的见闻，他从孙四爷变成了"大鸟爷"，对他"大鸟"的描绘更是绘声绘色、版本众多。有的说长如擀面杖，有的说粗得像是女人的手臂，还有的说硬得能够撑得起一个车轮，就像当年淫乱秦朝后宫的嫪毐一般。这不仅让伍奎觉得羞愧，更让方家人觉得颜面无光。

方同卿当晚就罕见地责罚了方定祥，连他的母亲都没能救他。方同卿打断了两根戒尺、一根鸡毛掸子，摔坏了三个茶杯。方定祥都不记得自己在地上跪了多久之后，迷迷糊糊中看到似乎是爷爷来了。

他以为爷爷是来解救自己的，但没想到爷爷也是劈头盖脸一顿臭骂，还拿着拐杖敲了几下他的脑壳。一直跪到天亮的方定祥没等到床上睡一会儿，就被父亲带着离开了长生镇，踏上了去成都学习的路途。

伍奎再一次成为了没人愿意搭理的人，他找不见赵荣安，也不敢回军营。方家的人当他是一团空气一样的存在。他也不想回到那个冷冰冰的家里。最终他在夜里掖上了方定祥给他的糖果零食逃出了长生镇。

他混在人堆里，漫无目的地走着。背上背着那根木制的枪，由于用红布包着，给人一种特别唬人的感觉。自从伍永昌去了军营之后，伍奎就再也没出过长生镇。

此次出去之后，他不知道方向也不知道何时再回来，甚至对于以前早已熟悉的镇子,现在也陌生起来:原本残破的城墙正在逐渐恢复,出城后坑洼的土地正在逐一修补。路两边堆满了石头和墓碑,零散的还有石匠用的斧头。原本沿着道路蜿蜒到远方的牌坊已经消失不见,只在原本站立的地方留下了一对一对的深坑。

前途未知的世界并不令伍奎害怕,反正从小已经习惯了这样的生活。他一直渴望着能有一个不用仰他人鼻息的场所,现在反而有了这种可能。对于未来的未知和渴望在一定程度上也让他不畏前程,不怕寒冷。

星夜兼程地不知道走了多久,原本一齐赶路的人越来越少。中途曾经载了伍奎一阵儿的独轮车,也在中途走了另外一条路。伍奎没有方向,只是按着大路走。

他觉得沿着大路一定能走向最大的城镇,他听说过大城镇的繁华。据说那里衣食不愁,到处是没人要的衣服和食物。他打算先去拾荒,等攒够钱了就去上学。走到除了天上的星星,哪里都看不到光亮了,也听不见狗叫鸡鸣了,伍奎看着前面的人开始准备休息,他站在原地,孤立无援。望着前方苍茫的田野,风吹过空旷的田间,他不知道该走该停。就在他也准备休息的时候,身后突然出来了一个声音:"小子!咋了?挡在路上是要抢劫迈?"

伍奎被这个声音吓了一跳,缓缓地转过身,一辆牛车正停在面前,那头老黑牛喘着粗气、舔着鼻环。

"你家人呢?"问话的人看伍奎不说话,继续问道。

夜太深了,伍奎完全看不清楚问话的人长什么样,他只是沉默着,然后默默地移了移脚步,让开了道路。老黑牛开始继续往前走。

牛车经过他的时候,他看到了那是一辆拉着六个人的板车。除了驾车的人和一个中年女子,其他四个人都或埋头或倚靠地睡着了。他们把三层大木箱子围在中间。

牛车慢慢地超过了伍奎,伍奎还在打量着这辆车,他看到了牛车上飘着的一面旗子,上面写着"六正班"三个大字。伍奎在深夜里费劲地认出了几个字之后,便开始跑,他想要追上牛车。背上的那杆木枪在伍奎奔跑的时候上打着头,下蹭着屁股,让他压根无法跑快。

伍奎只有边跑边把它取下来,还有几步就要追上的时候,那个中年女子发现了他,叫醒了其他人,几个人手握着刀剑从车上跳了下来,拦住了伍奎。

等到他们发现伍奎手里拿着的是把木枪,都乐了。紧张的气氛一扫而光。中年女子更是气得翻了白眼,她一把抓过来掂量又掂量,然后丢回去,说道:"没想到咱几个唱戏的被唱戏的家伙什给吓到了。"

大家会心一笑,有人说道:"走了走了。老子瞌睡都吓醒了。"

众人陆续又上车,找到各自的位置继续赶路。伍奎愣了一会儿之后,又开始紧随其后走着。老黑牛走得很慢,伍奎正常步速也能赶上。不知道走了多久,赶车的那个人跳了下来,拦在伍奎面前问他:"你是不是跟大人走散了?"

伍奎没有说话,他盯着眼前这个人。这是个五十多岁头发花白,一身肌肉且皮肤黝黑的男子。

"打算去哪里?"男子继续问道。

伍奎想了想，回道："不知道。沿着大路走。"

男子回头看了下大路，那辆牛车依然在缓缓地往前走着。

"谁给你的枪？"男子指着伍奎手里的枪说，"会唱戏？"

"不会。"伍奎答道，"朋友送的。我会翻跟头。"

"翻一个看看。"男子饶有兴趣地说道。

伍奎二话没说，连身上的东西都没放，直接原地表演了一个空翻。这一翻，兜里的糖果零食掉了一地。

看着忙着在地上捡东西的伍奎，男子笑了，问道："还会些啥？"

"胸口碎大石。"伍奎头也不抬地回道。

"哈哈哈，"男子爽朗地笑道，"那没得用的，我们是戏班，不是杂耍。你要不跟我们一路？"

"要得。"伍奎站直了身体，一口答应道。

"莫慌。"男子说道，"你豆不怕我们是坏人？把你当花子拿去卖老？"

伍奎摇了摇头，说道："不怕，我有腿，会跑。"

男子彻底被逗笑了，他说道："那你跟我们走吧，到哪儿你觉得合适了说一声，自己走就行。不允许小偷小摸、恶语伤人、中伤亲朋、坑蒙拐骗等一切劣迹。如果被我发现了，可是要立马滚蛋。"

"要得。"伍奎答应道。随后他便跟着男子上了车。在车上，驾车的中年女子悄声细语地给他介绍了这个戏班子的成员。她说她叫火三娘，家里有个比伍奎小点的女儿。把他领回来的是师哥，大家都叫他老大。他是六正班的头儿，唱的是武生。后面坐着的就是他们搭班唱戏的所有人。"烧白"人如其名，看到烧白就迈不开步子，无论是甜的夹沙肉还是咸的烧白，他都喜欢。最喜欢的是大刀烧白，一个人吃两大碗完全没得问题的。他跟屁眼虫都是唱丑角的。"眼镜"最好认，他从小就近视，等到大了才有钱配眼镜，度数很高，镜片像个酒瓶子底底。但是他长得眉清目秀的，唱生角一绝。还有一个叫二双，他是唱旦角的。

伍奎掰着手指头数了数，问道："那还有一个呢？"

"还有一个啥？"火三娘问道。

"还差一个人，其他五个人都有戏唱。"伍奎天真地问道。

"哈哈。"火三娘这才反应过来，她答道，"那就还有我了。我能唱花脸还能变脸。你可别惹我，惹火了我就变脸了。"

"变脸是啥？"伍奎问。

"变脸就是翻脸。"火三娘开玩笑地说道，"我能一分钟内变十几张脸。"

"真好。"伍奎感慨道。

"为啥？"火三娘疑惑地问道。

"平常我们都不敢翻脸的。"伍奎平静地答道，"能随便翻脸的人肯定很有本事。"

火三娘听了默不作声，她分不清楚这是伍奎的童言无忌还是他真的了解什么是变脸之后的沉思之语。无论如何，这一句看似无心的回答击中了她的内心。

她原本是跟师哥同门学艺，也是深得师父赏识和真传的。因为美貌、唱功又好，她很快就被官员富商惦记上了。心气很高的她压根看不上这些，只是师父为了戏班的经营让她开始频繁出入私人府邸、商号会馆表演、应酬。只要她表达不满，师父就会让师娘来给她算账，扳着指头算账。从他们花钱从她父母手里买下来算起，收留她每一天的费用、小时候闯祸赔的钱、生病治病的花销等等，算得她抬不起头来，又不敢翻脸。

直到有一次去一个富商家，受了侮辱，情急之下抓伤了对方。富商不依不饶，非要她嫁给他做小妾，她不从。富商找了官家带走了她师父。师娘先是打她骂她，让她必须做小。后来又痛哭流涕跪下来求她，甚至拉着半个戏班的师弟师妹们给她下跪，听着满耳朵的"大师姐、大师姐"的叫声，她差点就点头了。

最后还是师哥救了她，他一把将她从地上拉起，也将她从那个浑噩的小社会中拉起。

师哥对外大张旗鼓地声称两人早就在一起了，她都怀孕了，这样的消息在小县城里很快就不胫而走。富商很快就没了兴趣，等到她师父放回去的时候，她跟师哥已经远走高飞了。

师父师娘派了很多师兄弟来劝，她都不同意再回去。师父师娘就又开始讨债。最终彻底逼急了她，一咬牙变卖了所有家产全赔给了师父师娘。从那以后她便自由了，即使没有戏班再收留她也自由了。跟师哥合伙建了六正班，找了个老实巴交的人嫁了，平时居家过日子，空闲了就外出唱戏挣钱。她喜欢现在这种生活，翻脸了之后自己反而找回了自己的脸面，而且能凭着真本事一点一点地把脸长起来。

这些她从来没跟别人讲过，听到伍奎的话，她再一次想起了这一切。等到她从思绪里转移出来的时候，身边的伍奎已经睡着了。星夜里只有她一个人清醒着，孤独地清醒着。

因为看到伍奎，她想起了在老家的女儿雷晚彤。这是她和师哥收养的孩子，当时一是看到孩子可怜，二来也是为了摆脱那个富商的纠缠。本来以为这辈子就孤苦无依地度过，可是有了这个孩子，她竟然莫名地有了牵挂。

只要有空闲，她就回去，陪伴着晚彤，这竟成了她最幸福的时光，让她在暗无天日的日子中看到了光。

孩子成了她活下去的最大的希望。

逃离

伍永昌现在还清醒着，他已经被赵荣安眼花缭乱的操作迷了眼。他这位妹夫在一天之内拜访了几个大姓，说服了他们继续出钱支持剿匪，同时带头交税纳粮。他又第一时间拜访了徐知县。

春风得意马蹄疾，看得出来，徐知县准备大干一场。于是在一番恭维之后，赵荣安单刀直入地切入了主题，要求徐知县建立斗市，划拨团田。

徐知县颇有难色地说："这些都是成例，按照往常经验理应推广，但是巴县情况特殊，地理上是三个镇，实际上又是两场并存。设立斗市会把其他县的税粮税银征缴过来，怕是邻县有意见。至于团田，目前县衙平日开支用度都很紧张，再拿钱买地也怕是不现实。"

赵荣安已经预料到会是这样，从容不迫地说道："这个无妨。场是自发形成，本身也是为了互市贸易。倘若徐知县不在巴县设立斗市，那税粮税银就尽入他县口袋，设立斗市，彼此有商有量多好。团田更是简单，徐知县要是听我之言，可以一石二鸟！"

"哦？"徐知县显露出极大的兴趣，问道，"有何良策？"

"我觉得长生镇很适合设斗市，买团田。"赵荣安答道。

徐知县摆摆手道："不适合，不适合。你可能有所不知，长生镇早就已经无法发展了。城墙限制了发展。这一剿匪啊，还要想方设法把城外散居的人给迁进去。别说已经没有地方，就是有地方，建立斗市、划拨团田，随之而来增加的人口往哪里去？"

"徐知县，你不能放着长生镇最大的一块空白不用啊。"赵荣安提醒道，"这都什么时候了？无用之人、无用之地一定要为我所用。"

"你说的是哪里？"徐知县不知道是真不清楚还是装糊涂，他眯着眼睛问赵荣安道。

"这凌烟阁寺啊！"赵荣安揭开了谜底，"这个寺庙从嘉庆朝开始就香火不旺了，还曾经沦为马帮的窝点。现在也只仅剩了十几个僧人而已。寺庙殿宇众多，田产又集中，再适合不过了。"

"你的意思是把僧人赶走？"徐知县试探道。

赵荣安的建议显然十分符合他的利益，甚至可以完美达到总督和知府大人的要求。借着设立斗市的名义占了寺庙，不仅腾笼换鸟，还能解决缺钱的问题。

这样一来能让总督和知府大人想要给自真道人寻个道观、

考绩官明面上的剿匪要求、自己两边不开罪的目标都得到满足，彻底堵住各方的嘴。借机收回来的田地更能成为自己的"小金库"，日后迎来送往的个人花销都不在话下。只是他尚且吃不准赵荣安到底是站在哪一边的，他是谁的人，他只知道是玉昆将军推荐给总督大人的。这个一石多鸟的计谋是他赵荣安一个人的想法，还是总督大人、玉昆将军的合谋？徐知县还是吃不准。

不过徐知县已经动心了："不知设斗市需不需要报府台大人批准？批准后又留多少在县里，多少需要上交？"

赵荣安听出来徐知县是在明知故问，他肯定知晓这里面的一切，装糊涂只是在试探自己。索性他不再兜圈子，直接敞开天窗说亮话。

"斗市斗市，在其小而不与民过多争利。一斗米仅取一勺或是一车布仅取一尺，积少成多各方相安。如果知县大人不想插手，尽可以留上点厢房给僧人，留他们主持斗市，也是修业为善。积少成多后提斗市之利兴建养济院，补充义仓，增设义庄均可。"说到这儿，赵荣安瞥了一眼徐知县，对方已经有些不耐烦的样子。

他继续说道："倘若徐知县想要自己操持，那最好把僧人赶尽，与府台大人约定好比例，全部征为税银即可。"说到这儿，赵荣安着重强调说："所以，这斗市到底是何人操持，全赖知县定夺。"

这一句显然说到了徐知县的心坎上，同时也把球重新踢了回去。

赵荣安继续说道："至于寺庙的田产，也是如此。俗话说皮之不存，毛将焉附。一个道理。"

说完赵荣安便不再说话，专心端起面前的茶杯喝起茶来。徐知县还在心里面打着小算盘，他在想着如何能够以最小限度付出捞取最大利益。

赵荣安几乎能够听得到徐知县心里噼里啪啦的算盘珠子乱响。他知道这是在打的如意算盘，而不是退堂鼓。只要算盘打上了，剩下的就是时间问题。于是赵荣安起身告辞，在出门之前，他转过身来说："徐知县何时定了，直接让伍永昌执行就是了。我来给他交代。"

于是，当伍永昌得到命令要求他把凌烟阁寺的田产都占了，把僧人驱逐到后院去的时候，他丈二的和尚摸不到头脑。这个时候赵荣安已经拜访完方老太爷以及自己的姐姐，却满镇子都没找到伍奎。找了半晌之后，他只能派人去给伍永昌报信，让他找到伍奎后差人送到成都来，他有急事先行一步。

赵荣安的一番操作也令宋师爷始料未及。这一下他没有了功劳，只剩了无人可以诉说的苦劳。原本以为可以为己所用的长生团，再一次回到了伍永昌哥仨手中。

徐知县回来后因为首战告捷大大奖赏了将士们，但宋师爷却压下了被赵荣安杀掉的那几个"逃兵"亲属安抚金的发放。

动用士兵强拆掉大姓祖坟的事情，虽然大部分算到了方家头上，但由于是他主持的，他也被迫背了锅。有几次去拜访大户都吃了闭门羹。

最让宋师爷难以释怀的是，走在街上人们对他和对伍永昌的态度截然相反。伍永昌已然成了英雄，成了人们敬仰爱戴的对象。而他则被无视。

凡此种种均让他心头始终耿耿于怀，时常复盘自己到底错在了哪里。他明明清楚徐知县现在面临的是怎样的处境。平衡不好哪一方都会是绝境。

为了获得有利的位置，他已经把最关键的团练握在了手里，这可是进能建功，退能保己的绝佳武器。按照他的设想，只要团练听自己的，什么时候剿匪，剿到什么时候主动权都在自己手中。等到赵荣安被委派过来的时候，他的这个想法更加稳固。赵荣安成功地帮自己压制了不怎么听话的伍永昌，帮自己树立了威望。他想不通的是为什么一切都顺风顺水，应该如同自己推演的那般推进的事情，突然之间就变得面目狰狞。仿佛所有的人都在同一个时间合伙背弃了自己，导致一切功亏一篑。

宋师爷甚至患上了某种疾病，觉得所有的人都在心底里嘲笑他，笑他不中用，笑他是个千年老二，笑他吃屎都吃不上热乎的。他怀疑自己先前做的一切都没有被人看在眼里。

对于这种脏活累活干尽却好话褒奖都没有的日子，宋师爷已经厌倦了。他开启了守株待兔的生活，选择静待时机。

方老太爷也不肃静，他的病依然时好时坏，只能每日待在家里静养休息。孙子方定祥顽劣地脱掉了孙四爷的裤子，让他顿感羞愧难当，方家的名声也与某个本该不能公开示人的器官挂上了钩。

原本他是想等过些时日再与赵荣安详细商量方定祥去成都读书的事儿，这一闹导致方同卿父子不得不连夜去了成都。方老太爷也不得不拖着病体求赵荣安帮忙，赵荣安则以各个学校均已开学为名予以拒绝。

方老太爷不得不拉下老脸开宗明义地请赵荣安随意开条件,只要方家能够满足的必定满足。这让赵荣安很是不解,他觉得小孩顽劣,脱了下人的裤子不算什么大事,为何方老太爷如此大动干戈地想要把此事抹去?方老太爷并不回应,只是让其开条件即可。

赵荣安又猜是为了举人颜面?方老太爷依然不置可否。二人就此陷入了你猜我不回应的尴尬循环。

如此僵持了半天,方老太爷只得叹了口气说道:"孙四爷之所以人称四爷,是年轻的时候道上混兄弟们给的名号。据说他一开始上道就一架干倒了四个壮汉。别看他白白嫩嫩的,年轻的时候可是个狠人。杀人如砍瓜切菜,没少吃官司。可他是赚的杀人钱,买凶的非富即贵。屡屡都是抓了放,放了抓的。他是赚了不少钱,也都挥霍了,挥霍的主要方式就是嫖。以至于前脚杀了人,后脚带着头颅就去了青楼。经常被寻仇的人堵在被窝里,他那个'大鸟'也不知道被人看过多少回。每回去青楼都能让人听到他跟窑姐的喊叫声。慢慢地这嫖的名声比杀人的名声传得还远。"

方老太爷边想边讲道:"后来有次,我做生意过泸州,正在路边喝茶,碰到了一个衣不蔽体并捂着下面的男子,血就从手指头缝里流出来。那人正是孙四爷。他见人就下跪就求,求行行好救救他,说他的'鸟儿'被人咬掉了一截。被他拉扯的人都如同躲避瘟疫一样唯恐避之不及。等到他跪到我面前的时候,我就随手挽扶他起来,给了他些银两。没想到他一下就丢在了地上,非要我带他去找郎中。我没有办法,只好让伙计背着他去。后来郎中用了药才止住了血。他告诉我是之前被杀的一个人的娘子装成了窑姐来报仇。那天喝多了酒,一时没认出来,裤子一脱就被狠狠地咬了一口。"

这个故事太过于离奇,让赵荣安忍不住想笑,但他看着一脸严肃认真的方老太爷,只好憋着,因为这个故事显然还没讲完,都没讲到方老太爷为何因此赶走了自己最喜欢的孙子。

"等到他伤养好了来找我,就说我也算救了他命的人,愿意跟着我,以后改邪归正。我没答应,让他给我一笔钱当是答谢我。没想到孙四爷乐了,说他的钱都是干了女人,没有攒下分毫。要不然可以为我杀一个人。我想了想答应了,我让他帮我杀掉他自己。"

"他自己?"赵荣安有点不相信自己的耳朵,"你让他自杀?他干了没有?"

"自然是没有。"方老太爷回答道,"他甚至都不懂什么叫做自杀。他让我换一个,我说就这个。他就说让他自杀这是万万不可能的。要不然就等他杀了别人换了钱来还我。"

"后来呢?"

"我就说我才不信你,你肯定杀了人拿了钱又去青楼找女人。他说是这个理。虽然'鸡儿'让那个贱女人咬掉了一块儿,但还能用,就是短了些。"方老太爷说得一本正经,赵荣安却再也憋不住了,忍不住笑了起来。

方老太爷没有理会他,继续讲道:"我跟他说,让你杀了自己就是彻底放下这些打打杀杀,放下那些女人。做个正常的人。"

"所以他才到你府上当了管家？"赵荣安问道。

"嗯。"方老太爷回答道，"他一开始还不安逸，说要去找那个贱女人寻仇，说他一到下雨天就'鸡儿'疼，说不定又在生长了。后来又说每天都一柱擎天，憋得难受。我就把他送到凌烟阁寺大和尚那里去修行。"

"凌烟阁寺？"赵荣安若有所思地重复道。

"嗯。后面他终于克制住了内心的猛兽，兴趣爱好越来越多。那些唱戏的行头、铠甲刀剑，都是他自己做的。有机会你可以试试听听他唱戏，很有腔调。"方老太爷说道，"可惜这次一闹，可能心魔又被放出来了。我怕他重新变成原来那个他。"

"那他现在在哪儿？"赵荣安问道。

"随着同卿和方定祥去成都了。"方老太爷回答道，"听天由命吧，假如他真的原形毕露，那就随他去吧。"

"您老也不怕定祥被带歪了？"

"这不正是老夫相求的事情？"方老太爷回道，"同卿在，平时定祥又在学堂，应该无碍。这老伙计压抑了这么多年，也不容易。"

听到此处，赵荣安倒吸了一口凉气，说道："由鬼变人难，可由人变鬼就太容易了。这么多年真不知道他是怎么克服的。毕竟人性才是最大的魔。"

"生死有数，各安天命。"方老太爷说道，"你想听的我都说了，现在可以帮我了吗？"

赵荣安立即当着方老太爷的面写了封推荐信，盖了印信交给方老太爷，叮嘱说倘若书信不行，他随后会到成都亲自解决此事。他没有说伍奎也要上警察学校这事儿,因为那个时候他还不知道伍奎已经偷偷地逃跑了。

到了成都的方同卿、方定祥住进了方老太爷早已置办好的寓所。孙四爷轻车熟路地帮他们安顿好之后召唤来了一个年轻人,据他介绍这是平时负责看房子的伙计,以后一切可以问他。

在方定祥看来,成都真是个大城市,繁花似锦,繁华世界,种种新奇让他应接不暇。

他要开始新的生活。

只是他不知道,从此,他与成都注定要携手走过大半生涯。

第七章

人生似长戏

瓢泼大雨

方老太爷最近很烦,除了让自己备受折磨的病痛、孙子方定祥的学习之路,更让方老太爷恼火的是有人借他的名义挖了各家的祖坟。

他回来之后,几个大姓都跑来兴师问罪,说宋师爷以他同意为名强行挖掉了各家的祖坟。这一说法让方老太爷吓出了一身冷汗,但他还抱着一丝幻想,跟别人解释说兴许是宋师爷误会了徐知县的意思。

他想着徐知县会向众人解释清楚的。

然而很快幻想破灭。徐知县也对外说是方老太爷当着他的面同意的。就这么简简单单的一句话,彻底将方老太爷苦心经营的名声毁于一旦。方家成了众矢之的。幸好方老太爷连夜送走了孙四爷,不然他们方家定会被骂得体无完肤。

既然木已成舟,那只能亡羊补牢了。

可惜天公不作美,反而弄巧成拙。

方家费了很大的功夫才说服了庞大的家族出资筹款修缮祖宗们的墓地。由于方家是外来户,属于后发迹的家族,先辈们穷困潦倒时的坟头早就找不到了。

方老太爷先是翻遍了古籍和先祖们留下来的一切写有文字的纸张,又多次派人去陕西寻古问史,整理了五卷的口述资料。

就是从这些耗时颇久累积形成的浩若烟海般的卷宗里,方老太爷带着当时还尚在的几个表兄弟,重新修订好了族谱。

厚厚的族谱又花费了不少金钱和时间，选用最好的半生半熟的湖宣，请了最好的匠人手工印刷而成。按照方老太爷的想法，自他修订以后，方氏族谱只需三十年小修、六十年大修即可。

修订完的族谱成了方氏家族修建墓地的指引。方同海按照父亲的意思专门请来了著名的堪舆家张九一，观天、察形、乘气、定位，历经七七四十九天才选下了宝地。

围绕着选定的原点，方氏家族很快就修起了规模庞大的墓园。园中刻有方老太爷书写的"陕西方氏族人徙川赋"的巨大石碑，能够找到尸骨或者衣冠的先人们被妥善安置在周围。方老太爷给自己的妻子寻找了一个向阳的斜坡，未来他也将葬在此处。与修建墓园同步的，方氏的祠堂也在修缮，就位于镇中心的老戏台对面，是方家买过来的伍家房产。

方老太爷自然明白儿孙自有儿孙福的道理，但祠堂终究是维系族人情感所在，他希望方氏族人再苦再难也能团结在一起，哪怕再怎么不公平，天无一月雨，人无一世穷，也总有出头之日、富贵之时。只要方氏后人不作恶，不伤人，不取不义之财，自然也不会穷困到哪儿去。这是方老爷子的美好希冀，算没算过已经无人知晓了。

张九一临走前，留下了两句诗："红日照山堂，偃月伴潮生。"他把亲笔写下的条幅给了方同卿，叮嘱务必要作为宗祠的对联使用。张九一飘然而去，留下了一头雾水的方家人。

方老太爷彼时正忙着求人写字，要把好不容易选定的"睦族友邻"作为匾额来用。对于张九一临走时送来的对联，他并不觉得有何过人之处，反而觉得不伦不类：按照现时的进度，方氏祠堂在六七月份就能竣工，彼时难以见到红日。

而且长生镇处于江边，自古以来只有汛期，没有大潮，又何来的偃月伴潮生？最重要的一点，这副字与方老太爷想要传给后人的祖德完全不沾边。于是，这副字后来就被方同卿拿走，压在了不知道哪里的箱子底儿。

方老太爷虽然不事耕种，却不妨碍他对于自家的田产有着无比的热爱。只不过他对于那些土壤和庄稼的热爱仍停留在文字和想象之中，从未曾踏入过农田半步。

遥远地看着稻浪翻滚，佃农们弯腰插秧已经是他的极限。他认为自己应该提供的是更深一层的帮助。通过多方收集，他攒了许多农书。让木匠铁匠按照书中所载打了很多农具出来。根据历代典籍和史书推断记录星象、灾变并与周易、阴阳五行相结合，算出每一年最佳的节气，这对他而言是每年必做的重要功课。

他的这一套理论被佃农们称为"照着书本种地"。他们认为庄稼地和线装书本身就不是一路子的东西，它们属于一个人的两辈子：农民就是农民，读书人就是读书人。

皇帝老儿看官员不顺眼了才会把他们贬为庶民，那才是跟老农民一个样儿。像方老太爷那样的，只是情趣使然。

佃农们并不怎么看得上方老太爷的推算，因为他经常判断错哪天该下雨、哪天不下雨，甚至有的时候会算颠倒了。这常常导致晴天带伞或者雨天穿布鞋出门的尴尬情况。

后来有人灵机一动，将方老太爷的推算反过来，反倒是更准确了一些。再后来，佃农们就懒得听信方老太爷的推断，他们更加依赖于自身的经验，毕竟跟书本里"长出来"的方老太爷比，他们出自土地，更加熟悉它的脾气。

方氏兄弟们则没有选择的余地，他们只能听信父亲的预言。多数时候还是比较靠谱的，毕竟下雨之前乌龟壳上有凝结的水滴，久旱之后蛇蛙迁徙都是靠得住的征兆。

直到方老太爷算错了那一次的大雨。

那一天对方家乃至全镇的人来说，都是非常特殊的——方家宗祠落成典礼。全镇的人几乎都来了，方同卿也带着方定祥提前几天从成都赶了回来。

早上起天空中就没有一朵云，徐徐升起的太阳迅速地烤干了江面上弥漫过来的水汽，整个世界前所未有地干净透亮。

整个镇子的人都在等待着方氏家族的好事来临。当然更重要的是等待让人垂涎三尺的宴席。从几日前就已经支起的十几口炉灶日夜不息地吞噬掉成堆的木柴，火焰贪吃到卷食着一切可以燃烧的东西，一边发出惊人的声响，一边制造着夜里的巨大火光。

为了喂饱它们，镇子里的人们把随手捡拾来的劈柴、木棍、坏掉的板凳、折断的拐杖都扔了进去，仿佛这样做也为最后的盛宴作了贡献，能够换来分享美味的资格。毕竟，那些一袋袋被拆开的大米面粉，一扇扇被劈开剁碎的猪肉羊肉，一盆盆明晃晃的豆豉辣酱，无一不在挑逗着人们的感官。

多年以后，很多人还能想起这一场景。在那段时间里，长生镇连空气都是可以食用的美味。

典礼的规模是空前盛大的，导致处处人手紧缺，县里请来的屠夫们昼夜不停地宰杀着牲口,一边收拾着冒着热气的心肝肚肺,一边还要往硕大如船的木桶里撒入食盐和草木灰,随手搅动间一汪汪红色的"海洋"逐渐凝固成了"陆地"。

等到猪牛羊停止了吼叫,鸡鸭鹅们踏上了迈向餐桌之路。原本无所事事、游手好闲的人早已津津有味地看了几天,他们从未见过如此多的肉堆在面前,堆成了小丘,堆成了高山。

他们痴迷地盯着那些在厨子手中来回翻转的肉,在锋利的刀刃下,只需要三两下,几乎就是翻转个面的工夫,大坨坨就变成了小块块、细条条、宽片片,掺杂着跳跃在其中的阳光,生动得能让人联想到做成美食之后的模样。

食指大动、口水直流之间,落魄的看客们微微地张开嘴巴,眼睛直勾勾地盯着帮厨们的动作,她们手腕上的玉镯碰撞的声音清脆入耳,男人们咽口水的声音如泉水被石头吞噬。

众人就这么看着杀猪宰羊、切菜剁肉、制备香料、支锅烧灶、磨点豆腐、蒸制菜肴、搭桌摆凳,看着大席一点一点顺着街的两边排开。

看到做夹沙肉的时候,厨师一大把一大把地抓起白砂糖,粗黑的手指缝里都是糖的粒子。有人立即憧憬道:"这就是富家老爷的生活啊!换作我,我天天一口一把白糖!这才是神仙日子。"

看到屠夫杀完猪之后用柴火炙烤猪皮,又有人开始展示自己为数不多的关于外面世界的经历:"云贵那边吃生肉,就是恁个搞的。烧黑了刮掉,那层皮皮蘸起水水就吃。好吃!"看着众人不信的目光,说话的人也不在意,他已经获得了短暂的胜利,微不足道的优越感。

当然，围观的这群人也到即将举办盛大庆祝仪式的方氏祠堂去看了看。里面除了考究精致的楹联和精美绝伦的园艺，就是一堆摆在长长条案上的牌位。他们很快就感觉到兴致索然，对于庆祝仪式当天方老太爷冗长拗口的辞赋更是不感兴趣。

全镇有头有脸的人物都来了，他们身着重大场合才会穿的深色长袍，胸前挂着来路不一的各色勋章，紧跟在知县大人和方老太爷身后。

如此艳阳高照的上午，一切都是那么地顺遂如意。

等到冗长的仪式进行到知县讲话的时候，徐知县先是示意大家入座，随后站在临时搭建的小台子上准备开始他的演讲。已经持续了几天的蒸汽此时撩拨着所有人的心，伙计们已经排成长队，像是蚂蚁一样源源不断地把做好的饭菜端了上来。搭在肩膀上的毛巾早已经湿透，行走带起来的风尘中夹杂着的香味，早在饭菜落桌之前就已经告诉了众人菜名。

面对着快要摆满一桌子的凉菜和小食，很难让长期处于衣食饥馑的人们不动心。很多人的心绪早已经云游到九霄之外，对于徐知县精心准备的讲话并不在意。作为方老太爷的挚友，也是一县之长，他深知利用这种活动进行教谕的重要性。他要借着方家的地盘，通过圣人之道宣谕他的理想。

他讲着自古以来仁人圣君都以孝治天下，"孝、敬、忠、贞，君父之所安"；他讲着孝道维系着家族血脉，"宗族称孝焉，乡党称悌焉"；夸奖着方家"衣食富足而知礼"是在"正风气"。唯有"根本正才能天下自无不正"。

徐知县滔滔不绝地讲着，但听众们已然有些昏昏欲睡。

就连前排几个老学究都开始有点打瞌睡。

晴好的天气,食物的美味,和煦的暖风,似乎一切都很美好。

然而,大雨倾盆而下。

毫无预兆,让人猝不及防。

倾盆大雨密得让人睁不开眼睛,急速下落的雨滴密集到带起了一阵一阵向下吹去的风。站在台子上的徐知县仿佛被定在了原地,他还在说着什么,但是没人能够听得见。大家的耳边只有水滑过之后留下的耳鸣声。

他瞬间便如同木头人一样呆呆地矗立在台子上,下面坐着的各大家族、士绅显贵以及其他镇子里有头有脸的人物陷入了躲无处躲、跑不能跑的尴尬境地。只能眼瞧着其他人落荒而逃。

他们的家人们迅速撑起来油纸伞,可那根本是白费功夫,撑起来的伞被雨一砸就烂成了一堆串在竹竿上的废纸。宋师爷不知道从哪里搬来了一把大伞,勉强遮住了徐知县。宋师爷随身带着的绢帕擦了又擦,却始终都擦不干父母官脸上的雨水。虽然无济于事,但宋师爷还是不停地擦拭。

方同卿陪着老父亲淋在雨中。方老太爷此时表情惊愕,愣怔在雨中,似乎诧异为何在如此紧要的关头算错了天象。他甚至没有听从同海的建议。

早在典礼前一天,方同海就建议还是把棚子搭起来,一来美观,二来不挡雨也能遮阳。这一建议却被方老太爷严厉拒绝了,仿佛冒犯了他一样。

他被雨浇得浑身湿透,雨水顺着头发、脖颈一直灌入脊背。

这场突如其来的大雨彻底浇透了方老太爷选定的良辰吉日。

当然，也压垮了他最后的倔强。

这段时间里充斥脑海中的记忆逐渐飘了出来，在这一阵阵的巨大震惊之中迅速地醒来，迅速地回忆着最近发生的一切，试图从任何蛛丝马迹中找到症结所在。

熟读过的那些方术之书告诫他，笃定地相信一切都是有因方有果，有缘才有因。从谋划重修祖坟和祠堂开始，徐知县的大力支持、其他各个大族的褒扬、自己宗族的非议、几个儿子的些许不满，一路捋过来，突然之间他的思绪跳到了当天的早上。模糊之中，他记得方定祥好像一大早就跑来扰了自己的清净，嘴里大喊着"天上的太阳是红的！"跑来跑去。

这一道回忆急速地击中了大雨中呆愣的老人。他悲苦地想到，恰恰是前一日，再次推算今日天气之时，他看到了历法推演出的江上涌大潮，以及晚上被云遮去了大半的月亮。

方同卿看着老父亲倔强地抬起头，在这场大得连呼吸都困难的雨中藐视着天空。除了尽快把老爷子拉走，方同卿不知道该说些什么，该做些什么。原本红红火火的灶台也在大雨中偃旗息鼓。众人好不容易熬到了徐知县走下台子，略微寒暄后便开始各自散开。方老太爷作为主人家只有硬撑到最后的份儿，而这场大雨最终导致他们方家迅速地衰败了下去。

难道这是老天爷对他的惩罚？他非要固执地建什么宗祠，难道宗祠就能护佑得了方家永久？

早知道何必这般折腾，也许早一点把魁星楼建起来就万事大吉了。

毕竟宗祠只是方家的，而魁星楼则是全镇的，乃至全县的。

等到方同卿兄弟几个扶着老父亲走向祠堂的时候，老爷子停顿了下，扭头看了看站在附近屋檐下、房门口躲雨的人们。他从他们脸上的笑容中读出了讥讽之意，方老太爷重重地叹了口气，无奈地摇了摇头。

其实，方老太爷再次错了。那些人在等的是桌子上以及临时搭成的案板上、灶台上的吃食。虽然很多被雨泡了，但依然是上乘的食材。而且他们本身就是为了这几顿饱饭来的。

徐知县终究没有吃一口，也没有跟方老太爷再度见面就返回了县衙。没人知道他是怎么想的。他和方老太爷一样，都开始显得不听天命、不合时宜。

服软

世间不懂得天时，不认命的大有人在。人们总是为了心中执着而争斗不息。祠堂落成典礼上还有一个让众人忘不了的插曲，王铁匠为了几个蹄髈跟孙寡妇扭打在了一起。

孙寡妇平日里几乎浆洗了镇子里富户们所有的衣服，每日在江边捶打衣服的时候，膀子上和胸脯前的肉总是抖得王铁匠心神荡漾。洗的衣服多了，经常会到铁匠这里来箍下用坏的木桶。每到这时，她就在王铁匠面前有了莫名的优越感。

她说自己是个左撇子，整天捶洗衣服奶子晃得不安逸，左边的奶罩破得比右边的快。上次捡了个印着外国女人的面口袋改了一个新的，还别说那个面口袋尺寸挺合适，一个刚好兜一个。就是用的线不好，扎人。有时候洗上半天衣服，奶头就磨得不行。

王铁匠总是被她这些絮絮叨叨的话说得燥热难耐，不停地往铁砧后面躲。等到了晚上，他又会被那些话语撩拨得难以自持。

平日里还算相处融洽的二人盯上了同一个目标，那是一只又肥又大的蹄髈，前几日还属于一头毛发发亮的黑毛猪。久不见油水的他们自然不会手下留情。

王铁匠用他永远洗不干净，指甲缝里还残留着煤渣的手率先抓住了蹄髈，软烂的蹄髈瞬间吞噬了他的黑手。孙寡妇虽然迟了半步，抓住的却是装蹄髈的盆盆，经年累月锻炼出来的臂力丝毫不比王铁匠差，只是右手一薅就把整个蹄髈抓了过来。

铁匠自然不甘心到手之物就从手中溜走，只是一个挺身，小半个身体就上了桌子，把其他一众小菜小碟挤了下去。他本以为就算是抢也已经稳拿把攥，但没想到的是对手不仅薅走了蹄髈，还顺势挥舞了手臂。

假如没有雨声的遮挡，应该是十分响亮的一记闷棍就此打在了他的头上，一阵嗡嗡作响还没停止，孙寡妇藏在面口袋里的双峰就因为惯性砸了上来。铁匠以前只听过从来没见过，更没想到在柔软的撞击后还会带来更久的疼痛。他被连环两击打下了桌子，一屁股坐在了泥浆之中。

对面的那位胜利者并没有过多地品尝胜利的滋味，她抱着那盘蹄髈又转战去了下一张桌子。

　　方定祥和一众小娃儿一直候在祠堂里，等着大人们典礼过后参观检阅，迟迟等不来却等来了倾盆大雨。有人从敞开的大门里看到了外面狼狈的场景，都开始笑起来。方定祥看着淋成落汤鸡的爷爷、父亲，却笑不出来。

　　有人在后面拍拍他的背说："没事儿，没事儿。天要如此……"

　　他还没说完手就被方定祥打开了："出丑的又不是你家！"

　　二人的言语没有被好事者听见，反而动手动脚的一幕被人看到了，有人就喊着方家欺负人啦，随即开始闹将起来。一众小孩从回廊开始厮打追赶起来，打到天井里，追到院子里，一直打到门外去。此时没有大人顾得上他们，他们像是泥猴，跟外面抢菜的野人混成了一堆，谁也不知道他们为了什么而打，他们也不知道自己抢到了些什么。

　　不过据说那天过后，很多人吃肉吃得积了食、蹿了稀。有老人说镇子里的空气都比以往臭了很多，镇子中间摆过宴席的那条路也比以前更滑、更油亮。据说杀年猪的时候，猪肉都香了很多。

　　大雨下了足足三日，很多被拆毁了祖坟的人家，在雨停之后才发现自家的"祖宗"已经不知道游到哪里去了。无情的山体滑坡根本不在意那些久眠的人，失去了石板以及砖块保护的棺材很快就被冲出了地面，随后被碎石泥浆碾碎。

　　仅仅晴了半天之后，连续半个月的雨再度降临到这个江边小镇，脆弱的山体再度发生了几次滑坡。严重到宋师爷不得不命令长生军改成救灾军，在山下挖出了一道二十米宽、三米深的大沟。彻底阻碍了收尸心切的人们。

这一切显然超出了徐知县和方老太爷的预料，他们从没想过会遇到这么棘手的局面。方家三兄弟刚好借着要照顾老父亲，便闭门不出，但是自家店铺已经不知道被愤怒的居民砸坏了多少块玻璃、多少扇门。

店里的伙计被无端刁难，甚至于黑夜遭受毒打的现象发生了几起。方家老宅里不断被人丢一些死猫、死狗、死耗子进来，就连他们刚修好的祠堂也被人泼了大粪。几个大家族更是冒着雨去找知县讨要说法。

徐知县知道方家不敢对外反驳说一切是自己的诡计，但也不敢就此彻底得罪了方家。对于外界传言的方家提前修缮祖坟是因为预先知晓县令要拆坟修墙，他更是不想辩驳。徐知县讲了一些大情大义，说谁也没有料到会有如此的灾祸。毕竟方家祖坟也被冲垮了半拉，方老太爷发妻都暴尸荒野，至今无法重殓。

徐知县的长篇大论显然短时间内难以平息众怒。他只好祭出了最大的威胁："现如今各大要道都被匪徒袭扰，民力更加疲弱。本县几次三番劝谕诸位慷慨解囊，为民为国，均不见响应。各位是想要守着金山银山，等着匪徒冲进来杀头才作数？"

瞅着底下站着的人低着的脑袋上滴溜溜转得飞快的眼睛，徐知县故意用轻松的话语说道："天灾人祸不可挡，为非作歹有天收。现如今正是关键时刻，能否击败残匪在此一举。等到功成之日，诸公如果还觉得受了天大的委屈，本县自会出面让方家出钱为大家修缮，再出一大笔钱赔礼道歉。"

听了知县不容反驳的话语后，众人不答话也没有散场的意思。徐知县转身进了后衙，宋师爷劝了许久才把不甘不愿的人一一送走。送走后宋师爷转来劝徐知县道："本来可以借机收拾方家，不知老爷为何反而留情了？"

"方家只是不听话。"徐知县说道，"这些人是根本听不懂话，也不愿意出一个子儿。吃相难看得想把所有的钱粮都捂在自己手里！吃干抹净，屁都不得给我们留一个！"

看着心有怒气的知县老爷，宋师爷劝道："内陆偏远地界，千百年来都是这样过活的，老爷没必要动气。"

"可是贼人来袭的时候，他们就要你去剿匪，去给他们看家护院。这也是为什么每次他都拒绝的原因。现在是箭在弦上、不得不发，他们还在掣肘。"徐知县话锋一转，"不过你把方家顶在前面，说是他们带头同意拆坟的是有点不妥。而且可以不拆坟嘛，毕竟死人至大！"

宋师爷已然听出来徐知县再度成为了那个哪边都不靠、哪边都不想得罪的"活泥鳅"。现在已经有为了退路把自己丢出去的趋势："老爷。这棋还没下到一半，您可别四处落子啊。"

宋师爷已经瞥到了徐知县脸上掠过的些许不悦，却仍装作不在意的样子说道："起初就是老爷您要求方家带头捐钱修缮城防，方老爷子不肯啊。不仅不肯，还大张旗鼓地要重修方氏祖坟，花了大价钱从伍家买房、买地以建祠堂。当时方家拒绝的理由是世道不太平，购买运输不易。可是老爷您介绍的路子，方家又不接招。谁都知道方老太爷跟老爷关系非同寻常，如果任由方家这样首鼠两端，怕是其他各家也要效仿。到时候长生镇就是方家的镇，本县就成了方家的县。"

"话虽如此，可是今次我约他两家同往青城山避暑，已经说动不少。现如今方家已与其他几家势同水火，恐怕以后方家更加不愿意听命。"徐知县担忧地说道。

"现如今不正如老爷所愿？"宋师爷笑着说道，"纵使拆了他们的祖坟也远远不够巩固城防，但却已经让方家与其他家族生了罅隙。方家除了依靠老爷，全盘接受老爷的要求，再无他法。这不是天大的好事。"

徐知县捻着胡须想了半晌，觉得有几分道理，但依然说道："终究还是违背了人伦，过于刚猛无情。下次还是要跟我商量了再行其是。"

宋师爷听了也不再辩解，他知道目前的局面是徐知县乐享其见的。而且他相信，方家肯定会找上门来的。

果不其然，仅仅过了几日，方同卿就代表方氏家族前来拜见了。他带来了父亲的口信。从方同卿那里，徐知县第一次得知方老太爷淋雨生病之后已经久卧不起，只能派儿子前来表达对于乡亲们的愧疚之心。

方同卿一同带来了方家积极"服软"的姿态。令徐知县十分满意的是，方家不仅接受了新的马队，还主动将承运的额度翻了两番。连订金都已经预先准备好了，如此丰厚的订金让徐知县一时间都被晃花了眼，拿着银票看了几遍才看仔细。票上的数字已经高得让他算不赢这到底是一笔划算的买卖，还是亏本的买卖。

更出乎徐知县意料的是，方家还同意了出款剿匪，提出了要出面劝说凌烟阁寺的和尚让出寺庙，为斗市腾地方。

方家如此大的转变令徐知县喜出望外，连连说好。几乎想要不假思索地全盘允纳之际，宋师爷颇有疑虑地说道："方家肯如此为民办事确实可贵。只是这斗市一开，必然走货贩商往来者众。对于方家的生意可是有百害而无一益。今次方家又大幅度提升了货运数量，这不是赔钱的买卖？莫不是想参与斗市？从中抽成？"

方同卿像是早就意料到会有此问，从容不迫地回答道："这一切都是家父的意思，家父说与徐老爷几次对谈，受益颇多，更觉世界之大，万事万物不可穷尽。方家从前是只算小家账，未算大家财。设立斗市将有利商贾，能够富民。民富则货殖更盛。以后我们方家不在柴米油盐上与民争利，多做些金玉书帛、西洋奇巧的生意，也能过活。我们兄弟几个盘算了几日，算上近些日来被泡坏冲走的损失，虽然有亏空，但是短期内方家还能够应付自如。"

一番话说得似乎滴水不漏，堵住了宋师爷的疑问，堵住了徐知县稍有质疑的心。徐知县有点心花怒放了，他完全没有预料到方老太爷居然会有一百八十度的大转弯。

宋师爷看着徐知县都快笑烂了的脸瞬时有点陌生，他还从未看到过知县大人如此开心。知县大人已经全然忘记了其他人的存在，丝毫不介意任谁都看得出来的笑意溢得满脸都是。

宋师爷显然能够读得出，不出所料的是，他也会成为徐知县所谓"推功揽过"的对象。

"上次我还在跟你说，方家不是不懂事理的家族，方老太爷更不会以私废公。"

听了徐知县的"教训",宋师爷连连在旁点头:"说得是,说得极是。是我小人之心了。"

宋师爷适时的温顺总是能让徐知县受用无穷,想到困扰焦虑了多时的几个难题可以迎刃而解,心中顺畅无比。他必须抓住这千载难逢的机会,只有抓住了才能重新回到权力核心圈子,他才有可能做到梦寐以求的衣锦归乡。他早已经厌烦了蜀地的闷热,厌倦了跟书生与乡绅之间无聊的口水往来。

为了魂牵梦绕的故乡,他必须抓住这个机会。

徐知县开口道:"世侄回去告诉方兄,徐某对方家的公义之心深感佩服。无论是修建祠堂还是今次愿意慷慨解囊,都是在解民于危难。希望不要把前几日发生的事情放在心上,也不要轻信那些个嚼舌根子的话。我相信还是知恩图报的人多一些,方兄此番造福于民必然受到万人敬仰。"

"极是极是。"方同卿接话道,"家父常常教导我们,说庚子之后,国家受辱,各省分担,全川有三百余万两的赔款。盐斤加价、亩捐、百货厘金加价、肉厘新征、土税土厘、田房契税,哪一项不都是压在黎民百姓肩上的重担吗?我们方家只要能衣食无忧,就不要多取多占。近些日来徐知县几番开导,更是坚定了家父为乡里乡邻做些善事好事的心。"

看着徐知县微笑着点头,方同卿继续说道:"这头一件事就是要从外省采买石材,巩固城防。第二件就是要开设电厂,利用离水近之利发电照明、用电开厂。第三件事儿就是延请高士,开医馆、银号。第四件……"

他的话还没说完就被打断了。"好了好了。"徐知县摆摆手说道,"这几件事儿但凡完成一件,你们方家就会被永世铭记。这些事儿,我也不便参与。自己去定就好。"

方同卿连连称是,随后转身离去。徐知县把揣在袖子里的银票拿了出来,递给了宋师爷。

这倒让宋师爷十分意外:"老爷,您这是?"

"不是缺衣少饷么?先拿去发了,以免哗变。"徐知县说道。

"钱财这些一向是内弟负责……"

宋师爷的话还没说完就被徐知县打断了:"他不懂兵事,从中转一道还不如你亲自去办。记住,不要全发,发个五六次就行了。前次托成都从西洋外购的枪械到了就不要再买了。旗人们这是想让我们帮他们养打手,哪日没有匪了,伸头挨刀的说不定就是你我。"

宋师爷点点头,建言道:"既是如此,老爷为何不效仿曾文正公,给自己留个本钱队伍?"

徐知县不假思索地说道:"人在桥上过,桥流水不流。这火上烤屁股的位置,我是一天都不想坐。"

说这话的时候,徐知县悄悄地看了一眼宋师爷,宋师爷面无波澜,似乎没听到这句话,但也可能是完全没有把这话当真。

周旋

伍永昌终于发现儿子不见了,他找了几次,最终从过路人那里打听到伍奎跟着一个戏班子走了,那个戏班子去了哪儿,谁也不知道。

方同铜他们则在长生镇的水码头与徐春风碰上了头,还差点跟他手下一个叫大虎的愣头青年打了起来。两帮人吵架的声音都把王铁匠从小窝棚里吸引了出来。在那次肘子大战后,王铁匠跟寡妇居然搞在了一起。两个人身体碰撞和寡妇鬼哭狼嚎般的叫声从烂窝棚的缝隙里四处流窜。

那场差点打起来的仗最终被徐春风化解,可接下来的谈判并不顺利。似乎两家都听岔了信息:方家想要徐春风能够找到货船,最好是西洋人的火轮船,好从宜宾、武汉甚至是上海运货上来。可是徐春风却说他们只做云贵川的买卖,而且只有肩扛马背,如果方家想要砖茶酥油,他立刻就能把仓库塞满。

最终连续扯了四天,连宋师爷都来调停了几回,双方才达成了共识:徐春风他们会安排专人来跑方家从重庆和成都之间的货,同时也会顺江而下,从巫山、奉节坐快船与宜宾等地往来。

方同海对徐春风他们是否靠谱一直心有怀疑,毕竟这是伙腰杆子上别着枪,不像商贾更像帮会的人。而且徐春风留下来马上要押运送往成都的货物的人,正是那个挑头差点打起来的大虎。

徐春风本人看上去四五十岁,但实际上并没有,长年累月的跑商让他看上去老成很多。说话的时候能够在川省多地方言之间切换自如,像是个走遍了全蜀的人。他第二天就带着人直奔了巫山,去开辟通往湖北的那一条路。

向着匪徒横行的地方一路前行,是徐春风这一类跑商人的生命线。他们必须通过或暴力或收买的方式来保证生命线的畅通，这两样手段无论哪种都需要背后有人撑着。徐春风派大虎去往成都，就已经证明了他至少能够在成都那一面吃得开。这恰恰是方家欠缺的。

　　自从上次剿匪取胜之后，长生镇周边的匪徒行踪突然间消失了。伍永昌他们派出去的几路人马都没有探听到一丝消息。那些匪徒像是突然人间蒸发了一样，连最可能是老巢的奶头山都很久没有看到炊烟升起。

　　种种的不确定和长久的等待让人如身悬于空，似脚不着地的不踏实感困扰得人们百爪挠心。徐春风等外来人的涌入只是激起了一时的波澜。随着他们离去，一切又重新归于平静。

　　徐春风他们轻车快马的行程一路上顺畅无比，前面一两匹马先行开路，遇到能攀关系的一律是银钱买道；遇到零星的山贼劫匪，一看到他们亮出的家伙什便转头就跑。敢跟他们干上一仗的，三个回合不到就被杀得七零八落。

　　一路的顺畅出乎徐春风的意料，广袤的腹地让他有了开疆拓土的欲望：与川西云贵相比，这里更少人涉足，不仅没有马帮、八旗、绿营、衙门的干扰，连路上的卡口都稀疏得可怜。

　　出了重庆城之后，官道就消亡在了群山诸水之中。沿着嘉陵江北岸一路向东的一条古道前行，让他们吃尽了苦头。这是一条崎岖难行的山路，处处几乎都是凿破了山体才可通过的路。最窄之处骑着马的人都能看到下面安静的江水。

　　这条路不仅狭窄难走，还高低起伏，加上茂密的丛林，几乎总是走着走着就像是无路可走，几次三番吓得马儿都需要使劲催促才愿意前行。阴冷潮湿的环境让人根本就不想再走上一趟。唯一有点暖色的记忆就是江边偶尔出现的野温泉，那些野温泉平常只有流浪的狗儿、撒欢的鸟儿、找食的松鼠、猴儿们光顾，天然地保持着灵性与洁净，在阴冷的天气里也始终保持着宜人的水温。这里不仅能给赶路人带来温暖，也让疲惫的马儿得到了休息和放松。

徐春风沿着这条刘备取西川时，张飞率军从荆州沿江而上走过的道路前进，一直走了多日才再次找到官道。此后他们在到达巫山换上快船之前，都再无其他阻碍。

快船借着水流一路往下，徐春风立在船头有了些许轻舟已过万重山的感觉。此次东来，虽然吃了不少苦，上下打点也花了点钱，但都是小钱，只要不出现被抢货甚至黑吃黑，就是稳赚不赔的买卖。

徐春风之前都是踩着马帮的脚印蹚出来的名堂，现在换了水路，方才意识到广阔的江面比那狭窄的山路更有可为。毕竟跟一匹马、两担茶相比，一条船就能承载几十担。徐春风理解了为何方家执意要求借洋人的什么火轮船运货。

船刚进湖北界，徐春风未曾见过的火轮船就出现了。几艘冒着黑烟的小型快艇很快就把他们的三条船给围了起来。快艇没有悬挂旗帜，跳上船来的几个背着枪的士兵表明，他们是跑商最怕的——当兵的。

徐春风几人的枪很快就被下了。领头的一个士兵扫了一眼刚从徐春风身上搜出来的四支手枪，轻蔑地笑了："哟，革命党？使的家伙比我的都好。"

"军爷,"徐春风服软地示好,"我们可是良民,哪里是什么革命党。走商的,世道不太平,带着防身。"

啪的一声,徐春风就挨了结结实实一耳光。

"啥叫世道不太平?就是说我们是吃皇粮的土匪呗?"领头的士兵骂道,"我看你们就是革命党!给我好好搜搜,看看他们到底带的什么货。"

不大的小船很快就被翻得乱七八糟的,自然是什么都搜不出来。听到手下的回报后,领头的士兵像是烟瘾犯了,不断地挤着眼睛、打着哈欠。徐春风见状,在被带下船去的时候,凑到跟前小声说道:"军爷,我这怀里还有瓶鼻烟。您要不……"

话还没说完,就有个士兵粗鲁地从他怀里摸去了那个精巧的画着春宫图的鼻烟壶。

等到隔日被带出临时牢房的时候,徐春风差点没辨别出已经是几时。他被带到了一个军官模样的人面前,那人正躺在榻上,抽着大烟。昨日的那个鼻烟壶就放在桌上。

"你的?"那人微微睁开眼睛问。

"是。"徐春风点点头。他不知道该跪还是站着的时候,已经有人给他松了绑。

"你不懂规矩啊。"躺着的人挠了挠肚皮,堆在腰间的丝质睡衣瞬间就滑了下去,露出了一块雪白的肚皮,"做生意哪里有不打招呼就来的啊?"

徐春风一听暗知有戏,连忙回道:"这不是还没上岸就被老爷您给发现了嘛。本来想第一时间来拜访的……"

"听你这意思,还是我们错了?"那人咳嗽了几声,说道,

"你们这帮生意人,从来就不讲规矩。你们这样子搞,我这些兄弟们吃什么?我们没得吃,你们做啥子生意嘛?"

"是是是,"徐春风赔着笑说道,"老爷教训的是。小人一向守法奉公,从没有做过此等偷鸡摸狗的事儿。"

"没有最好。"那人几乎以不变的姿势继续说道,"拜帖有没有啊?是哪一路子的?"

"没有拜帖。单纯的走商。"

"那就按规矩办。回去之后帮着多吆喝吆喝,想要来我这儿经商走货的,一律欢迎。不过要先拜好码头,一不打招呼、二不打照面的,可要拿命来说!带下去吧。"

随后徐春风再次见到了昨日的那个小头目。小头目告诉他,他们属于巡防营,专门在这里驻扎。那几艘小艇是最新式的西洋快艇,任你再快也逃不出他们的手掌心。

小头目先是跟徐春风算了这一次出动小艇的费用,连带着火煤、工钱、损耗,至少两千两白银。这次徐春风老实,没有走货就不收厘金。不过,下次要按照货值的三成收取。至于那几条枪,他们没瞧见,就当徐春风从来没带来过。

徐春风清楚自己遇到了比地头蛇还难缠的群体。这些人跟以往打交道的团防、八旗、绿营都不一样,他们是朝廷的新军。

"钱不是问题。"徐春风答道,"可是军爷收走之后,我们过卡是否还需要交行厘?"

那人听了扑哧一笑,拿着手里的马鞭点着徐春风的胸口说道:"往来这么多客商,不说一万,上千总有。有人屁滚尿流地跑了，有人一颗子弹就死了，还有些胆大的不怕死的回去了就躲了起来。你是第一个想着把这生意做下去的。"

徐春风扫了一眼那根破旧的马鞭，丝毫不乱地说道："我是商人，在商言商。花了买路钱却做不成生意，那我不就赔本了么？这买卖我可不干。"

"你兜里的钱重要还是命重要？你信不信我一枪毙了你！"

"钱对你我都重要。"徐春风回答道，"所以我的命也会因为钱的重要而重要。"

听了徐春风的话，原本恶狠狠的人突然愣了半天，像是被困在了圈里的动物，开始原地转起圈来。转了半晌，才回转身来盯着徐春风看。徐春风准确地嗅到了商机。

"货值三成之外，每月多孝敬一千两银子。"徐春风说道，"军爷放心，本地鸦片、军火生意我们一概不碰，只为了买一条通路。"

"哼，"那人轻蔑地一笑，"一千两银子让我去给你摆平大大小小的关卡？打发叫花子也要听几个响啊！"

"军爷为何只看到了一千两银子？"徐春风笑着说道，"云南、四川两地产土药，湖北气候不宜产量较少，但却是外运的要道，每年鸦片通行税都要收上不少。我们常年走在云贵川，如今若是有了军爷保障的通路，可以免去大笔的税银。到时候军爷不需要出面便可以坐收渔翁之利，岂不更好？"

徐春风的话显然说动了对方。虽说他们是编练的新军，实际上却不受地方待见，钱粮银饷多方受到掣肘。现在有人愿意给自己送来源源不断的财源，自然是天上掉下来的宝贵机会。

"来人，先押下去。"

徐春风知道，自己这一次又赌赢了。当徐春风再次被关回屋子里的时候，其他人已经焦急得不行了。那间小屋子原本是拿来养鸡的，又不知道关过多少人，已经臭得让人窒息。众人七嘴八舌地问着徐春风，现在情况到底怎样了，徐春风便简要地把之前的经历说了一下。

众人听了沉默半晌，有人问道："如果他们不应，又该如何是好？"

"会答应的。"徐春风十分肯定地说道，"天上掉下来的金元宝，没哪个哈儿会推出去。"

"你啷个恁个肯定耶？"

"这路只有那么几条，他们不放，我们自然就会去找其他门道。到时候他们不仅什么都捞不到，还可能看着别人吃肉，自己连碗汤都没有。"

"那你就不怕喂大了狼崽崽日后吃了你？"

"他们不过是扛枪的，驻防几年必定会轮换。可能还没等他能咬疼你，人就不在了。"徐春风解释道，"做生意，做个时间差也上算。"

"那可说不准。"有人担心地说，"要是别个要九成，我们不就白给别个干了么？"

徐春风蹲在地上，回身看了一眼，低声说道："两虎口中夺食，就是瞅准了他们不敢真下嘴。这帮当兵的敢全吃下去，官府自然就会跑来找我们，想着把这笔收不上来的税银给收起来。更何况，我们自己难道不能挂羊头卖狗肉？不能私下夹带？只要上了路，就没人管得住咱们。"

徐春风的话令众人恍然大悟。有人说道:"难怪你会同意白给他们几千两白银。"

"这不叫白给。"徐春风纠正道,"这是到了什么山头唱什么歌。"

似乎一切都在徐春风的意料之中。到了傍晚,还是那个军官,只不过这次满面笑容,一看到徐春风就说道:"你们可以走了。"说完递过来一个长方形的锦盒。

徐春风打开一看,是一面军旗。诧异间就听到对方说道:"我部为保辖区安全,今日起新增长途奔袭拉练课目。特征召你等运送物资,只要悬挂此旗便可畅通无阻。"

众人听了都如释重负,连声感谢。那人只是微微地摆了摆手,随即说道:"为了防止有人依然会找你们麻烦,每次你们靠岸后我们都会派人随同。你们放心,我们只随同不查验。"说着说着面向了徐春风道:"我那几个弟兄,麻烦照应下吃食烟酒。"

"那是自然,那是自然。"徐春风连忙应承道。

"你那几千两银子也先不必交了。"那人笑道,"管带说算作他入股。分红看你自己!"

这一番话彻底让众人瞠目结舌,他们一下子从最初质疑徐春风,急速转向到了膜拜那一边。

徐春风不为所动地只是拱了拱手,捧着装着旗子的锦盒走上前去,问道:"我的枪什么时候还我?"

看着对方瞬间变色的脸,徐春风笑着说:"不还我也成,可您总得给我找个称手的家伙什,不然我怎么安安稳稳地回去?"

这一番话又把对方逗乐了,他笑着摇摇头,说道:"跟我们当兵的做生意,你已经是独一份了,现在还想从当兵的手里往外要枪!只做生意是不是太亏了?"

"不亏。"徐春风笑着回答道,"这才是做生意!"

往事

徐春风成功拿到了巡防营的旗子,远在长生镇的伍永昌却还被那面黑旗困扰着。

他不断地复盘着多年前的军旅生涯,那个时候他还是个一腔热血的士兵。他从未见过如此混乱的战争,咸丰年间,天京城外,南北大营里充斥着天南海北临时征调过来的各式部队,有蒙古铁骑、索伦披甲兵,还有他们这些从各地征召的八旗、绿营,甚至无业游民、泼皮无赖都被征召起来。

伍永昌当时还是怀着杀敌报国,平定太平军之心去的,还因为小有战功被提升为了佐领。可是在这个大营中,佐领多如牛毛,随便拎出一个来都是世代功勋的勋贵之子。能不能打仗暂且不说,仆人都带了一二十个,甚至还有人带着小妾来的。没带小妾的强抢民女为妇亦比比皆是。这些有家有室的显然不可能在营中居住,都学着将领带着手下的兵丁,占了大户的宅子过得逍遥快活。

有将如此,兵则学之。于是说是军营的地方,早就变得像是长生镇一般,成了集市镇子:有人爱好牌九赌博,有人整日大醉不醒,有人提笼架鸟,有人嗜好娈童……反正是除了打仗,其他的你都能在大营里看到。

伍永昌始终是异类一样的存在，他带着的那些为数不多的、精挑细选的子弟兵，无论是武艺还是精神头上，个个都出类拔萃。但这又能有什么用？伍永昌一次一次的求战都被上司驳回，甚至有一次一队太平军飞扬跋扈地从营外穿行，他请战追击都不被允许。既没有仗打又没有舒坦日子过的傅军奇、刘铁战他们总是无时无刻不在抱怨揶揄着他。

　　在他们的印象中，跟太平军对垒中最深刻的记忆就是两件。一件是大营里铸造的七万斤大炮，为了这门大炮，方圆十里的树木都被砍光了，一省的各类铜镜铜像都被征集来熔化成铜水使用。

　　为了铸造这门巨大的炮，上百名工匠不分昼夜地熔铜、炼铜、浇铸，前前后后花了数万两白银才铸造成功。这么用了几个月工夫铸造的巨炮，从一开始就把炮口对准了天京城。据人言，巨炮的炮弹可以直接打穿天京的城墙。等到良辰吉日开炮的时候，八个壮汉才把巨大的弹丸填进了炮膛，等到小孩胳膊粗的火药绳燃到尽头的时候，一声巨响震耳欲聋地砸在地上，砸得大地都不断地颤抖。一阵浓烟瞬间弥漫了整个大营。

　　那颗巨大的弹丸划着优美的弧线飞出膛去，众人都在等待着叫好的时候，它却在天京城墙外直挺挺地掉了下来。据说当场砸死了一个歇脚的老汉。众人在可惜之余更加惊讶地发现，七万斤的大炮已经炸了膛，像是一个耷拉着脑袋的狗尾巴草一样。这门巨炮就这么一炮而红，成了长毛贼口中的"不举炮"。

　　第二件事就是江北江南大营被太平军陈玉成、石达开接连攻破。被冲得七零八落的清军四处逃窜，伍永昌终于得到了冲锋陷阵的机会。彼时德兴阿的一万多精锐已经被歼灭，本来就松散的江南大营一听到风声就开始四散而逃。

伍永昌一边极力收拢溃散的人群，一边向着天京方向运动，他想借着湘军在安徽与太平军鏖战、太平军破了江南江北大营必定会回师天京的当口，出其不意打对方个措手不及。

一边晓以大义，一边威逼利诱下，伍永昌他们几个拉起了一支三千人的临时队伍。他们一路急行军下，打败了几股遭遇到的太平军，除了稍有减员外损失并不很大。在几天的时间里就给敌人造成了清军主力依然在附近活动的假象。这恰恰是傅军奇担心的，他力劝伍永昌不要再向天京靠拢了，应当见好就收，不然长毛贼多路合兵，他们这群乌合之众就会被全歼。

傅军奇的担心并不是没有道理。伍永昌正在为多日里连番激战后无粮无枪犯愁。如果再以这样的情势打下去，即便打到了城下也是强弩之末。伍永昌思索了半天，提出先急行至孝陵卫，如果遇到贼人阻拦就转向栖霞，这样北可渡江至六和，西可望天京。

伍永昌的这一建议得到了傅军奇几人的认可，随后几人分兵多路开始间隔行军。令众人没想到的是，还没等到伍永昌一队行至孝陵卫，就遭遇了万余人的太平军大部队。起初对方并没有注意到躲藏在残垣断壁的他们，但是傅军奇一队在远处激烈的交火声吸引了太平军的注意，一队数百人的队伍立刻集结起来前往支援。伍永昌他们等到入夜，确定太平军大部队已经走远后才启程追赶。等到追上的时候，这一支队伍已经与同僚会合。苏佩青带领的另外一队也恰好赶来支援。

三对二的格局看似伍永昌一行占了优势，但是无论从武器还是士兵素质上，他们都落后了太多。初听枪声的时候，伍永昌就已经觉察出这是一支精锐部队，装备的都是洋人最先进的枪械。一交火之后，超高的阵亡率下，苏佩青的队伍跑了一大半。他自己的人马也伤亡过半。

好在双方都是仓促上阵，携带的火药武器有限。在这突如其来的战场中，速战速决对于任何一方都是最有利的方案。毕竟一旦拖延到其中一方援军赶到，都意味着另一方的失败成为必然。

苏佩青仗着自己的年轻胆大，骑着战马率领几十骑来回冲杀了对方阵地十几次。看得伍永昌提心吊胆又瞠目结舌，他知道那小子整天神神叨叨地相信自己有天保佑，但是没有谁在战场上躲得过不长眼的枪子。

在苏佩青身上他可能真的错了，那小子还真没有被乱飞的子弹咬到。他在最后一次冲杀时因为马失前蹄掉落了下来，还没等他爬起来就被一个半大小子飞快地爬出战壕剁下了脑袋。看到被用绳子系着辫子缓缓升起来的头颅，伍永昌、傅军奇和刘铁战都快要疯了。刘铁战都能听到自己牙齿快被咬碎的声音。

那是不由自主的愤怒，那是油然而生的仇恨。

最终他们还是忍住了愤怒与仇恨，他们深知对方就是要激怒他们。在双方都快要弹尽粮绝的时候，这是最好的杀戮方式。

猫到入夜时分，憋了一天杀红眼的伍永昌、傅军奇和刘铁战各领人马摸向对方，没想到对方也正摸了过来。黑夜中就战在了一起。

胡乱放了几枪之后，扔掉武器拔出刀剑成为了最好的选择。伍永昌很快就射光了最后的三十支厄鲁特梅针箭，拔出长刀后的伍永昌很快就发现自己被五六个长毛围住了。他们兴许都是刚才被自己射死的人的兄弟好友，此时正如他一样渴望着复仇。

看着他们稚嫩的脸庞，伍永昌小心地踏着稳健的步伐，如同准备狩猎的猛虎一样，吓得几人都不敢向前。正在坚持间，外围一个少年举起了一面黑旗，尚在犹豫的众人一见立即开始了行动。几个火把冲着伍永昌而来，刚躲闪过去，就已经有人挥刀贴近到了面前。

伍永昌只是下意识地一蹲，随即双手持刀砍向来人的右腿，在应声倒地的时候一刀插进了那人的胸膛。立即又往前一滚便解决了那人，同时跳出了众人的包围。原本在包围圈外的手持黑旗的少年显然有些恼怒，正想着破口大骂的时候，伍永昌已经手起刀落地砍下了那人的头颅。还没等到少年的眼睛闭上，原本气势汹汹的众人就吓得四散而逃。

伍永昌气还未喘匀，刘铁战已经在不远的地方冲着他大喊大叫。没等他听清楚喊的是什么，身后就响起了枪响，伍永昌只能凭着直觉躲闪。紧接着又是第二枪、第三枪，伍永昌都能看到子弹打在地上带起的沙尘。正当他无助地四处躲藏时，其他的几路人马赶到了，还在做困兽斗的太平军不得不撤走了。

一番战斗，人困马乏，几个人在地上躺了半天才缓过神来。伍永昌收殓了苏佩青的尸首，又把那个太平军少年的头挂在了曾挂过苏佩青头颅的杆子上。用刀在杆子上刻上了"诛此长毛者，重庆府巴县伍永昌"几个字。

等找到大部队的时候，已经过去了十余日。伍永昌几人的功劳也因为没有尸首作证无法被证实，那面黑旗也不能证明他们的战功。

彼时的伍永昌刚刚失去了最好的一个兄弟，对于这些官场上的咬文嚼字也并不在意，反倒是几次三番被攻克的两大营让他彻底对行伍生涯产生了怀疑。最终他以敬送好友归乡为由回到了长生镇。等到他后面知道当初拒绝给自己请功的将领，在他走后反而冒领军功连升三级之后，他也并不以为意。倒是傅军奇愤懑不过。

这次缴获的黑旗也再度勾起了傅军奇的往事回忆："这破旗一出就没啥好事。你忘了那一年孝陵卫的事儿了？"

"没忘。"伍永昌心不在焉地回答道，"现在咱们不也找不到他们了么？"

"那是人在暗处我在明，这才是最凶险的时候。上次我们黑灯瞎火地碰上了，还折了一个好兄弟。这次可能人家就在等机会找上门呢！"

傅军奇这一番话说得伍永昌想起了什么："那这么说，我们不更该主动出击么？"

"这……"傅军奇一时有点语塞，不知道该如何回应。

"我倒觉得这不是我们想不想，该不该的事儿。"刘铁战在一旁说道，"你们没发现我们上次打赢了，明面上褒奖我们、奖励东西，但实际上是把我们圈禁在这里了？"

看着另外两人默不作声，刘铁战继续说道："我这几天就想出去吃碗豆花饭都不让，怕是这外面变天了我们都不晓得哟。"

"没你说的那么严重。"伍永昌说话了，"现在谁也不清楚对方的底细。没承想上次一打就打草惊蛇了。我们现在任何举动都会带来不可知的后果。"

"那就这么干等着？"刘铁战腾地一下站了起来，"我们现在明显是被孤立了。我都怀疑他们害怕成都，再把我们拉拢了去。"

"你瞎说什么？"傅军奇制止道，"什么成都，什么这啊那的，不都是为朝廷卖命。不要想那么多捕风捉影的事儿。"

"哎呀，我看你们俩还是没吃够亏。"刘铁战气呼呼地说，"黑旗出、众将听；勇向前、妖孽清。长毛的口号你们又不是不知道！说不定这次就是上次逃跑的来寻仇了！"

"也不一定。"伍永昌说道，"同治年间，刘永福在广西率领的天地会举的也是黑旗，据说上有七星。我看这旗上也有刺绣过的痕迹，说不定就是黑旗军的旗。"

伍永昌的这番话说得傅军奇都很惊讶，他猜不透老友为何要这么解释。刘铁战则愤愤地摸了摸旗子，他并没有摸到任何刺绣过的痕迹，相反，那面旗很光滑。

"而且即便是来寻仇的，为何一开始就轻易地透露给我们？"伍永昌说道，"现在是他们在暗处，我们在明处，可毕竟不比天京时期。现在他们早就覆灭多年。洪秀全被挫骨扬灰，幼天王洪天贵福被朝廷凌迟处死，又哪里来的本钱如此高调地寻仇？"

这番话说得另外二人也无话可说。

"哼。三个臭皮匠，顶不得一个诸葛亮。我看我们三个在这个屋子里抠破脑壳也想不出来，还不如做点实际的事情。我说老伍，我听说奎儿已经快到泸州河了。你不去把他找回来？"傅军奇问道。

"是啊是啊。"刘铁战附和着说，"这事儿还是首要的。万一突然打起来了，我们更没时间顾及奎儿。"

"他走远了也好。出去闯荡闯荡见见世面，成长得还快些。"伍永昌说道。

倘若被伍奎知道了父亲的选择，他一定会双手双脚地赞成。毕竟那大半年里是他最快乐的青春年少时光。彼时的他第一次感受到了亲人般的陪伴，也是第一次切身体会到有人会一刻不停地关心着你：关心你睡在装戏服的大箱子里舒不舒服、询问你坐久了马车累不累、问你会不会想念父母等等。这些在旁人看来稀松平常的问候与关心，在伍奎那里却是从小就匮乏的感情存在。

相处的时间久了，伍奎才慢慢地摸索出来唱武角的老大其实不是老大，他心目中独一无二的火三娘才是整个戏班的老大。他们二人不是夫妻但胜似夫妻的微妙关系，既羡煞旁人又让人看不懂猜不透。除了火三娘，跟伍奎最亲近的就是"烧白"。他是个胖墩，爱吃烧白特别是肥肥的大刀烧白。他的口头禅永远都是"烧白要吃坐蹬肉，锅包酥脆才上头"。

烧白伍奎吃过，这是乡间宴席和家家户户过年必做的菜肴，可那锅包肉他从来没吃过。据烧白说这是一道道台府的府衙菜，他也是去唱堂会的时候吃过那么一次，从那以后就再也没吃到过。火三娘因此老是骂他不是个唱戏的，倒像是个下厨的，一道吃过一次的菜就念念不忘到现在。

戏班子里跟伍奎说话最少，甚至眼神交流都没有的是二双，他平常就喜欢阴阴沉沉地坐在角落里，一遍又一遍地梳理自己的头发，手法和身段让你不经意间都会觉得他是个女人家家。屁眼虫人如其名，总是不知道什么时候就溜出去成了别人屁股后面的跟屁虫，他跟二双相反，特别喜欢往热闹里扎。整日里除了凑热闹听一些个家长里短，就是在困瞌睡。别看他这样，可活儿却从来没有落下过。这就让伍奎很是惊奇，常常认为他是在睡梦里练的功。

与这些个身上有功夫的人相比，伍奎就显得平庸了许多。除了会写写每次演出前的水牌，他剩下的本事就剩下了画地翻跟头、胸口碎大石这些杂耍，可是他们是戏班，不是马戏团。而且他们还是个要去泸州河的戏班，他们想要证明自己，想要千锤百炼地挣出个头脸。

第八章

古寺夜独谈

试探

徐春风、大虎先后带回来的消息喜忧参半。好的是西往成都的线畅通无阻,大虎还按照徐春风的安排在成都盘下了个院子,准备作为货栈。不好的是这条线基本无利可图,还要明里暗里为徐知县向成都打点关系运货送钱。

徐春风开辟的东线看起来前景广阔,毕竟广袤的四川腹地有着巨大的需求,只是不确定的是过了巫山之后直到江上码头的这一段能够维持多久。

徐春风倒是拍着胸脯说,虽然巫山知县藤含英并不买账,但是已经跟关镇人干丹廷、魏纯碾、谢松云等打通了关系。日后货运湖北或湖北运来都可以由他们接应。徐春风没有跟方家提及与巡防营的协议,更没有提到鸦片生意,他知道各取所需的时候藏起一部分手牌才是上上策。

方同海、方同卿迅速算了笔账,把云贵川特产外运和洋货内销的账一拉平,惊喜地发现不仅有利可图,甚至比以往还要获利丰厚。他们开始怀疑老爷子是不是获得了什么内幕消息。

方氏兄弟看不懂也猜不透老爷子了,老爷子越来越像是出脱于尘俗之外的存在。从小到大一直古板着脸、脾气倔强不容置疑的父亲,除了每日依旧大门不出二门不迈地沉迷于故纸堆之中外,生活习惯和性情已经发生了巨变,变得像是另外一个人一样。

平日里特别注重穿着和外貌的老人家,自从上次病后就喜欢上了宽松的衣服。总是穿着宽大的类似于道袍一样的衣服，衣服宽大到已经无法看出下面那个骨瘦如柴的躯干。一个扣子都没有的衣服总是随风或者随着人的走动而四处游荡，就差那么一口气就能被吹走一样。

方老太爷喜欢这样的穿着到了连接待客人都不会更衣的地步。宋师爷发了饷银顺道过来探访的时候，他甚至毫不掩饰自己坐不住想要上厕所的急迫。噌地一下子从太师椅里弹跳而起，急匆匆地丢下了一句"我要屙尿！"跑出了房门，在跳过门槛的时候还跳脱了一只鞋子。方老太爷像是没有察觉一样，依然自顾自地向前飞奔，留下了一屋子尴尬的人们。

"方举人疯了"传遍了整个县城，徐知县在听闻之后大感有趣，好奇心驱使下，他亲自登门探查。没想到看到的是披头散发站在院子中聚精会神习练五禽戏的友人。

宽大的衣服加持下，方老太爷口中念念有词，像是在自言自语，又像是向天祈祷，念的速度过快，含混不清得让人只能辨别出一两个词语。与极快的念念有词相比，他的动作却缓慢有力。四肢距地，前三踯，却三踯之间，裸露在袖子之外的上臂肌肉清晰可见。引项反顾时，脖子上青筋毕现。

徐知县远远地看着，那个曾经熟悉的友人此时聚精会神的眼睛似乎已经看不见身外的事物。直到一套练完，隐隐的汗气已经开始在他的头上蒸腾。方老太爷从袖子里掏出一个发簪，三两下之间就把头发盘了起来，像是个仙风道骨的老神仙。

他即使练完了五禽戏，也像是没有再次入世一样，旁若无人地走进了房间，关上了房门。方同卿只好上前敲门。待到众人落座之后，方老太爷的谈吐又正常得像是之前熟悉的一样。

徐知县先是自夸式地吹嘘了近期县治颇好,已经多日没有贼人出没的报告,夸赞了新修好的官道通达各镇,长生镇贡献不小。打算找人撰文刻碑,竖立在已经被拆光了的牌坊处,作为纪念。

方老太爷对于徐知县的每一句话都有着十分得体的回应,点到为止且不会顺着话头继续引申,这让徐知县有些不太适应。此番前来探访,话说到这个份儿上已经是前所未有了,换做别人早就千恩万谢并懂得大方回报了。方老太爷此时的"懂不起"让他有点不舒服,更有点生气。可是这颗棋子尚有大用,徐知县急需依靠他来破局。

他把话题一转,说道:"月余前世侄来访我,当日实在是太忙,无从顾及。世侄说了方兄有诸多计划,打算为民做几件善事,不知具体是何?进展如何?还需不需要我来过问一下?"

徐知县热切的脸碰上了方老太爷抬也不抬的眼皮,他只是无力地抬了抬手,指了指方同卿,示意后者详细说明。

"世伯,先前因为匪乱导致的官道不通问题已经解决。成都那边需要的几批货物也都已经运到。近期赵荣安老爷那边要求购买几匹骆驼,这目前还没有找到门路。运往武昌那边的货也已经备好,不日就将出发……"

"这些你们自己去做。"徐知县似乎有些生气,不客气地打断道,"你们经商的事儿,我不便过问。以免有人说我当红顶商人。"

"噢,好。"方同卿尴尬地瞄了一眼父亲,方老太爷只是抿了下嘴唇。他只好继续说道,"按照家父要求,方家私塾已经向所有孩童开放,增设了女塾。同海正在物色新的老师,以后将增设科学、美育等科目,全部不收取任何费用。"

"好!好!好!"徐知县听了连连叫好,像是突然变了个人一样,先前的不悦早已经被翻到了厚厚的脸皮之下,"本县教谕一直空缺,都是鄙人兼任。方兄此举是在为我减轻担子,为开启民智做奉献,功德无量,功德无量!"

方老太爷马上应承道:"求学如栽种,育种为要,曲直后天。我们方家愿意开个头。知县老爷如果不嫌弃,还望亲任督学。"

"没问题,没问题。"徐知县开始怀疑自己小肚鸡肠,错怪了方老太爷,"世侄继续。"

"除了不收取费用之外,父亲还希望能够联合达官勋贵,共同发起留洋募捐,培养更多开眼看世界之人。"

"这个嘛……"徐知县斟酌了一会儿,说道,"再议,再议。"

他急切地希望听到自己感兴趣的话题,可是方同卿如同提线木偶一般,总是就一些鸡毛蒜皮的小事儿说个不停。听得徐知县哈欠连连,一开始还好好好地鼓掌表示认同,后面就变成了机械反应式的点头或者抬手。

时间也在这样的平铺直叙中悄然流逝,一壶茶都喝得乏了又乏,换了又换。平日里闷葫芦一样的方同卿滔滔不绝而又四平八稳地汇报着一切,让人惊讶于看似胸无点墨的人居然装下了这么多的细枝末节。

直到一句"今年金桂开得格外晚啊!"打破了这一切。徐知县和方同卿甚至都没有反应过来,这句话像是从天边飘过来直插入脑中的一样。等到二人反应过来,才发现方老太爷不知道什么时候已经出门走到了院子之中,抬头望着刚刚开花的桂花树。

等到徐知县走到身边的时候,他才笑眯眯地转过身来,说道:"时间不到、气温不到,桂花总归是不香的。想想你我当年一腔的热血,最终换来的是菜市场的人头滚落。"

这一番话说得徐知县和方同卿都面面相觑。不知道究竟是何事让方老太爷如同回到了过去的世界一般。

"方兄可知道我是谁?"徐知县大步追上去,看着回到房内坐在案前的好友。

"知道。"

"那我是谁?"

"白应啊。"方老太爷疑惑地问,"你这是怎么了?"

这一问问得徐知县既好笑又无奈,摇着头回到自己的位置上说:"你还问我?我还想问你怎么了呢!"

方老太爷笑了笑,拿起笔开始旁若无人地写起字来。徐知县喝了口茶,说道:"你这猛不丁地扯什么桂花香不香,谁知道你葫芦里卖的什么药。"

方老太爷不搭话,放下笔,仔细看了又看才把写好的字拿起来,小心地吹着上面的墨。徐知县凑上去一看,上面用行书写了一首诗。

"湘上野烟轻,芙蓉落晚晴。桂花秋一苑,凉露夜三更。"徐知县一边辨认着一边念着。猛然醒悟道:"这是谭嗣同的《桂花五律》!"

方老太爷笑着点点头，也不回答，只是念道："香满随云散，人归趁月明。时候不早了，徐兄还要赶路回县衙，不如改日再叙？"

徐知县这才发现已近傍晚，虽然他并没有得到自己想要的东西，但是已经在半天的时间里确认了方老太爷并没有发疯。他在心里盘算着，是不是那些坐井观天之人把方老太爷的诸多举动当成了不正常的行为，所以认为他疯了？在他看来，那些都是有的放矢甚至可能影响深远的举措。无论怎样这些都让徐知县百思不得其解，最终他决定依然观其言、看其行，让方家做一些无伤大雅的事情，也不会失控。

欲望

方同卿感染了风寒，原本应该由他张罗的重修魁星楼和戏台一事就落到了方同铜身上。方同铜已经被大哥去成都后堆下来的事情搅得焦头烂额，几乎想也没想就把事情扔给了儿子方定西，让他去帮忙跑跑腿、认认门。

这是方定西第一次代替父亲独当一面，眼瞅着其他同辈早就随着马队去过了云南、贵州，甚至出洋留学，自己还在家族私塾里当着个被人耻笑的"老童生"，早已愤懑不平的心此时更加蠢蠢欲动。渴望借着这次机会出人头地、一鸣惊人的想法驱动得他浑身热血沸腾，第一时间就去了方同卿的房间。

在对方不停的咳嗽和沙哑的声音中断断续续得知，大体的事务都已经安排停当。年久失修的戏台上次秋阅时短暂用过，整体结构已经无需修整，广场前的地面已经订好了石材，只等徐春风他们陆续运来。为了保证地面平整,特意安排好了铁匠打制铁钉、铁锭、铁链。

准备一展拳脚的方定西瞬间就对这个差事失去了兴趣,甚至觉得跟自己在私塾里的工作没有什么两样,本质上都是监督别人做事。为了办好这个差事,他还专门喊了十几个兄弟帮忙撑场面,现在只有硬着头皮装腔作势地走上一遭。

一行人浩浩荡荡地赶到戏台子的时候,正赶上工匠们歇稍。三三两两闲坐着的工匠们正在享受着日落前最后的余晖,对于这一帮半大小子的到来谁也没有太过在意。

方定西还没出声,跟在他身后的人就已经开始了耀武扬威:"谁是这儿管事的?"

他们其实早已经默认那个坐在中间年龄最大的人是头儿了,这话带着明知故问的意思。

那位老人却安坐如山,从他们背后传来了一个声音:"啥子事?"

众人回头的时候,那人已经站起走了过来。眼光独到地盯着方定西。

"我……我……"方定西明显有些结巴,意识到胆怯之后,他强装镇定,清了清嗓子说道,"我们想问下进度……你们……工期很紧,你们为何不抓紧赶工,反而浪费时间?"

那人一听就笑了,其他休息着的工匠也跟着笑了起来。

"我说方少爷。"那人说道,"昨日晌午东家刚来看过,对进度很满意啊。而且也不是我们不愿意赶工,这是个包干的活计,我们早干完晚干完都是那些个钱。谁愿意跟你这儿耗时间?"

"那……那更应该抓紧才是。"

那人白了方定西一眼,回道:"你是听不懂人话还是哪个?没瞅见没料了么?长了眼珠子吃干饭的?"说完那人丢下他们走了。

众人在工匠们看傻子般的目光中有些不自在,谁也不知道该走还是不该走。方定西环视了一圈,看到连自家祠堂的看门人都跑出来看他的笑话,脸上更觉得挂不住,只得轻轻地说了一声走。

走了一会儿,步入了一条小巷,才有人问要去哪儿。方定西突然想起来,出发之前叔叔让他去找伍永昌,告诉他伍奎已经去了泸州河,最近刚好有商队经过,需不需要带他回来。一想到这儿,方定西立马说道:"走,去军营!"

他们都以为方定西这是要去找人收拾那群不长眼的工匠。有几个人顺手还在地上捡起了树枝、石块,仿佛尊严就在自己手上。

但这随机捡起来的尊严,很快就会被随手抛弃。快得就像风把树枝摇下来,黄狗撒尿把地面泚出一个小坑来一样。

他们不出意外地被拦在了军营外面。看门的几个士兵端着枪,喝令他们把手里的东西放下,拉枪栓的声音彻底吓傻了他们。方定西竭尽全力地解释着自己的意图,磕磕巴巴的还没说完就被粗暴地打断了。

这些少年被极其羞辱地按在墙上,像是贴在上面的大大的X字一样。士兵们像是恶作剧一样逐一抽掉了他们的腰带,没了束缚的裤子瞬间就滑到了脚腕,露出了白嫩的大腿以及几个屁股蛋子。

羞辱完毕之后，几个士兵心满意足地喊他们滚蛋。屁滚尿流的身影再一次让他们哈哈大笑。方定西已经顾不上其他人了，只顾提着裤子一路狂奔，直到跑不动了为止。

裤腰带已经不知道跑到哪里去了，方定西只好偷了别人晾在路边的花肚兜，把绑带扯下来连在一起充当了临时腰带。越想越气不过的他决定找个撒气的对象，想了半天他去找王铁匠的麻烦，毕竟这一切都是铁匠的错：假如不是他偷懒，不能够按期供料，工匠们就不会停工。不停工他就能把监工的工作干好，说不定今天就会在工地过上愉快的一天。正是因为工匠们没有活儿干，他才不得不去捎口信，才会受此大辱。

想到这里，方定西更加坚定了要去找铁匠麻烦的心。他瞅了眼地上已经被扯烂的红肚兜，捡起来胡乱地擦了擦脸上的灰尘和头上的汗。肚兜在滑过脸庞的时候，他分明闻到了一股说不出来的香味。疑惑中他又仔细闻了闻，是一种说不出来的甜腻香味。只是一瞬间的疑惑之后，肚兜就被他扔在了地上。他又掏出随手带着的小刀，在树上刻了个"辱"字，打定主意便向江边走去。

他站在山坡上，远远地望着铁匠的破烂窝棚，看了半天都没看到有人进出，炼铁的烟囱吐着淡淡的烟，百无聊赖的样子怎么看也不像是在熔化着坚硬的铁锭。

"龟儿！果然在磨洋工！"方定西已经看得怒火冲天，瞪着眼睛死死地盯着那个破窝棚，盯得棚子仿佛在不停地抖动。他像是一个雪球一样，往下冲的过程中不断积累着心中的愤怒。

等到他快要跑到铁匠的棚子的时候，却突然听到一阵阵女人的呻吟声不断传来，那是肆意放纵的喊叫，是近乎于无意识的释放。

猫在外面的方定西听得面红耳赤，在愤怒和羞愧作用下，他捡起一块石头扔了过去。缺乏准头的石头撞在了竹子做的梁上，反弹下去落在了外面的水缸里，只盛了一半水的缸哗啦一声被砸了个大洞。巨大的声响惊得铁匠在棚子里喊道："谁？哪个砍脑壳的在外头？"

没人回应之后，那个女声说道："别停！继续！"

"猫儿迈？要得。"铁匠的声音刚落，床板又开始吱吱呀呀地响了起来。这彻底激怒了门外的少年。他着急地四处寻摸着，终于在草丛中找到一块大石头。那块大石头直挺挺地飞进了形同虚设的破门，重重地砸在了地上，发出了一声闷响。

可这并不妨碍正在忙碌的二人，他们只是抽空瞄了一眼地上的石头，连句咒骂都没有地继续着自己的事情。没有门遮掩的一黑一白两具肉体，上下翻飞得让方定西目眩。

不知过了多久，屋子里的动静终于停了下来。铁匠边系裤子边甩着头上的汗水走了出来，对着方定西张口就骂："妈卖批，看够了没得？"

污言秽语喊醒了仍愣在原地的方定西。不知道哪里来的勇气，他抓起了地上的泥巴冲着铁匠扔了过去，刚好砸中了铁匠的脸。铁匠立马开始呸呸呸地吐起来，想要把满嘴的泥沙吐干净。没等他抬头，方定西的拳头就打了过来："让你龟儿偷奸耍滑！你龟儿不好好干活！狗日的，打死你龟儿！"

都说半大小子吃死老子，有的时候半大小子也能打死老子。在气头上的方定西把今天所有的屈辱都发泄了出来，拳头像雨点一样落了下去，打得铁匠黝黑的身上都泛起了红色的印记。吃痛的铁匠只有进一步俯下身子，企图护住头部。被抱紧腰部的方定西逐渐失去了平衡，顺势坐了下去，铁匠开始企图反击，一使劲就又把他的裤子扯了下来。

慌乱的方定西正在企图抢救自己的裤子的时候，屋里的寡妇正好走了出来。她脸上泛着潮红，额头上的头发已经被汗水拧成了一缕一缕的。

她像是看着两只争夺交配权的雄性动物一样看着地上的俩人。方定西看着倚在门框上的女人——假如那也算是门框的话——她正在扎着头发，举起的双手拉开了没有系上扣子的上衣，面口袋做的肚兜压根兜不住那两团明晃晃的肉。

看着方定西愣了神，铁匠也扭过头去看。寡妇已经扎好了辫子，随手把上衣的带子一系就妖娆地走了过来。地上的两个男的忙不迭地站了起来，像是做错了事情的小孩子分列在小路边。

寡妇走过来停住了，冲着铁匠哼了一声，骂道："没用的东西！一哈就软的了。"说完她紧贴着方定西的脸闻了一下，又扫了一眼方定西鼓鼓囊囊的下面，突然伸手摸了一下，笑着说道："还有女人的香味呢！"说完转身就走了。剩下两人站在那里，看着她的屁股在夜色里扭来扭去。

方定西随后始终感觉鼻腔里被寡妇身上的皂粉味道充斥着，他做了很长很长的梦。梦到了寡妇的胸飞上了天，梦到了王铁匠的屁股。梦到了一望无际的稻田在风吹动下发出了女人的喊叫，梦到了自己在私塾里睡着了被众人围观……

接下来的几天，方定西像是被阉过的猪儿一样，老老实实地履行自己监工的工作。他不再寻求前呼后拥或者居高临下的感觉，每天还会守着炉灶煮上一大壶茶水用独轮车推过去。他像个苦行僧在修行一样地费力运送着茶水，以此来抵消脑海中混乱的春意。

放下架子的他还会爬上架子，学着给还散发着木香味的飞檐廊柱画上彩画。工匠师傅们不愿意干的研磨颜料的活儿他也乐意帮忙，把那些赭石、石青、雄黄敲碎研磨，不断过筛筛选，如此枯燥的事情他都能一干干上一天。许多学徒看了都倍感汗颜。

长期泡在工地上的方定西给看守祠堂的守门人带来了额外的福利，一开始他还会假模假样地过来跟方定西说一声，把钥匙留下就走了，后来开始大摇大摆地把钥匙挂在门上就走了。方定西从来不问他去干什么，想来多半是去喝酒或者找姘头去了。他只需要确保能在一天的活计干完之后，回到私塾洗个澡休息一下就行。

这一日像往常一样，他又回到私塾，脱光衣服正准备洗澡，就听到有人的声音。方定西以为是看门的老头回来了，并没在意。没想到那人竟然推开了门，进入了后院。方定西转身之间，已经被孙寡妇看了精光。孙寡妇并不慌张，反而像是见过千百次了一样走了过来，她靠在方定西身上，清楚地听得到方定西急促的呼吸。

"你去哪儿蹭了？怎么蹭得身上黑一块、白一块？"孙寡妇问道，"要不要蹭我？看看我是什么色的？"

从没经历过男女之事的方定西脑袋一片空白，如同听话的玩偶一样，听从着孙寡妇的摆布。孙寡妇一改对铁匠的粗暴，循循善诱地引导着年轻的野兽。只是冰冷的书桌和大敞开的门窗让方定西像在做贼一样——没有多久他就在寡妇身上败下阵来。

寡妇并不恼怒，笑着说："年轻崽崽就是夯实。"

她帮方定西洗了澡，两人各自穿好衣服。看着方定西依然时不时地望向门外，寡妇把他的头给扳了过来："看我。"她佯装生气地说道："我不好看吗？"

方定西这才第一次如此近距离地仔细看着那张脸——一张被劳碌遮盖住了美丽的脸，虽然已经开始长了眼纹，皮肤也开始松弛，但依然是精致耐看的脸。

"好……好看。"方定西害羞地低下了头。

寡妇扑哧一笑，把他的头抬了起来："那就好好看看。放心，没得事。我把外头大门锁了的。"

"你怎么有钥匙？"方定西纳闷地问道。

"要送衣服过来撒。"寡妇回答道，"看门的老家伙色得很，每次都要摸我的屁股。你说摸啥子摸？不过耶，他也懒得很。要不然我也不会恁个撒脱，每次送衣服过来自己开门就好了。不像其他人家，都要等着有女眷陪着才肯让我进去。"

看着方定西不搭话，寡妇已经猜到了他在想什么，说道："啷个？看不起我这种女人？"

"不是不是。"方定西连忙否认道。

"是也没得啥子。"寡妇笑道，"我是愿意吃，可我也是只吃我喜欢吃的。我不喜欢的门都没得。"说完她又开始念叨道："你们家的衣服用料太足了，这是不要钱的学堂？这么好的衣服也穿不出个好来，还要给他们洗。真是钱多了没处花的。"

寡妇的话在方定西听来却像是对他们家的表扬一样。他开始积极起来，帮着寡妇把洗好的衣服叠好分类。俩人开始有一搭没一搭地说着话。可是衣服太少了，没说几句就叠完了。

寡妇弯腰抱起地上的大盆，像是在自己家一样，自顾自地就往外走。方定西赶忙跑过去帮她开门，他把挡着的门闩卸下来，却没有把门拉开。寡妇心领神会，轻声说道："五天之后我还来。想了就去江边找我。我不在王铁匠那边洗衣服了，在老码头上面洄水湾。"

方定西嗯嗯地答应着，十分不舍地拉开了门。寡妇迈出去了一条腿，突然回头说："你放心，我不能生养。"说完头也不回地走了。

接下来的日子里，方定西像是卸下了所有欲望、所有防备的人，他开始急切地渴望着见面，却又总能严格地保持着自律。他的欲望释放起来总是充满了惊天动地的力量。寡妇跟他在一起的时候，二人像是相处了很久的夫妻，彼此沉默地配合着手中的事情。穿上衣服或者不穿衣服都相处得十分平静。

方定西在研磨颜料的时候，开始偷偷地藏了许多紫梗、藤黄，他把它们熔化在蜡烛里，做成五彩斑斓的样子，提前在私塾里面点燃，矿物和香料挥发到空气中，不仅令人沉醉，也会让人呼吸不畅。他们总是会在大脑缺氧、肺部迟滞的情况下疯狂，几乎同时达到无法控制的地步。只需要一脚踢倒放蜡烛的凳子，深吸几口气卖力冲刺，方定西就能充分释放心中的那头猛兽。

孙寡妇告诉他自己的故事，她说她是因为多年不能生养才被第一个丈夫卖给了一个暴眼老头子。老头子的右眼从出生就是凸出来的，像是金鱼的眼睛，一激动一发火，眼睛就会自己跳出来。有一次夜里她醒来起夜，发现老头子的眼珠子被一根像是脐带一样的东西拉着垂在外面，吓得她以为他死了。

后来老头子出去扛活，怕她跑了，就把她像狗一样地锁在炕上，留足了一个月的干粮和两个大桶。一个装满了水，一个让她屙屎屙尿。才不到一个星期她就受不了了，觉得自己快要和大便一样的臭。

可这也阻碍不了邻居老头跑来占她便宜。那个老头子比她还臭，熏得她想吐。后来有一天暴眼老头子回来了，刚好撞见，邻居老头子就把暴眼打死了，还想带着她远走高飞。她瞅准机会跑去报了官，后来邻居老头子被抓走了，死在了牢里。

孙寡妇觉得自己成为寡妇不是自己的错，被人玷污也不是自己的错。可是所有的人都唾弃她，都骂她，就连村子里扒灰的妇女都骂她，连她从门前走过都要泼脏水、骂脏话。所有人都觉得她脏，不能生养还克夫，是荡妇是霉星。她躲起来过日子都会被人砸烂了窗户、被人往院子里扔大粪。

"我是那种你扔大粪我就能捡起来存着当肥料的人。可日子不能只出不进,我在家里也没找到一个子。我以为是命不好,嫁的是个穷鬼。没想到有一天来了个女的,挎着包袱说来找暴眼。"说到这里她自己都笑了,"我被人卖了,我到最后都不知道卖给的暴眼叫什么,我就只管他叫暴眼。那个女的说是跟暴眼一起扛活的,在一起好了。暴眼说回来拿过冬的衣服就回去,结果一直没回去她才找来了。"

孙寡妇冷漠地讲着这段悲惨的经历,就像是别人的故事:"那个女的比我还老,像是个老太婆。暴眼把我锁在家里,任我被脏死、臭死、被糟蹋,却跟那样一个女的在一起。"

"我不能理解,但是我原谅他了。他已经死了。"她说道,"那个女的就赖起不走,两个人吃粮食吃得比猪儿都快,我也没有猪儿没有鸡鸭这些。很快就过不下去了。村里的人就可怜我,建议让我去卖,说我还能吃几年青春饭。这倒是让我开了窍。等到下雪的时候,我就走了。什么都没带,就空着手从雪地里走了。"

回忆到这里,她深吸了口气,说道:"我就回了一次头,当我感觉笔直走了很远的时候,我想看看我走得有多正、有多直。你知道吗?地上只有歪歪扭扭的一串脚印。后来我就来到了这里,这里没人认识我,他们知道我是寡妇。很多人占我便宜,我不在乎。但是我想明白了,我要什么我就去要,我要爽我就去爽,吃能让我爽我就吃,睡饱了能让我爽我就睡。"

说完她看了眼一直在认真倾听的方定西,说道:"你是第一个这么认真听我说话的人。别人都是完事了就完事了,连个帮我擦擦的人都没有。"

她抬起半边身子看着方定西的时候,方定西看到眼泪从她的眼睛里顺势掉了下去,掉到了洁白的奶子上。方定西没说话,凑过去舔掉了它,说道:"来,让我吃了你。"

颠鸾倒凤之间,不知日夜为何物。

方定西内心的猛兽越来越成熟,它具有敏锐的嗅觉和绝佳的躲闪力。方同铜、方同卿等人从来没觉察到它的存在。方定西小心地与它共存着,试图拿着不多的积蓄供养它。他想了很多次,最终还是尝试着给了她一些钱,她并没有拒绝,只是淡淡地问了一句:"两不相欠?"

方定西茫然地摇了摇头,他也不知道他们之间到底是什么关系。因为肉体的穿透碰撞在前,思想灵魂的纠缠反而显得像是附加。

"对,你总要成家立业。我们不可能。"寡妇笑笑,"我也只是爽一哈。"说完停了停,像是思考了一下:"不,爽两哈。"寡妇确实说到做到,她再也没去过铁匠烂棚子那边洗衣服,更再没去过铁匠的窝棚。铁匠却如同什么事情都没发生一样,一如往常地卖力干活。方定西好奇地问过,寡妇笑着说:"他们是牲口。"

"那我呢?"

"你是白白净净的牲口。"

方定西听了故作思索,趁着寡妇不备偷袭她,把她像个粽子一样捆了起来,头朝下屁股朝上的寡妇不一会儿就涨红了脸,连连喊着让他放自己下来。方定西笑着说:"牲口可听不懂人话。"

入学

与方定西相比,方定祥的日子就凄苦了许多。父亲并没有让他住进宽敞的寓所,而是另外在警察学校旁边租了一个狭窄的房子。

初次到的时候,他们在房东的带领下穿过一条又一条小巷才找到藏在市场深处的一栋小楼。一楼是个堆满了杂物的狭小过道,沿着咯吱咯吱响的古老楼梯走上去,就是一大间"五脏俱全"的寓所。

方定祥看到这一切都觉得十分新鲜,他还从来没有见到过如此小得可以把堂屋、东西偏房甚至茅厕放在一起的房子。虽然那个茅厕就只是一间放了恭桶和脸盆架的小屋。

睡觉的房间摆放了一张躺下去就陷进去的床。他惶恐地在床上张牙舞爪,大声呼喊着让老管家救救自己。

见多识广的老管家只是冷冷地看着,等到方定祥扑腾累了,才感觉到床的舒适。他快要睡过去的时候却被老管家一把薅了起来:"走了,去报到。"

"我不住这儿吗?"方定祥疑惑地问道。

"不住。你住学校。"老管家笑嘻嘻地答道,"你莫坏老子好事。"

"啥子好事?"方定祥丈二的和尚摸不着头脑,对方却一个字都不愿意再说。

一路上方定祥不停地甩出脑海中的疑问:"叔,你租的房子恁个小,啷个睡啊。我爷爷那间屋能装得下十间这个房子。"

"我不知道?"老管家反问道,"我跟你爷爷的时候还没你呢。"

"哦,对头的哈,你是老屁眼虫了。"

老管家并不生气,他边走边说道:"你以后就知道,再大的房子还是要睡得小。"

"为啥?"方定祥疑惑地问道,"那我建恁个大的房子不就浪费了么?"

"睡大了才是浪费。"老管家回答道,"屋大不聚气,梁高不藏风。你去紫禁城瞧瞧,皇上从来不住乾清宫。"

"咦?"方定祥想起了上次的恶作剧,坏笑着说道,"叔有那家伙的嘛,啷个进得去紫禁城?"

"你个龟儿!"老管家作势想要打他,高高举起手掌却迟迟没有落下,"哪个说的只有太监能进宫啊?那满朝的大臣是不是也要骟干净了才能上朝啊?"

方定祥不由得点点头。

老管家带着方定祥进了学校,此时的学校早就过了报到的时候。满校园里都是穿着新式制服的稚嫩学生。老管家虽然也是第一次来,却对这些新事物了如指掌。他指着门房说:"以后这里可以取信取物。"他又指着身边的学生说:"一会儿自己去领衣服。我现在带你去找教习,把入学手续办了。"

方定祥对这一切都是懵懂的,只懂得跟在后面看稀奇。等到他们出现在教习面前的时候,轮到后者稀奇了:"哎?门房怎么就让你们进来了?这是警务学堂!不是私塾,不收学生。二位请回。"

"少々お待ちください(请等一下)。"老管家突然说了一句日语,方定祥从来没听过,吃了一大惊。

"您?您会说日语?"对方惊讶地说道。

"不才,也曾游历过东瀛、琉球。"老管家谦虚地说道,"中国正在三千年未有之大变局,周游了周边列国之后,方才发现固守则穷,穷则必乱。"

"先生所言甚是。"对方说道,"可这里是内部选拔的警务学生,如果非要求学,鄙人在成都还有所东文学堂,来年可以一试。"

"我们是赵大人推荐来的。"说完老管家掏出了赵荣安的推荐信。

那人疑惑地展开信读了读,读罢抬头问道:"你这信莫不是仿造的?"

这一番话让老管家顿时摸不到头脑,结果将信拿来一看,立马转过头去对着方定祥就是一通怒斥:"谁让你偷拿此信涂改的?"他气得手指发抖地指着信中方定祥名字后面多出的"伍奎"二字,问道:"这么明显的改动谁看不出来啊?老子要被你气死!"

方定祥则不在乎地吐了吐舌头、做了个鬼脸。小家伙满不在乎的样子惹得教习都笑了:"看来没来的那个可能比这个更有天赋。"

"那你就先收下这个宝器,改天我再把那个送过来。"老管家迅速地回答道。

那人笑着点了点头,又摇了摇头:"只收一个,多了不允。"说完冲着方定祥招了招手:"来吧,让我看看这个赵大人亲自介绍的是什么千里马。"

等到方定祥再出来的时候，已经领了比他人还高的一堆物品。老管家就那么旁观着，等着方定祥一趟一趟地往宿舍搬。待方定祥把东西全部搬回去之后，老管家已经快要在躺椅上睡着了。

"从今儿往后就是自己混了。"老管家笑着说道，"不要再脱任何人的裤子，特别是女孩的。轻则开除，重则送官。这可是新式学校，没人护着你。"

"知道知道。"方定祥答应着，"告诉我要文明、平等、礼帽……礼帽就是我爷爷出席县衙活动戴的那个吗？那不是瓜皮帽？"

"这可不是我的领域了。"老管家不客气地拒绝了。

老管家十分轻松地耸了耸肩，转身离去，留给了方定祥一个背影。

等到他过了街，转过身来挥手告别，方定祥看着他，远远地喊着："你莫跑远了哦。"

老管家听了，笑了。欣慰地点点头。

方定祥自打进入这个学堂后，像是鱼入大海一样，很快就熟悉了各项课目，与其他早已经做过警务工作的学员间的差距也越来越小。或许是从小被家里优质养育，他比同龄人高了一头，身体壮了一圈，不报年龄完全看不出他是最小的那一个。他们需要学习总务、行政、司法。跟其他认字不多，甚至不认字的人相比，他又明显地领先了一筹。优异的成绩和表现不仅让赵荣安、教习十分满意，远在长生镇的爷爷和父亲也都倍感欣慰。

懵懂

过高的起点往往意味着被宠坏的终点。方定祥很快就把他多余的精力放到了同窗身上,他发现同宿舍的四人中,他们三人都是公子哥出身,只有申奕卿是个例外。

仿佛继承了父亲烧炭人的天赋技能,申奕卿从一开始就对制作炸药颇有研究。他对课堂上老师讲的爆炸现场推演提出过质疑,更是用仅有的日常物品进行了还原。同学们都戏称,以后巡街带着狗、带着申奕卿足矣。对此申奕卿只是笑笑了之。

这是旁人对他的看法,方定祥眼中的申奕卿却是个专情而又胆小的人。每逢没课的时候,旁人不是翻墙出去逛逛花柳巷,就是找地儿喝酒,唯独他恪守着学校的规定哪儿也不去,总是夹着一堆课本往外走。方定祥却从来不曾在校园里遇到他,直到有一天去门房取信,方定祥才发现申奕卿原来在那里靠着打零工攒钱。这让方定祥十分纳闷,毕竟这是所公办的学校,一应花费俱免,甚至贫困人员还可以申请补助。又逼仄又狭窄的门房实在不知道有什么好处,而且那里总是人来人往,还少不了要搬运大件东西。

可这在申奕卿看来,他却是十分心甘情愿。他喜欢上了在门房固定出现的宁聂里齐格。假如不跟她讲话,你是完全看不出她是个满人。她是整个学校特殊的存在:比方定祥他们还要小,却不是学员;穿着学院制服,却没有班级标识。她永远都是在宿舍和门房以及食堂之间画着三角形的路线。方定祥总是能算计着时间点,这样可以准确地看到她。当然,偶然也会看到不远处的申奕卿。

关于宁聂里齐格总是有着各式各样的传说，这是容貌带来的自我隔离。申奕卿一开始并不是为了她而去的门房，他去纯属是因为缺钱又有着大把的时间。像他这样的贫穷少年，在最想鲜衣怒马享受生活的年纪，却没有钱。

作为固定的员工，宁聂里齐格只是把他当成了取件的人。她站在巨大的柜子后面，柜子的背面对着外面，里面才能看到大小不一的格子，每个格子上贴着班级号或者办公室名字。总办、教习这样的人物还会有专属的格子，分门别类地盛放着各类信件或者物品。

申奕卿刚推门进去的时候，宁聂里齐格正在跟一只鸡斗智斗勇。那是一只少见的野鸡，尾巴上长着极长的漂亮的翎子。没有被剪短的羽毛，说明它是个飞行高手。这只野鸡还没等着众人夸完它漂亮，就已经不遑多让地反客为主，到处飞了起来。

由于它的两只爪子还绑在一起，被束缚着爪子的野鸡飞起来就像是随机丢出去的一颗炸弹，丢到哪里，哪里被炸得一片混乱。漂亮的野鸡先后打翻了桌子上的水瓶，打碎了放在柜子上的花瓶，撞翻了刚加满了油的油灯，甚至还在被人抓捕的空当里啄破了不知道哪家人送来的苞谷粉粉。

狂野的野鸡引得人们一阵阵惊呼。几个老头子在旁边马后炮一样地大呼小叫着："早就说了不能送活物！""勒里是学堂，不是鸡圈！"

申奕卿费了很大的劲儿，才从门口挤作一堆的人群中挤过去。他一直盯着头上飞着的野鸡,目光随着野鸡上下而起伏。盯了几个回合后瞅准机会才下手去抓,爪子绑在一起的鸡显然还没有学会金鸡独立或者独脚跳等高难度动作,一瞬间右翅膀就被抓在了申奕卿手中。

几乎同时,宁聂里齐格用戴着一只墨绿色镯子的纤细的手抓住了另外一只翅膀。只是略微的一对视,双方的脸便瞬间红透了。结果二人几乎同时松开了手,那只鸡正准备再次起飞的时候,二人又极其默契地同时出脚踩住了它。于是,一只野鸡,以一个十分怪异的姿势,成为了一块华丽的"地毯"。

后来那只鸡物归原主,众人散去。申奕卿沉默地帮助打扫了房间。这些都被介绍他来的人看在眼里,"孩子眼里有活儿"成了对他的初步评价。

第二天再来的时候,申奕卿没有见到宁聂里齐格。他把昨天被打碎的花瓶锔了起来,用的是打靶时留下的弹壳,他把弹壳割开剪成细条,巧妙地做出了很多东西。那些小玩意儿后来送给了宁聂里齐格,她收下了,又带走了。

没人知道他们是怎么安排的,每个人像是都只知道自己的时间,只有通过领取签字才知道上一个人是谁。这让一切距离显得又近又远。申奕卿慢慢地知道了她住在17号楼,那栋楼涂着鲜艳的红白两色,凸显着与以往时代的不同。

后来申奕卿去过那栋楼,那里的住宿条件跟自己的一样,像是摞在一起的一间间监狱。只有女性特有的细节让那栋建筑显得与众不同。申奕卿不知道她具体住在哪一间,毕竟是他先不辞而别的,等到他回来的时候,宁聂里齐格已经不在了,哪里都找不到她。

方定祥有些时候发现申奕卿会很晚才回来,申奕卿说那是因为晚上门房里总是会有马队过来。他们会带来一些满文、蒙古文写的文书或者东西,这个时候就必须要宁聂里齐格在场。每当这种时刻,申奕卿才能意识到他们之间存在的巨大差异。

作为学堂的学生,必要的侦察和推演能力显然是必备的。在仅有不到一百人的学堂里,很快彼此就知根知底了,宁聂里齐格当然也不例外。根据流传最广的传闻,她的家庭是满汉通婚,母亲下嫁给了汉人,还是没有功名爵位的汉人。家里有了弟弟之后她便不再受到重视,由此中断了她的学业。好在旗人的身份让她在学堂里有了工作,但她从来不回满城的家。她说不爱回。

申奕卿偶然间碰到过很晚才能走的情况,于是二人一起走路回宿舍。回去的路上,宁聂里齐格说:"谢谢你修好了我的花瓶。"申奕卿答非所问地说:"那个花瓶很好看。"宁聂里齐格说:"多好的一天啊,不是你在,我又是一个人。"申奕卿回道:"你瞧地上,月亮一照,你就不是一个人了。"宁聂里齐格被这话逗笑了,她说:"前面有棵树,你站在树底下就能看到一个倒着的桃子,也是月亮照的。"

等两个人走过去的时候,申奕卿笑了,说道:"这哪里是桃子,分明是个心形。"宁聂里齐格不乐意了,指着说道:"这明明是个倒着的桃子,我最认识了,我可爱吃桃子了。你说的心形是啥?"

申奕卿突然意识到自己犯了个错误,连忙道歉,解释道:

"心形就是我们心脏的样子。在胸腔左侧，它每时每刻都在跳动。"宁聂里齐格疑惑地问道："你是说我们胸膛里有个桃子？还能跳？我只知道我额娘会说我没有心，什么时候都想不起来问安……"

申奕卿一时不知道该如何解释了，他不知道怎么才能告诉眼前的女孩，解剖意义上的心和中国人说的心不是一个东西。他还没想好怎么说，宁聂里齐格自己反而释怀了："我觉得她也没有心，小舅舅结婚都忘了喊我。"

此时二人已经走到了楼下。宁聂里齐格从包里掏出来一根漂亮的雉尾，递过来说道："来，送给你。纪念那一天一起抓鸡。"看着申奕卿半天没有接茬，她继续说道："你是不是也觉得我的手是小胖手，我从小就这样。人家的手都是细溜细溜的，我的手一直都是胖乎乎的。"

"啊？没有没有。"申奕卿连忙摆手，"谢谢你。"

"不谢。"宁聂里齐格摆了摆手往回走了几步，突然回头说道，"明天我不上班，但是可以出来散步。"

一天，申奕卿上完了课就去了门房。宁聂里齐格背对着门坐着，屋里的空气出奇的冷。他坐到宁聂里齐格对面，发现她哭过，眼泪还在眼睛里转悠。

"你怎么了？"申奕卿明知故问。

宁聂里齐格白了他一眼，没有说话。申奕卿这个闷葫芦不知道从何来的智慧，居然说道："你瞧，你眼睛里本来就装着一汪水，现在更漂亮了。"

宁聂里齐格扑哧一声笑了，说道："你是第一个说我眼睛里装着一汪水的人。昨晚你干什么去了？"

"昨天……"申奕卿想了想，昨天不该他来门房，他以为她在关心自己，心中一阵窃喜，"出公差去了。"

没想到宁聂里齐格听到这里突然间就愤怒地站了起来，泪水和气愤在她的眼睛里打转，弄得申奕卿有点不知所措。

"所以是你们抓走了我堂哥？"宁聂里齐格问道。

"什么你堂哥？"申奕卿惊讶地问道。

"还在这里装！"宁聂里齐格说道，"你们说他是逆党，追了他几条街，最后把他打死了。"

"没有啊？"申奕卿十分委屈地说道，"昨天晚上我们就是去维持了秩序，在城南啊。我们没有去满城。"

"没有？"这下轮到宁聂里齐格吃惊了，"那是谁？"

"你堂哥叫什么名字？"申奕卿问道。

"苏和泰。"这下宁聂里齐格平静了许多，说道："他本来是成都将军绰哈布手下的一名领催，近些年来一直没有获得拔擢。一些革命党人就暗中想要拉拢他，可他始终都没有答应。昨晚不知道是谁骗开了他家的房门，杀了家小，等他回家后又把他追杀……"

申奕卿听了心里一紧，他想要说什么却不敢说出来。只好安慰道："放心吧，官府会破案的。"

宁聂里齐格抬起头望着他，像是看着救命稻草一样地问："会吗？他可是死在满城里的。现在满城都这么不安全了吗？"

申奕卿叹了口气，他知道他们被人利用了。他有点后悔那天晚上没有动手。

几天之后的一天，申奕卿正在宿舍看书，听到楼下女生在喊他的名字，是宁聂里齐格。他伸出头去，果然是她。等到他下到楼下，宁聂里齐格主动问道："你忙完了吗？"

"忙完了啊。"

"真的忙完了？"

"真的。"

"那我们去转转吧。"宁聂里齐格提议。

"去哪儿？"申奕卿问道。

"去满城吧，最近在摆小庙会。"

"可我是汉人，进不去。"申奕卿挠头。

"我看你是出汗的汗人。"宁聂里齐格笑道，"你忘了你是巡警？穿着制服就好了。"

申奕卿确实把这茬给忘了，从小到大，走到哪儿无论干什么，都有人会提醒他，他是个汉人，他早就忘了现在自己是巡警了。

这是申奕卿第一次进满城，平常他也听同事说过，满城里的一切都跟外面不一样，他们作为巡警进去了，也是乖乖听命当孙子的份儿。申奕卿觉得自己出来逛街穿着制服有点不太自在，街上总有人在看着他。宁聂里齐格却不在乎，她告诉申奕卿，即使像他们家这种混得差的旗人，也是从小在众人目光中长大的，早就已经习惯了。

进了满城没走多久就看到了小庙会，申奕卿有点惊讶那些汉人小贩是怎么进来的。宁聂里齐格解释道："八旗子弟不允许经商种地，那总要有人做吧，就只有让外面的商贩进来。不过有些商贩可黑了，专门高价卖给我们。"

"你们不都有奴才和仆人嘛，让他们去买不就得了？"申奕卿问道。

"他们啊？"宁聂里齐格不屑地说道，"他们屁眼更黑。多少王爷府是他们掏空的啊，皇上赏赐的东西他们最终都蚂蚁搬家搬回家了。"

申奕卿是第一次听她骂人，不禁笑了起来。

宁聂里齐格看着他无缘无故地笑了，反问道："你笑什么？"

"笑你懒驴非当千里马。"

"啥意思？"宁聂里齐格虽然没听懂，但是知道不是什么好话，"你才是驴呢！"

"没说你是驴，是说你架子大。"

"那可不。"宁聂里齐格轻松地说道，"都觉得我们过得如何如何滋润，实际上我们跟普通老百姓一样，甚至还不如。以前我外公在世，给我炒菜吃，我都能吃出蜗牛来。我额娘，每次我在家都让我做饭，可我哪里会炒菜啊。"

申奕卿突然觉得眼前的姑娘十分可爱，他们就这么一路聊着、一路看着、一路买着，全然忘记了时间的存在。不知不觉二人就走到了一个小花园，这是一个面积不大但十分精巧的花园。入门处有个亭子，连廊沿着亭子伸向湖里。湖是个八字形的小水塘，由于水质清澈，风一吹来还真有一种海的感觉。

走上桥面的时候，宁聂里齐格突然忧愁道："我跟我小姑说过，我可怕结婚了。身边很多姐妹最终都所托非人，特别是我们这种。我额娘其实也不幸福,她是被强嫁过来的。说是男的家里有钱,就是矮。她不同意,外婆就说'城门口的杆子高,你嫁给它去'。额娘没办法,只好同意了。我也怕会遇到这样的。"

申奕卿听到这个话题不知道怎么接,沉默了一会儿,问道:"那你怎么知道你不会遇到更好的?你都没开始。"

"所以我才怕。"宁聂里齐格回答道,"在一起不难,相处久了总归会看对眼。可是一直在一起就很难,想要有一个一抬眼、一说话就有人懂的人多不容易。"

她抬眼的时候,申奕卿正好看着她。他懂了,她也懂了。那一天他们不知道走了多少步,笑了多少次。宁聂里齐格高兴的时候还开玩笑地打了他,申奕卿就假装被打痛了。后来他再也没有遇到过类似的女孩,再也没有人能够再那么打他一下。

走到晚上的时候,申奕卿都走得腿都快抽筋了。宁聂里齐格最后同意了他送她回家。到家门口后,宁聂里齐格指着门口的石狮子突然问道:"你会记得我吗?"

申奕卿疑惑地看了看石狮子,又看了看她,宁聂里齐格眼睛里又开始有了泪水,他看到了,却没有看出眼泪背后的委屈和遗憾。他点了点头。宁聂里齐格从兜里掏出了一个泥娃娃,是有着两个腮红的大头娃娃。

申奕卿十分惊喜,他从来没想到她会准备礼物给自己。

宁聂里齐格低声说:"保重。"推门后重重地关上了门。申奕卿不知道的是,那扇门直到被烧毁,那个人再也没推开过。

离开

和申奕卿的忙碌与充实不同，方定祥始终找不到能够稳定消耗自己精力的事情。成都城也很快被他逛遍了。他开始想起来附近的老管家。

有一天上午还上着课，找了机会他便翻出了学堂。等到他来到老管家的公寓楼下的时候，看着楼上拉得死死的窗帘，他已经猜到老管家在做些见不得人的事情。

他猫在角落里准备守株待兔。等了大概半个时辰，楼梯上响起了当当当的脚步声。一个涂着很厚脂粉、穿着暴露的女子走了下来，走路都已经有点晃晃悠悠。

方定祥内心里抑制不住地高兴，正想逮空冲上楼去，就看见两个同样涂脂抹粉、穿着暴露，而且年龄更小的女子转了过来。"哎呀，老管家体力可以啊。"

方定祥一边感叹着，一边选择继续猫着看戏。他在那里蹲了两个时辰，先后有五个女子走上去又走下来。直到老管家拉开了窗帘，方定祥才从角落里走出来。站在楼下，他甚至明显可以看到二楼的窗户正在向外散发着热气。

穿过一波波浓烈刺鼻的劣质香粉味，方定祥几乎被熏吐，强忍着恶心打了几个喷嚏才来到楼上。老管家对他的到来显然并不意外，既不回避也不掩饰。

"你牛皮啊，半晌的工夫五个！"方定祥竖着大拇指说道。

老管家一边清理着丢得到处都是的衣服和酒瓶，一边反驳道："七个！"

"你到底是干啥的啊?"方定祥的好奇心起来了,"在我们家那么久也没见你这样啊。"

"你们全家想要成圣成仙,对于我们这些下人自然也是一视同仁,谁敢啊。"老管家揶揄道。

"你要是下人,那我们家也太有牌面了。东瀛都去过的人,洋人的生活方式也是手拿把攥。指不定还瞒着什么呢?"

"我一个普通下人,有什么好瞒的?"老总管一边系扣子一边说,"你再早点上来就能把我一眼看光了。"

"叔,我求求你了。"方定祥改变了策略,祈求道,"我是真想知道你是干什么的。"

"甭打听了。"老总管回答道,"让我带你逛逛青楼,遛遛鸟得行。我告诉你,长生镇那边的都年老色衰,跟这边的完全没法比,这边的都是吹弹可破。那小脸蛋,跟刚剥了壳的蛋一样。"

方定祥知道老总管这是在给自己下套。一旦去了或者被知道了,就会被父亲和爷爷打死。而老总管这么肆无忌惮的样子,看来也是拿他无可奈何。

老总管看方定祥半天不说话,在堆满了杂物的桌子上翻找了半天,扔给他一个罐子:"拿去喝。"说完又扔过来一个罐子。上面都码着洋字。

"这是啥?"

"磕肥,另外一个是知古辣。都是好东西。"老总管拿起一罐说,"这是磕肥,里面是粉末,一勺拿开水冲调一杯,保你一天不困。千万别晚上喝,要不然一准失眠。"

"那这个就是知古辣?"

"对。每次吃一小块，入口即化，甜得你舌头都不是自己的。"老总管又随手丢过来一个小包装，跟袋子上的画一模一样。方定祥把它打开，里面一块黑乎乎的东西，刚一打开就开始融化变软。

方定祥正在发愣的时候，老总管喊道："快放到嘴里，不然一会你的体温就把它化了。"

"这又不是施了诅咒，怎么会这么快就化？"方定祥不解地问道。

"没有诅咒。"老总管说，"我饿了，要去吃饭，你去不去？"

听到这里方定祥才发现自己已经大半天没吃东西了，连点点头。

二人走出小巷，拦了一个黄包车便向饭店出发。等到了才发现，赵荣安早已经在那里等候多时。老管家与赵荣安似是早就熟识，点了下头老管家就自己坐了下去，赵荣安都没有起身。方定祥倒是规规矩矩地行礼拜过后才入座。

"行礼挺规矩，可这逃学就不规矩了。"赵荣安笑着说道。

"他啊。"老管家没等方定祥开口就说道，"哎呀，偷跑出来，查我的岗。"

"查到了吗？"赵荣安问道。

"查到了，查到了。"老管家揶揄道，"看到了不得了的惊天大秘密，我马上要丢饭碗喽。"

"我才不是那种会背后告状的人呢！"方定祥听了气呼呼地反驳道。

"哈哈哈哈。"稚嫩又不容置疑的话逗得二人哈哈大笑。

接下来二人东拉西扯地攀谈起来。带来的好酒开了一瓶又一瓶，喝到尽兴处还给方定祥倒了一杯。

这是他第一次喝酒，还是白酒。老管家只是把酒杯轻轻放在鼻下一闻，便脱口说道这是全兴酒。赵荣安随后介绍说，这是道光年间酿造的第一炉酒，用的是薛涛井的水，因为是首次酿造，卖得并不好。后来酒一直封存，直到有人好奇打开品尝，才知道是绝品。

方定祥对于这种存世稀少的酒并没有什么概念，对于白酒的味道倒是记忆深刻。入口的清凉瞬间变成了奔涌的灼热，顺着口腔沿着食管直达胃里。这股灼热感并不会随着奔流的消失而消失，反而会蔓延，从胃里翻腾到周身，逆向向上直冲脑门。在旁人看来，方定祥龇牙咧嘴的表情像极了一只猴子。老管家趁着他张嘴的瞬间，塞进去了一块肉，让方定祥转瞬间回归了人间。

后来方定祥都不知道几点结束的，也不知道是什么时候回到的宿舍。

方定祥醉倒了之后，赵荣安隔着桌子试了一下他是否还醒着，被老管家一顿嘲笑："闷倒一头驴的量。且睡呢。"

赵荣安这才放下心来："这么多年辛苦你了，在火药桶边上待了这么久……"

他的话还没说完就被老管家打断了："也没有，都统夸张了。跟营里的兄弟们比，我过得很滋润。"

赵荣安欣慰地点点头："那就好。现在这个火药桶马上就要炸了。成都这边总督想要夺将军的权，我们不能硬碰硬。这个徐白应刚好是颗棋子。这么些年这老东西一直欺上瞒下，把几个长毛养在眼皮子底下！这雷只要炸了，我们就占了主动。"

老管家点点头表示认同，随即疑惑地问道："那为何把我调回来？更应该在长生镇早做安排才是。"

"万万不可。"赵荣安解释道，"我们动手那就必须保证万无一失，你也知道咱们满人现时的处境。现在听说这个徐白应刚好被考绩所迫，不得不剿匪，这就是他们剜自己身上的疮。我们只需要静观就好。"

看到陷入思索的老管家，赵荣安安慰道："放心，我已经秘密安排了一支新军到时候坐镇县城。等到长生镇打得差不多了，我们便可坐收渔翁之利。"

"那我呢？"老管家问道，"有什么新的安排？"

赵荣安沉吟了一下，他想了想，说道："最近革命党很猖獗，陆续暗杀了几个领催，前几天还差点暗杀了一个把总。这些日子你先去调查下，挫挫他们的锐气。"

说完给了老管家一个满城里的地址："这家，哎呀。你说巧不巧，沾着点皇亲国戚，本来是来镀金的，被革命党杀了。我们还得忍气吞声地收拾残局。这帮孙子……"

他们二人后来简单地聊了几句就散了，全然没有注意到已经被革命党人盯上了。

等到方定祥醒来的时候已经是下午。方定祥很纳闷宿舍里空落落的，胡乱吃了点东西后他出门准备去找老管家，走在路上他发觉校园里几乎是空无一人。平日里熙熙攘攘的门房也只有宁聂里齐格一个人在那里坐着看书。

等到了老总管的寓所，方定祥才发现老总管也不在了。他彻底失去了目的地，茫然地坐在楼下等了半天，除了来往叫嚷着卖皮蛋的小贩，他谁也没有等到。

回到宿舍的时候，方定祥才发现同宿舍的人们都正在脱着自己的装备，兴高采烈地交谈着。看到方定祥进来了，有人招呼道："哟，方少爷怎么着了？平日里品学兼优，怎么有差事的时候就不见人影了？"

众人发出一阵哄笑。方定祥更加困惑。他反问道："没人跟我说要出差事啊？"

"那也是。"一人走过来拍拍他的肩膀说，"我们这些个毕竟是街头上走动着的，以后还要回到街头去。您不一样，您是保举进来的，以后是稳坐衙门差使我们的。"

这一番带刺的话激怒了方定祥，他恶狠狠地骂道："放你娘的屁！老子压根不知道要出差使。"

随着大骂而去的还有他的拳脚，那人脸上瞬间挂了彩。要是没人拉着，一场血战在所难免。两拨人都在试图安抚两头愤怒的"猛兽"的时候，有人突然说了一句："申奕卿哪儿去了？"

这时众人才发现少了一个人，二人愤怒的感觉也顿时平息了下来。

"不对啊，最后集合的时候在的啊。"一人说道。

"没在没在。你记错了。"另一人反驳道。

"在的在的。我还跟他打了招呼。"有人回忆道。

"没在没在。冲进大院里我就没见着人了。"又有人反驳道。

"那他不会当逃兵了吧？"

"哪个可能！"有人大声地反驳道，"他可是面对江洋大盗都不虚火的人！"

一时间屋里的人都七嘴八舌地吵了起来，没人注意到方定祥趁机走了。他打定主意要去找老总管，当他骑在墙头准备跳出去的时候，突然又想起了什么。于是又跳了回来，快跑着直奔门房而去。宁聂里齐格还在那里，只不过在怅然若失地发着呆。确定了这一件事儿后，方定祥才出校而去。

等快到老管家门口的时候，狭窄的小巷里一个人跟他撞在了一起。那人的帽子压得很低，看不清脸，穿着一个怪模怪样的衣服。两个人迎面撞上都撞得不轻，可是对方只是说了一句"抱歉"，便头也不回地走开了。

方定祥一边揉着发痛的胸口，一边咂摸着那个声音，他突然醒悟过来，那人就是申奕卿。

声音是他，衣服是他们的制服，只不过反过来穿了而已。

那人已经消失在了夜幕中，方定祥只有加快步伐去找老管家。老管家已经躺在了床上，突然点亮的蜡烛把他吓了一跳："你龟儿走路没声音的？恁个旧的木楼梯都防不住你啊？"

方定祥笑嘻嘻地摆好烛台，亲热地坐在床边，笑着说："老管家今天又搞到着了撒？搞了几个吗？累不累吗，让我来给你按一下撒。"

方定祥已经猜到了老管家肯定背着自己也参加了学堂的差事，他按照课堂上所学的，专找打架搏斗的时候可能受伤的地方下重手去按，按得老管家一阵嚎叫，果然不一会儿就求饶了："行了行了，莫按老，莫按老。再按要遭你按残废老！"

"哎呀，这才哪儿到哪儿嘛。"方定祥不依不饶的，用了更大的力气按住像一条鱼一样在床上反抗的老管家。

"莫闹老,莫闹老。"老管家彻底受不了了,他缩成一团说:"老子伤倒没得啥子事,要遭你整出事儿。"

方定祥这才放开了手。看着老管家慢慢地起身,脱掉睡衣,露出了青一块紫一块的伤:"狗日的,还挺能扳,老子追出去三条街才追上。扭打了三十多个回合。这么多年还是头一回。"

说完他递给方定祥一瓶红花油,把辫子一盘,让方定祥给自己揉搓伤口。

"抓谁?"

"一个逆党。"老管家回答道。

"那你啷个不喊我耶?"方定祥有点生气,手上的力度就大了一点,疼得老管家哎哟哎哟的。

"你?"老管家没好气地说,"醉得像条死狗一样,叫你还要分心照顾你。何必。"

"那你那天就不该劝我喝撒,晓得我喝不得。"

"是你自己非要喝的。"老管家哭笑不得地说道,"喝醉了还在那里挨个喊人名,哎哟,我都想假装不认识你。"

方定祥被说得有点不好意思,脸上红一块白一块的。他说道:"那你不喊我,现在同学们都去了,就我自己没去,功劳苦劳都没得。"

"哼。有啥子好争的吗?"老管家说道,"他们也就是帮忙施展障眼法,要抓的人根本就不在他们那边。"

"是吗?"方定祥一听就来劲了,蹲下来求老总管讲一讲。老总管指了指背,示意他继续,慢慢地说道,"也没啥好说的，就是几个所谓的皇族。其实跟皇帝那支离了十万八千里，要不怎么被发配到成都来了呢。"

"皇族里还有逆党？"

"怎么不会？可别以为龙生龙，凤生凤。有时候也净生些乌龟软蛋。"老管家回答道，"正是因为觉得天高皇帝远，自己又是爱新觉罗家的血脉，想拉拢一帮人克继大统。"

这番话把方定祥吓了一跳，并且对老管家的身份更加好奇："那您到底是谁？"

"你们家的下人啊。"老管家问道。

"我要信！"方定祥喊道，"一个管家能跟赵大人推杯换盏，日御七女还能抓皇族的逆党。我从那天吃饭就怀疑了！"说到这儿方定祥突然想起了什么，反问道，"那你来我家……"

听着红花油瓶子落地的声音，老管家转过身看着惊恐的方定祥说道，"没事儿。就是方老太爷不肯参与咨议局那时候的事儿。"

虽然老管家是轻描淡写地说的，可是方定祥知道事情不是这么简单。老管家从他记事儿开始就在他们家了，而朝廷的立宪改革不过是这几年的事儿。

他越来越觉得眼前这个人并不是简单的放纵声色而已，一想到从小到大自己可能是被此人监视着长大的，方定祥就觉得脊背发凉。他想起了小时候，每当过年，老管家总会陪着他去自贡看灯会，买盐巴和牛肉干……这些都是非常昂贵的物件，老管家买起来从来不心疼，而且从来没有回来找他父亲报账。平时父亲忙、母亲不得闲的时候，也是老管家陪着他玩耍。有一次盛夏，他去江里游泳，游到一半腿抽筋了，眼瞅着就要沉入江里了，是老管家奋不顾身把他救了上来。

一想到这些，方定祥更觉得可怖：这个人如果想要害他们全家，几乎是分分钟的事情，甚至可以做到不留痕迹无人知晓。他却并没有这么做。而且他还有着官府的关系、背景，甚至可能他自己就是官府的人。饶是在警察学校待了这么久，方定祥还是猜不透老管家到底是谁，又意欲何为了。

"怎么了？"老管家觉察到了不对，转而安慰他说，"你安心，老太爷都能放心把你托付给我，你还担心什么？这么多年，假如我想对方家不利，还需要等到现在？"

方定祥突然一个转念，难道那个神秘的申奕卿是来监视自己的？于是问道："申奕卿是你派的？"

老管家一时没听懂，他不知道方定祥刚才看到了申奕卿。他含混地回答道，"你们学堂派的，我又指挥不动你们。我是另一条线的。"

那天直到很晚，方定祥都没问出老管家到底是哪条线的。这让他日后后悔自责了很久。

方定祥回到宿舍后，发现申奕卿已经回去睡了。他心事重重地躺下，想了许久都无法入睡，就一直挨到天亮，等到众人都起床出去了，才起来开始给家里写信。他盘算了一晚上，觉得无论如何都要跟家里说一下老管家的事情，他急切地想要知道爷爷对此事的看法。

几天后，申奕卿又被抽去出公差，这次方定祥也在。他们俩隔着一个街口维持秩序。与以往不同，这次给他们配发了一支长枪,是美利坚的春田 M1861 型步枪。接到枪的时候,方定祥觉得十分亲切,他随口跟同学吹嘘说,这枪他们家之前有很多,是标准的前装膛线枪。听到的同学都觉得他是在吹牛。

申奕卿总是认为,维持秩序是最无聊的公差,没有之一。他以前就老干这个。之所以无聊,是因为这活儿没法儿捞油水。每次要么是押送重刑犯,要么是给达官显贵开路。这哪一个都是没办法开口要钱的主儿,除非你走了狗屎运,达官显贵给你点赏钱,不然这活儿就是累死累活还费力不讨好。

方定祥是第一次出这种差,只站了一会儿就受不了了。刚好值守的路口有个早点摊,他索性就坐了下来,活生生地把一个早点摊坐到了中午。

申奕卿一直把枪带绷得很紧,导致整把枪笔直地贴在背上。他值守的路口刚好有一辆运粪水的车经过,不仅臭味熏天,还弄得整个街上都是洒落的粪水。浓烈的臭味让过路的人都掩着口鼻,其他几个路口的同学们也受不了了开始躲避。有一个人点起了一根烟骂骂咧咧地走了过来:"日你妈哟,老子出趟公差回去还要洗皮鞋。好划屎不着。"

看到依然站得笔直的申奕卿,他递过来一支烟,说道:"没得啥子得,就是回京的车队。也不晓得为啥子搞得恁个隆重。"

申奕卿接过烟,可他并没有火。看着他拿着烟不抽,对方立即明白了,把嘴里的烟凑过来让他借火。几乎就在借火的时候,一列车队从另外一个路上转了过来,刚巧在两个人的路口又转进了另一个路口。

马车的窗帘半掩着，背对着路的申奕卿并没有看到惊喜又惊讶的宁聂里齐格。宁聂里齐格想要喊他又忍住了，她就这么扒着车窗一直看着，直到消失。

给申奕卿烟的伙计注意到了她，开玩笑地说："还有这么好看的妞儿不愿意走的呢！"引得申奕卿好奇地回头，可他只看到了转弯的马车。

等到申奕卿出完公差回到学校的时候，宁聂里齐格并没在门房里。他已经好几天没有见到她了。他想了想还是决定去找她，他一路走着、一路买着她喜欢的各式小玩意，等他走到的时候，天都快黑了。他找到了门口的那对石狮子，犹豫了半天开始敲门，可他敲了半天都没人应门，敲得邻近的人都开门来看。

终于有个人伸头问他找谁。得到回答后，那人没好气地说："别敲了。人都走了。"

"去哪儿啦？"申奕卿震惊地问道。

"谁知道去哪儿了？反正没好果子吃。"那人说完就砰的一声重重地关了门，生怕被牵连一样。

申奕卿手里拿的兔图案的糖画一下子就掉在了地上，他突然明白了那天她为什么会跟自己告别。他开始狂奔起来，向着城门的方向。他知道为时已晚，城门早就关了。可他还是想看看她到底去了哪里。

他最终什么也没有得到。

接下来的日子里，申奕卿依然行走在门房、17号楼、食堂、宿舍之间，他开始跑步，一圈一圈地跑，像是犯了病一样。他也慢慢地通过各种手段打听到了宁聂里齐格的去向,甚至不惜去黑市上买消息。当他得知出公差那天就是宁聂里齐格一家被押送京城那天的时候,他把愤怒锁定在了方家老管家身上。

方定祥并不知道这一切,他早已经对申奕卿失去了观察的兴趣。他认定申奕卿是老管家派来监视自己的,他甚至忽略了申奕卿开始从实验室里一点一点地往宿舍拿材料。

爆炸

时间过得飞快,很快就到了学期结束的时候,方定祥也很久没再去过老管家那里。写给家里的信也一直没有得到回信,他期待的父亲能来看望自己也从未发生。

这一天他百无聊赖地还是想去看看老管家。在快要到老管家寓所的时候,突然间听到了巨大爆炸声。声音很闷,震得人耳膜疼。随后是家具物品爆裂的声音。凭借直觉,方定祥猜是老管家出了事儿。他迅速地跑着,但是巷子里突然涌入了逃命的人,他们都在拼命地寻找生路,与众人异向的方定祥根本无法动弹,只坚持了一会儿就被裹挟上了逃命之路。混乱之中他躲进了一个凹进去的墙角,才得以躲过汹涌的人流。

等到他赶到的时候,整个寓所的二楼已经被炸通了,吱吱作响的楼梯这次不响了,已经变得像是木炭一样一踩就碎。他赶在巡警到来之前翻了上去,看到的是糊在屋顶上的碎肉和嵌入木板的骨头。只是粗略一看,就可以知道爆炸是发生在床底下的。松软的大床已经被炸出了个大洞,大洞的旁边散落着人的四肢。方定祥不知道该庆幸还是悲哀。庆幸的是，这个可能威胁到自己甚至全家的人死了，而且他死的时候还是在享乐的。悲哀的是，老管家死无全尸，还搭上了一个无辜的女子。

方定祥收集了一些爆炸的粉末，用纸包好就走了，他没什么好悲痛的，纵使这半个亲人死于非命。

跟随老管家一同消失的还有申奕卿。这个勤奋、刻苦、自律的好巡警就此消失了。这也让方定祥收集的粉末失去了意义。巡警局甚至都没做啥像样的勘查就发布了针对他的通缉令，上面写着他是会做炸弹的极其危险的革命党。

赵荣安找了个机会来学堂授课，课后找到方定祥谈了谈，看似是安慰伤心的后辈。方定祥也并不客气，单刀直入地问道："他到底是谁？"

"一个朋友。"赵荣安回答道，"多年的老友。"

"你为什么把他派到我们家来监视我们？"

"不是监视你们家。"赵荣安解释道，"我们会监视任何有危险的人。"

"危险？"方定祥觉得好笑，"我们家的危险值得你们用几十年安排一个人来监视吗？"

"问得好。"赵荣安说道，"危险不分大小，没有内外，无涉群体。都是危险，要不然让他们自己消失，要不然我们帮他们。"

"你还没回答我，为什么我们家危险。"

"定祥。"赵荣安说道，"我已经跟你说得够多了。我曾经也是相信人能改变的。我循循善诱、谆谆教导，但懂不起，那就必须除掉。"

"所以他就是那把刀?"方定祥问。

"你也看到了,你的同学。朝夕相处,几天前还在出公差,转眼间就暴露了凶残的一面,把我们的人炸得灰飞烟灭。"赵荣安劝道,"他们不光敢炸我们,还敢炸立宪大臣,以后就敢炸摄政王、炸皇帝!"

"这些跟我们方家无关。"方定祥说道。

"希望无关。"赵荣安结束了谈话,不忘叮嘱道,"好自为之。"

几天之后,方定祥终于收到了方老太爷的回信,上面只有四个字:无碍,放心。正如爷爷所说,现在是完全无碍,也值得放心。因为那个人死了,带着所有的秘密死了,就留下了一只右手。

方老太爷第一时间就看到了方定祥的信。信中方定祥把诸多事宜都放得很大,大有方家危在旦夕之感。可在方老太爷看来,是时候开始自己的大戏了。

凌烟阁寺马上要改成斗市的消息早就传得尽人皆知了,很多家庭都开始囤积物品,准备买卖获利。连平日里给别人扛活的长工短工都开始力所能及地制作一些食品、手工品准备买卖。方家的磨坊、染坊因此多了许多生意,平日里干三休五、不咸不淡的营生居然开始兴旺发达,开始大排长龙。

全镇乃至全县的热闹并没有影响到寺里的僧人。实际上近几年只剩了三个和尚,大和尚更是已经年过半百。都说之前还有个更老的和尚,但是没人知道他是圆寂了还是云游去了。虽然凌烟阁寺对外开放,但是很少有人去过后面的禅房,对于众人而言,那是个神秘莫测的所在。

方老太爷会固定地前往烧字纸，那个炉子似乎专为他所设。也没有人会去管他或者跟他说话。他总是自来自走，只是烧字纸的时候会念念有词。有的人说也看到过他在字纸炉前烧纸钱，可那都是传言，没人真的看到过。

这一天方老太爷又出现在了凌烟阁寺。他抱来了一大堆的书画卷轴，还随身带了一把小斧子，想来是怕卷轴的木头太难烧。他气喘吁吁地把东西放在字纸炉旁就开始点火，可是他带的火镰好像受了潮，好久也打不燃。眼瞅着夜越来越冷，空旷的寺庙显得格外阴森。方老太爷放弃了努力，把所有的东西丢在一旁不管，自顾自地向后院柴房走去。

穿过正大殿金碧辉煌的佛像，后面就是拾级而上的台阶。方老太爷费力地爬上去就来到了后院，偌大的后院也只有一间禅房亮着灯。方老太爷走上前去，还没敲门，门就开了。大和尚堵在门口："你身上有外家邪气，不可入我佛门清净地。"

方老太爷并不理会，强行推开大和尚道："你早就犯了杀贪淫妄等清规戒律，还管得着外家邪气？"

大和尚无奈地摇摇头，问道："你要的一切我都已经给你了，你为何还要苦苦相逼？"

这下轮到方老太爷生气了，反问道："是谁苦苦相逼？这么多年大家都相安无事，为何此时你们又要作乱？"

"是我们要作乱吗？"大和尚厉声说道："当年我们被清军追杀，你们组织乡勇把我们差点赶尽杀绝，逼我们在山洞里无食无水。最后是我愿意拿翼王殿下藏起来的财宝才换来暂时的苟且。随后你跟徐白应骗我削发为僧,说什么会给我们度牒文件,让我们云游挂单。可这之后呢?一困就是几十年!"

方老太爷一听软化了态度,规劝道:"都已经过去二三十年了,就不要再痴心妄想了。"可能自知理亏,方老太爷补充道,"当时是我们贪了你们的财宝。但是你们也不厚道,没有告诉我们你们还有其他同伙!前段时间一战,你们差点袭击了县城!还折损了不少人马。"看到大和尚若有所思,方老太爷决定再添一把火:"更何况现在新军、团练越练越多,早晚会把你们全部剿灭。就算不剿灭,困也会把你们困死。"

"你都说了左右都是死,我们为何不拼尽全力而为?"大和尚索性直接挑明了说:"反正现在钱财都已经没有了,你们又设计坑骗了我们的弟兄。现在不趁着我们还能动一动,以后还能怎样?岂不是继续任你们宰割?"

"你?"方老太爷被气得不知道说什么好,转念一想,说道:"来,我们还是下一盘棋吧。"

大和尚一听,默默地点点头,转身去取棋。方老太爷在后面喊道:"再拿点斋饭过来,爬你们那个梯坎把我给爬饿了。饿惨了。"

简单吃了碗斋饭,方老太爷开始跟大和尚下棋。方老太爷起手就下了个随手,特别随意。大和尚则显得忧心忡忡,稳扎稳打。

"你最近棋风收敛不少。"方老太爷说道。

"可你一见面就劈头盖脸地说我最近冒失。"大和尚吐槽道。

"一码归一码。"方老太爷说道,"有些事儿急不得。"

大和尚听出来话里有话,下了一子,问道:"何事儿急不得?"

"很多事。"方老太爷并不明说。他又下了一手,却被大和尚叫住了:"入界宜缓!"

方老太爷看了一眼,笑了,听从了他的建议,改下了另一手。

两位老朋友开始无比专注地下棋,仿佛刚才、以前的事情都没有发生过。静静的夜里,深邃的禅寺,二人像是一体入定修禅的人一样,专于棋艺、精于修心。你来我往之间互相都有输赢,但是气势上的你增我衰已经十分明显。方老太爷逐渐占了上风,他稳健的性格与大和尚的急躁形成鲜明对比。倘若不是大和尚穿着禅衣,方老太爷倒更像是个得道高僧。

眼见着败局已定,大和尚下了一着寻投场,故意下出撞南墙的招式自杀,以杀敌一千自损五百的态度承认了自己的失败。

"有点口渴。"方老太爷赢了却并不开心。

大和尚也不多话,起身为他倒水。倒水的时候揶揄道:"你为什么每次都不怕我会派人杀害你?"

方老太爷笑了,回答道:"有什么好怕的。你把钱给了我,我就不怕你了。你杀了我,你的钱也回不来了。你的钱已经成为我的钱,我的钱自然会让别人去找你麻烦。后来你又杀了自己的师父,我就更不怕你了,因为这个世界上只有我给你证明他不是你杀的,也只有我能证明是你杀的。"

"哈哈哈。"大和尚笑了,"你这里面有破绽。既然钱给你了就不打算要回来了,为何不敢杀你?既然我杀了师父,你是唯一知情的,我更应该杀你灭口。"

"事实上你没杀我。"方老太爷用事实证明了自己的判断是正确的:"我几乎每个月都独自来烧字纸,我家里也没有武功高强的护院,你们想杀随时都可以杀。你们还能去告发我,说我给匪徒买枪运枪,借刀杀人甚至都不会脏了你们的手。"

大和尚此刻无话可说,他知道自己早就被死死拿捏在了方老太爷手里。

"那你还不知足,还来干什么?"他问道。

"我想让你们不要再想着复国了。"方老太爷说道。

"这万万不可能!"大和尚立即拒绝了他,"当年翼王石达开为了保护我们才甘愿投降,清廷却背信弃义。翼王就义的时候,我就混在人群中,整整割了一千多刀!当时我就说此仇不报非君子。"

"那跟你们太平军复国没有关系啊。"方老太爷劝道,"你们该杀的仇人不一个一个地追杀了吗?可以了。"

"大仇得报才更要努力恢复太平天国。"大和尚说道,"现在清廷内忧外患,正是再度举兵起事的时候,我们不能坐失良机。"

"哎呀,你怎么还不明白。"方老太爷苦劝道,"那个时代已经结束了,现在已经不同往昔了。"

"我知道,你是怕我们事败之后会连累你。你放心。你从我这儿拿走的钱以及帮我们运枪运弹,没有其他人知道。"大和尚说道。

方老太爷叹了口气说道:"怎么你师父和我这么多年就是改变不了你呢?"

"哼哼哼。纵使你能放过我,师父在天之灵放过我,徐白应会放过吗?"大和尚说道,"他之前跟你一起需要我的钱,现在需要的是我的头。另外,我不是不想杀你,是怕你身边的孙管家。"

"他死了。"方老太爷悲伤地说。

"什么?"大和尚不相信自己的耳朵,问道,"你说什么?"

"他被革命党人炸死了。"方老太爷说,"在成都。"

"他不是已经成官府的人了么?"大和尚质问道,"你为什么要让他去干这么危险的事情?"

"这不是我安排的。"方老太爷说,"他一直是被安排来监视我的,这次回成都我怎么知道他被安排去监视逆党。"

"他可是我弟弟。我就这么一个弟弟。"大和尚愤怒地喊道。

"我知道。可不就是你的弟弟也在监视你我吗?"方老太爷反问道,"他为何会心甘情愿地监视你我?嗯?你没有想过吗?他是心甘情愿去做人质,他是在用性命担保你不会反,我也不会帮你反!"

看着陷入愤怒与沉思的大和尚,方老太爷语气缓和下来说道:"现在革命党暗杀了他,那你是不是要去找革命党报仇?革命党不就是反清的吗?你们要自相残杀?所以啊,放下吧。没必要了。"

呆愣了许久,大和尚才哭了出来,他哭得像个泪人一样,旁若无人地哭诉着:"我这个弟弟,他从一开始就跟旁人不一样。我在家种地，他就看天看星星。我问他看天看星星能吃饱吗？他说不能吃饱，但能把心装满。后来我们家破人亡，就剩了我们两兄弟，快饿死的时候投了军。我打仗粗，莽撞。他细，精明。多少次都是他救的我。当年若是没有他，我早就稀里糊涂地在天京被乱刀砍死了。出了天京城，他说他累了，要去看天看星星了，去看看外国的天、外国的星。我同意了，他给我的书信里都是些新词，他也是个革命党啊！他怎么就能被革命党给杀了呢！他怎么就不能跟我见一面再去成都呢？这些年我们俩隔着几堵墙，都没见过几面啊……"

方老太爷知道此时再去说什么都是多余的，他默默地听着，也想起了老管家的一些事情，他觉得最该守着方定祥长大的，应该就是孙铁胄。没了孙铁胄，说不定方定祥这孩子就长歪了。

等到大和尚开始抽泣了，方老太爷才说道："人已经死了，就不能再死更多的人了。你师父不是常说嘛，白马驮经事已空，断碑残刹见遗踪。"

大和尚无力地摇摇头，眼神无光地说道："不在乎了，不重要了。"

方老太爷以为他已经听懂并接受了自己的建议，高兴地接话说："这就对喽。日子还得继续，过好自己的日子才是对往生者最好的交代。"

"已经没有什么好留恋的了。"大和尚说到这儿像是再一次振作了一样，说道，"除夕一到，更新岁始端！"

"什么？"方老太爷听了心中一惊，"你说什么？"

"我们已经约定了年关就要攻取城池，庆贺新年。"大和尚道："纵使昙花一现，也要开放。花开之后，君自闻之。"

这基本上跟方老太爷的猜测差不多，他在来之前已经做好了无功而返的准备，只不过这个时间还是太早了，超乎他的意料。

"许多年前，你们曾经攻占过城镇过年，但是很快就被打败了。"方老太爷说道，"现在还要这么执着么？要知道很多年都没再听说过你们了。"

"没听说过不代表我们就死了！"大和尚说道，"现在我们奉的是天王遗志。你们以为攻下了天京、杀了幼天王就让我们没有可以尊奉的对象了么？就算挫骨扬灰了，我们也不能被夺志。"

"好吧。"方老太爷知道这么多年的禅修并没有改变什么，固执的人依然会固执，就像不那么聪明的人总是认为自己聪明绝顶一样。"我只是求你两件事。"

看对方没有接话，方老太爷自顾自地说道，"一是设立斗市之事，不要拒绝。二是我摆大戏，不要闹场。"

大和尚点了点头，回答道，"斗市的事情我自然不会拒绝，掺沙子一定要有沙子，不然白净的地面岂不惹人疑？只是摆大戏这事儿，为何摆大戏？"

方老太爷叹了口气，说道，"这些年来我咎由自取，原本以为上书就能救国，失败了回到乡里遇到了你，以为经商可以安享一生。没想到现在这官府、你们、革命党、咨议局都把我当成是香饽饽。八面玲珑都没办法处处周全，还得罪了无数人。我也知道，劝你、劝别人都是劝不动的。涉及安身立命了，谁愿意让你啊。"

顿了顿，方老太爷说道："既然总归要破，那不如我来主动戳破。反正我老板凳一个，死了就死了。但我不能让事情一团糟下去。"

"那就……唱戏？"大和尚十分不明白方老太爷的逻辑，他觉得动刀动枪甚至用钱都不能搞定的事儿，唱戏就管用吗？这与痴人说梦、与虎谋皮何异？

可是方老太爷却斩钉截铁地说："对，唱戏。"

就这简短的唱戏两个字，属实把方家兄弟几个折腾得不轻。戏台子的事情暂时不用操心了，可是请哪些戏班来唱戏就成了难题。方老太爷是会完全放手让三兄弟做主的人，但也会随时问一下情况。这就导致了经常敲定了的事情却翻了烧饼。

方同海之前打算请一个戏班子从头唱到尾，但是老爷子说不行，必须连唱七天。这就导致整个支出大幅增长。等到他好不容易精打细算把一切搞定，徐知县又来明里暗里要求不准搞，理由是怕闲杂人等借机闹事。最终妥协的结果就是又变成了只唱一天。但是很多戏班子都已经付了订金，甚至都有戏班子在赶来的路上了。

这就导致一天的戏必须唱成流水席，也就是一个戏班只能唱一台，甚至一出折子戏。这就让沟通解释工作成倍增长。更让他们没想到的是，因为改动，原本戏台后面的空间就不够用了，容不下多个戏班同时穿行头、备场、出场。于是，不得不临时把祠堂改成了候场用的场地。只是这一安排改动没有人跟方定西讲。

方定西与寡妇的如胶似漆已经到了他会趁着夜深人静翻墙到寡妇家温存的地步,他甚至会待到第二天,两个人一起生火、造饭。

他对于寡妇的情感日渐复杂,一方面是当作爱人一样看待,另一方面他又总觉得寡妇身上有着一股奶味。寡妇总是调侃他鼻子出了问题,说她从来没生产过,怎么会有奶的味道。

除了方老太爷频繁的改动以及由此衍生出来的问题,方家三兄弟还要时不时地应付宋师爷的盘问,宋师爷虽然不会提出任何改动建议,但是总要花些时间来陪同。

其实宋师爷是为了城防工程而来,他十分积极地督促着工匠们,用方家买来的石头把缺了口的城墙一点一点地补了起来。这导致城墙颜色很诡异,新的城墙一看就是补出来的,那一大片白色实在是太过显眼。

宋师爷还亲自指挥调整了军营布局,他认为按照长生镇的地形,敌人来攻打的时候很容易就能把炮弹打到军营里去,这样会导致士兵惊恐乃至哗变。

可是他的这一调整,却是把"送死鬼"们的床铺移到了原来的茅厕上面。本来已经快要满得溢出来的粪坑也只是简单地处理了一下,就成了新的睡觉的地方。"死耗子"整天都会在身上闻来闻去的,他觉得浑身一股屎味。"四脚蛇"调侃他,说他比屎不知道臭了多少倍,还有股死耗子味,也不知道在闻啥。

"麻汤圆"则在床脚画了根线,他觉得这床早晚会陷到屎尿里去,画根线好预测,到时候了好跑。他们都十分期待着除夕的到来，因为过了年，他们可能就会被编入新军，他们中已经有人准备到时候砍掉手指也要摆脱当兵的命运。毕竟听人说新军的饷银不仅少还不按时发，而他们中很多人攒下的钱已经够回乡买地，甚至娶媳妇的了。

"死耗子"准备娶个大屁股生过娃儿的，这样好生养。"麻汤圆"想要找个地方出家，他听说有些寺庙只要出一开始的钱，后面就不用出了，剩下的钱他打算搞一个好一点的棺木。旁人都开他玩笑说，其实可以就近去凌烟阁寺出家，人少地方大。他说："不得行，那里看起来有股黑烟，不吉利。而且凌烟阁寺不做法事，不超度人哪个得钱耶？没得钱钱最终还是要找我腰包头的钱，我不得干。"

他们都设想得很好，都有值得期盼的事情。在时代的浪潮里，却翻不起任何值得注意的浪花。

第九章

泸州河斗戏

搅局

伍奎没出过远门,他不知道坐马车和坐牛车的区别。他只知道一开始他们坐的是马车,走得很快,之后他们在路上换成了牛车。后来伍奎才清楚其中的缘由。对于六正班这种四处跑的戏班而言,没有戏唱就是没有收入,没有收入就必须考虑开源节流。那么把马换成牛自然也就顺理成章。

牛车慢悠悠地往前走,这让伍奎备受煎熬。那个时候他正在长身体,火三娘说他是正在抽条,浑身上下也就屁股剩下了点肉,只是那点肉也起不了什么作用。坐得久了屁股也硌得生疼,就只有换成蹲着、趴着、躺着等诸多姿势。"烧白"说他是屁股上长了火疖子,坐不住,喊他以后多吃点烧白。

听到这句话,伍奎就咽口水,他想起了在军营里吃烧白的时候,傅军奇叔叔总会给他留下一大盆的烧白。现在吃烧白,等于是在白日做梦。

没戏唱的日子里,只有二双还在坚持练功,他会坐在车尾,两只脚耷拉着,双手撑着,唱着"梦里相逢梦里别,柔情缱绻呼阿亮,悲歌慷慨送相爷……",或者唱着"怕只怕烈烈北风冷,慢慢秋夜长。权衡再三决心下,落叶归根回故乡"。

这一下子在五丈原、一下子在西域吐蕃,左一回阿丑忆诸葛、右一回文成悼松赞,倒也别有一番韵味与思绪。慢慢地,伍奎能从变换不断的戏文中体会到川剧的奥秘,方寸之间演绎人生百态，三五个人就演出千军万马的神奇让人着迷。

颇受吸引的伍奎私底下也试着学唱，可惜他并无童子功，也不是科班出身，更没有过人的天赋，不是唱成了破锣嗓就是公鸭嗓。唱歌这种事有些时候是自己听不出来难听，但是别人一听便知的。

老大在偶然听了伍奎学唱之后，便私底下跟火三娘说伍奎不是那块料。火三娘听出来老大这是想像甩掉那匹马一样甩掉伍奎。可是她是当过妈的人，本来就是看到深夜里的伍奎孤苦伶仃，觉得可怜才收留的他。两人私底下较量了好一番。

她索性跟老大打了个赌：三个月为期，如果伍奎有用，那伍奎也跟他们一样算干股分红；如果无用，那么火三娘拿自己的钱养活他。老大愉快地接受了，这毕竟是个看起来稳赚不赔的赌局，横竖自己都能甩掉一个包袱。而且伍奎的天赋，别说三个月，三十年可能都学不会唱戏。

火三娘一路上疼爱地照顾着伍奎，像是照顾自己的亲生儿子一样。一会儿怕他睡熟了磕在硬邦邦的车子上；一会儿又怕他睡热了给他扇扇风；一会儿又似乎看到了飞来飞去的蚊虫，要给他驱赶一下。看得驾车的老大都笑了："三娘，你这是想雷晚彤了吧？"

三娘是个不服输的女人，纵使被老大一句话点到了心坎上，她也不会轻易承认："乱说！我呀，就是看这孩子可怜，才视同己出当女儿般照看。"

"哼。"老大不解地回道，"要我说，当年你把晚彤丢给宝庆班才是可怜。才多大的娃娃啊？我就不信跟着我们不一样么?"

"你这些大老爷们不懂。"火三娘说道,"我是从小学戏苦出来的,知道学真本事就只能下童子功、下苦功。你要让我带着晚彤,我可下不去那手!"

老大听了认同地点了点头:"这话在理。手心手背都是肉,还真下不去手。你要动真格的吧,娃儿大了还要怪你不讲情面。哎,做父母难!"

"不带在身边,顶多以后怪我经佑得少。至少本事长自己身上了!"

"也难说。"老大说道,"你瞧瞧这个半路捡来的娃儿。你以后怕是教不出来喽!"

"走一步算一步吧。"火三娘叹了口气,"这么些年不都这么过来了么?"

"是啊。"老大回道,"不容易。"

两人都沉默了半天,老大才说道:"你更不容易。当年你要是不出来,现在怕早就红透成都府了!"

火三娘佯装生气地打了老大一下:"都说了不提那些了,怎么还提?"

"哎呀哎呀,莫打莫打。这不是好奇嘛。"老大一边躲一边说道:"一说到这里就像要杀了你一样,有怎个恼火吗?"

接下来二人都没再说话,他们不知道那位半路捡来的雷晚彤会跟他们的命运发生怎样的纠缠。

伍奎还在颠簸的牛车上逐渐体会到了火三娘的作用和影响力。他并不知道老大和火三娘的赌局,火三娘也并没有任何对待他与其他人的区别。她只是分配跟他年龄和能力对等的事务，同时监督其他人不能偷奸耍滑。

她十分成功地把七个人凝聚在了一辆牛车上，在如此狭小的空间里，他们有摩擦但始终同舟共济："烧白"制作和修复行头是一绝，他甚至可以用染了色的鸡毛替代点翠来修补凤钗。他说不能细看，也不能揉搓，只能顶几次事儿。可就是顶这几次事儿能省下不少的钱。

唱生角的"眼镜"虽然戴着眼镜，但却身手敏捷，还会打铁。据说他曾经试过拿着真家伙上台演习，耍花枪的时候差点把搭戏的人吓死。别个说真家伙要是蹭到肉上那就场面了。那场戏看得台下的观众热血沸腾，连连叫好。可是再也没有第二个人敢去搭戏了。

"二双"是他们中间最会缝衣服的，比火三娘一个女人绣的都好，老大说成都一个西洋医生给他缝伤口的针脚都没有"二双"缝的好。"屁眼虫""尿都不会"，可是耳朵灵、嘴巴巧，去哪儿赶场，哪个大官家里唱堂会，问他准没错。伍奎虽然是最小的一个，但他也慢慢地展现出了自己的能力。

伍奎十分好奇他们要去的泸州河是什么地方。火三娘跟他解释说，泸州河不是个具体的地方，更不是泸州，是一个区域。

她解释说，除了大家习惯的县城、镇子、村子之外，一些地方的老百姓愿意集中到一个地方做买卖、打谷子、买卖牲口、赶场听戏，慢慢地就有了大大小小的场。

火三娘说，对于他们这些到处游荡卖艺的人来说，这些大大小小的场才是最好的戏班子所在地："你想啊，那些场大多在交界的地方,不单独听哪个县太爷说了算。各个场有自己的保正、保长、里甲。凭的是银钱说话,没那么多弯弯绕绕。更何况每天场子上的人都是不一样的,既有一锤子买卖,也有长久买卖。就看你个人怎么看。"

"而且啊,这种场子人多嘴杂,才是考验你功夫的时候。咱梨园行,其他地界我不知道。单单在巴蜀,你不在泸州河闯出名堂有点口碑,你去别的地儿也是吃不开的。要能跑得滩,泸州河去搭班。"

"那我们凭什么闯出名堂呢?"伍奎问。

"凭本事。"火三娘干脆地回答道。

牛车慢悠悠地赶到泸州的时候,还有五天就到了开戏的日子。这里的开戏十分地自由,本身也没有人正式组织,正规的戏班特别是业已成名的戏班也不会来,毕竟还是得有了响亮的招牌再来,万一被别人比下去了那就是自砸招牌。

来唱戏的散班也都是自己商量时间,评委就是出钱看戏的观众,得胜的奖励就是口碑。这是非常传统而又千锤百炼的民间方式。老大和火三娘到了后就开始跟各个散班碰头,没有安排的"屁眼虫"便带着伍奎进城去耍。

他们一路上吃吃喝喝,看着满大街的茶馆,"屁眼虫"带着他随意就进了一家。他们二人坐在临街的位置看景喝茶,几个风尘仆仆的人走进茶馆,这也只是短暂地引起了他们的注意。他们并不知道,那正是寻找伍奎的徐春风和他的手下耿省寨。

徐春风一边习惯性地扫视着茶馆环境,一边跟耿省寨交代,让他留意可疑人等并顺道打听一个叫伍奎的小孩子,说这是方家拜托寻找的。近在咫尺的"屁眼虫"和伍奎谁都没听到这句十分小声的叮嘱。其实徐春风来此地还有一个目的——拜堂口认门子。余英后来成为了他的老相识,已经是后话了。

  二人虽然跟徐春风擦肩而过,却听到茶馆里的人在摆谈今年泸州河斗戏的事儿。"屁眼虫"听了立马来了兴致,屁股一抬嘻嘻哈哈几句就跟邻桌的人成了朋友。他十分巧妙地打听到了今年的变数:这里梨园宫新选了个做过官的李老爷做掌事,他觉得往年的斗戏太过混乱,选戏良莠不齐,甚至还有些草台班子选些乌七八糟的淫词艳曲,究其原因就是没有组织、随心所欲。今年开始,这位老爷要躬亲过问,还要挨个预审一遍。

  这个消息显然会打破过往的一切规则,但是对于是不是真实的,"屁眼虫"也不敢保证。等到他们二人回到临时住所时,老大和火三娘也带回来了差不多的消息。众人商议了半天,也没有其他的办法,只有见招拆招。火三娘是所有人中最乐观的,她觉得一个不懂戏的人只会听从他们的建议。

  第二天,那位李老爷的表现就让所有人大跌眼镜。他一早就跑来要看戏,许多戏班不得不临时开始装扮。原本还有几日才轮得到出场的乐师们也不得不临时赶来。等到第一场戏准备好了要开演的时候,刚亮相,他就说道:"不对头样。这个脸勾得不对。"等到班主解释说"三块瓦"就是恁个的,他还在念叨着"不对头"。这样的"不对头"甚至一直持续到了整场折子戏结束。

这样的开头直接让所有的戏班团结了起来,至于同行是冤家这样的共识都丢到了脑后。大家都摸不到套路,不知道这个所谓的专业、实则业余的老官员应该怎么对付。后面几个被吹毛求疵的戏班显然已经发现了套路:只要开演前塞点钱,他完全可以耷拉着眼皮不看舞台的。众多戏班因此长出了一口气。

当然也有例外,火三娘的性格决定了她不会花这冤枉钱,她最终在台上冒了火,李老爷瞬间就戻了。火三娘以为自己抗争成功了,但实际上那人有的是坏心眼等着她。

经过了快一天的折磨,本以为花钱消灾的各大戏班却迎来了新的规定:要求他们都要自愿捐献,筹集资金奖励获得甲乙丙等的戏班。这让各大戏班十分窝火,他们从来没听说过还有自己出钱奖励自己的事情。这种拍脑壳定下来的规定简直是为了挑起众怒。

这一次火三娘十分冷静,她基本没考虑就把钱交了,以自愿的名义交了最低的数额,这让其他来串联去州衙告状的班主十分不解。火三娘告诉他们,别个怕的不是你告他,而是吃准了你不会告他。

他从一开始就吃定了我们远道而来,每多耗一天就多一天的支出。假如愤而离去,不光这几天的钱白花了,路上耽搁的时间也都白花了。他已经笃定了大部分戏班衡量来衡量去最终还是会交钱,到时候你们再去闹,他只会瞒天过海地说大部分人都同意他的方案。知州大人才没有时间听我们这些升斗小民的琐碎事情。

十分意外地，上一次公开斥责的人，成了下一次积极拥护的人。老大是顶看不起这种玩弄小聪明，自以为掌握了人性搞分而治之的人的，他认为这是小道，并非正道。可是人在屋檐下不得不低头。

等到李老爷再来的时候，已经把目光更多地转到了火三娘身上。他身边的人已经传出话来，说李老爷屡次提及火三娘长得漂亮、气质又好，希望能多为梨园宫做点事情，多充当充当泸州地界上梨园行的门面。

火三娘清楚地知道这是老色批的惯用说辞。把你抬举到很高的位置，又用手里的权力和资源告诉你要服从，最好是投怀送抱的服从。可是这恰恰是正直之人所不屑一顾的。火三娘只是专注于让伍奎搜集各家的展演剧目，并且让他全权判断六正班该唱什么。

就在各家处于迷茫混乱之际，有个散班直接拉开了架势在场上开了嗓，唱了一出《曹操下江南》。由于李老爷诸多政策作祟，今年还没有戏班演出，第一个演出的必然吸引了众人围观，一下子就抢了头彩。密集的锣鼓点吸引观众的同时，也吸引来了正在附近的李老爷。

看到挤在人群中的李老爷，班主立即搬来了戏班唯一的一把椅子，可是李老爷却不坐，只是微笑着摆摆手说："百姓都站着，我也站着。"于是那把唯一的椅子就在那里空着，即便是其他的人，连勾脸都没有地方坐。

伍奎后来很是怀念这样的环境，他说那是个川剧飞扬的时代：角儿们飞扬在路上，戏服飞扬在尘里，笑泪飞扬在空中。那是观众可以贴着脸看角儿勾脸，亲手摸一摸变脸的时代。那个时候哪里是关起门来琢磨戏啊，那是在刚刚收获了还没来得及翻土的麦子地里跟老百姓对戏。越接近于天，越知道什么叫戏比天大，什么叫戏如人生。

敢在田间地头演的，上了戏台那就是轻车熟路。泥土里摔打出来的本事，自然也会收获掌声如雷。只不过这些在李老爷看来都是不懂规矩、胡作非为——当然他不会明说，他依然跟着大家一起鼓掌。等到掌声停了才开始了他自以为是的点评："班主，这出戏叫什么啊？"

"《曹操下江南》啊。"班主心说，这戏只要看戏的都晓得啊，难道是李老爷认为是在讽刺他"来得凶，败得惨"？一想到这儿，连忙补充道："这都是戏说。"

"戏说那也不能胡说啊。"李老爷厉声说道，"戏里怎么唱的来着？领兵八十三万？"

"对，是这么唱的。老爷记性可真好。"班主连忙奉承道。

"别整这一套！"李老爷说道，"你们不晓得，这唱戏也要讲究真实性。"

听了这话，班主和在场的人都面面相觑，不知道到底哪里不真实了。

看着面前这几个木讷的人半晌都懂不起，李老爷趾高气扬地说道，"八十三万兵，你就找这三个人走一遭就算了？这不是欺骗百姓？这不是公然宣扬欺骗，是在说官府提倡的诚信是假的？"

李老爷这番话说的时候一脸严肃，一瞬间让班主有点怀疑自己的耳朵出了问题，他小心翼翼地准备着词汇，谨慎地问道:"可这也找不来八十三万人唱这一出戏啊。那不得把泸州城都给踏平喽?"

"你这是抬杠。"李老爷听着周围众人的哄笑,不恼怒,还是微笑着说道,"你这样,这三个人多走几个回合不就行了?"

"我闹你妈个鬼哟!"散班班主晚上跟其他戏班班主碰头的时候骂道:"日你妈三个人走一遭你说我造假,多走几个回合就不是造假。啷个?捏着鼻子哄嘴巴说这不是坨屎就能吃了?这种不学无术、肥头大耳的,是啷个挑出来的?说是猪变的老子都相信!"

众人也对如此几番的瞎折腾表示无言以对。席中有人质问道,"难道就这么无法无天了么?我们虽说是唱戏的,是下九流,不入官老爷们的法眼,可我们也是人啊,就这么让这么个玩意儿玩弄我们?"

"对啊。""对啊。"其他人纷纷附和着。

"我有个提议。"散班班主建议说,"干脆我们都不演了。看他自己表演。"

看到没有人响应,他又继续说道,"反正我不得演了。谁爱抬轿子谁抬轿子去。"

即使如此激将,也依然没人响应。气得散班班主只有干瞪眼。

"不妥。"火三娘此时说话了,"这是在自己砸自己的饭碗。咱们拍屁股走了容易,别个空口白牙地诋毁我们更简单。"

"对。"

"对对对。"

"是啊，我们真走了，连个给我们说话的人都没得。"

人群中出现了七嘴八舌附和的声音，就连散班班主都开始琢磨这话有没有道理。一时间谁也没有个准主意。

"各位，各位！"火三娘开口道，"大家听我说。我们挣的花的每一分钱都是凭本事，今天到这儿来也是打着凭本事吃饭的主意来的。戏好不好不能由当官的说了算，得在戏台上见真章。现如今这百般挑刺，说白了就是想要让我们表示，好让他私肥。"

"你说的这些都有道理。"有人接话道，"可是我们不需要大道理。都是吃了这顿找下顿的人，咱在这儿耗着可就耽误接其他的活儿了。一茬压着一茬，要是十天半个月不开锣，那就要到年底才能有进项。这谁能扛得住啊？"

"就是啊。就是啊。""咱可不是整年不开张，开张吃三年的买卖。""就算是咱们等得起，那些乐师可不好说话。""是啊，我那车把式的钱还没地儿寻去呢……"

一说到钱，大家又开始叽叽喳喳，你一言我一语地说了起来。等到众人吵无可吵，慢慢地静了下来。火三娘才又说道："大家都不宽裕，谁家戏服上不是补丁摞着补丁，臭虫生着臭虫的。但是这不是我们算计小账的时候。只要有咱这一行当在，除非你不干了，你就绕不过这泸州河！"

火三娘突然提高了嗓门，深厚的功底加成下，在座的各位都听得头皮发麻，情不自禁地调整姿势，开始正襟危坐起来。

"我这几天一直在想，有几个问题我始终没想明白，今儿既然大家都聚齐了，就想让大家伙一起出出主意。"火三娘顿了顿，说道："我不明白的是，这泸州河本身就是做合法买卖的地方，讲的就是个你情我愿。穿开裆裤的娃儿识数会算就能当街卖货。我也从没听说过唱戏的需要什么文书或者手续，这官府都没出头的事儿，为什么偏偏要在咱们身上雁过拔毛、苍蝇腿上刮油？"

"这是其一。"火三娘继续说道，"其二，以前我师爷他们来的时候，卖艺唱戏、推角出新，哪一项不是直接就让观众评判？好的就是好的，不好的就是不好。唱戏的从来就没有，也不需要去讨好官老爷！"

"好！""好好！"火三娘一番话说得众人连连叫好，正襟危坐的人们开始热血沸腾。伍奎虽然站在人群外圈，但也感受到了言语的力量。

"其三，年年都有人会包场唱戏，在家里搞堂会。达官显贵们我们攀不上，去不到就算了。为什么今年泸州场上一个包场一出堂会都没得？"火三娘环顾四周，徐徐问道，"这是为啥子？我硬是想不明白。"

"三娘，你别说了。"有人站起来悔恨地说道，"是我鼠目寸光了，你不点醒我，我被人卖了还要给人数钱！这狗日的欺人太甚，搞得我们都以为是自己的问题！看来没少耍阴的。像恁个，我提议现在我们就写联名信，去衙门请愿告他！大家觉得干得起的，就跟着我走！"

"好！"一时间又站起来了几个人，作势就要走。

"莫慌。"火三娘制止了他们，"你都还没回答我的问题，哪个就走了耶？"

那人一听，蒙了，疑惑地问道："这还用回答？不明摆着吗？"

"快坐下吧！"散班班主抱着胳膊没好气地说道，"三娘的意思不就是说这些只是猜测，没有证据吗？你能去告哪个？"

"是啊。是啊。"众人又开始附和起来。"这些都是没有真凭实据，是在等着我们自己上套呢！""对头！我们一旦上了圈套，以后就必须按照他的规则来，那我们还搞个屁啊。随便涨点钱我们就白忙活一场！"

"恁个。"散班班主打住众人的话，对火三娘说道："三娘，今天我是真的服你了。你说吧，要我们怎么做！"

"对！你说该哪个做。我们都听你的。""让我们罢市就罢，上街就上街！""对头！搞别的我们不一定得行，凑个热闹帮帮场子没得问题！"

火三娘摆摆手示意大家安静下来，说道："我就一个请求，请各班各就各位、各演各的。"

"啊？"众人一听全都惊讶万分，"各演各的？我们好不容易统一了意见，这怎么又让我们各搞各的？这不对头哟！"

"现在大家伙想法目的一致，各演各的才是上策。"火三娘解释道，"他不是玩阴的想逼我们就范？我们绝不能上了他的当。他搞他的，我们搞我们的，这样就不会着了他的道。反正时间对大家都是公平的，看到最后谁拖得过谁！"

火三娘的解释让大家豁然开朗，也如释重负。相互对视间已经彼此暗自拿定了主意。这是独属于每个人的表演时刻，有些人内心单纯坦荡，眼神里透露的是联通到心里的通路；有些人则善于掩饰表演，眼神里是上了色的情感或情绪。这便是人的荒谬之处——总是各怀鬼胎，却又表现得万分合群。

散班班主干咳了一声，说道："既然大家都心里有数了。我看还是留个东西，字据或者啥的。省得到时候大家又不齐心。"

这个建议没有得到任何人的响应，他有点后悔自己的不合时宜。倒是火三娘十分大度："嗨！留啥东西啊。各干各的，没啥好说的。就只有一条：该答应的还是得答应，干不干、啥时候干都个人把握。绝不强求。"

随后众人都带着各自的疑惑回去了。散班班主故意磨磨唧唧地挨到了最后，瞅准四下无人的机会，靠近火三娘问道："你咋这么心大？你不留字据，到时候说不准很多人又都跟着那个龟儿子走了！"

"莫担心嘛。"火三娘豪爽地回答道，"这是必然的。个人的利益面前，喊哪个撒手都不愿意。你挨个做工作，自己的事情还干不干了？愿意跟着走的就跟着，不愿意的、想看戏的，你就等到他们看嘛。那个李老爷不是让我们自己悟？那我们也跟他一样让大家悟。悟到了、走对了，有肉吃，悟错了，该背时！"

"你的意思是……"散班班主猜测道，"以其人之道还治其人之身？"

火三娘笑了："好言难劝想死的鬼。既然李大老爷觉得自己那套吃得开，那就让他一条道走到黑嘛。看起来他撞了南墙也不得回头的。"

斗戏

接下来的几天里，梨园宫的人频频吃起了闭门羹，各大班主要么是病了，要么是人没在。有个班主动上门拜见的，拿出来的戏单也跟要求的完全不一样。

一开始的时候，李老爷还佯装镇定，一会儿跟手下的人说"没得啥子的"；一会儿反驳其他人的猜测说"你不晓得，我才晓得"；一会儿又神情凝重地在复盘。手下拢共没几个的兵被折腾得团团转。看着他在屋子里计算着哪个戏班会听话，哪个戏班不听话，推演着到底是谁在指挥着众人跟自己作对。

如此折腾了两天，认定是散班班主在带头挑事，这让早已经知道内幕的几个人干着急。有人试探地告诉他判断错了，也被他断然驳回："不可能。我从他们的成员、车辆、地域就能推断出来绝对是他们，没得错的。"

就在李老爷带着众人准备去重新施压的时候，火三娘他们已经开始各自行动了。

"屁眼虫"和伍奎作为众人的眼睛和耳朵，猫在州署旁，待确定了同知大人出巡后，准备多时的火三娘他们开始了城内的游历。大队人马穿着戏服，表演着吃面、吐火、变脸等，十分引人入胜的技巧，从院前街转到州署前的大街上，没走多久就跟同知大人的轿子遇到了一起。

从各大班子里来的人也并不刻意阻拦，反而主动靠边让出了中间的队伍。纵使如此，因为围观的群众太多，依然通行得十分缓慢。同知大人兴致颇好，主动撩起轿帘来饶有兴趣地观赏着。一旁的随从一看轿帘掀起来了,连忙凑上前来。同知大人先是示意并无吩咐,却又临时把他喊了回去问道:"去问一下,这是哪家请的堂会啊?都演到大街上来了,热闹热闹。"

随从边扶着轿子边回答道:"近日城内并无堂会,我看他们应该是泸州河斗戏的戏班子。"

"哦?又到了一年斗戏的时候了?自我赴任,还没去看过。"同知大人更是来了兴致,"既然各大戏班都来了,那城内堂会应该更多啊?为何一堂都无?"

"小的听说是梨园宫那边打了招呼,说是新的理事老爷,要重新定规矩,暂时不让私搞庙会。"

同知大人听了立刻陷入了沉思,缓缓地放下了帘子,不再说话。这一幕刚好被"屁眼虫"看在眼里。大队人马一直围着州署转了一圈才抵达大观台,在那里吸引了更多的观众。感受到久违的热情,听到了热烈的掌声,大家表演得更卖力了,一直表演了两个时辰都还未停。旁观的人还在一个劲地拍手叫好。

吃了闭门羹的李老爷赶回城的时候,火三娘的大队人马已经收了秤。李老爷对着梨园宫里剩下的人大发雷霆,不断地重复着"我早就说过""提醒过你们""哪个不去制止他们?""勒些人哪个一点儿规矩都不懂?"说得众人莫名其妙的。

等到第二天的时候,李老爷一大早就出门准备去找火三娘,他一路上絮絮叨叨地重复着"我早就说了,肯定是这个娘们在挑事!""跳嘛,老子倒要看看你可以跳得多高!"

这些重复的话语听得其他几个人都厌烦了，心里都想站出来反驳他，说"明明是你自己判断错了，而且从始至终都是你自己在给别人找麻烦"。他们甚至不愿意再陪着白跑一趟。

翘首以盼的机会很快就到了，他们还没有出东门，就被梨园宫的人追上了，说是同知大人到了，正在梨园宫等候。众人急忙往回赶。

等到李老爷赶回去的时候，同知大人已经走了。李老爷的前任正坐在那里喝茶，几个平日里不是忙就是病的副手陪着他。看到李老爷回来了，在座的几个人都没有起身。

前任会长吐了口茶叶末子，寒暄道："既然正主回来了，我就回去了。"说完几个人互相告辞。等到与李老爷擦肩而过的时候，他停住了脚步，退了回来，解释道："莫吃心。同知大人拿了一坛老窖，在我家里放着，来时匆忙忘了带了。下次你过我家里，整几口。"

李老爷还没来得及回应，众人就都匆匆走了。这一切都让李老爷感觉到自己被孤立了。他强压下心中的怒火，再次出发前往泸州河。

等他赶到的时候，火三娘刚好看完了伍奎制作的六正班曲目表，这是伍奎几天来跟其他几个戏班来回商量后制定的最优版本。老大、眼镜、二双都十分认可。这让火三娘十分欣慰，她觉得自己离赢得赌局的胜利又近了一步。

李老爷的到来并没有让她惊讶，毕竟她知道这一天或早或晚都会到来。他直接派人请火三娘去酒馆说话，老大正巧也在，于是二人一同前往。等到了酒馆的时候，刚好碰上散班班主出来，双方交换了一下眼神，连招呼都没打就擦肩而过。

等到坐下之后，李老爷盯着他们俩，半天才缓缓说道："我也是行走过多地的人，西洋之事也多有亲见耳闻。各国都少有妇人出头露面的。你们六正班，想必是你当家做主吧？"

老大一听知道是在说自己，想也没想就回答道："搭伙吃饭，没得哪个说了完全作数的。"

"哦？"李老爷继续问道，"那我到底该跟谁讲话耶？你们连个做主的都没得？你看看别个其他戏班，都听招呼了……"

他的话还没说完就被火三娘打断了："都哪些听招呼了？"

"啊？"李老爷被打断了，有点手足无措，几乎是下意识地重复了一遍火三娘的话，"哪些听招呼了？"

"对。你倒是说说。"火三娘丝毫不客气的反问让老大都有点坐不住了，悄悄地用手肘碰了碰三娘。可她并不为所动，继续问道："泸州河场自有以来就是随行就市，从没听哪个说过还要听这听那的规矩。"

如此直接且单刀直入的质问一下子就让气氛凝固起来。老大都有点担心，如此直白地驳别人面子，以后会不会被针对、被穿小鞋。

"你们不晓得……"

"不晓得什么？"

"你们不能只考虑自己……"

"你们就只考虑自己？"

……

几乎每一句话都被火三娘毫不犹豫地堵上了，这让李老爷心里的不满和怒火逐渐高涨，他愤愤地想到今天一天的遭遇，更是觉得心中不快。他十分想就此爆发，把面前的两个人绑了扔进牢房里去好好折磨一番。只是他之前就是因为这样被革的职。他现在依然需要这个位置当作跳板，他还不能翻脸掀桌子。他本来想的是把这些不入流的戏班子收拾妥帖了，那些不听话的正规班子自然而然就会信服，他本以为这些到处寻找生计的人压一压就会屈服，但没承想碰到了硬茬。

李老爷只好转变了口气，以怀柔的姿态说道："你莫管恁个多。我自有主张，对于你们，我可以网开一面，只要你们听招呼，不闪骰子。钱不愿意捐就算了。"

"听老爷的意思，这还是天大的恩情。我怕我们接不住。"火三娘无情地拒绝了。

"你们不要油盐不进。"李老爷已经不耐烦了，他觉得自己就不该亲自来，甚至都不该跟这样的人对话，"我这是为了你们好，不想你们以后背骂名有瑕疵。到时候其他戏班都功成名就了，你们连登台的机会都没得了。"

"大老爷怕是没得这个权力哟。"一直在一旁沉默的老大说话了，"我们凭本事吃饭，大不了还回自己的地界上去。头上的云彩那么多，不能指着一朵解渴。"

火三娘在一旁点了点头，二人甚至都没等李老爷反应过来就起身离去了。出了门，老大看了一眼身后，悄悄地说："这种人以前我在衙门里看多了，就是两头骗，见人说人话见鬼说鬼话，想捞钱又想占别人的功劳。原本以为远离了官场就眼不见心不烦了，没想到连梨园行这种下九流的行当都躲不脱。"

"嗐。现如今这世道不都这样嘛。咱这一路过来,有的关卡只要有轮子的就伸手要钱,有些关卡只查不问。只有见招拆招。"火三娘回答道,"他说的很多人听招呼了,我倒是不信。"

"嗯。"老大回答道,"要真那样,他犯不着找我们。直接把我们踢出去就行了。现在话已经说绝了,下一步你打算怎么做?"

还没等火三娘回答,两个人就觉察到不对。二人说话间没注意到,在周边蹲着或躲着休息的五六个人已经把他们围住了。老大下意识地把火三娘挡在身后,攥着怀里的小刀紧张地防备着。

"别紧张。"

一只有力的手按住了他攥着刀的手:"这儿不方便说话,前面找地儿坐坐。"

二人只得被几个人围着,拐进了一家马场。一进去刺鼻的马粪味就扑面而来。

"不好意思,条件就是恁个差。"那个人示意其他人可以走了,说道,"我是泸州场的里正。这马场是我的生意。二位可以放心,不会隔墙有耳。"

"隔墙有耳?"老大背着手踢着脚下松软的土地,笑着回答道,"我们又不是什么大人物,哪里怕什么隔墙有耳。"

"你们可是大人物哩!"对方笑着说道,"可以是秦叔宝,可以是关公,可以是单枪匹马,也可以是千军万马……一张嘴就是上下五千年!"

"哈哈哈。"三个人都笑了。

"刚才那人找你们做啥子？"里正问道。

"噢。没得啥子，就是想让我们按照他的规矩来。"

"啥子规矩？"里正高傲地反问道，"这泸州场的规矩还需要他来定？"

"就是让我们捐资办赛，按照他们的要求演出。乐师、住所、演出场地这些都要听从他们的安排。"火三娘详细地解释道。

"呵！"里正笑道，"这些外乡人就是眼皮子嘴皮子比脚丫子高，两只脚都不踩在地上看一哈就拍脑壳拿主意。你们才挣得到几个大子？还要这里扣点那里扣点。真是十指不染阳春水，口口清廉为贪官呐。"

这一番话说得老大和火三娘面面相觑，他们不知道是该接话还是不接话，他们毕竟也是外乡人。

看到二人没说话，里正说道："我是个粗人，说话不怎么考虑，别往心里去。"说完里正解释道："这泸州河场是附近几个场里规模最大的，本身就贸易繁忙。此地又有唱戏的风俗，一直以来都是你们唱戏吸引了更多的人，戏迷票友追捧让一出出戏名扬泸州河。这是相互成全的美事儿，我们不干预。"

火三娘听了点点头，答道："我们也是头一次来，结果就遇到这样的宝器。"

"你们现在想怎么干？"里正问道。

老大和火三娘对视了一眼，像是在相互询问该不该如实回答一样。

里正看出了这一点,直言不讳地说道:"我这人性子直,就直接说了:何不提前搞他一扳手?"

"提前?"老大和火三娘都有些吃惊,他们从来没想过这种可能性。他们设想的是在正式演出日子的时候,或是一多半的戏班罢演,或是大家都不按照规定的剧目来演。

"比正演提前一天或者几天演,到时候时间定了跟我说,我来给同知老爷下请帖。"里正说道,"即便后面找你们麻烦,你们只说是泸州河场自行举办的就是。"

听罢此言,老大和火三娘喜出望外,连连说:"那可就太好了!真不晓得哪个报答您。"

里正摆摆手说道:"举手之劳。现如今这个世道,相互帮衬才是正道。不过你们还是认真考虑一哈,考虑周全了定了再回话也行。"

老大和火三娘走出马场的时候,刚好碰到了前来选马的徐春风。两拨人只是对视了一下便擦肩而过,两边人都不知道与对方有着千丝万缕的关系。

徐春风找到里正说想要买一批不怕枪声的马。里正笑了笑说那要去泸州城里找军爷们买,他这里的都是下力气的马。徐春风也不反驳,只给出了一个相当诱人的价格。随后里正说还有几匹马,不过性子烈,到时候跑了他可不负责。

在等待马匹的时候,徐春风随口问了里正一句,知不知道一个叫伍奎的娃儿在哪个戏班?里正说不知道,但可以帮他问着。

可惜的是,老大和火三娘因为走得太远,也没有听到这句话。

而伍奎此时已经躺在帐篷里睡着了。在经历了长久的颠簸之后，他刚刚重新适应了安安稳稳不会移动的床，开始可以熟睡一整夜并做几场大梦。这天晚上他梦到了穿着戏服、手持花枪的自己正在唱着"定军山"，唱着唱着不知道哪里跑来了一匹马钻到了他的胯下，驮着他就回到了长生镇。

接下来的几日里，火三娘又跟其他的几个戏班对了下情况。果然跟她预料的一样，只有极少几个班最终选择了妥协听话，绝大多数班都在按部就班地进行着自己的事情。当大家听说要提前演、自由演的时候，几乎是异口同声地答应了。

有人欢呼着喊道："老子要唱《送瘟神》！"大家听了都哈哈哈大笑。有人笑着提醒道："那是傩戏的嘛！你这个扯得怕是有点远哟！"

"对啊！就是要送远点哟！不然的话还等着跟他攀亲家啊？"

众人又爆发出欢快的笑声。一切似乎都柳暗花明起来。

老会长给同知大人送去请帖的时候，同知大人还以为老会长要嫁女儿了。打开一看才知道，原来是泸州河场的斗戏要开始了，只不过时间比李老爷之前说的时间提前了两日。

同知大人心里起了疑，他不知道这一老一新两个会长葫芦里到底卖的什么药。等看到落款的时候，他才恍然大悟。但他又不好明言，毕竟无论从过往惯例还是现在情况来看，泸州河场都是正主。正主请客，客随主便才是礼数。他想问一下李老爷有没有得到邀请，话到嘴边又觉得不妥。他不想介入这些琐碎的争吵，他有着更多重要的事情要做。

第九章 泸州河斗戏

他的手指在请帖上轻轻地画着圆圈，对于老会长详细的介绍，充耳不闻。直到老会长停止介绍了好一阵子，才说道："看来准备得十分妥当。那我就等着开戏那一天，以一个戏迷的身份好好欣赏一番。"

"还是要讲两句哟。"老会长阿谀道，"难得的教谕万民的机会。"

"唉，"同知大人连忙摆摆手，"民众是不需要教化的。只需要有人带头就行了。常言善不如日行善。"

"大人说得极是。"老会长借机说道，"百忙之中去观看斗戏，就是身体力行为百姓做出榜样啊。"

同知大人此时并没有心思听此类的奉承话语，他已经屡次感受到此地官绅无论品阶高低都有的卑劣品质：贪墨，尽一切可能地贪墨。哪怕是不重要、无关紧要的领域，只要有利可图，即使是只能够彰显一时的煊赫，都会趋之若鹜。可那些真正需要发奋有为的地方却空无一人。

"看戏而已，不必过度解读。"同知大人想要尽快结束话题，说道，"我一向以天下公理为首要，用人待事都是如此。倘如有地方不对或者有冤屈，自不会置之不理。大可放心。"

老会长要到了自己想要的表态，也听懂了弦外之音，心满意足地告辞而去。此时离斗戏正式开锣只剩了三天时间，毫不知情的李老爷按照还有五天的计划安排打着自己的算盘，稳扎稳打地想要去拉拢那些在他看来冥顽不灵的老顽固。这个难度比他预想的要大得多，连吃闭门羹成为常态。愿意来的也总是态度模糊，顾左右而言他。李老爷又不肯拉下最后的面子登门去求，他开始怂恿手下那几个人去"逐个击破"。

这样低效无望的操作下,李老爷还是取得了一些口头上的承诺。至少在面子上,他觉得自己已经稳操胜券,一切尽在掌握之中。

这个美梦在第三天的清晨自然而然地破灭了。李老爷骑在马上雄心壮志地跟几个手下谋划着当日的计划,按照他的推算,今天分头搞定几个犹豫不决的,就有一大半的戏班子会跟着自己走。到时候"不怕他们不听我的"。

李老爷有多笃定,身边的几个人就有多无奈,无奈的内心充满了鄙视和好笑。他们似乎都已经知道了事情已经滑向了李老爷不能掌控的一边,可他还活在自己的世界里做着春秋大梦。没有人愿意提醒他,不知道是出于对他每时每刻展现出的自负的反感,还是单纯想要看一出好戏。

等到他们徐徐而来,已经可以听到锣鼓声的时候,李老爷还在纳闷:"是谁吃了熊心豹子胆啊?没经我允许就敢开唱?是那个六正班吗?"

没有人回答他,便更加坚定了他的判断:"我就说嘛。简直无法无天。走!"

等赶到现场的时候,他们方才发现,想要靠近舞台简直是不可能的事情。台上正在演的是一出《西关渡》,是《双花楼》中的一折。这出戏很考功夫,要在同一出戏里演两个不同的故事,两个故事中的人物也各不相同。两个故事各演一场,交叉穿插进行。唱到最后才是八府巡按王蛟腾,审理"西关渡"故事中的主角陈采杀夫夺妻案。

为了霸占裁缝潘林之妻,陈采不仅与潘林结拜为弟兄,用小恩小惠骗取了潘林一家信任，还骗潘林与自己一起外出经商。途经西关渡口，陈采将潘林打下河中，又残忍地用篙竿把潘林的头部戳穿。陈采用火焚化了潘林的尸体，再用匣子装着骨灰送回潘家。为了掩人耳目，不仅请了高僧作法超度，还更加殷勤地对待潘林之妻，令潘父母为之感动。陈采又找人说媒，劝潘妻尤氏改嫁于他，随后二人婚配。

某年端阳节夜晚，二人园中饮酒赏节，陈采喝醉了，一只蛤蟆从两人面前的水缸中跳出，跳到水缸边上，陈采用手里的木筷子恶狠狠地戳穿蛤蟆的头，并将其戳到水缸里，跟在西关渡口杀害潘林的情景如出一辙，让尤氏生疑，几番试探之后陈采言语间露出破绽，吐露杀夫谋妻实情。次日尤氏便大堂喊冤，县太爷严加拷问，陈采供认不讳，终伏法。

这一折戏是褶子丑的经典功夫戏，"烧白"、散班班主和火三娘在台上配合得天衣无缝，红鸾袄、梭梭纲、课课子三大高腔曲牌，唱得在场的观众头皮发麻、连声叫好。"烧白"的大段唱词一气呵成、抑扬顿挫，举手投足间把一个阴险狡诈、两面三刀之徒刻画得入木三分。

被挡在人群外的李老爷几乎是如芒在背地听完了这一折子戏，他知道已经没有什么可以挽回的余地和空间了。他在马上看到了着便装的同知大人和老会长坐在一张八仙桌旁，热切处跟着一起小声吟唱，高潮处相互交流探讨，他甚至都在想他们是不是说到了自己，提及了已经胎死腹中的"大计"。

等到李老爷翻身下马并几乎是用尽了全身力气挤到二人身边时，他的瓜皮帽已经歪了，衣服上的扣子不翼而飞了一个，挤出来的汗水已经湿透了后背。看到他狼狈不堪的样子，同知大人只是扫了一眼，反倒是老会长十分热情地招呼他坐下，还埋怨道："你怎么才来？错过了多少精彩？！这丑角唱得好，基本功扎实！"

李老爷没好气地想要当场翻脸。他压根没有得到邀请，更没人告诉他一星半点消息。

此时一折戏已经唱完，没等伍奎他们端着钱箱子出来，铜钱、龙洋一时间像下雨一样砸向戏台子，有一些碎银子还掉在了同知大人面前的八仙桌上。同知大人捡起来掂量了掂量，高兴地给两任会长看了看，顺手就丢上了戏台。伍奎、"烧白"他们被砸得左躲右闪，可还是无法完全躲开。

这一阵的"钱雨"和同步的掌声喝彩声是对他们最好的奖赏。老大在后台瞄了一会儿，寻摸了一把大扫帚出来帮忙，帮着伍奎遮挡铜钱、龙洋。在"雨"停了之后，那把扫帚就成了快速收集散落在地上的钱的绝佳工具。

"烧白"龇牙咧嘴地下了台，他一边抱怨着被龙洋砸得头疼，一边咒骂着今天勒头下手有点重。被咒骂的二双反驳道："明明是你自己烧白吃多了，胖狠了，怪勒头的。"

"天地良心！""烧白"一边揉着头一边说道，"这些日子咱吃的那叫啥？农家喂猪都比咱有油水。还烧白？我连猪毛都没看得到一根。"

"来喽来喽！"这个时候火三娘率先捧着一兜子钱进来了，她把钱往桌上一放，豪迈地问道，"哪个嫌最近油水少了？今晚上大鱼大肉伺候起！"

众人听了都欢呼起来。还没等他们高兴劲儿褪去，就来了两个年轻人，说要刚才唱丑角的人跟他们出去一下。这让原本欢快的气氛突然间冰冷了下来。

"糟哒。钱还没焐热乎,烧白也吃不成啦!""烧白"开始无助地哭起来。

那两个人并不为所动,想要走上前把已经卸了一半妆的"烧白"架走。

火三娘及时地站在了三人中间,说道:"二位爷稍等,我马上劝他去,咱不动手。"

看着二人停止了行动,火三娘知道他们默认了自己的提议。于是转过身去小声地跟"烧白"说了几句,"烧白"抹抹眼泪,紧紧地跟在火三娘后面走了出去。

同知大人仍在饶有兴趣地跟老会长探讨着这出戏:"这个好啊,变化多、唱词多、动作多,特别是那个面部表情配合戏词演绎人物狡诈多变那些,拿捏得非常好。"

"是。大人看得仔细。这实际上是出大戏,有唱开排韵、有唱崆峒韵的,今儿唱的就是崆峒韵,尤为正宗。"

"瞧瞧。"同知大人环顾了一下周围的人,说道,"你想我就是听戏只听音,人家行家能听出流派不同来。还是要多听多琢磨!"

"大人过谦了!哪儿敢,哪儿敢。"

除了李老爷,众人都沉浸在一片欢乐之中。同知大人已经看出来这个管着梨园官的人并不爱戏,甚至可能更不懂戏。之前所谓的热爱不过是谋取职位所需罢了。

等到那两位年轻人带着火三娘、"烧白"过来的时候,同知大人远远地就指着他们说道:"快看快看,今天上午的角儿到了!"

他所说的角儿却在离他还有几步的时候就跪倒在地，开始磕起头来，把他逗得哈哈大笑："你凭啥子跪我耶？莫非有啥子冤屈？"

两旁的人急忙把在地上像捣蒜一样的"烧白"搀扶起来。李老爷紧张地看着"烧白"，生怕他说出任何对自己不利的话来。

"没……没得。""烧白"颤颤抖抖地说道，"青天大老爷。"

"你啷个晓得我是个官？"同知大人笑眯眯地问道。

"你这样的气质的，在戏里都是要画红脸的。""烧白"认真地回答道。

"噢？哈哈哈。"同知大人笑道，"可我明显是个黑瘦黑瘦的黑脸！"

一句话逗得众人都跟着笑起来。老会长对火三娘说道："这位是同知大人，今日是碰巧无事，来看看民风，顺道听听戏。"

"唉。"同知大人纠正道，"老会长此言差矣。我今天是专门听戏，不做其他。"

老会长听了默契地点点头，不再说话。

"你们这一场戏，老百姓砸铜钱扔龙洋，甚至碎银子都扔到我桌子上来啦！"

听到同知大人此话，一直黑着脸沉默在一旁的李老爷接话道："你们赚了这么些银两，从来不如实报官，不按律缴税。今次同知大人在此，看你们拿什么话说！"说完他转向同知大人，谄媚地说道："本来小的已经制定了新的章程，已经有绝大多数戏班同意了，不日就要实施。没想到他们竟然私自先行开戏，还是大人英明，微服出访就抓个现行……"

他的话还没说完，就被同知大人打断了："今日我只听戏，不谈公务。更何况收税缴税一向是里正代行，此地里正应该是奉公守法之辈吧？"

"大人您放心，泸州河场的规矩我们都懂。绝不会瞒报漏缴。"火三娘答道。

"嗯。"同知大人斜眼看了一下李老爷，他知道此人还是心有不甘，眼睛滴溜溜地转就说明还在想其他的坏点子，"各地的场本身就是乡里乡邻的自治自享，我们城头都还一堆烂账没有理清楚，你们自己搁平捡顺就是大功一件！"

同知大人的话显然给了火三娘莫大的信心，她知道这一次他们赢了。

"看到那一阵'钱雨'，我真的感慨万千呐。"同知大人说道，"当年我在湘西任知县，发了大水让老百姓捐钱，没人愿意捐。捐粮出人也不愿意。这就是很多人说的民风淳朴、忠厚善良。看到你们这个，这是真的好，老百姓真的喜欢。我们什么时候能做到这个程度？"

同知大人环视了一周，他的手下无人应答。老会长是早就明白同知大人深意的人，只是他已经置身事外，也不好回应。

"现在天下不太平，泸州虽然热闹，但是仍然暗流涌动。更不能轻易地叨扰百姓、丧失民心。没有一呼百应的基础，必然是以后揭竿而起的愤怒。"

同知大人说完，补充道："说了今天只看戏，不办公务。

但是李老爷提了，我也就顺着发挥了一下。我看呐，就在这儿立个碑，叫它归心碑，把今次的盛况和各大戏班都铭记在内，希望诸位能公心私心归于民心。我一向是以天下公理为要，绝不会简单因事废人或因人废事。诸位以为如何？"

同知大人的提议引起了众人的普遍附和。李老爷也跟着附和起来，附和完后，突然说道："大人的提议绝妙无比，是以小见大、以戏警人。不过刻上各大戏班是不是还需斟酌？"

"噢？"同知大人有点纳闷地问道，"为何需要斟酌？"

"各大戏班四处云游，可能解散可能换人，甚至可能有伤风败俗之事，刻在碑上，似有不妥。"李老爷小心翼翼地斟酌着说辞。

"不碍事，不碍事。"同知老爷一脸嫌弃的样子已经快藏不住了，"跟我们比起来，他们不知道干净多少！"

说完他叹了口气，说道："你我做官为吏，才是陪客。懂不得、唱不得不如舍得、让得。"

同知大人的话李老爷有没有听进去，谁也不知道。毕竟一个人不反驳、不认同不代表就服气了，有些人坐井观天、夜郎自大久了，即便是受到了挫折，也只会迅速地遗忘，蛰伏起来等待着下一次时机。

火三娘倒是听得真切，她抑制不住兴奋地连声道谢并行了大礼。同知大人调侃她说："不要再掉银豆子了，不然脸就真的花了！"

同知大人还跟火三娘讲起了在北京看京剧时的感受："戏班子一定要有戏楼，最好要大。不一定是自己戏班的，几个戏班一起唱更好。瓜子、茶水、点心要一应俱全，留足了客房和棋牌室。这样听戏的才能待上一天不腻歪。"

"我在京城遇到过的票友,追角儿追到了一年三百六十天住在戏楼里,留五天给祖上扫墓就行了。""你有了自己的戏楼才好演大戏。紫禁城畅音阁,当年老佛爷听戏,那戏楼都是几层的。巨大的机关在水流和人工驱动下能够演绎出天堂地狱、荷花天空,那样才能身临其境。"

同知大人直接把火三娘带进了另外一个世界、另外一个空间,他仅凭着寥寥几句话就把火三娘的梦想再一次撩了起来。她在学戏的时候就看着师姐们一个个地成角儿,又一个个地因为年老色衰或者嫁作人妇而像流星一样陨落。她自己也走了同样的一条路子。而她的师父,劳碌到死都没有攒够找到一处安身之所的钱。她一直想把师父的戏班再次拉扯起来,攒点钱修个戏楼,安身立命,看着捡来的女儿雷晚彤也唱一出大戏,这辈子死也没什么遗憾了。

想起女儿,她的眼光泛起了一丝温柔。

火三娘也清楚地知道,同知大人实际上并没有完全帮她的意思,他只是需要借着他们的由头来实现自己的目标。剩下的只是画大饼,甚至连个空口承诺都没有。她并没有头脑发热地说出自己的想法,她知道彼此不是一路人。

只不过梦想是颗种子,早晚会发芽,只是早晚而已。

烧白

六正班和散班的一炮而红彻底地激活了人们对于斗戏的记忆,接下来的几天里,其他的戏班都说他们在用命在演戏。他们从未感受过如此的热情和激情,也从未在如此短的时间内有如此高的收入。他们在短短的几天内留下了许许多多的故事,留下了一块立在那儿的归心碑。

分到了钱的"烧白"第一时间满足了自己的愿望,他仔细地调查了每一家餐馆和摊摊,从肉的品质、盐菜咸淡、汤汁颜色等多个方面进行了全方位对比,排了个一二三四五出来。他甚至因为有一家烧白做的肉皮不够红亮,虎皮状不够明显,直接归为了"不入流"。

调查完毕后的第二天一大早,"烧白"就拉着"屁眼虫"和伍奎蹲守在店门口等着人家开业。看着老板一步一步地处理着肉,"烧白"津津有味。这就苦了"屁眼虫"和伍奎,他们俩一把鼻涕一把泪地对着面前的一小碟过水小咸菜打哈欠。"屁眼虫"抱怨他们来得太早了,应该等到做好了再来,这样不用等这么久。"烧白"一边小声地数着,一边反问说:"你们不觉得看着他弄才安逸么?"

听了这话,"屁眼虫"的眼白都要翻出眼眶来了。"烧白"则解释道:"你看那个老板,有的切得薄有的切得厚,有些放了十片,有些没放到恁个多的。咱们要是不一早来,到时候不吃亏啊?"

伍奎在一旁没好气地说道:"你直接包圆了不就行了撒。就不存在哪碗多哪碗少了撒。"

"那不得行。""烧白"开始重申自己的原则,"凡事留一线,日后好相见。我上回就是乐极生悲忘了这个原则。听到没得,我给搞忘尿了,结果遭了报应,好久都没吃到过烧白。好焦人嘛。"

一直等到烧白出锅,"屁眼虫"和伍奎才有了精神。"烧白"果然践行了自己的原则,那个他亲自数过只放了八片的那份被他留了下来。"屁眼虫"和伍奎正对着一桌子烧白面面相觑的时候,"烧白"已经迫不及待地夹起了一筷子:"看到没得,正宗的大刀烧白。夹起不得断,入口不得腻……"

他刚想把烧白送入口中大快朵颐的时候,徐春风走了进来,向着正对着门的"烧白"厉声问道:"谁是伍奎?"

这一问把"烧白"吓了一跳,夹着的烧白掉在了桌子上都没功夫顾及。坐在对面的伍奎和"屁眼虫"迷惑地转过头来。徐春风只是扫了一眼就猜出了谁是伍奎。

"我从戏班那儿来,他们说你在这儿。"徐春风看了一眼,说道,"哟,这么早就都是肉啊,看来没少吃苦头。怎么样,跟我回去吧?"

"你是谁?"伍奎小心翼翼地问道,"我为啥要跟你走?"

"我是……"徐春风想了想,他不是不知道该怎么回答,只是不知道该怎么组织语言,"我是受人所托,想带你回长生镇。"

"谁?"伍奎问道,"是我阿玛吗?"

"不是。"徐春风斩钉截铁地回答道,"我只是给你父亲买马的。"

"是方叔叔喽?"伍奎猜道。

徐春风知道伍奎对于不是自己父亲要求接他回去多少会有些不舒服,可是他始终觉得真诚待人待事才是根本:"嗯。你不跟我回去也行,反正你也要跟着戏班一起回去。"

"啥?""屁眼虫"有点不相信自己的耳朵,"我们也要去长生镇?"

"嗯。"徐春风回答道,"长生镇马上要连唱几天大戏,正在到处物色戏班。这几天我在这里转遍了大大小小的戏班,除了有活儿的,基本上都要去。你们也是。"

一听到又有活儿了,"屁眼虫"和"烧白"都很开心,只剩下了伍奎闷闷不乐。

他在犹豫自己到底该如何选择。

"你要是跟着我走,今天下午就出发,都是快马,走官道。歇人不歇马,几天就到。"徐春风说道,"要是跟着戏班走,那可能要明后天才能出发,时间就会很赶。"

说完了徐春风说道:"你自己定。"

"走吧,走吧。"

"反正还能再碰头。"

"这回是你老家,你先回去准备准备。"

"我们能住你家不?帐篷四处漏风我可是睡得够够的了。"

"屁眼虫"和"烧白"你一言我一语地劝着伍奎,可是越劝伍奎越不想回去。虽然他知道最终他还是要回去。想了许久,伍奎说:"我还是跟着戏班一起回去。这儿有点钱,麻烦你带给我额娘。"

徐春风接过伍奎递过来的钱,点了点头,算是答应了。走出店铺后,徐春风指着蒸烧白的大锅问道:"老板,这个好多钱?我包了。"放下一些碎银后,他又问道:"还有其他的什么,给那几个孩子来点,不能光吃肉啊。"

"没得啊。"店老板为难地说道,"这个点米饭都没蒸熟,菜这些还没送起来。"

徐春风点了点头,不等找钱就走了。

一直猫在位置上的"烧白"伸着脖子，确定徐春风走远了才跑出来端走了最后一份，也就是那份被他嫌弃不足数的烧白。打开笼屉的时候，喷出的热气还差点迷了他的眼。

看着最后被端上桌的烧白，"屁眼虫"调侃道："你的那些原则呢？"

"原则？啥子原则？""烧白"迷惑地问道。

"你不说不能贪心，要留到起的？""屁眼虫"揶揄道。

"哦。""烧白"回答道，"你说的这个啊？勒个原则是对我个人的。现在是别个请我们吃，这是吃白食晓得不？吃白食不搂实吃，那才是憨批！"

"屁眼虫"无奈地摇了摇头，看着一旁陷入沉思的伍奎，夹起了一块肉放到他碗里，问道："在想啥子？"

"啊？"伍奎被问得一愣，回答道，"没得啥子。"

"真没得啥子？"屁眼虫好心地问道，"看那人一提你家你就有点恍惚，是不是家里发生了啥子事儿哟？"

"没得啊。"伍奎回答道，"就是觉得这段时间发生的事情有点不太真实。"

"不太真实？""烧白"刚咽下嘴里的肉，油汪汪的嘴巴泛着富态的光，"啥子不太真实？这不很真实吗？我们唱戏赚钱，赚了钱想吃啥子吃啥子，想干啥子干啥子。而且还第一次碰到了同知老爷，这可是我遇到过的最大的官了，等我回家跟我爷说，吓死他龟儿！"

"你是说太顺了？""屁眼虫"似乎被"烧白"的话启发了，说道，"从一开始戏都不让我们唱，到最后同知老爷都来了；原来我们活儿都没得，现在一个活儿接着一个活儿……确实像是在做梦样。"

"嗯。"伍奎应道。

"哎呀，我看你们就是烧的。""烧白"说道，"这肉不真实？这日子不真实？非得要鸡飞狗跳了才觉得是正常？人不能老走背字撒。这辈子总该有次让我们翻身的机会撒。"

"烧白"的话说得也有道理。其实"烧白"自己也觉得有点不真实，那天他吃得最多，而且直到最后一口他都没觉得腻或者饱。他认为上苍像是把他的胃换成了貔貅的，并且那天唱戏唱得用功过度了，现在是大脑在让他拼命地吃回来。

那天他们吃掉了一个店铺的大刀烧白，也吃光了接下来的好运气。

吃了整个店铺大刀烧白的三人，走回去的路上几乎都是横着走的。伍奎抱着自己的肚皮像是抱着一个胖娃娃一样。虽然"烧白"选的这家已经把咸菜的盐分泡去了很多，但是一下子吃进去几份的量还是足以让他们牛饮了几轮，老板煮的老荫茶几乎被他们喝光了。

起身的时候，他们三个甚至不敢左右晃动，不然肚皮里装着的烧白和茶水就如同牛的巨大瘤胃一样，跟随着步伐左晃动一下右晃动一下。等回到帐篷的时候，"屁眼虫"和伍奎已经严重透支了剩下的精力，倒头便睡。睡到大半夜里，伍奎被一阵排山倒海闹醒，他不得不胡乱地抓了些草纸就往茅厕跑。

只有两个位置的茅厕已经被人占了一间，伍奎刚在另外一间蹲下去。随着喷涌而出的固体与液体的，还有大量的气体，"海陆空"三军齐至下带来的气势不容小觑，臭味很快就弥漫开来。

还没等伍奎的羞愧散去,隔壁开始了同样的过程,也是一样的鞭炮齐鸣、锣鼓喧天、响动天地。几乎同样的操作和动静让伍奎想笑,还没等他笑出来,肚皮又开始了新的重复与轮回。接下来两个人隔着一堵简易的墙就开始了双重奏,一会儿你抢个锣鼓点,一会儿我琴瑟齐鸣。这边刚来了个"破阵曲",那边就是一首"踏浪行"。

前脚还是万里卷潮来,后脚就海上独月明。你来满庭霜,我就来卷珠帘。既是花径不曾缘客扫,又是大珠小珠落玉盘。拉到最后是飞流直下三千尺,也是悠然见南山。直到二人逐渐开始无货可拉,仅剩下了时不时地打几个藕断丝连、气若游丝的屁。

"有纸没?"先行停战的一方敲了敲墙。伍奎一下子就听出来那是"屁眼虫"。

"你也拉肚子了?"伍奎把纸团成一团准备从上面丢过去,"接到哈!"

"要得。""屁眼虫"接住纸,说道,"日你妈刚吃顿好的就打标枪,拉得老子屁眼青痛,都快关不住屎㞞㞞老。腿也给老子拉软了,'鸡儿'都缩到肚子里头去了。"

"屁眼虫"的无奈让伍奎发笑,他笑着说:"莫说老。笑得肚儿痛。"

"妈耶!""屁眼虫"喊道,"日你妈拉的都是油哟,老子一揩屁股,纸都给老子抠漏了!我日你个仙人板板!"

这下子伍奎彻底忍不住了,只有撑着墙默默地憋着,只求不要笑出声来。

他们两个就这么霸占着茅厕直到后半夜,中间有人起夜都不得不在外面就地解决。拉到脚杆打闪闪的"屁眼虫"对天发誓,说他至少拉出来三十斤,拉得盛粪的那口缸都快溢出来了。

"绝对有个尖尖。""屁眼虫"一边紧紧地夹着双腿,一边揪着屁股后面的裤子,小心翼翼地挪动着,"我脚软来不起的时候,那个屎㞎㞎尖尖戳到了我的屁股。"

回到帐篷的时候,"烧白"还在呼呼大睡。他们二人默契地把枕头换了个位置,一左一右地夹着"烧白"睡下。"屁眼虫"还故意把半拉身子移出地铺,让自己的屁股对着"烧白"的脸。

那一晚上伍奎直到后半夜才迷迷糊糊地睡着。第二天"烧白"一大早就喊着自己头疼,他说做了个很长很长的梦,不知道谁在他耳边一直放炮,叮叮咚咚地响了一晚上,炸得他现在脑仁疼。

一早去上茅厕的人也遭了殃,有人踩了一脚的黄汤子。茅厕门口还有黄色的脚印,走了没几步脚印就消失了。这些让伍奎相信了前一天晚上"屁眼虫"的赌咒发誓,不过他没敢去看自己或者"屁眼虫"的脚。

第十章

夺魁长生镇

栽赃

接下来的几天里各大戏班先后散去。散班班主最早带着人马离开，他说受到了邀约，要去川西唱堂会，那里山路崎岖，为了不耽搁时间，他没等碑竖起来就走了。六正班不得不留下来等着竖碑和参加立碑仪式。

仪式那天搞得很是热闹，所有留下来的人都去了。出乎所有人意料的是，碑上不仅记载了这一次斗戏的精彩，还对以后的斗戏时间、规则等进行了详细规定。

总之，泸州河场以后依然是他们自发自主的场子，官府不参与不组织，全权由里正负责管理。火三娘在现场感谢了里正，里正则希望他们来年还来。分别的时候，里正喊住了火三娘，告诫她一定要多加小心："小人心眼多，虽然不能跟他们计较，但是不能不提防。"

这倒是提醒了火三娘，毕竟李老爷自打那次被挫败后，一直再也没有出现过。

再次上路之前，"烧白"又跑去吃了一次烧白，他像是一只准备冬眠的熊一样，千方百计地想要储存更多的能量。

重新回到颠簸的牛车上之后，伍奎竟然有些欣喜。

走到龙泉驿，一路走来的车队开始一个接一个地放慢速度。二双在这里下了车，他要回成都探望一下生病了的母亲。老大临时请了张五爷顶班。张五爷不唱旦角，唱的是武生。

实在是找不到更为合适的人选了，老大才不得已把已经年过七旬的张五爷拉了进来。张五爷可不是那种颤颤巍巍或者瘦瘦巴巴的小老头子，相反，他在坚持长期吃素的饮食习惯之下，依然保有着令很多年轻人都望尘莫及的肌肉，再加上白头发极少，单从外表是很难看出他的真实年龄的。让众人惊奇的是，如此高龄的他还喜欢骑马，"眼镜"的那些真刀真枪的家伙也使得灵活自如。

张五爷自己的马是一匹枣红色的马，养得极为仔细。用他的话来说，那就是他的亲儿子。除了不能躺在一张床上睡觉，张五爷几乎干啥都会跟马在一起。

骑着马的张五爷和坐着牛车的戏班子形成了极具反差的奇妙组合。经常是耐不住性子的张五爷骑着马在前面飞奔，像是个鲜衣怒马的少年一样。

张五爷在马上的稳健让坐在牛车上的几人心猿意马，都想能有一匹类似张五爷的马，可以随意在这蔓延了几里地的拥堵车队中杀出重围。望不到头的队伍缓慢地向前蠕动着，除了主路上的车辆，其他支路上依然有源源不断汇入的人马。除了等待，似乎并没有其他可以做的事情。

伍奎他们被太阳晒得昏昏欲睡，快要坠入梦乡之际，被几个士兵吆五喝六地吵醒了。他们前面几个人端着枪开道，后面紧跟着的人一面喊着所有人下车站好，一面开始肆无忌惮地爬上车子开箱查验。他们似乎不在乎什么绳子和锁具，把枪往背上一甩，拔出腰间的小刀就开始肆无忌惮地割开砍断一切阻碍他们的东西。

很快现场就变得混乱不堪，衣服鞋帽被丢得到处都是。包裹在其中的珠宝银票被士兵们明目张胆地揣进兜里，塞进怀里。这些财货的主人只能站在路边干瞪眼看着，有经验的人早就已经做足了准备，把金银首饰、银票铜钱缝在了衣服或者腰带之中，在车上只留了一少部分钱财，这样才能舍小留大保平安。

伍奎显然没有此类经验，他还在迷迷糊糊中就被老大拽了起来，刺眼的阳光下还没等他完全睁开眼睛，老大已经开始把他抱在怀里的小钱包往裤裆里塞。伍奎十分费劲儿地揉着眼睛，想要分辨这一切到底是梦境还是现实。在他发蒙的这短暂时间里，老大已经巧妙地把他的钱包系在了腰带上、藏进了裤子里。紧接着他把伍奎推下了车，催促他站到人堆里去藏好。

"烧白"和"眼镜"早就已经在人堆里找好了位置，他们借着身高的优势，把伍奎挡在了身体后面。伍奎从人缝里看到几个士兵跳上了他们的牛车，老大和火三娘在主动地拿钱贿赂带头的士兵。那个士兵手上不动声色地把钱掖起来，嘴上却依然凶神恶煞一般地叫嚷着："快点快点！都搜仔细点！"

伍奎紧张地看着一个个箱子被打开，五颜六色的戏服和行头被粗鲁地拎起来扔下车子。老大极力地拦着火三娘，生怕她冲上去跟士兵闹将起来。一个士兵搜出了"眼镜"做的兵器，带头的士兵接过来掂量了掂量，问道："你们戏班子还带着刀枪呢？再给我搜仔细点，说不定就在这车上！"

听了这话，老大和火三娘都有点惊讶，他们一头雾水，完全不知道这群士兵到底在搜什么。正在疑惑间，一包用油纸包着的东西就被翻了出来——是从装着伍奎和二双东西的小箱子里搜出来的。

带头的士兵拿到鼻子底下闻了闻，恶狠狠地指着二人说道："收了收了，都散了散了！把这两个人带走，其余人放行！放行！"

伍奎看到自己的东西洒落一地，血气一下子就冲了上来，如果不是"屁眼虫"按住他，他就已经冲了上去。三个人只有看着士兵押着牛车走了。人群先是一阵骚动，紧接着又开始各忙各的，很快就散了。伍奎他们收拾好散落一地的东西，既没有车子也没有箱子，只好每人抱着一大堆站在路边，商量下一步行动。

"他们搜走的是啥？"伍奎好奇地问道。

"从你箱子里搜到的，你不知道么？""烧白"警惕地反问道。

"我不知道啊。"伍奎还没觉察到任何不对，"那个小箱子里就只有我跟二双的东西。我的都在这儿了。"

"你的意思是二双在搞鬼哟？！""烧白"问道。

"莫恁个。""眼镜"制止了"烧白"，说道，"莫要乱猜。不要让别个看笑话！"

"烧白"这才停止了接下来的质疑，这已经让伍奎有些不舒服了，他原本以为自己已经完全融入了这个大家庭，可现在看来并没有，他依然是最容易受到质疑的那个外人。

就在三人不知道该如何是好的时候，张五爷骑着马赶了回来。还没等马完全站住，他就急匆匆地安排上了："你们谁上我的马，剩下的两个人往龙泉驿方向走。我一会儿再赶回来，先找地方安顿你们！"

"烧白"和"眼镜"几乎异口同声地让伍奎先走。等到马儿再度奔跑起来的时候，伍奎扭头问："到底咋回事儿？"

张五爷专心致志地骑着马，只是安慰道："没啥大事。放心吧，孩子！"

等到了地方，伍奎才发现老大已经在等着了。除了焦虑地在屋子里转来转去的他，火三娘和牛车都不见踪影。

等到人再次聚齐了，一直十分沉稳的张五爷率先忍不住了："到底啷个回事儿？我怎么听说被查出了大烟膏子？"

老大看了一眼张五爷，神情很复杂，半天也不说话。张五爷不再多问，沉默了一会儿问道："你怎么？"

老大这才无奈地说道："我们俩被分别带进了两个房间。我猜到那是大烟膏子，就想到时候我揽下来。可一直没人过来问我，我就一直被关着。等到有人来开门的时候，直接跟我说我可以走了。"

"那就是说三娘全揽下来了？"张五爷反问道。

"我一直在那里等着，想等三娘出来。可是一直没动静。后来他们就把我赶走了。"老大回答道，"看来是三娘全揽下来了。"

"嗯。"张五爷点点头，"现在只有想尽办法把三娘保出来。"

"我这里还有些钱。"老大说道，"就是这保人……上哪里去寻？"

"保人我来找。"张五爷一口应承下来，"我在这一片还是有几个靠得住的兄弟伙的。"

商量完后二人便分头行动去了，留下了百无聊赖的四人。

伍奎这才想起来问:"大烟膏子是啥?"

"烧白"看了他一眼,没有搭话。"眼镜"走过来,右手搭在他肩上,解释道:"就是鸦片。人抽了上瘾,会变得人不人鬼不鬼,会家破人亡。你可千万别碰。"

伍奎一边点头一边疑惑地问道:"既然会上瘾、会家破人亡,那为啥还能卖呢?"

"安逸啊。""烧白"在一旁搭话了,"都说抽的时候赛神仙,抽完了之后身上还有一股异香。抽了几次就上瘾了,不抽就百爪挠心。卖儿卖女都要凑钱去抽,你说哪个会不让卖迈?"

伍奎听了若有所思地点点头,想了会儿问道:"大烟膏子哪个会出现在我箱子头?"

这个问题"烧白"也答不上来,没好气地回答道:"那哪个晓得耶?"

"哎呀,莫猜了。""屁眼虫"打马虎眼地说道,"三娘都揽下来了,我们在这里瞎猜有啥子意思吗?猜中了能绑了去换人还是哪个?"

"那你的意思是干了坏事就不追究了哟?""烧白"噌的一下站了起来。

"哪个说干了坏事不追究嘛?""屁眼虫"也站了起来,"你龟儿驴耳朵里塞鸡毛了?我说的是现在争论这些有啥子用吗?有本事你自去把三娘换回来撒!"

"你骂哪个是龟儿?""烧白"开始冒火了,"狗日的,我看你欠打整!"

两个人作势就要扭打在一起,"眼镜"冷静地过来站在二人中间,把他们俩拉开了:"莫闹!莫闹!这明显不是我们自己人干的！"

"啊？！"正争得面红耳赤的两个人一听顿时收了手。

"你啷个晓得耶？""烧白"疑惑地问道。

"哪个哈儿会包成一坨运哦？""眼镜"分析道。看着"烧白"又斜着眼睛看向伍奎，"眼镜"赶忙制止他："不是他。他做不出来。"

"烧白"虽然还有疑问，但他更关心"眼镜"接下来的猜测。

"就算是有路子有背景的，也会把鸦片压成薄片，夹在木板里、竹筒筒头。现在这个世道，鸦片比银元、比金子还硬气，想抢的人不在少数，没哪个敢这么高调一包一包地运的。那不是找着遭？""眼镜"分析道。

"有人栽赃陷害？""屁眼虫"问道。

"很有可能。""眼镜"说道，"会是谁呢？"

他们四人正在分析复盘这几天来过他们戏班的人，挨个回忆可疑人员的时候，老大和张五爷他们俩被看门的士兵不由分说地抓了进去，之后关在一间屋子里，再也没人问津。

"日他个鬼哟！"老大的火爆脾气再也忍不住了，咒骂道，"一次二次地让老子享受这种待遇，这是面壁思过迈？"

张五爷反倒是很轻松，他坐在唯一的一张破椅子上——那张椅子只有三根腿，本来是歪倒在地上的。好言劝道："莫急。一会儿保人到了自然会喊我们的。"

此时的火三娘正面临着第三次询问，这次换成了副军校亲自提审。副军校拿着手下人给的几张纸，一边翻看着一边说道:"哎呀,我们这些个丘二,容易吗?抓你个小贼还要弄什么案卷。你看我手下那些大老爷们,能把手指拇塞到护环里扣动扳机就很不错了。拿着绣花针一样的毛笔,一撇一捺地写什么劳什子卷宗,这可就作难了。"

他用手比画着扣动扳机的姿势,手却指着火三娘。火三娘并不害怕,依然镇定自若地回答道:"这位军爷,民女可不敢给你们添麻烦,我这不全都招了吗?"

"你招什么了?"副军校问道。

"私贩鸦片烟,重十斤。我都认。"火三娘答道,"白纸黑字写着呐,清清楚楚。"

副军校拿起了桌子上的那几张纸,慢悠悠地把它们卷了起来,卷成一个筒,从中间的缝隙里瞄着火三娘:"身材还不错,还有几分姿色。"

火三娘听了这极富挑逗性的话语,既不恼怒也不接话,只是回道:"小女子甘愿受罚,除了被罚没,甘愿双倍、三倍缴纳税款。"

"哟,"副军校有点不高兴了,"这是不爱听我说话啊?我夸奖你也不乐意听啊?"说完他站了起来,缓缓地走到火三娘的身边,用卷成筒的纸抬起她的下巴。他只是轻蔑地看了一眼,笑了。随即走到了她的身后。

火三娘不敢回头,她已经预想到了最坏的结局,可是她依然不敢做出任何反应,只有等着那个结局的到来。

脚步声迟迟没有再响起,这十数秒的时间在火三娘看来长得像是她复杂的前半生。等到脚步声再度响起来的时候,火的身影飘进了火三娘的余光中。

副军校正在把玩着手中的那团火，那团火并不温顺，它肆意地围绕着皱皱巴巴的纸在"舞蹈"中上升、下降。火三娘清楚地看到上面写着的字，在被完全吞没之前闪着亮光。

　　"你们这些人呐。"副军校感叹道，"都他妈的当老子是裤裆里的工具吗？想用就掏出来用，不想用就藏起来？"

　　这番话让火三娘有点摸不着头脑，她不知道自己哪句话让这位军爷有如此的感慨。

　　"都在玩借刀杀人？"副军校转过身来，恶狠狠地看着火三娘，"有人检举说有戏班子偷运鸦片，果然一查一个准。戏班子、鸦片都在，人赃俱获。把你抓了你也供认不讳，看起来是不是大快人心？是一桩铁案？被我抓到了我不仅有钱进账，还有功绩。算计得好啊！"

　　"可那是你的吗？"副军校突然问道。

　　"军爷，您……您这不开玩笑呢嘛！"火三娘虽然不知道眼前这位副军校葫芦里卖的什么药，但是为了保护其他人，她只能选择一个人扛到底，"这不货也在，数量也对吗？"

　　"还跟我这儿装？"副军校的脸瞬间出现在了火三娘的眼前，她都能看到他眼中的血丝，"你以为你一眼看得出那包鸦片膏子有多重就能一个人扛下来了？知道我为什么没抓其他人吗？为什么把那个男的放了吗？"

　　副军校突然拔出了枪，顶在了火三娘头顶上："好好回答我。不然这枪会把你的脑壳崩得稀烂！"

　　"军爷，我……我……我啥也不知道啊。"火三娘这下子开始慌乱起来，"我也不知道那包大烟膏子是怎么来的。我父亲就是大烟鬼，抽败了家才把我卖了。没承想我丈夫也沾了这东西,我气不过才跑出来的。您说我怎么可能去碰这东西!如果不是因为家里人嗜这如命,我也不可能一眼看出来那一包有多重!军爷……我说的可都是实话。"

那把顶在脑门上的枪依然没有拿开,一声清脆的咔哒声在她耳边响起,吓得她尿了裤子。

副军校看着地上的尿液,嫌弃地说道:"还以为你天不怕地不怕呢,刚才我都想跟你夜夜笙歌了。算了算了。算你识相,说了实话。我也敬你有担当,只是我讨厌你们都把我当枪使。谁不知道贩鸦片的绝对不会如此高调?这很显然是有人想借我的刀杀你的人。你也以为我傻呢?"

"那我能走了吗?"火三娘心有余悸地问道。

"你当然不能走。"副军校回答道,"不是想借刀杀人吗?我想看看递刀子的人长啥样,看看你为什么这么值得针对。你的同伴已经来了。等会儿保人到了,让他们交钱——交伙食住宿费,你就跟这儿待着。"

火三娘听了这话,连忙解释道:"军爷,军爷。我还要去赶场,不能耽搁……"

"我没有在跟你打商量!"副军校厉声说道,"你的事情我一点儿也不关心。你不过就是条小虾米,我要看看背后那条大鱼有多大。"

"那军爷您放我回去换身衣裳。"火三娘哀求道,"我这一身尿味再熏着您。"

"让戏班子的人给你送。"副军校吩咐道,"都给我看紧她,没我命令不允许她离开屋子半步。"

等到老大和张五爷回来的时候，伍奎他们已经等得十分焦急了。他们没有看到火三娘的身影，保人说了几句爱莫能助之类的劝慰的话便离开了。老大和张五爷都没有说话，只是收拾了几件火三娘的衣物让伍奎送过去。

伍奎再一次进军营的时候既熟悉又陌生。这里是新军的营地，明显跟父亲的军营布置差别很大。伍奎看到了远比父亲他们使用的还要先进的武器，以及细长的佩刀。这一切都让他感到无比新奇。

见到火三娘的时候，她极力地掩饰着自己湿漉漉的衣服。地上放着的食物已经冷了许久。伍奎看着那盘食物，还没有说话，已经被火三娘看穿了心思："没事儿，你走吧。我不饿。"

"三娘。"伍奎问道，"你啥时候能出来？"

"我也不知道。"火三娘回答道，"别担心，孩子。你们先走。"

还没等伍奎说话，她继续说道："你这可是回家，耽误不得。我听'屁眼虫'说你老汉托人来找过你，你为啥不跟着一路回去？是你老汉对你不好吗？"

看着默不作声的伍奎，火三娘继续劝道："回去吧。回家吧。好歹你还有个家啊。"

"三娘，你吃口饭吧。"伍奎平静地说道。

"我不饿。"火三娘说道，"你多好，还有家。老汉卖我的时候，我就没家了。"

"戏班子不是你的家吗？"伍奎想起了她曾经说起过的童年往事。

"戏班子啊。"火三娘回忆道，"说是也行，不是也行。小时候觉得师父严厉，戏班子就不是家。长大了连轴转地唱戏，要拼命赚钱还师父，更觉得不是。师哥师姐那些，老跟我钩心斗角，也不像个家。我那个师娘，更是。我们有了啥好东西都要给她女儿抢过去。恶婆娘！"

"那你现在觉得是不是？"伍奎问道。

"现在是。"火三娘像是在自言自语一样说道，"毕竟跟他们我才能说上话。现在我跟你们不仅能说上话，还能笑。这才是我的家。"

伍奎已经能够看到她眼中的泪花，他伸手帮她擦去，说道："这也是我的家。"

火三娘听了才明白过来："哟，小子你在这儿等我呢？！"假装责怪完之后，火三娘抱着他说："你自己选吧！多一个家不碍事，少一个家才心疼。你要学戏就学吧，跟着老大学，跟着五爷学，跟着'烧白''眼镜'他们学！"

"我也要跟着你学。"伍奎抱紧了她，"咱们走吧，不在这儿待着了。"

"傻孩子！"火三娘骂道，"我不在这儿，谁都走不了！你听话跟他们走，多攒点钱，我还指望你以后给我养老送终呢！"

"嗯！"听了这句话，伍奎认真地点了点头。火三娘现在已经身无分文，她的钱早就被士兵们搜刮去了。她摸了半天，才摸到了一根头绳，她把它编成了一个手环，递给了伍奎："一直没有告诉你，我和老大领养了一个孩子，其实就是买过来的。小姑娘父母也是戏子出身，死得早，她就寄人篱下，结果被她姑姑狠心当作瘦马养，后来又卖给了随军的戏班。

有一次我和三庆会的杨素兰遇到了,看那孩子哭得撕心裂肺的,当时看她可怜,就给赎了身。"

伍奎听得一愣一愣的,毕竟之前三娘从来没有提及过,戏班里的人也没有说过。

"那她现在在哪?"

"在农村老家。"火三娘笑道,"这个小妮子挺有唱戏的天赋,五官俊俏,特别是嗓音也很好,现在跟着杨素兰唱花旦,虽然还是在戏班子,但至少不给那些兵油子唱了。想着等她过几年长大了,找个清白人家嫁了,就不唱了,平平安安地过一辈子了。"

"可是这个世道,哪有什么太平日子可过。"三娘叹息一声,"飞来横祸有时候是躲不过去的。"

"三娘,也许到了她那一辈,就会迎来太平安宁的生活。"

"但愿吧,但人生在世,总要活着,要想活下去总要有一技之长吧。三娘就把她拜托给你了。"三娘说着紧紧地握着伍奎的手。

伍奎感觉到千钧压顶,他郑重其事地点点头。

"她姓雷,叫晚彤。记住她的名字,走吧,就拜托你了!"

他明白这可能是三娘最放心不下的事了,虽然接触的时间不长,但伍奎早已把她当作了亲人。伍奎的眼泪瞬间就下来了,他紧紧地捧着那个手环,即使那两个士兵把他像扔猪崽一样扔出营门外面,都没有松手。

老大他们知道一时半会三娘是放不出来了,但应该没有性命之忧,所以等到伍奎回去就出发了。

他们一路上沉默无语,除了陪伴着他们一路的月亮和点点星光。

伍奎望着那轮圆月,心事重重。

原本"眼镜"十分可惜他打造的兵器丢了,可来到长生镇,看到了正在往地面上打入铁钉的工匠,兴奋得一头扎进去询问这里有没有铁匠铺子。没头没脑的询问让工匠们丈二的和尚摸不着头脑,他们不知道眼前这个愣头青到底是唱戏的还是打铁的。

但这并不妨碍"眼镜"一个猛子扎进了王铁匠铺子里,先是帮忙拉风箱,后是帮忙淬火脱碳,俨然成为了王铁匠的临时徒弟。

其他人也都没闲着。老大和张五爷对长生镇的变化感到惊奇。

"真是人靠衣装马靠鞍啊,这么一收拾,特别是城墙上的缺牙巴补上了,气派多了。"老大赞叹道。

"嗯。"张五爷附和道,"这个地方原来就是战略要地,看起来在江水回转的湾湾头,水流急得遭不住,船舶根本无法停靠。地势上又是一路下降直到江里,从江上就是仰攻,根本没得法的。"

"江上仰攻,从陆上可就是俯攻哟。"老大问道,"这个啷个说?"

"有城墙在,一时半会儿冲不进来。"张五爷指着凌烟阁寺和紧挨着的军营说道:"要是想攻下来,那两个地方最危险。"

"危险?"老大有点不相信,"那里一个以后是斗市,一个是新军的地盘，啷个危险？"

张五爷笑了笑，说道："天下熙熙攘攘，皆为利来。设立斗市看起来是找钱，可这钱不一定是好东西啊！"

"哼！"老大冷笑了一声，"怕是钱才是好东西哟。有钱都能使鬼推磨的嘛！"

张五爷听了笑了笑，不再搭话。

六正班他们到得还算是早的，被方家安排到客栈的时候还没有其他人入住。不过陆陆续续来来往往的走商们已经多了起来，他们都在准备着几日之后能在斗市开张的时候博个好彩头。

老少对

"烧白"之前来过长生镇，他印象中这里从来没有过这么多人。以前这里是个鸟不拉屎的地方，经年累月的也没有人会请戏班子来唱堂会。

他上次来还是有人说这里的寺庙在招俗家弟子，等到他跟其他人结伴来到这里的时候，却听说住持老和尚圆寂了，招收俗家弟子这事儿便作罢。没能端上和尚这碗饭的"烧白"在镇子里溜达，后来还是吃到了那一碗让他念念不忘的烧白。吃的时候他还在心里默念着"佛祖菩萨莫怪我，是你们不收我的嘛。该我吃肉！"

这一次他凭着记忆在小巷子里七拐八拐地找了过去，那是一家住家户做的小食店，连个招牌都没有。那家店就在门口支着两个摊子，一边卖猪肉，一边卖烧白、酱肉包子、卤肥肠这些。

"烧白"只记得那家门上有个巨大的疤痕——那是树木的瘤子留下来的。找了半天"烧白"才找到那扇独特的门，却紧锁着。门前的屋檐上挂着两个亮眼的红灯笼。他拍了拍门，无人应答。他又拍了拍，还是没有声音。

"烧白"只好悻悻地准备离开，刚走没几步就遇到了一个老人，他问老人为什么那家小食店没人在家，是不是今天不做了。老人奇怪地打量了他一眼，说道："什么小食店？那家是卖肉的。年轻人，学点好吧。"

"对对对，是卖肉的。""烧白"以为自己问对了，继续说道，"吃个烧白哪个就不学好了吗？"

老人的眼神中充满了不屑，他指着那个门口说："吃啥子烧白？腿腿倒是白！"说完拂袖而去。

"烧白"正在莫名其妙之间，那扇他没敲开的门打开了，一个心满意足、脑满肠肥的男子在妙龄女子的陪伴下走了出来，女子穿的衣服十分紧身，裙子开衩到了腰部。"烧白"甚至觉得自己看到了黑色的部位。女子亲昵地跟男子道别，还让他下次再来。举止之亲密看得"烧白"面红耳赤。

"烧白"没有再去敲那扇很快就关上了的门。他认得出那个女的，他曾经念念不忘她做的烧白。

与"烧白"的失落不同，伍奎的心情更为复杂，他在无比纠结中还是回了趟家。他家的租客们不知道是换了第几茬，有些人他已经认不到了。回到曾经日夜练功的院子的时候，他被铁将军锁在了门外，这并不妨碍他翻墙进去。

落地的时候他踩到了厚厚的草，院子里的黄桷树长得更大了，几乎占满了院子剩下的空间。院子里空荡荡的，每个房间都落满了灰。

伍奎找了半天也没有找到任何一张带有字迹的字条。等到他失落地翻出来的时候，刚好遇到了一位认识他的租客。

"哟，这不奎儿嘛，回来了？"

"嗯。"伍奎极力地在脑海中搜索着，可还是没想起来这人是谁。

"找你额娘？"那人猜道，"早走了。有个什么赵大人给接走了。"

"接哪儿去了？"伍奎问道。

"成都府吧，具体我也不清楚。"那人回答道，"你额娘眼疾越来越厉害了，你父亲托赵大人帮忙找的西洋医生。"

听到这里伍奎已经没有兴致再说下去了，简单寒暄了几句，他不舍地看了几眼自己的家，走了。

没有吃到记忆中的烧白，"烧白"转而去了记忆中没去到过的凌烟阁寺。上次他来的时候山门紧闭，这次再来的时候，因为改建为斗市的工程正在施工，山门反而大开。无人看管的大门就这么敞开着，巨大的挡门柱横七竖八地丢在门前的台阶上。"烧白"走进去就被庭院中的火光吸引。在空旷黑暗的院子中，熊熊的火光总是率先映入眼帘的，除此之外还有正在烧字纸的方老太爷。

方老太爷似乎感受到了有人在看着自己，他抬起头，看了看，挥挥手让"烧白"过去。

"烧白"几乎是一步一颤抖地移过去的。方老太爷从身后拿出一个小方凳，示意他坐下："坐吧。准备了这么久，第一次用得上。"

"烧白"胆战心惊地坐下,不自主地坐得远了点。他怀疑这个老人家是孤魂野鬼,或者是圆寂的大和尚的魂。

"祈福?"方老太爷问道。"烧白"摇摇头。

"还愿?"看着"烧白"依然摇头,方老太爷不再猜了,他抓起一张纸,塞进了炉子。

火焰瞬间伸出了一只"长手",抓着那张纸,在空中就把它撕裂了,碎裂成一缕缕小的火焰。方老太爷用手里的木棍赶了赶剩下的灰烬,又塞给了火焰一张字纸。贪婪的火焰又一次伸出了手。

"烧白"看出来那是一张写得很工整的诗,疑惑地问道:"为什么要烧掉?"

"没用了。"方老太爷回答道,"没用了就要烧掉。"

"那为什么要来庙里烧?在家里不一样吗?""烧白"已经觉得夜凉如水了,看到眼前衣服单薄的老人,他觉得更冷了。

"家里太乱了。人太多。"方老太爷回答道,"人多嘴杂的,怕他听不到。"

看着"烧白"有点被吓到的模样,方老太爷笑了:"别担心,我不是鬼。我只是来烧点纸跟老朋友说说话的老头子。"

"烧白"并不搭话,他把手伸向字纸炉,借机取暖。方老太爷问道:"你不是镇里的人吧?是货商还是投军的?"

"都不是。""烧白"回答道,"唱戏的。"

"噢。"方老太爷这才想起来,"我把这事儿给忘了。你唱的啥?"

"丑戏。""烧白"回答道。

"川剧?"方老太爷问道。

"嗯。"

"那你要好好唱。"方老太爷鼓励道,"要比京戏、秦腔、豫剧、黄梅戏唱得好才行。"

"烧白"听了疑惑地问道,"咋个来了这么多戏班?没看到起耶?不是只唱一天么?安排得下啊?"

这一番如同机关枪一样的疑问一股脑地丢给了方老太爷。方老太爷像个小孩子一样调皮地笑了:"啷个不能来这么多戏班耶?风风光光,热热闹闹的多好啊!也没人说只唱得到一天啊,事在人为嘛。"

方老太爷轻松随意的几句话让"烧白"觉得眼前的老头实在太不靠谱。他叹了口气,说道:"随便他整,反正也不关我的事。钱给到了就行。"

"噢?你是为钱来的啊?"

"那不是?""烧白"回答道,"夏练三伏冬练三九,我师父抽我的鞭子都抽坏了十几根,还不就是为了挣钱。"

"你不是因为爱好这个才学的?"方老太爷饶有兴趣地问道。

"当真?""烧白"反问道。

"什么当真不当真?"方老太爷说道,"我像在逗你耍吗?"

"我说你问我是不是爱好才学的。""烧白"没好气地说道,"这东西哪个愿意学吗?又苦又累,又不找钱。你说老农民好歹还是看天吃饭,今年收成撇了,来年有旱灾了,可是总有年头是光景好的时候。我们这唱戏的,完全就是看脸吃饭。"

"噢?不是凭本事吃饭吗?"方老太爷来了兴致。

"哪儿啊！""烧白"说道，"都说会看的看门道，不会看的看热闹。哪儿来那么多会看的啊？大部分还不都是看不懂的？有时候我觉得我们就是走街串巷的，也就比那些个货郎担穿得好点，脸上不脏还勾了脸而已。有时候，你都不知道……"

"不知道什么？说说。"方老太爷催促道。

"你都不知道有多憋屈，多受气。""烧白"无奈地说道，"唱得好了不一定收到几个钱儿，笼着手站那儿看热闹的，兜里一个大子都没有。唱得不好更别提了，吐口水、扔石头甚至砸场子的都有。"

"这么热闹啊？"方老太爷笑着说。

"热闹？""烧白"听了气不打一处来，"您管这叫热闹？""烧白"生闷气一样地捡起一块石头扔进炉子里，砸出了万千火星。

"这还不热闹啊？"方老太爷说道，"像我这大半辈子都没见到过这种场面哩。我只是……只是就在书房里……"他捡起一张即将去投喂火苗的纸，用手在上面画着圈圈："一圈一圈地走来走去，想到点什么就在这纸上写下来、画下来……"

他的话还没有说完，"烧白"已经笑得不行了，笑得前仰后合，笑得拍腿流泪。方老太爷十分不解地看着他，不知道发生了什么："有这么好笑吗？"

"烧白"笑着点点头："你不觉得……你不觉得……不好意思，这么说有点冒犯，但是真的很像。"

"像什么？"

"像拉磨的驴。""烧白"一边忍着不笑，一边说道。

"噢？哪里像了？"方老太爷并不以为意，反问道。

"你看啊。""烧白"开始认真分析起来,"驴拉磨是不是就是围着磨盘一直转圈?这纸上的字跟驴拉磨在地上留下的痕迹又有什么区别?""烧白"拿起一张纸塞进了炉子:"现在烧了,就没得了,跟卸磨杀驴一个样儿。哈哈哈哈。"

"烧白"荒诞不经甚至充满了冒犯的话语并没有让方老太爷生气,反而认真地想了起来。他甚至都不用想太久就已经想明白了:"有道理!有道理!哈哈哈哈。照你这么一说,我还真是那头驴。"

见眼前的老人不仅没生气,甚至还夸他说的有道理,"烧白"开始不自在起来:"我……我是瞎说的。老人家莫往心里去。"

"哪里哪里。说得很有道理。"方老太爷说道,"来来来,你说说拉磨的驴还有改变的机会么?"

"烧白"被问得莫名其妙的,可眼前这位老头严肃认真的表情,让他觉得对方没有在开玩笑:"驴还有啥改变的?成不了马,当不了骡子。只能生时拉磨,死了熬胶呗。肉都没得人愿意吃的。"

"这不对啊。"方老太爷纠正他说,"万事万物都是有灵性的,物竞天择之后剩下来的必然也是有用的。驴子成不了马、成不了骡子,还是有作为驴子的用处的。"

这番掉书袋的话让"烧白"失去了继续探讨下去的兴趣,不耐烦地挥挥手说道:"你说是就是呗。啥悟净、啥天择的,这里面有沙僧啥事儿啊?他不是护送唐僧西天取经吗?天择又是谁啊?白龙马啊?"

驴头不对马嘴的反应让方老太爷哭笑不得,他乐呵呵地觉得这才是人生常态：不被理解和被理解——前者是知识富有之后的经验匮乏，后者是生活忙碌之中的思想短缺。人人都觉得他人应当拥有自己的学识，体验过同样的经历，却往往忽略了有人过得不幸便看不得他人得势，有人即使身处逆境也总不忍踩踏他人。

那一晚上是方老太爷少有的快乐时刻，他跟"烧白"两个人在那一晚成为了忘年交，他们嘻嘻哈哈、彼此打岔地度过了轻松没有负担的一晚。烧光了方老太爷带去的厚厚的字纸，烧光了附近可以捡到的树枝树皮，烧光了地上的松塔松针，一直烧到天边泛起了鱼肚白。

伍奎对于"烧白"彻夜未归有些不满，他本来想晚上去探望一下父亲和两位师父，但却害怕没有人看守东西而整夜留守。等到"烧白"蹑手蹑脚地推开门进来的时候，他刚刚在床上烙了一整夜的饼，正有点昏昏沉沉的睡意。

执念

接下来的一整天里，客栈突然多了很多人进进出出，上楼下楼的声音从早到晚似乎都没停过。店小二忙得后脚跟打着后脑勺，马不停蹄地奔波在几个楼层之间。

原本左右空着的房间陆续住进了人，叮叮当当搬东西和说话的声音断断续续的，吵得伍奎压根没办法睡觉。等到下午的时候，"眼镜"抱着一个破油布包着的大家伙撞门而入的时候，彻底把伍奎给吓得睡不着了。

"眼镜"把那个大家伙直挺挺地扔在了桌子上，随即打开来开始挨个清点着——那是他这两天的伟大成就，他再次制作出了他被没收了的"兵器"。那些看上去像那么回事儿的东西，实际上因为没有过硬的材料和锻打水平，本应该是"大家闺秀"的，却十足像是"粗糙大汉"，属于可以远观不可以近看。用老大的话来说，仅仅是像那么个东西，不堪用、不中用，上不了台面。

"眼镜"小心翼翼地把自己的宝贝收好，他还做了一些改进，把那把长刀做成了可以拼接起来的结构，这样长柄就可以拆成两截放到箱子里。"眼镜"丢给了伍奎一把小刀——也是粗糙无比。刀把上直接是缠绕的麻线。刀鞘更是没有，临时不知道从哪里捡的苞谷叶就把那把小刀包裹了起来。

伍奎看着那把丢过来的小刀十分错愕，他不知道应该如何使用，更不知道为什么要给他也做一把小刀。"眼镜"像是看穿了他的心思一样，说道："揣在身上可以防身，平时当个工具也多好的。"

伍奎默默地点点头，算是接受了"眼镜"的礼物。此时已经快要临近傍晚，伍奎想起来自己还要去军营，于是简单地说了几句算作是请假便走了。

像伍奎这种心事很重又不肯轻易对外吐露的人，平时也很难主动想要与他人来往，对他而言，虽然是去找父亲，但实际上却跟见外人差不多。

以前他总以为自己是父亲养来准备卖给八旗或者绿营的小卒子，只要他不死，父亲就不会操心其他的。他的记忆里除了繁重的训练就是经年累月的饥饿和寒冷，他是在认识了火三娘他们之后才有了点家的感觉。现在他也并不想再无家可归。他现在生怕见面后父亲会又自作主张地把他送回到母亲身边，这样他又会过回悲惨的日子。

伍奎一路走着一路想着，思想拖慢了他的脚步，以至于当方定祥跟他打招呼的时候，完全没有反应。直到方定祥完全站在他面前挡住了去路，他才回过神来："呀！定祥，怎么是你？"

"是我啊。"方定祥回答道，"放假了我就回来了。"

伍奎这才注意到方定祥身上的一身制服，是西洋的款式："你这是？"

"这个啊。"方定祥回答道，"这是巡警学员的衣服。我再读一年就能当警察了。"

"警察？"伍奎疑惑地说，"那是啥？"

"就是维持治安，抓坏人的。"

"噢噢。捕快。"伍奎接话道。

方定祥听了也不反驳，笑着说道："走，去我家坐坐。好久没见了。"

伍奎本来想拒绝，但是方定祥已经拉着他往家走了，他没有抗拒地跟着他走了。等到了方家门口，伍奎突然摆脱了方定祥的手。方定祥错愕地看着他："走啊，怎么不走了？这都到了。"

"老管家呢？"伍奎怯生生地问道。

方定祥听了，脸上原本高兴的神色一扫而光："他死了。"

"死了？"伍奎惊讶地问道，"怎么死的？"

方定祥小心翼翼地环顾了下四周，确定没人注意之后才靠近伍奎的耳边说道："被革命党炸死了！"

同样关心老管家之死的，还有赵荣安。他此时正在跟方老太爷喝茶。

赵荣安依然十分客气地跟方老太爷寒暄着："上次来在老太爷府上住的，很是安逸。老管家照顾得是无微不至，还经常能看到他把您收藏的戏服行头之类的拿出来掸灰晾晒，真是个好仆人。"

"赵大人又不是不知道他的身份，何必还在这儿绕呢？"方老太爷单刀直入地说道。

"是是是。"赵荣安狡猾地说道，"当年要不是他逛窑子喝醉了酒、闹出了人命，兴许谁也不知道他的身份。他还在庙里晨钟暮鼓呢！"

"他最后不也弃暗投明了么？"方老太爷劝道，"如今又被炸死了，该了了。"

赵荣安喝了一口茶，想了想，回答道："可是庙里还是有三个和尚，而且外面说不定还有余孽。现如今这唯一的眼线也被革命党炸死了。那几个人就是处在暗处，我们在明处，你让我如何了得了？"

"前次他们想要拿到的枪支弹药不也已经被你端掉了么？从那以后已经很久都没有再活动了，你又害怕什么？"方老太爷说道，"相反地，你把军营设在庙外面，知县大人想要把庙夺了去，先建斗市后改道观。你们这才是步步紧逼。纵使是困兽，到最后怕也要跟你们拼个鱼死网破。"

"老太爷说得极是。"赵荣安说道，"所以不如逼他们自己先反。本以为这么多年可以拖死他们，没想到吃斋念佛也改不了他们的本性。"

"狼行千里吃肉，狗行千里吃屎。这是改不了的。"方老太爷十分超然地说道:"逼他们反容易。只是这么多年早就已经销声匿迹的长毛突然间冒了出来,你就不怕上面追问?"

"唉。"赵荣安回答道,"现在到处都是山贼土匪,事成之后给他们编个罪名还不容易?只要是能镇压下去,上面不会追问到底的。"

"万一他们把长生镇、把县城打下来了呢?"方老太爷反问道。

"那他们得有牙口咬得下来。"赵荣安笑了,"他们现在连门炮都没有,上哪儿打镇子、打县城?"

"你就不怕他们混进来搞你个里应外合?"方老太爷笑道。

"所以啊。"赵荣安有些兴奋地说道,"老太爷千万要把这台戏唱好!三天之内我绝对能把他们找出来。你看现在长生镇这城墙修好了,兵士也训练有素,找他们那不就是个猫鼠游戏?只要在这长生镇里,把他们处理干净就是手拿把攥的事儿。"

"你是这么想。"方老太爷回答道,"可是徐知县不这么想。"

"哦?"赵荣安有点惊讶,刚才的兴奋瞬间冷了下去,"怎么说?"

"徐知县反而怕贼人混进来,已经写过信、来找过我几次了。徐知县想要不办好这台戏,甚至最好压根不办。"

"那不得行!"赵荣安斩钉截铁地拒绝了,"这么好的引蛇出洞的机会,怎么能白白放过?这两天已经陆续有几个挂了号的头脸人物出现在长生镇了。正是需要关门打狗的时候,怎么能听他的？"

方老太爷并不搭话，他像个旁观者一样看着赵荣安。赵荣安说完之后已经开始不由自主地站起来在屋子里走来走去，像是在说服自己一样，自言自语了好一阵才说道："那我先告辞了，我去找徐知县。此等大好机会绝不能放过。"

没等方老太爷起身打招呼，赵荣安已经急匆匆地走了。伍奎也没在方家待多久，方同卿不在，方老太爷在会客，他只有跟方定祥闲聊。聊了没几句就无话可说了。枯坐了半天，吃了点点心，伍奎就告辞要走。

方定祥挽留了一阵儿没成功，只得胡乱包了几包点心，塞给了伍奎，拍着他的手背说道："请君看取东流水，方识人间别意长。"

伍奎愣了一下，点点头。转身走了。

在拐角处，伍奎遇到了"麻汤圆"。他一身便服，毡帽帽檐压得很低。伍奎并没有认出他来，而是"麻汤圆"把伍奎拦住了。当得知伍奎要去军营找父亲的时候，"麻汤圆"告诉他不用去了，伍永昌他们已经出镇子去了。

"去哪儿了？"伍奎好奇地问道。

"我也不是很清楚。""麻汤圆"回答道，"现在除了留守营地的，其他都派出去了。我跟'四脚蛇'同其他几十个一起当暗探。"

"暗探？"伍奎问道，"勒是做啥子的哟？"

"麻汤圆"凑近他的耳朵，小声说道："有贼人可能这几天要作乱。我们要把这些生面孔揪起出来。"

伍奎一听，头皮都发紧了，连忙回道："那……那你要多注意些哟。"说完了伍奎就准备往客栈走,才走出几步,他想起来又走回去,跟"麻汤圆"说:"如果我老汉回来了,麻烦你告诉他我住在蓬莱阁客栈。"

"嗯,要得。放心。""麻汤圆"回道。

伍奎回到客栈的时候,"烧白"又不在了。伍奎已经没有心思去问他去哪儿了,他现在很困,只想睡觉。在凌烟阁寺里烧字纸的方老太爷也没等到"烧白"。他们俩并没有约好,是方老太爷心里存在一丝可能,他觉得那些驴头不对马嘴、天马行空的对话也会让"烧白"上瘾。可是让"烧白"上瘾的只有烧白。

"炉火都要熄了。"不知道什么时候,大和尚已经来到了方老太爷身边。他手里抱着一堆刚砍的木柴,还散发着松树的香味。他蹲在炉子前,把柴火一根一根地塞进去。

"哎,哎,哎。"方老太爷赶忙制止,"使不得使不得。这个炉子塞不下恁个粗的柴火。"

可是对方依然执意在塞,塞得几个小孔都被塞满了,原本快要熄灭的火苗现在像是要窒息了。

"你看你看。"方老太爷埋怨道,"跟你说了的,塞满了不得行啊。"

"有何不可?"大和尚看着自己的杰作开心了,他拉过方老太爷身边空着的椅子坐了下来,"月缺月满,不过一时。这炉子等一会儿就又烧起来了。别担心。"

"月满月缺?"方老太爷狐疑地问道,"你什么时候说话这么禅意了?这么多年也没见你佛学有长进啊。"

"你说得是。"大和尚并不反驳,"这些年我是没学进去丁点佛法。杀我师父的时候,师父咽最后一口气之前都在念经为我洗去罪孽。我呢,就是事后洗了洗手,便觉得洗清了一切。"

方老太爷并没有说话,他选择聆听。

"佛说万事万物都有因果,今生前世都是连着的,人早晚都是要遭报应。你说是不是?哪里有什么能洗清罪孽的经文呐?你们都说我师父最后是得道高僧,涅槃成佛。假如真有这回事儿,他为什么不在天上诅咒我?让我遭报应?"大和尚说道,"一切皆是虚妄,一切皆是虚空。"

"你当时不是跟我说,师父重病缠身,你帮他解脱也是修行?"方老太爷缓缓地说道。

"那不也是自己骗自己?他明明寿数没到。"

"这谁又能说得清楚呢?寿数这个东西,你现在把我杀了,也是命中该有的。"方老太爷岿然不动,看着炉火说道,"该发生的就让它发生吧,我们不是已经强行让它发生得晚了十几年了吗?"

大和尚没接话,仿佛云游到其他地方去了。

"逆天改命,大都会沦为痴心妄想。"方老太爷循循善诱地劝导着,"你已经在这里生活了这么久了,不是故乡也是故乡了。不要再给当初接纳了你的人们带来伤害了。"

"困在这小小的寺庙里,每日每夜都担心大难临头。"大和尚转过头来,盯着方老太爷说道,"这还是你们拿走了我所有的钱,连我弟弟都被你们拉拢了。如果他还活着,我们兄弟俩在这寺庙里也没什么。可是你们连他都不放过,一定要斩草除根吗?"

"你弟弟不是他们杀的。"方老太爷解释道,"是革命党。而且他在寺里的时候,已经跟你不怎么说话了啊。他不是笼中之鸟,你们困不住他。"

"那我这个笼中鸟,你们就打算困死不成?现在我们坐的这个地方,马上要人声鼎沸了。侧面还有军营,下一步你们是不是真的要把禅房也收了去?"大和尚问道。

"是在说有个自真道人要来……"方老太爷回答道。

大和尚露出了不可思议的表情,他甚至有点不相信自己的耳朵。方老太爷笑着看着他,说道:"前些日子,我在这里烧字纸,遇到一个唱戏的少年。他不喜欢唱戏,说唱戏就是个营生。他跟我聊了半天,结果啊,我们俩就是驴唇不对马嘴,你说你的、我说我的。哈哈哈,那天他把我的心结打开了。你说我们这么些年小心翼翼、彼此算计,算计来算计去,还不是一有风吹草动就危在旦夕?更何况现在这年月,我们都老了,撑不了几日了。随他去吧。"

"你是没几日了。"大和尚直言不讳地说道,"可是我尚且年轻着呢。我这辈子最错的决定就是当年听信了你们的,做了十几年的囚徒。哎,当年翼王死的时候我就该醒悟啊,跟敌人谈条件是万万不可能的。放下屠刀,应该立地成魔。"

方老太爷叹了口气,像是在做十分艰难的决定,对于眼前这位相识多年的……说不上来是友是敌的人,心情十分复杂。他一直都清楚自己的突然发迹是来自大和尚的不义之财,他也一直心甘情愿地受着徐知县的摆布。

这是他们之间的生态位和食物链,是他们在这个社会明面之外建立起来的另外一个阴暗面、微循环。徐知县除了建立起这个小圈子，按照秩序划分好滤食顺序，还给这个系统找来了启动资金，并且源源不断地注入一切可以给予的资源。

为了确保金字塔结构的稳固，他连教谕等职务都牢牢地抓在手中。方老太爷的举人和商人身份，源源不断地给上层枝干送去养分，回报上层的阳光普照。大和尚以及时隐时现的匪徒们，则给了社会明面永远存在的不安全感，甚至是死亡威胁，挤压出的资源又会源源不断地滋养着处于明暗两界的他们。

这个体系看似根深叶茂，实际上却是对大和尚这些人的一轮又一轮压榨，消耗着他们的财力、人力、物力，并最终把他们耗死在某次危机之中。

徐知县的认知十分简单，大和尚们虽是亡命之徒，当年大渡口河一役之后他们就是已死之人。已死之人是不会有更高的要求的，他们只需要活着就够了。所以他们才会一路向东，阴差阳错地逃到了这里。

只要收走了他们的钱财，内部加以分化，困死在这里，就只剩下被自己拿捏的份儿。那天那个下跪求饶的眼神已经让他相信。只不过他没有想到的是，自己贪恋这个小生态的安逸，以至于错过了建功立业、飞黄腾达的机会。等到外部环境变坏的时候，蠢蠢欲动的人心已经无法让他完全掌控局势。

出于对可能发生的危险的恐惧，徐知县十分不愿意方老太爷此时提出的年底演戏的计划。但是他已经在上一次不假思索地予以了支持，此时明面上的反对已经不太可能。毕竟对于他而言，现在除掉大和尚们是最保险的做法，干成了还是功劳。方老太爷一时半会儿还没办法取代,他是小生态的中坚。

"十几年虽然短暂,但是世道已经变了。你们的敌人也没有了,也许放下执念是最好的归途。"方老太爷语重心长地对大和尚说。

"本来我想行尸走肉地活着,但现在已经没有了任何意义,反抗未必不是一种解脱。"

方老太爷想了许久,直到大和尚都已经起身准备离开了,他才说道:"三天。你只有三天的时间。"

大和尚停下了脚步,既没有回头也没有说话。只有山风和月亮看得到他的表情。

"还是让我听上几出戏吧。"方老太爷拍了拍身上的尘土,缓缓站起来:"好聚好散。"

大和尚依然没说话,走出去了几步,才说道:"回去吧,夜里凉。"

看着走入夜色之中的大和尚,方老太爷背着手站了半天,呆呆地望了很久。他像是在沉默地告别,又像是想要从夜色中看到他们的未来。

拯救

方老太爷等的"烧白"一直都没出现,因为他又一次去了那个小院。与之前不同,他这次是提着一挂猪肉去的。那一挂猪肉用草绳穿着,鲜艳的颜色告诉路边的人们:那是一挂新鲜得不能再新鲜的猪肉。你要是用手指去戳它一下,说不定都会颤抖起来。这块肉的体积如此之大,足以能够让一家五口吃上三天，而且是顿顿吃肉、顿顿不重样地吃上个三天。

与这块猪肉相比，"烧白"的穿着让人狐疑，他从膝盖往下都是泥巴，已经看不出裤子和鞋子的颜色。他的上衣也不知道在哪里扯了一个大口子，耷拉下来的布条像是破旗子一样飘舞着。

正值饭点的时候，"烧白"拎着这么一挂馋人的猪肉行色匆匆，让很多拿着碗蹲在外面吃饭的人，顿觉手里的野菜箜饭都不香了。"烧白"犹豫了一下还是拍响了那扇门。门里没有人答话，他又加大了力气拍了拍。还是没有人说话，男子的喘息和女子的叫声隐隐传了出来，他才明白里面的生意正在继续着。他只有等。

颇有些失落的"烧白"刚转身坐下，那扇大门就开了，一个男的一边胡乱裹着衣服，一边骂骂咧咧地往外走。衣衫不整、头发凌乱的女子紧跟其后，说着让他再玩会儿。

"软都软了，啷个玩嘛。"男子一边甩开女子的纠缠，一边丢了几个铜钱在地上，根本没有看到地上坐着的"烧白"就匆匆而去。

女子只好悻悻地蹲下来捡地上的铜钱。姣好的胸部从侧面看若隐若现，白得像他手里的猪肉一样。女子回身的时候看到了"烧白"，愣了一下便回归了惯常的表情："来吧。你这种小鸡仔要加钱。"

"烧白"没说话，拎着猪肉跟着女子进了门。女子刚把门关上，"烧白"就把那一挂肉亮在了她的面前，把她吓了一跳："做啥子？我可是正经人，不做你那些腌臜的事情。"

"烧白"连忙把肉收回来,诚恳地说:"不做啥子,不做啥子。我就想吃肉。"

女子一听不紧不慢地解开了上衣的扣子,撩起了肚兜,露出了雪白的身体:"来吧,吃吧。"

"烧白"脸臊得通红,立刻转过头去闭上眼睛。

女子笑了:"哟,还不好意思呢。不好意思你拍恁个凶的门,还以为胀得等不及了呢!"

"不……不是……不是。""烧白"着急地说道,"我是想吃烧白。吃肉。"

女子看着他手里的肉愣了:"你走错门子了撒。这里只卖肉,不做肉。滚滚滚!"

说完女子就要赶"烧白"走。"烧白"却来了倔脾气,他杵在那里,喊道:"你说好多钱就好多钱!能做好多做好多,吃不下的都给你!都给你!"

女子推不动"烧白",听了他的话又觉得好笑:"你啷个晓得以前这点儿做过馆子耶?可是现在不做了。我这双手都改了只握男人的'鸡儿'了,你来找我做烧白?你这不是扯得很吗?"

"你做的好吃。""烧白"怯生生地说道。

女子被气笑了:"做得好吃的多了去了,你跑到我这儿干啥子?"说完她随手拿起院子里的笤帚开始打"烧白"。"烧白"不动也不跑,只是用手护住脑袋,任她打。打着打着,就变成了拍打"烧白"身上的泥巴,那些泥巴在地上掉成了一个圆圈。

"噗,你这是跑哪点儿去了哟!这些泥巴都够我糊个炉子的了!"女子笑了,"去,快去把裤儿脱了,我给你洗洗。"

看着"烧白"不知所措的表情,女子解释道:"不是要吃烧白迈,一时半会儿又做不好,我帮你洗洗裤儿。一会儿也就干了。"

"烧白"迟疑了一会儿,还是点头答应了。如果你站在房顶上,就能看到一个没穿裤子的光腿少年被一个妙龄女子使唤来使唤去。"烧白"先是扛起了竖在门后面的一根大木头,用它当作门闩把大门挡了起来,随后又被喊去帮忙烧猪皮。女子夸他买的猪肉好,"烧白"不好意思地说为了弄到这块肉,他一大早就跑了几个市集才找到一个现杀猪的。

烧完了猪皮,他又要切芽菜。那个女子继续在外面处理着猪肉。"烧白"切完了芽菜没有事情做,眼睛不由得被桌上胡乱丢着的春宫图吸引住了。还没等看个详细,进屋来的女子就把那些收拾了起来,收拾完了还不忘数落了一下"烧白"。说他年纪轻轻的也像那些个老男人一样,还说他千万不要贪这口,不然老了没有好身体。

女子给"烧白"拿来了一条洗得发白的旧裤子,让他穿上。看着"烧白"迷惑的样子,女子解释说那是她弟弟的。"烧白"这才想起来那个跟自己年纪差不多的少年。女子像是被这条裤子打开了记忆的匣子,自顾自地说了起来。

她说那个时候他们姐弟两个和老父亲相依为命,日子过得还凑合。后来弟弟跑去给别人扛了个当兵的名额,本来说的是凑数,没想到死在了剿匪的路上。老父亲听说自己的老幺儿死了就不行了。弟弟原本就没拿到几个钱,又被雇主说坏了规矩,强行要他们赔偿一笔钱。父亲没拖过开春就走了,这一下家里就垮了，砸锅卖铁借了高利贷才勉强还清。

"为了还债，我只能做我以前不齿的事。"女子淡淡地说道，她一句话概括了她之前的人生。

刚出锅的烧白很好吃，女子看着狼吞虎咽的"烧白"，笑着说道："你不来，那口锅可能就是给我蒸内衣内裤用了。"

"烧白"囫囵吞了几块后吃得慢了起来，像是在品尝绝世佳品。女子好奇地问道："怎么？刚才的话恶心到你了？"

"烧白"摇了摇头，他这一顿还没吃完已经在想下一顿了。女子似乎看出了他的心意，安慰道："你要不嫌弃，下回我做了给你送过去。"

"我要走了。""烧白"失落地说道。

"走去哪儿？"女子问道。

"跟着戏班子到处走，哪里都会去。"

"哦。"女子说道，"那这几天先吃到起。我给你做。"

"你是不是觉得我像你弟弟？""烧白"问道。

女子一阵慌乱，这慌乱出卖了她。

"那你跟我走吧。""烧白"说道，"我还有点钱。"

女子看着"烧白"明晃晃的嘴角和十分恳切的眼神，她知道"烧白"是认真的。她帮他擦了擦嘴，笑道："吃得嘴角都流油了，还不满足，还想把我也带走！"

"烧白"听了她的话以为自己被质疑了，连忙急赤白脸地说道："不够我挣了再给你！"

"不是我不信你。"女子笑着说道，"你图啥？图这碗烧白，还是图我是你姐？别傻了。"

看着沉默不语的"烧白",女子劝道:"干我这行了,就没有清白一说了。我也习惯了来钱快的日子。你真让我重操旧业做馆子,我还真受不了那罪。别想啦!吃完走吧。你走吧。"

"烧白"不再说话,他默默地吃完了所有的烧白,几乎是打着饱嗝,肚皮没有遗憾地走出了那个小院。月光之下,少年心里,种子发芽。

击杀

转眼间就到了搭台唱戏的时候。长生镇可能从来没有像现在这样漂亮、整洁过。

原本竖立在镇外的牌坊被彻底拆除后,留下的大坑被种上了树,破烂的道路被整块的上好条石重新铺平,像是一条白色的链带一样,直通江边。残破的城墙再度恢复了往昔的光彩,连上面站岗的士兵都看上去像上个世纪荣光返现。穿过巨大的门洞,如果忽略依然满脸菜色的镇民们,你会有一种回到了那个建筑合理、装饰奢华的满城的感觉。

道路两边已经挂上了彩灯,下面悬挂着的是此次应邀来唱戏的角儿的名字。"烧白""眼镜"他们挨个找着六正班的名字,最终在一个角落里找到了。

彩灯遍布整个镇子,萧瑟的冬天有了节庆的氛围。凌烟阁寺也热闹非凡,各路商人正在等待着斗市的开启。据说徐知县定的是大戏连演三天,最后一天在各路官员见证下隆重开市。这里面有赵荣安的莫大功劳,他最终说服了徐知县同意方家大演三天的方案。

对于徐知县担心的贼人趁机起事，赵荣安拍着胸脯说已经先行进行了布防，暗探也已经遍布全镇，到时候来一个抓一个，来一双抓一对，准保"杀他个干干净净"。

方家从伍家买来的广场和检阅台也已经改建到位。除了台基保留了，原本的建筑几乎被完全拆掉并新建了一个宏伟的戏台。为了防止到时候人们蜂拥而入导致踩踏，方家在外围建了一圈围墙，把整个广场临时包围了起来。

"屁眼虫"是第一批进去体验场地的人，他混在了第一天登场的戏班子后面进去了。迈过灰砖墙上精美的圆形拱门，"屁眼虫"顿时觉得眼前一亮，平整光滑的广场石砖和连接它们的大铁钉反射着太阳的光芒，让人有些睁不开眼睛。一些人已经迫不及待地走起了方步，每走一步都是"嚯""嘿""霸道！""地道！"的赞叹声紧随其后。随着人群慢慢地散开，新修的戏台展露在眼前。

与旧检阅台相比，新戏台简直就像是脱胎换骨一般，里里外外都修葺一新。台子上方新加了一个重檐歇山式屋顶，上面用小青瓦铺面，戏楼四角飞翘。

戏台子是八架椽，乳突搭牵用六柱，还铺了厚木板，戏台进深十米，宽九米。每一块肉眼可见的木头都不是素面的，木雕戏剧人物、花卉、格眼窗花等纹饰铺满了所有的梁架。

左右两边设了两个耳房，但是由于空间问题，一间只能容纳一个戏班使用，对于连轴大戏而言，略显不足。戏台正对面修了个二层的戏楼，是专给达官显贵们看的。

"屁眼虫"还在下面感叹这个戏台的宏伟时，已经有人站在台子中间放声唱了起来:"大登科小登科我一人独得,峰翠山那奸贼,插旗造反他要乱国……"声音在这空旷的广场中居然能够聚而不散,始终洪亮,让众人十分惊奇。

在现场的方同铜不无得意地说:"这是从西洋请来的设计师,人家是专门给神父修教堂的,讲究的就是声音雄浑、空间聚音。"旁边的人听了个似懂非懂,有人不解地指着雕梁画栋的戏台说道:"这也是洋人修的?狗日的手艺不赖哦!"这话自然迎来了方同铜的驳斥:"这当然是请的最好的木匠刻的。人家洋人只管建筑!""啥子是建筑哎?"有更多的疑问冒了出来。这已经超出了方同铜的知识范畴,他选择不再说话。

城镇里的热闹是不属于伍永昌他们的,他们被临时抽调去了候历关驻防。那里说是个关,其实是个高度不到六十米的坡地。赵荣安告诉他,最近会有流匪从这里经过,到时候只需要守住坡地,居高临下射击就能取得全胜。

傅军奇和"死耗子"去了县城,这让傅军奇很是不满,他一向看不惯官衙里的那些旗兵和绿营,总觉得他们是被安插的眼线。这次让他去协防,他一百个不乐意。可是等到了他才发现,那里居然已经成了新军的天下。而那帮子新军,来自龙泉驿。

这让傅军奇十分好奇,他不知道发生了什么,能够这么大规模地调动军队。但他明显地感觉到整个县城的管理都变得严格了。

离正式开演只剩下几天的时间了。路途遥远的成都、重庆府的达官显贵和家眷们已经陆续到了。他们先后住满了好一点的客栈,或者借宿于自己能够投靠的亲属家中,城镇里很快就没地方住了，剩余的人不得不搬到了凌烟阁寺里。

方家也在这个时候接纳了众多的客人，这导致方定祥不得不频繁地迎来送往，甚至成了"孩子头"。他一直想要去客栈探望一下伍奎，可是众多事务牵绊下，再见到伍奎的时候，他们俩只剩了遥遥相望。

大戏开演的第一天是京剧，一共演了六场，分为文三场、武三场。岳母刺字、群英会、玉堂春、梁山伯与祝英台这些都是从北京请来的角儿演唱的。

第一天应该是最热闹的一天，但是因为是京剧，而且并没有正式的邀请函，原本划定了位置的戏楼上坐得稀稀拉拉的。除了方家人整整齐齐地安坐于观众席上，其他的都是来看个热闹的。没演完第一场，人就走得差不多了。

广场中的人更是一拨又一拨地轮换着，他们不懂得这些典故，也听不懂字正腔圆的调调，更无从欣赏那些繁复美丽的戏服和头饰。结果一天唱下来，唱得各个戏班是心凉了一半，纷纷哀叹这么好的戏台、这么好的戏，换不来喝彩。

方老太爷却一直看得津津有味，他有节奏地用手指打着节拍，十分享受这难得的曲高和寡的时刻。徐知县和赵荣安都没有来，大和尚也没有出现。一切似乎平静如水。

第二天的景象如同方同卿所担心的，秦腔更是少有人喜欢。但是方老太爷却以不能忘本为由，执意要戏班唱。当秦腔响起的时候，锐利、粗糙、高亢的声音瞬间直冲云霄，震耳欲聋，台上演员卖力的表演更是张力十足。这些却把很多人吓到了，说是"志微噍杀之音"，是"战场杀伐之音"。一开嗓就跑了三分之一的人，等到全部唱下来，只剩下了零散的几只鸡犬。

前两天，连续两个地方的戏剧戏班铩羽而归，给了几个川剧戏班更大的信心。虽说同行陪衬不能说是自己能耐，但是唱得满堂彩也是他们的底气。

只不过对于六正班而言就没那么走运了，他们被安排在了下午第二场。这个场次十分尴尬，而且临近晚上饭点，到时候唱得好也可能留不下心急回家吃饭的观众，唱得不好更是留不住人。

这倒没有困惑张五爷多久，他似乎对于练功并不太上心，反而对"眼镜"新打的兵器十分感兴趣。他每天还要花很多时间去照顾自己的马，也就在这个时候，张五爷顺带着教会了伍奎骑马，他告诉伍奎，一身功夫特别是一身童子功的人不会骑马，才笑人。

第三天开演的时候，长生镇的人见识到了多年以来从未有过的景象，他们从未见过如此多的达官显贵们鱼贯而入。

徐知县陪同着重庆知府大人出现在了戏楼的中间位置。赵荣安并没有出现，方老太爷和方同铜作为主人家陪同坐在了第一排。第二排则是宋师爷等一干随同人员。大戏还没开始前，免不了都要寒暄几句。

徐知县十分轻松地跟方老太爷说着前两日的剧目，说着说着又开始暗地里嘲讽方老太爷不听从自己劝告，搞得看似全民同乐，实际上曲高和寡："京剧秦腔都是懂的人才听得懂。不仅仅是修辞水平，还有举手投足间的深意。咱这穷乡僻壤的，能迈得过那个门槛的能有几个？我听说，昨天很多人都觉得那是'杀伐之音'。"

方老太爷听了，自然知道话中有话，不疾不徐地说道："黄钟大吕之音，本来就孤悬于江湖之外。曲高和寡并不是说草民们就不能享受。想要民智，首先要开民智。"

二人的对话显然已经被知府大人听到了，他扭过头来给了一个十分钦佩的目光。

"久病之人，不用猛药。喝粥之徒，不能肉食。"徐知县说道，"现在这个时候，说开启民智，那不就是允许他们造反吗？举人老爷不能老是在自己的书斋里看世界。让他们刚刚能吃饱，不要挨饿受冻，就不会想东想西，更不会动不动就要革了这个人的命、那个人的命。那才是太平盛世。"

"徐大人说得甚是。"知府大人饶有兴趣地插话道，"要我看，让那些人吃饱了有些富余了，不是置田产娶小妾，就是捐功名捐功德。哎呀，多少强抢民女、逼良为娼都是这些有些闲钱的人干的。那些革命党、土匪，头发一剃跑到庙里观里当个和尚道士，信众一多，再度举事的一抓一大把。压根防不过来。"

说完，知府大人问徐知县："贵县倒是独树一帜，那么大的寺庙里就只有三个和尚，好管得很呐！能不能教教我，这是哪个做到的啊？"

徐知县听了顿觉受宠若惊，脸上的笑容都快兜不住了："哪里哪里，都是知府大人治理有方。下官不过是依样画葫芦而已。"方老太爷看懂了徐知县说这番话时望向自己的微妙眼神，借机专注于戏楼前面的风景，装作没有听到。

"徐大人言重了。"知府大人看似轻描淡写地说道，"谁不知道徐大人望向的是西边啊。我可不敢指点。"

徐知县听出了知府大人的话中之意，连忙解释道："府台大人，此话怎讲啊！徐某一向是仰望足下的，没有二心啊！"

知府大人笑了，他用手示意了一下后面坐着的诸多随从家眷们："这来了的还有没来的，前两天来了又走了的，这不都是徐大人的关系么？"说完他放轻松了语气："这不正说明了徐大人得人心、得民心嘛。"

知府大人轻轻地拍了拍徐知县的手，这一拍已然让徐知县如芒在背。他知道自己再不抓紧回到权力核心，就会被两边所抛弃。

恰巧在此时，大戏开演了。第一出是合德社的《白蛇传》，演了两出折子戏，先是演的《陕断桥》。"重逢旧地血泪双落""觅知己萍水相逢寒食过""风雨共舟相爱慕，百卉楼订下了生生死死同心约"配上小青追逐许仙三追、三扑、三次变脸，吐獠牙、拔帽、拔衣、甩税法、吊猫、单腿旋转的绝技，白素贞"高坐莲"和"膝步"更是表演得出神入化。

江头桂的曲牌搭上一字板式唱腔，幽怨伤感；锁南枝的平铺直叙对应着唱词的大开大合。众人直呼过瘾，台下更是时不时的就掌声、叫好声雷动。等到水漫金山寺一折的时候，护法天神韦陀为寻找白蛇踪迹，口中念念有词："待吾睁开慧眼一观。"随着台词念完，一个正面踢腿，一只竖立的金色慧眼出现在韦陀额头正中，真真的宛如天神下凡一般。

两出折子戏如同平地炸雷一般，轰开了人们的话匣子和想象力，尘封多年的古老故事和家族寓言被戏曲所激活，几乎人人都在看戏，又都在按照自己的学识和记忆拼接解读。

他们解读着白娘子和许仙的恩怨与误解，赞赏着小青的耿直与真诚，哀叹着法海的无情与蛮横。有人简单地就把法海视作坏人、恶人、奸人，有人则认为许仙太过于憨直，致使白素贞和小青无端经历了太多凶险。这些讨论甚至一直到演出结束都没有停止，锣鼓点停了好一阵子都还持续着。

精彩的表演也让知府大人、徐知县、方老太爷等人交口称赞。知府大人问道："你们这个没设个头彩、奖牌啥的啊？"

方老太爷回答道："没有。本来也只是乡间野趣，大家欢喜欢喜。"

"哦？"知府大人来了兴致，提议道，"那我来一个，如何？"

徐知县立即响应："甚妙甚妙。"

知府大人思考了一会儿，说道："前两日的已经演完了，我们不做评判。就只评今日的川剧，我们三人各自在纸上写下心仪的戏班，等到演出结束后揭晓答案。若要有票数一致的，就在其中再决出个甲乙丙等，如何？"

"不知以何作为奖励？"徐知县问道。

"就由知县大人手写'长生第一班'匾额作为奖励，如何？"知府大人说道。

徐知县连连摆手："不妥不妥，还是由府台大人亲笔为好。"

知府大人对此不置可否，方老太爷始终没有搭话，他知道这场戏从一开始就不是一个人或者一群人的戏。

大戏上演的同时，赵荣安也在导演着自己的折子戏。他身着便衣坐在酒馆的二层，靠着栏杆，一眼就能望到街上的情况。远远地,他就看到了乔装打扮的大和尚孤身一人向酒馆走来。

大和尚走上二楼楼梯的时候,已经被等候在楼梯口的人拦住了,他们想下了他的兵器,却被赵荣安用眼神阻止了。大和尚缓缓地走过来,看到赵荣安对面坐着的那个人,长出了一口气。那人虽然被反绑着,浑身上下都是血渍和伤口,脸上更是没办法看,好歹还活着。他费力地睁了睁肿胀的眼睛,算作是打招呼。

大和尚坐在了赵荣安的侧面,说道:"抓了我的人,逼我来赴会,赵大人下得一手好棋啊。"

"过奖,过奖了。"赵荣安笑笑,"我倒是没有想到你会单枪匹马地来,很是佩服啊。不过又要让我派人去把你那两位兄弟给看住了,有点费事儿啊。"

大和尚听了,面露愠色,问道:"你为何非要苦苦相逼?我这条性命还不够吗?"

赵荣安摇了摇头,回答道:"不是我苦苦相逼,是你在逼我。"他指着旁边那个奄奄一息的人说道:"我敬重你们都是条汉子,被打成这样都牙关紧闭,一个字都不肯说。但这更让我怀疑你们想要再次谋反!"

大和尚听了摇摇头,苦笑道:"你要我如何你才信?这十几年我都不曾迈出寺庙半步。我弟弟都在你手中,钱财这些身外之物早在那年我就全部交出去了。这都不能让你们安心吗?"

赵荣安听了他的话,直直地瞪着他。对方却面朝前方,根本不在乎他的目光。赵荣安使了个眼色,手下的人拿出了一个卷筒，打开之后，展示出了黑旗。

"这是黑旗军的旗子。"赵荣安说道，"当年你的供词里说只有翼王亲随十余人化装逃脱。尔等本意是在翼王行刑时冲抢法场，谋事不密反而被抓。当年你可没说还有漏网之鱼。"

大和尚笑了笑，说道："只是一面旗子而已，随便找家布坊就能赶制。这是欲加之罪。"

赵荣安抓起那个奄奄一息的人的辫子，猛力一拉，那人痛得浑身发抖："那他呢？他根本不在你招供的名单之内！只怕他就是那个居间为你们联络，沟通有无的人吧？"

大和尚转过身来，抓住了赵荣安的手，在他的帮助下，那人的头颅才不至于被掰成九十度。这一动作也让在二楼的其他人紧张不已。赵荣安却十分淡定，示意手下不要妄动。

"既然赵大人已经猜到了三分，那剩下的七分为何还要问这么清楚？时候到了自然就会揭晓。"大和尚隐晦地回答道。

这一番含混的话语彻底让赵荣安没有了底气，他不知道大和尚所说的三分到底是哪三分，没有猜到的七分又是哪七分。自从老管家死后，他看这帮贼人已经是瞎了一目。想要看透看穿现如今这充满烟幕的话语，更是有气无力。

"你说的是……"思索之中，赵荣安不经意间发问道。

"假如不是一支人马跟我有联系呢？"大和尚继续打着哑谜。他清楚赵荣安心里越没底，他越安全，其他人也就越安全。

赵荣安不安地踱着步，时不时地摸着下巴。他在心里、脑海里不断地复盘，不断地比对着所有的信息，企图找出头绪。

突然之间,他走到刚才那人背后,迅速地掏出小刀,左手拉住那人的辫子,还没等那人吃痛发出声音,就用刀子割断了那人喉咙。

汩汩的鲜血瞬时间喷射出了一个扇形。那把血红之扇仅仅持续了几秒钟,就被后续如泉水般涌出的血液所取代。血液喷涌得过快过高,那人已经来不及呼吸,暴露出来的气管冒出了诡异的气泡与热气。没多久那人就咽气了,没人知道他是死于窒息还是失血。他的血在地上摊出了厚厚的一层,很快就由鲜红变成了绛红,像是一块会变色的地毯一样。

赵荣安的举动吓到了所有的人,包括大和尚。他没想到自己的保险才刚上完,赵荣安就打破了自己营造的安全平衡。赵荣安吩咐手下的人把尸体抬出去,头颅割下来悬挂在城楼上示众。

随后他长出了口气,轻蔑地说道:"小的时候,我师父老说我腿脚不行,应该去读书。我读了几年书,师父又说我读书没前途,让我练武……这样的事情后来发生了很多回。练着练着我就成了杂家,杂到哪一项都不出众。有一次我在街上碰到了两个泼皮打架。一个只是骂,只会吐口水;一个就招呼,但是不敢打。两个人就像演戏一样光比画,看得旁边的人那个着急啊。后来不知道谁跳出去,打了那个嘴巴不干净的人一耳光,这下热闹了,两个人扭打在了一起,最后会打的那个把嘴臭的给打死了。"

赵荣安耸了耸鼻子,喊道:"来人!快点!把这血扫干净。我闻不得这股子腥味。"

吩咐完之后,赵荣安继续说道:"这件事儿启发了我:永远别被别人牵着鼻子走。"

这时有人过来准备打扫，赵荣安突然想起来了，吩咐道："哎，慢着，先把这个和尚给我绑起来，留着他还有大用。"说完头也不回地下楼去了。

危险的火焰也正在长生镇肆意酝酿着。那天其实已经有点冷了，江边独有的湿冷天气下，一般人是会躲在屋子里烤火取暖的。每当风从江面上带来水汽的时候，人们都会被风吹得缩紧了脖颈，咒骂一声，抱怨自己的脚趾都已经冻木了。

紧密的锣鼓点和熙熙攘攘的叫卖声似乎有着某种魔力，硬生生地把人们从烤火炉前拉了出来，就连平常爆满的茶馆里也门可罗雀，连一桌麻将的人都凑不齐。

人的流动带来了危险的流动，确切地说，人就是最危险的。赵荣安现在已经开始不安，疑神疑鬼地看谁都像是匪徒。

与之相反，方定祥感受不到危险的存在。他还像往常那样享受着方家小少爷的待遇。人们早已经忘记或者不再在意他为何被送去成都读书，没有发觉老管家并没有一路随同回来。

方定祥在陪着爷爷看了几场戏之后觉得索然无味，悄悄地溜出了那个严肃的不能随意说笑的二楼，混进了方家的后生之中。他们按照方同海的安排，在戏台围墙外面形成了一个更大的圆圈，做好了随时出手的准备。方定祥是学这个的，自然在其中如鱼得水，很快就成了这个松散小组织的头目。

伍奎他们正在紧张地准备着演出。六正班的第一出戏是《金台将》，这是丑角戏，属于"屁眼虫"的拿手绝活。说的是齐湣王宠信邹妃，疏远了乐毅等众多忠臣，还把他们都贬出了朝堂。太子入宫劝谏无效，邹妃又诬太子对自己无礼。

齐湣王震怒，想要斩杀太子。后来田单将太子改扮女装，混出城去。大将乐毅投了燕国，燕昭王在黄金台拜乐毅为帅。乐毅率兵伐齐，攻下齐京，诛杀了奸臣，马踏邹妃。楚国则派兵攻入齐都，杀了齐湣王。

这出折子戏在"屁眼虫"的演绎下博得了满堂彩，听众欢呼雀跃地拍巴掌的同时，知府大人面露不悦神色。徐知县丝毫没有察觉到这一点，还在旁边夸赞着。方老太爷捕捉到了这一点，扫了一眼戏单，下一折是《五丈秋原》。

这出戏是须生和丑角担大梁。张五爷扮的诸葛亮一出来就赢得了满堂彩，一句"誓不偏安容汉贼"唱得人豪气胆气皆生，随后又把诸葛亮六出祁山未建寸功的悲凉唱得淋漓尽致。

知府大人脸色却越发难看，他挪动了几下椅子，向前探出了身子，几乎跟凑过来顿觉受宠若惊的徐知县脸贴着脸胡子缠着胡子："这不对啊。"

他的狐疑说得徐知县有点心虚，他一时也没明白知府大人是何意，但是满脸的疑问已经告诉知府大人应该继续说下去："哎，这第一折是昏君乱政，这一折又是壮志未酬。这是在影射哪个吗？"

徐知县似有所悟，尴尬地赔笑说："府台大人多虑了，这都是戏说、戏说。戏子演的，哪儿能当真。"

"戏说？我看这明摆着就是指桑骂槐。"知府大人突然提高了声调，引得坐在戏楼底下的人都回头打探。"这是说你我是乱臣贼子，早晚要引颈受戮啊！我看下一步他们就要动刀动枪……"

知府大人的话还没说完，他的目光就被舞台上的火光吸引住了。正在左耳房的伍奎也看到那一道火光，那是从出将门帘后面伸出来的一支黑洞洞的枪口射出来的火光。

正面对着观众的张五爷并没有看到火光，是背后的巨大声响告诉他有人开了一枪，而且是一把老猎枪。张五爷转身回头看的时候，开枪的人还想开第二枪，但是已经被人拽了回去，那一枪成了朝天炮，一炮就把整个出将门给轰垮了。

伍奎还在发愣的时候，张五爷已经从很高的戏台上顺势跳下来。练家子的体魄让他不仅穿着厚底靴也毫发无损，他还顺带着把"屁眼虫"薅了下来。"屁眼虫"被薅得背部着地落在了伍奎面前。还没等伍奎反应过来，对面戏楼上随从们已经开始对着戏台乱射，来不及逃离的乐工师傅们瞬间倒了一片。

看到了火光的知府大人几乎是下意识地按住了觉察到不对想要扭头的徐知县。徐知县还没明白过来发生了什么，就在一阵轰鸣中被爆了脑袋。知府大人也并没有好到哪里去，对比满脑袋是砂子的徐知县，他的右手被轰掉了半个手掌，剩下大拇指和小拇指在上面如秋风落叶一般招摇着。

知府大人顾不上疼痛，在第二枪响起之前已经躲到了桌子下面，失去支撑的徐知县立即如同一个沙袋一样重重地砸在了他的身上。周围的随从一边开枪还击，一边上前搭救知府大人。方老太爷则因为下楼去如厕躲过了一劫。

正在看戏的众人此时已经乱成了一锅粥，四散奔逃中有些人倒下去了就被像个球一样踢来踢去、踩来踩去。原本临时放在地上的桌椅板凳，此时要么成了绊脚石，要么成为了临时遮挡的武器。没有人站出来维持秩序，更没有人知道到底是谁开的枪、开枪的人死没死。

二楼的随从们谁也不敢轻易下楼，都居高临下地对着戏台射击。不一会儿戏台就已经千疮百孔，再也见不到有人动弹。除了持续不断的射击声，从凌烟阁寺方向传来的巨大爆炸声进一步刺激了所有人的神经。

如同末日一般的到处噼里啪啦的爆炸声，让所有人的恐慌惊惧都到了顶点，寻找个安全的地方躲着成了众人的当务之急。一时间喊叫声、哀嚎声、骂娘声震天，张五爷他们虽然紧靠着出口，也费了很大的力气才夺路而出。等到他们逃出去，才发现"屁眼虫"挤丢了。

张五爷急得把身上的装扮胡乱地扯下来丢弃在地上，想要返回去寻人。可是慌不择路的人们已经把那道本来就很狭窄的门堵塞住了，源源不断地有人从墙上掉下来、砸下来。方定祥带领的方家子弟们只有一边接着人，一边试图把墙砸出一个洞来。

知府大人被随从救出来之后，已经疼得说不出话，他捂着受伤的右手，有气无力又十分生气地训斥着部下："别管他了！他死屄了！快！快！快！我们走！"

被训斥的部下这才放弃了救治徐知县的想法，哪怕那个人还在喘着气，上唇的须发被气流吹动都清晰可见。就在众人七手八脚地扶起知府大人的时候，戏台传出了新一轮的骚动：刚才的几番射击并没有打死开枪的人，那人带着的两把猎枪子弹已经打完，浑身是血地一手倒提着猎枪当棍使，一手拿着砍刀漫无目的地砍杀着眼前的众人。

众人蜂拥着知府大人从专设的通道退往祠堂，在那里与方老太爷一群人碰到了一起。知府大人正一肚子怒火不知道往哪里发泄，想要把所有的愤怒都倾泻到方老太爷头上，但是那个发泄的对象已经瘫倒在了地上。方同海、方同卿等人正把他围在中间，着急呼喊的、掐人中的，全然没有注意到知府大人一行。

毕竟在生死面前，没有什么高低贵贱之分，保命要紧，秋后算账那是后话。

艳遇

方老太爷在方氏兄弟的陪同下退到了祠堂。通往后院的门反锁着，本应该在临时充当耳房的前院勾脸换衣的演员们正穿着戏服挤在门前，扒着门缝往里看，还痴痴地笑着、讨论着，直到方同铜把他们赶走。方同铜趴在门上看了一眼，立即羞红了脸，一言不发地跑到门房去找斧子。

方同海纳闷中也凑上去看，方同铜已经拿来了斧子准备劈门。方同海怕他惹出事来，正要阻拦，这时枪响了。枪声显然震惊了所有人。方老太爷也被吓得全身一震，但是紧随其后的一声响亮的，原本是舒服到极致，在它即将到达顶峰时突然转变成了被枪声骇然的尖利喊叫。

这一声让方老太爷更为震惊。他颤抖着指着门："给老子劈开！"

只几下，那扇门就被劈开了，两个白花花的身体展现在众人眼前，大汗淋漓的方定西正趴在寡妇身上，寡妇的两只脚像水蛇一样盘旋在他的腰间。两个人都喘着粗气，方定西像是护着爱人一样紧紧地抱着刚刚被枪声吓得喊叫出来的寡妇。

众人震惊之余，几个年轻后生贪婪地欣赏着眼前香艳的一幕，更加贪婪地吸食着空气中的异香。方老太爷气得话都没说就晕倒在地，这才打破了片刻的时间与空间的停滞。

老爷子突然晕倒，一下子让方同海、方同卿手忙脚乱，让方同铜气急败坏，如同一只猛兽一般冲进了院子，捡起四散在地上的衣物抛向桌子上的二人。随后一脚踢翻了还在燃烧着的香炉，被踢翻的香炉在地上打了几个滚、翻了几个跟头，落入了排水渠。

方同铜转身把正在慌乱着穿衣服的方定西一把薅了起来，方定西还没提起来的裤儿立即又落了下去。方同铜从来没有感受到自己的儿子已经这般沉重，他软弱无力的样子既让他心痛又觉得无可救药。

寡妇裹上了她的大衣，看到方定西的裤儿又落了，赶忙帮他提起来麻利地系好腰带。本就没有系好的大衣垂了开来，能直接从白嫩的脖子一直看到大腿。

这让方同铜又气又羞，只得转过头去连连叹气："真是作孽啊！你这个不孝子！在学堂里偷偷摸摸搞这些男女之事，还是跟……跟……哎！方家的脸都让你丢尽了！你看你把你爷爷给气的！"

方定西并不说话，倒是孙寡妇帮他穿好衣服整理好衣衫后,从容地整理好了自己,轻轻地梳拢了头发,不卑不亢地说道:"不怪他,都怪我。"

一句轻轻的话在这个时候重过了千钧,压在方同铜的心上。他既心急如焚于自己的老父亲,又心疼自己的宝贝儿子。看着眼前呆若木鸡、瑟瑟发抖的儿子和跪在面前的寡妇,他思索了片刻,在内心的无比纠结中还是选择了成全他们:"哎。论心不论迹,我儿是个混账东西,看得出你对他是真心的……这是家门不幸!是我没有教育好他。怪不得你。"

说完沉默了一会儿,像是下了很大的决心一样:"你们要是愿意,就独门独户去过吧。"方同铜对着始终背对着自己的方定西说:"我给你们在外地置宅子办点家当,各人过去吧。你还要认我这个爹就继续姓方,有了孩子可以带回来看看……"

话说到这儿,方同铜已经老泪纵横。寡妇听了这话激动不已,喜极而泣,一边磕头答谢,一边拉着方定西的衣袖。方同卿听了这话表情复杂地看了一眼方同铜,似乎在表示反对。

没想到被扯着衣袖的方定西突然转过了身,诚惶诚恐如同捣蒜一样地磕起了头:"老汉,老汉,老汉!我错了。你哪个责罚我都可以,我都认。莫要把我赶出家门。"

眼前涕泪纵横、猛磕头的儿子不仅让方同铜错愕,更让寡妇震惊且愤怒。她像是不认识身边这个人一样地盯着他看。她承认一开始是自己贪恋那具年轻又有活力的肉体,随着他们的往来,逐渐吸引她的是那个不一样的灵魂,虽然沉默寡言但却温暖智慧。

她开始改变了自己为了爽而活着的生活,开始循规蹈矩地梦幻着、渴望着那个少年来到自己的家里。纵使那里只有仅供遮风挡雨和煮煮简单饭菜的地方。

方定西是第一个去过了感觉很满足的人,他笑着说院子里五彩斑斓的衣服才是这个家的色彩,飞扬轻渺得很。两个人偶尔对酌或者聊天是那么的舒适。寡妇原本以为他们之间无话可说,只剩下了那事儿可做。但是第一次聊天之后,她才意识到自己已经很久没有这么开心了。

寡妇曾经想过结束这段不伦不类的关系,却无法阻挡内心的爱意。她问过方定西,为什么老上她家来。方定西说喜欢有人陪伴的感觉,只有不计成本地在一个人身上浪费时间才是最真挚的爱意。她听不懂,但她愿意相信这是真的。

两个人不仅时间上在一起,逐渐地有关于生活上的事情时不时地也会一起商议或者争执。有一次他们发生了激烈的争吵,方定西说她自私,寡妇则认为他胆小如鼠。

她说:"我们很多地方是很像,尤其是我们都很自私。但有一个很大的区别是,我的自私范围包括我的家人和朋友,我可以为了他们义无反顾。所以我很冲动且容易感情用事。而你的自私更多的是限于你自己,所以你做事瞻前顾后、生怕被连累。"不知道这番话是不是说动了方定西,从那以后,他主动了很多,甚至愿意为她说好话。

可是方定西的自私最终让他亲手打破了她的美好幻想。

"我不是自愿的!都是她勾引的我!这是第一次!是我鬼迷心窍了,我一时行差踏错,我错了。我不该有婚约在身还跟寡妇乱尿搞……老汉!老汉!老汉!我错了,你原谅我嘛!你啷个罚我都行啊!"方定西不断地求饶,爬过去抱着方同铜的腿哭着喊着。

方同铜再也听不下去了,他已经不再怜悯这个没有担当的儿子,甚至特别嫌弃厌恶。他挣扎了几下,索性一脚把他踢开了。

被踢倒在地的方定西还没回过神来,寡妇愤怒的巴掌就把他彻底打晕了。这一掌声音清脆,充满着无尽的委屈和愤怒。这一巴掌把所有人都打蒙了,包括刚刚被搀扶进来的知府大人。知府大人已经不想顾及这些了,只略微停顿就急匆匆朝后门走了。

寡妇打完这一巴掌后站起身来冲着方同铜和方家其他人作了个揖便头也不回地走了。方定西依然在哭泣,可是这次他选择了被所有人抛弃。

方同铜已经被气昏了头脑,随手捡起地上的扫帚开始胡乱地在方定西身上抽打起来:"你个龟儿子!也不知道像哪个!整天满嘴仁义道德,做出这种丢人现眼的事情又不敢承认!人家一个寡妇都敢做敢认!人家都不嫌弃你,你却背德又弃义!我们方家怎么出了你这么个畜生!啊?你这个忘恩负义的狗东西!"

扫帚很快就被打烂了,穿着单薄的方定西背上和腿上布满了一条条的血痕,已经看不出来他到底是因为冷还是痛而颤抖。方同铜的咒骂和毒打让方同卿再也受不了了,招呼道:"哎呀,别打了!先把老爷子带走再说!"

杀,杀!

枪声响起的时候,赵荣安正带着人向戏台赶来,还差一条街赶到的时候，惊恐的人们已经开始四散逃命，哪怕是鸣枪都无法让他们站住，反而更是加剧了人们的恐惧。

赵荣安等人只得躲在路边店铺里以防被人流冲散。随后镇子里开始响起了零散的枪声，赵荣安知道这是自己安插的探子开始动手了。他焦急地想要知道知府大人和徐知县的情况，于是他派出了两个人进去探查情况。

正在他等着人少一点再进去的时候，凌烟阁寺方向突然发生了剧烈的爆炸。这把他吓了一跳，心中默念道：不好，看来不是留下的两个僧人起事了，就是贼人在城外放炮攻城了。为了以防万一，赵荣安把剩下的人分成两队，一队去城门楼探听城外情况，一队跟着自己去寺里探查情况。他知道剩下的时间已然不多了。

方定祥几个年轻人很快就在墙上砸出了一个大洞。张五爷跟着几个年轻人就钻了进去，他要去找"屁眼虫"，然而一进去迎头就碰上了拿着刀乱砍的贼人。张五爷捡起地上的砖头就扔了过去，第一块被躲开了，第二块直接砸中了对方的脑袋。趁着对方倒地未起，张五爷已经坐了上去，左右开弓几拳就把那人打得吐了血。那人直到死去都不明白是死在谁的手上。

张五爷并不恋战，环顾四周没有同伙之后，他便招呼伍奎抓紧找"屁眼虫"。很快，老大就带着"眼镜"和"屁眼虫"从二楼下来了。"屁眼虫"很兴奋地举着手里的一块精致的牌子，上面用墨写着"魁首"二字："快看快看，官老爷写的，以后可就吃皮了！"

老大已经很不耐烦，他轻轻打了下"屁眼虫"的后脑壳责怪道："都什么时候了？还到处捡这些杂吧！吃饭的家伙什都不帮忙收拾，以后啷个吃饭？"说完他开始招呼大家抓紧把东西收拾抬走。张五爷自告奋勇地要去牵马，用自己的白马拉车以方便尽快逃走。

赵荣安一行在赶往凌烟阁寺的路上，远远地看到了骑着马的大和尚冲着城外而去。他暗暗觉得不妙，但是一想到城门已经紧闭，大和尚跑也跑不出去，等营里驻守的士兵瓮中捉鳖便好。想到这里，他依然马不停蹄地向凌烟阁寺赶去。

等赶到的时候，寺里前殿已经处在了熊熊大火之中，临时住在寺里的达官显贵的家眷们已经不见了踪影。他派来的几个暗探已经被杀死，尸体跟十几个家眷仆人们的尸体堆在了一起。显然有人用炸弹炸死了他们，并一一检视过身份。随后放火烧了前殿。

两个僧人已经不见了踪影，所有的尸体身上都没有刀砍枪击的痕迹。这让赵荣安有点背后发冷，他意识到自己犯了一个最大的错误，他忽略了革命党的威胁。凭着多年的经验和现场残留下的火药痕迹，赵荣安初步判断这一次爆炸的炸弹跟上次炸死老管家的炸弹几乎一样，只是威力大了很多。他担心接下来会是鹬蚌相争，渔翁得利。假如真是这样的话，他这台戏就演砸了、唱坏了。忧心忡忡的赵荣安不得不抓紧向城门口赶，他要扎口子瓮中捉鳖。

自古以来，大戏一开嗓，就算是天上下刀子那都是不能停的。这是张五爷毕生相信的理念，是他从师爷那里学来的。要不是刚才情况紧急，他绝不会违背。现在的一切都已经混乱不堪，张五爷显然知道这一点。他敏锐得像一只老鹰一样护着几个小孩子，跟老大一起匆忙收拾了几箱戏服后，开始挤在喧闹的人流中向城门口而去。此时无论使用任何交通工具都无法快速地通过狭窄的道路，人们拥挤着、吵闹着、抓扯着，不断询问着到底发生了什么事情。

张五爷他们正在愣神的工夫，"烧白"已经跳下了车，几个闪转就消失在了人群中，任谁喊都没有回头。老大气得想要跳车去追，却被张五爷拉住了，他摇了摇头，意思是让他去吧。

"烧白"费力地在人群中挤着，不顾一切地向前，向着心中的那个方向。他的手被人群挤住了，无论怎么用力都抽不出来。情急之下，只有扯下了半只袖子。等到"烧白"跑到那个熟悉的小院门口的时候，他只剩了一只鞋，一条半袖子，上衣的扣子仅剩下了肚皮上的那一颗还在维持着最后的体面。

"烧白"站在已经倒了半边门的小院门口喘着粗气，他几乎能够看到屋内的情况。早已经乱七八糟，遍地狼藉。"烧白"狐疑地一步一步走上台阶，扶着门刚伸出脑袋，一团黑影差点跟他撞在一起。"烧白"和那团黑影都吓了一跳。等到平静下来，"烧白"才发现原来是她。

"你哪个来了？还不快跑？"几乎没有寒暄，年轻女子撩了撩凌乱的头发，继续收拾着地上散落的物件。"还愣着干啥！逃命要紧啊！"

"烧白"这才回过神来："逃？往哪点儿逃？这不是你家吗？"

年轻女子头也没抬，她在专注于往一个跟她相比硕大的包袱里塞着东西："我也不晓得。大家都在逃……先出城去吧……家是死的，人要活着！"说着她递给"烧白"一个小箱子，叮嘱他："帮我拿到。快点儿！我刚回来就发现有人进过我院子了。那儿还有一摊血……快走快走。"

"烧白"几乎是被推着催促着漫无目的地跟着她逃走。她是本地人，熟悉这里的每一条小巷，他们像是躲开了人流一样穿行在小镇的毛细血管之中。无论是当道的还是背街的人家都大门紧闭，有些人家里已经烧了起来。匆忙之中"烧白"回望了一眼，处在高处的凌烟阁寺里零星的火光冲天，整个镇子仿佛是被天空中突然降下来的火流星击中了。慌乱的人们已经形成了巨龙一般的洪流，堵在了城门那边。

他们很快就抄着近道要跟人群会集了。从来没有人如此紧地拉着他的手，他几乎是被拉着一路向前的。另一只手里的小箱子里不知道装的是什么，虽然小但很沉，还不时发出叮叮当当的声响。就在他们转出去走到了大路，已经隐隐可以看到人影的时候，从旁边一户人家院子里冲出来一个提着刀、衣服上都是鲜血，用黄色头巾裹着头的人，见了二人劈头就是一刀。

"烧白"被重重地推开了，那一刀落在了女子举起的包袱上，包袱里的东西散落了一地，项链珠宝这些都没能阻止第二刀的劈下。可怜的女子右手挨了一刀，所幸那把刀已经砍得钝了，卡在了骨头上。男子一边咒骂着，一边拔出腰上的小刀，正想补刺一刀，就被一枪击中了。然后像一块破布一样盖在了女人身上。

"烧白"赶忙爬过去帮忙把尸体搬开，此时的女人已经被血浸透，完全分不出哪是她的血，哪是男人的。开枪的人走过来推开了手足无措的"烧白",熟练地帮女人取下卡在右臂上的刀,掏出怀里的酒瓶,简单地清洗了起来。

"忍到点吧,先把血止了,再找个郎中给你好好包包。"男人熟练地操作着,安慰着脸色煞白的女人:"都是些日常用的砍柴刀,钝得很,没伤到骨头。"

包扎完后,男人对着"烧白"说道:"弟娃儿,莫愣着,抓紧走!这里危险得很!"说完背着枪走了。

知府大人显然被这场面吓得六神无主,小心翼翼地从门帘里观察了一下,吓得立马要求抓紧时间逃出城去。手下人却回答说城门已经被兵勇们封了,谁都不让过。

这下彻底惹恼了知府大人。他艰难地探出头去,把自己的印信交给随从,让他们抓紧催促开门。此时冲着马车而来的人已经越来越近了。

"奕卿!"刚从戏台子那边赶过来的方定祥不可思议地喊出声来。

正端着枪倚靠在柱子上准备射击的申奕卿吓了一跳。

"定祥?怎么是你?"

还没等申奕卿反应过来,一记很重的拳头就已经打在了脸上。这一拳直接打得他鼻梁都快要断了,鲜血一下子灌进了嘴巴里。

"你干吗?"申奕卿捂着嘴巴,发出含混不清的声音。可是对方并不回应,继续招呼了起来。

申奕卿用手里的枪挡了一下,用力一脚才把方定祥踢开。此时,方家其他人已经赶到了,接住了方定祥并把申奕卿当成了敌人。

"快!"方定祥喊道,"就是他炸死了老管家。弄他!"

申奕卿不敢逗留,只得连忙夺路而逃。方定祥他们跟着拐进了小巷子。

知府大人依然没有等来城门的打开。守门的士兵说只认赵荣安的指令,旁人的一概不问。而知府大人此时根本不知道赵荣安在哪里,他焦急地担心着自己也会交待在这里。

不多时,慌乱之中,城门突然被打开了,仅仅开了一条能让马车通过的缝隙,知府大人的车就夺路而出。任凭城墙上的士兵怎么呼喊都头也不回地去了。紧接着跟上来的是那几个拿着刀追杀的人,他们拦住了几个跑得慢的随从,那几个人成了知府大人的替死鬼。

等到方老太爷再度醒来的时候,已经在出城的马车上了。方同铜十分悔恨地跪在父亲面前,看到方老太爷醒了,刚想说话就被制止了。方老太爷抖动着嘴唇说道:"水,水……"

方同铜赶忙扶着父亲喝了些水。方老太爷喝完水后闭上了眼睛,良久才说道:"寿多必辱。"说完这句话停顿了很久,方又说道,"今我何功德,曾不事农桑。吏禄三百石,岁晏有余粮……"方氏兄弟三人面面相觑,不知道老爷子到底葫芦里卖的什么药。他们三人各自惦记着舍下的家产和亲人,后怕着可能尾随而至的秋后算账,担心着前面还可能遇到匪徒,都心事重重地沉默着。

张五爷他们出城的时候,镇子里已经开始安静下来。人们都看到了陈尸在路边、城门口的贼人们。他们有些包着头巾，有些又是身着干练的短衣短衫，有些持刀、有些用枪。赵荣安等人骑在马上看着人们离开，此时的人们已经没了看热闹、看稀奇的心情，他们拖家带口地只想找个可以投靠的亲戚。

赵荣安的手下有点担心就这么大开城门会把贼人放走。赵荣安则满不在乎地说道："反正开城门的是知府大人，同意办大戏的是知县大人。他们二人一个急着逃命，一个死于非命，都舍弃了百姓。现在老百姓要活命，我们不可能不让吧？"

赵荣安其实心里算过账了。关门打狗虽然保险，但是一旦贼人藏匿起来就很麻烦，还不如敞开门放他走。从目前清理出来的人数来看，跟之前探子的初报差不多。

"大人，一共39人，全为男性。24人须发花白，15人是后生。"手下人禀报道。

"有那三个和尚吗？"赵荣安问道。

"没有。不知道是躲起来了还是出城去了。"

"再搜仔细点，莫跑了贼人。"赵荣安下令。

现在，他指望着伍永昌他们那支奇兵会有收获。

宋师爷此时还不知道徐知县已经死了，而且他早已经被龙泉驿来的新军们架空了。他们清空了所有的衙役和团练，自己上了城墙。

等到那一股训练有素的贼人来攻城的时候，百炮齐发的阵仗霎时间就消灭了一半的人。随后就是密集又有节奏的射击,还没到一个时辰,来攻城的人连尸体都不要了,立马开始撤退。

这让新军将士们感到很不过瘾:"妈的,说得多么多么凶,还说要打下县城过年!一顿枪炮都受不了。"

有好事的士兵问自己的上司这些被打死的都是什么人,这么大胆子敢打县城?立马换来了一顿呵斥:"干好你们的活儿!你们打仗不是用嘴巴!也不是用脑子!只用耳朵和手就可以了!不许瞎打听!不许问!"

宋师爷在衙门里听到了那一阵噼里啪啦的枪炮声,齐发的时候他甚至亲眼看到了房檐上直往下落的灰尘。派出去的衙役们无一例外地被挡在了城下,甚至没人能登上城楼去看看到底发生了什么。大胜的捷报都是衙役们听城里的人说的。

这帮新军们俨然已经成为了这座县城的主人,张口就是劳师慰军,闭口就是兄弟们衣风宿夜实在辛苦。本就不宽裕的县衙很快就被掏空了,还没等宋师爷歇口气,他们就又打着县衙的名义搬空了肉铺米店甚至是布坊。看着那些扛着枪的士兵胳膊下面夹着女人的花布,腰间还挂着肉和鸡,宋师爷觉得这跟引狼入室没有太大的区别,也许不同之处只在于这帮人给你留下了一条命。

这样一条挂在账上的命也不过是早取晚取而已。

宋师爷这样想着,没想到很快就应了验。

天色渐黑的时候,几个传令兵把他请到了临时大营。与其说是请,实际上已然跟绑差不多,一个衙役都不允许跟着,连徐知县的表弟想要随同前往也被拒绝了。路上士兵们骑马,宋师爷跟在后面，像极了游街示众。等到了那一座比县衙还要离城门远、还要大的富户大院时，宋师爷已经大汗淋漓。

整座大宅子的前半部分已经被清空了，周围站满了荷枪实弹的士兵。宋师爷像被押着的犯人一样，在举着火把的两列士兵中走入正屋。

屋子里原有的摆设已经被彻底破坏，几张桌子拼成了一张大桌子摆在正中，原本的字画或被扯下随意放在墙边或是被翻转了过去。屋子里一把椅子都没有，没有一个人，宋师爷站也不是、坐也不是，只能手足无措地等待着。

等了许久，宋师爷站得浑身都发僵了，团正才带着几个手下从后堂出来。他们一进来就有人端着椅子过来，一人一椅坐定，唯独宋师爷没人招呼。团正把手里的马鞭扔在桌上，轻描淡写地说道："徐知县已经死了，具体什么人干的，现在还没查清。现你就暂做这一县人的父母。你知道该怎么做吧？"

宋师爷万万没有想到，自己梦想了许久的时刻居然这么轻易地就到来了，多年来被架空、被歧视，甚至是屈辱的时刻顿时都不复存在了。他的野心再一次点燃起来："晓得，晓得。下官立即组织乡勇、民团，巩固城防……"

"那不是你该干的！"团正没听他说完就打断了他，"那不是你该干的！在我们这些丘二面前，你这么说完全是在开黄腔。"

这一番话惹得在座的其他人都大笑了起来，笑声把已经飞在天上的宋师爷拉回了人间。

"你现在，只做两件事。一是把军需搞好，我听说还有十万两没有花完嘛。宋师爷大可以搞一些名目嘛,劳军购枪。我们可以拉个名单嘛,都是对此次剿匪有功的人,你也不必审,照着单子花钱就是。"团正说道,"这二来嘛,知府大人受了伤,怎么也要在这里将养上个把月,不得好生伺候着?你把这两件事做好了,来日这县令大印就是你的了。"

宋师爷一听十万两,脑袋嗡的一声就炸了。这可是举全县之力都凑不出来的数额,更何况这还是拿来肥私。

没等他回话,团正继续说道:"你也别为难。这钱嘛,怎么花不是花。我跟你说的这都是光明正大地花,那钱也不是你的,你花不了早晚便宜了别人。你中间过几道我也不问。而且现在马上过年了,老百姓也要个喜庆,花点钱装点装点,大家都满意。你说你得名,我得利。多好。"

宋师爷知道这个坎没那么容易过,面露难色地说道:"可是这数额未免太大了……"

"这是你讨价还价的地方吗?"坐在下首的一人厉声喝道,"你想做就做,不想做就不做?哪儿有这样的道理?"

"哎,"团正制止那人道,"别为难别个嘛,大不了我们可以再派一个人来当这个官嘛。我想宋师爷是能算得清这笔账的。这点钱跟你的生意比起来还不是九牛一毛?"

"生意?"宋师爷满心狐疑,他不知道团正所说的生意到底为何,但又完全不敢再问、再说话。

"我生平最讨厌别人把我当枪使。有一年我去剿匪。当地的官员知道后,提前一天说是把山匪都给剿了,还抓了几个活的。我一看,一个个都细皮嫩肉的,怎么看也不像在山里躲藏了几年的。我就让他们按照高矮个分队站好,挨个端枪射击——果不其然没几个人会开枪的——他们想骗我是骗不到的。"团正得意洋洋地说着,坐在下面的手下跟着应和着、吹捧着,吹捧得连宋师爷这种浸润在官场几十年的老油条都觉得肉麻。

"行了,话不多说。你回去吧。"团正伸了个懒腰,捡起马鞭起身说道,"不要以为你多聪明,你逃不过我的眼睛。"

那一晚上宋师爷几乎是在满脑子的困惑中回到的县衙,他始终猜不透那些谜语一样的话语。直到上床睡觉的时候,他才觉得那位团正是被手下人蛊惑了,自己又不学无术,自大自负到无以复加的地步。他不明白为何不给自己讲出实情或者苦衷的机会,更加不明白这种目中无人的自以为是到底是从何而来。

知府大人的马车率先冲出长生镇之后开始一路狂奔,方家新修的路一马平川到几乎感受不到颠簸。风从两侧玩弄着布满了弹孔的窗帘,江边的水汽似有似无地飘了进来。知府大人不知道是失血过多还是惊吓过度,开始慢慢地困倦起来。不知不觉就从依靠着车厢变成了侧躺着,全然不顾旁边还有郎中的尸体。

似睡似醒之中,知府大人仿佛听到了一阵嘈杂之声,他费力地睁开眼睛,只看到眼前一阵迷雾。似乎有个人在扶起他,让他坐正,试了几次都没成功,那人有点生气地打了他一耳光。知府大人却感觉不到疼痛,只觉得眼皮很沉,沉得想要睁开都很困难。像在梦中又像在现实中一样,所有的感官都像是时有时无。一会儿听得到对话声,一会儿又能感受到身边的郎中在动,一会儿又像是只剩下了视觉,只能感受到眼前丁点的团雾。

现在他感受到有人抓起了他的头发，扯得他的头皮都快脱离了头盖骨。拉扯感而不是疼痛感使他不禁龇牙咧嘴，但也仅仅表现了那么一下，随后他便觉得自己轻盈了很多。像是自真道人曾经跟他展示过的成仙得道一样，宛如喝了那碗仙井沏的茶之后的感觉。稍有不同的是，似乎有水一样的东西顺着自己的身体往下流淌，也有水一样的东西喷溅到了自己脸上。

知府大人就这样在似幻似真中丢掉了自己的性命，他的脑袋是整个马车最值钱的东西。随从们几乎毫无防备地都被射杀殆尽，劫掠后的匪徒们纵马从小道而去。

停在路中间的马车很快就被后面的人看到并依次打开，众人都是怀着好奇或者撞大运的想法掀开的那个门帘，那辆马车像是具有巨大的吸引力一样，让人忽视了外面和马车下面流淌着的鲜血。几乎每一个人都被吓了一跳，然后落荒而逃。

张五爷看到了马车上和下面的血，几乎没有思考就上前摘下了马的缰绳，看了一眼车厢里面，从死去的随从身上捡了几把刀就骑着马回到了老大他们身边："都死掉了。看样子这帮土匪里应外合搞了好几扳手！"

"那现在我们抓紧走。跟着大路走。"老大说道，"到了县城就安全了。"

激战

正当众人准备前往县城的时候，张五爷却否决了这一方案,他指着路上的血迹说道:"知府大人被人剁了头,血迹是顺着小路而去的,这个方向说不定是贼人的巢穴。先前已经有贼人在镇子里作乱,说不定大路前方还会有人埋伏。我们不如顺着小路走上一阵,说不定保险一些。"

老大显然有些犹豫,想了想说道:"大家都走大道,应该没得问题的。"

"眼镜"突然想起了什么,用胳膊碰了碰伍奎:"伍奎,你老汉不是教头么?哪个没看到他啊?他在哪点儿我们去哪点儿不就对了?"

"屁眼虫"也跟着附和道:"对对对。说得对。"

伍奎可就犯了难,他挠挠头说:"我不晓得。"

"哪个不晓得也?上次你不是去了的吗?""眼镜"问道。

"去是去了。没见到人。"

众人正不知该如何是好的时候,大路上已经开始有人涌了回来,带动着一些原本打算顺着大路走的人不知所以地往回跑。

张五爷在一阵混乱中拦住了一个人,问道:"前方发生啥子事儿了?"

那人慌慌张张地甩下了一句话,停也不停地往前跑了:"县城被占了,谁都不让进!靠近就要被打死!"

这样的一句话让周围的人听了也跟着跑起来。张五爷高喊着让他们不要怕,不要跑反了结果又跑回去。然而没有人听他的,人们都在试图躲避那个不知道在哪里且不知道是什么的恐惧。

张五爷努力无果之后,痛心地叹息道:"哎!都不知道在瞎跑什么！跑回去不一样送死吗？"

老大点点头，说道："五爷！听您的，走小路！"

小路一开始还十分开阔，七扭八拐之后山路就多了起来，密树老林不断遮挡着视线。伍奎他们只走了一小会儿就已经看不到地上的血迹。张五爷几次下来查看地上的马蹄印，可是最近都没有下雨，地面干的都是粉末末。过往的牛马蹄印以及车辙根本就分辨不出来。

天色逐渐暗了下来，伍奎他们后面也跟来了一些人，这支临时拼凑起来不知道去哪儿的小队只能放慢速度，一点一点地向前摸索。

在一个分岔路口处，张五爷愣在了原地半天，他不知该如何选择。"屁眼虫"提议干脆大家就地歇息得了，明天一早天亮了再说。老大却不同意，他觉得现在如果歇息了，就要生火做饭，说不定就把贼人引来了。

"眼镜"建议走左手边那条更小的路，他解释道刚才去撒尿的时候看了一眼，远处有亮光，说不定就是村子。张五爷将信将疑地问了几个跟在后面的当地人，他们踮起脚尖看了半天，都点头说那个方向是有村庄。于是他们开始按照"眼镜"的建议继续出发。

伍永昌他们已经在山头上等了一天一夜。枯燥的蹲守让傅军奇、刘铁战他们百无聊赖。"死耗子"把这个山包的每一寸土壤都翻遍了都没找到一只耗子，他还偷偷摸摸地摸上了对面那个更高一点的山包，那里也什么都没有，但是视野更开阔，直接可以看到他们。只不过那个山包有个死角，看不到两条呈人字形交叉的路口。

当伍奎他们出现在交叉口的时候,"四脚蛇"是第一个发现的,他兴奋地推了推正在眯着眼休息的伍永昌。伍永昌在确认那的确是自己儿子之后,贼人正骑着马有说有笑地从另外一条支路走过来。他们手提肩扛马驮了很多东西,看上去是刚去劫掠了一个村子。

几乎在同一个时刻,伍永昌他们发现了贼人,贼人发现了伍奎他们。在贼人们端起枪向伍奎他们冲过去的时候,伍永昌已经下令开枪。

几发子弹几乎是贴着耳边飞过去的,张五爷被还不习惯枪声的胯下之马给甩了下来,直接摔伤了左臂。老大不顾危险地把他拖到了车的侧面,他们几个人只有躲在车子后面以保暂时的安全。

猝不及防的贼人甫一加速就冲进了伍永昌他们的埋伏圈,瞬间被解决掉了几人。剩下的几人旋即丢掉手里的东西,开始回撤。他们十分熟悉这里的地形,几乎十分默契地分成了两队。一队向对面的山包冲去,一队迂回去包抄伍奎他们。

"死耗子"在第一时间发出了预警。刘铁战紧张地说:"他们说不定还有人要来断我们后路!我们先撤吧。"

伍永昌目不转睛地盯着伍奎他们,害怕贼人会从远处攻击。他想也没想就安排道:"'四脚蛇''死耗子'你们带人守在这儿,只管路上的人,其余的一概不问。军奇、铁战,我们去摸他们山头。"

躲在马车后面的张五爷听到枪声暂停了,伸出头去观察了一下,说道:"快上车,快上车,我们往后退。"

"眼镜"急忙上车赶马,他这个黄棒车把式像是被吓破了胆儿,不仅把马车赶得歪歪扭扭的,还一个劲儿死命地抽打着张五爷的白马,不出意外地,马车刚走到岔路口就翻进了路基下面。那里有平日里用来存水的一个大坑。好在现在没有水,里面落满了落叶,除了东西和人散落一地,并无大碍。张五爷的马也只是擦破了膝盖。

"现在哪个整?"还没等张五爷骂,"眼镜"就开始哭了起来。

张五爷只有安慰道:"没得事儿,我看了。这里是死角。他们看不到我们。"

伍奎他们试图利用空间活命,伍永昌他们则希望借着时间胜利。借着敌人尚未站稳脚跟,他们骑着马来了一次冲锋,可惜对方并非等闲之辈,他们很快进行了反击。伍永昌他们损失了大半人马,傅军奇的马直接被打死了。要不是刘铁战抓起了他,他可能就被马压死了。

对方射击的精准和战术的精湛着实超出了伍永昌的意料。打退他们之后对方并不追击,而是开始居高临下对着"死耗子"他们射击。"死耗子"他们几个被打得头也抬不起来,"四脚蛇"来回躲闪还是被跳弹打中了脚底板,他痛苦地骂道:"日妈为啥对面用的跟我们一样的枪?"

对此谁也不知道,就像谁也不知道他们能不能活下来一样。好在双方都没有携带太多的弹药,对方很快就停止了射击。"四脚蛇"刚想回敬一下对方就被"死耗子"制止了,"死耗子"告诉他现在他们的目标是迂回的敌人,不是对面的敌人。

迂回的敌人此时正在拼命地赶路，他们要兜一圈才能堵上伍奎他们。有的贼人不解，为何放着对面的不解决，偏要去解决几个唱戏的？带头的人也不明白，含混地说了一句"杀人灭口吧"就应付了过去。

对方显然已经做好了准备，几轮射击之后又打掉了伍永昌他们几个人。但是这已经不重要了。伍永昌他们第一轮已经摸清了对方的情况，在双方武器实力相差不大的情况下，骑着马冲杀显然是送死。只不过送完死之后，双方绞在一起才有生还的机会。

伍永昌的马这一次被击中了，他几乎是在巨大的惯性下被甩在地上翻滚了一圈才落地。多年的行伍经验养成的习惯让他一落地就横劈了一刀，砍死了一个正准备射击的敌人。等到他再起势的时候，已经看清了新的对手。二人均十分惊讶却又不约而同地说道："是你！"

话音未落，对方已经挑枪而来。伍永昌横起刀向上接住，说道："没想到你还活着。"

"我也没想到。"对方冷冷地说道，"你们杀了我弟，当日没有报仇，今日我定要雪恨！"

"当年的事儿已经过去了，你为何还再纠缠？"伍永昌略有悔恨地说道，"我哪里知道那是你弟？更何况当年你私自投敌，我们冒着杀头的风险都没有揭发你。你反倒责怪我们？"

"去你妈的！"那人怒气冲冲地连刺三枪，每一枪都势大力沉，逼得伍永昌步步后退，很快就挨到了刘铁战的身边。刘铁战刚刚开枪打死了一个贼人，回头一看也惊了："哎哟，怎么是你？！当年没把你整死，现在遇上了？"

"铁战！别这么说。"伍永昌有些责怪。

"怎么了？临阵脱逃差点害死我们，还有理了？"刘铁战显然不清楚这里面的情况，继续说道："当年为了找他，咱哥几个拼死朝天京去，死了多少好兄弟啊！"

"那你就来索我命啊！"那人开始发怒，掏出怀里的哨子吹了起来，声音响亮得至少传出去了几里地。听到哨音的其他贼人纷纷收起了枪，原本向着"死耗子"他们零星开枪的人也围了过来。现在是十二三个人对伍永昌他们六个。

"死耗子"他们突然间没了头顶上那只聒噪的"鸟儿"，纷纷探出头来查看情况。"四脚蛇"远远地看到，原本已经快到伍奎他们那儿的十几个人迟疑了一会儿，突然调头回去了。他们那个地方刚好在射程之外，"四脚蛇"骂了几句就作罢了。"死耗子"突然明白了什么，一拍大腿："不好，伍头傅头他们要被包抄了。你，你，你，还有你们俩，留下。其他人跟我走！"

人数占据劣势的伍永昌听到哨声反而不慌了。僵持之中，傅军奇赶了上来，他气喘吁吁地喘了半天，看了一眼局面，拍拍伍永昌的肩膀说："今天要交待在这儿了，记得上个月的饷银还没发给我。"

"嗯，你放心。"伍永昌回答道，"老朋友在这儿，你我的性命他只要一条。"

"嘿，"刘铁战在一旁不乐意了，"你们俩说啥呢？合着我这条命算白送的啊？就你们俩金贵。"

伍永昌和傅军奇相视一笑，笑完傅军奇说道："你瞧瞧，你瞧瞧，到处都有人跟你要账，到处都有人要给你偿债。"

三人有说有笑的样子惹得有人不高兴了，起哄道："大哥，别跟他们废话，直接宰了他们！""是啊，是啊。"

"不要轻举妄动！"那人喊道，"这三人身上都有功夫。"

"再牛的功夫，也挡不住子弹。直接崩了他们！"有人提议道。

"苏临安！"伍永昌突然喊道："听你手下的，抓紧打死我们。不然等援兵来了你们就没戏了！"

"哼！"苏临安冷笑了一下，"当年被你们趁乱得了手。为了这一天，我等了十几年，半个时辰之内我就送你去见阎王！"

说完苏临安掏出了一把手枪，干净利落地解决掉了旁边三个人。这下只剩下了伍永昌他们三人。苏临安笑着说道："兄弟们，谁也不准用枪，谁先取下任意一人的首级，赏金！第二个取首级的，赏银！第三个赏女人！"

"好！"众人纷纷抽出随身携带的武器，摆出架势准备收获属于他们的荣誉。

这份儿荣誉在刘铁战看来可一点儿都不好玩。他开着傅军奇的玩笑："你说你都腿短了，还跑上来送啥人头？守在下面不好吗？这下好了，没后路了……"

傅军奇调整了下姿势，现在他们三个人背靠背地被围在了中间。他淡定地回道："我腿短可我不傻。不像你伍爷，把人家哥俩忽悠去吃旗饭，结果弟弟成了长毛。"他朝着苏临安努了努嘴，继续说道："这位爷知道了夜里就跑了，后来居然成了黑旗军头目。你说你伍爷是不是……"

他们三人像是个陀螺一样，边说边缓慢地转动着，此时傅军奇看准了一个空当，把一个跃跃欲试的贼人薅了过来，左手扣住下巴，右手一刀就割断了对方的喉咙。

"可惜了。"刘铁战目不转睛地盯着围着他们的人，说道，"这颗头砍下来你也没得金子的。"

傅军奇并没有理会他，继续着自己的话说道："你伍爷怕坐蜡遭连累，恰好大营被攻破，就带着我们几个去找人。这不就在路上遇到你了么。"

"噢。"刘铁战恍然大悟，"那天我们打的就是他们啊？"

"你们俩聊完了没有？"伍永昌打断道，"车轮战拖得越久对我们越不利。"

伍永昌话刚说完，就拥上来了五个人，他们三人开始密切合作，实用的兵器搭配上简单的招式，几乎四五招之内就能解决一个人。伍永昌将那把加长了的戚家刀发挥到了极致，横抓格挡、下压制敌、斜砍横割，与傅军奇的大刀、刘铁战的雁翎刀相得益彰。

眼瞅着自己手下五个人不到十几分钟就倒下了，苏临安有些按捺不住，但他依然稳稳地站在后方，表现得十分冷静。剩下的几人显然已经动摇了拿金、夺银、娶女人的念头，纷纷回头看向苏临安，苏临安不动声色地拔出了自己的刀，左手持长枪、右手持刀的样子再一次震慑住了众人。

此时的山包下面已经热闹非凡。躲在几棵树和石头后面的"死耗子"等人埋伏了回来支援的贼人，他们专打马，很有效地让那十几个人人仰马翻。山包下面夹杂着的枪声也让三匹"老狼"精神一振。他们知道又多了些时间来赢得最终的胜利。

擒贼先擒王，在连续又放倒两人后，瞅准空当三人冲着苏临安扑来。苏临安安稳地站着，只是在刀快到的时候往后撤了一步，随即用手中的刀挡下了刘铁战顺势横扫过来的一下。在刘铁战退后后，苏临安又快速地弃刀持枪挡下了戚家刀从天而降的重击。暴露出来的胸部以下部位成了刘铁战和傅军奇进攻的绝佳目标。

二人合力夹击却被苏临安顺势而下的长枪压下，随即快速一脚重重地踢飞了伍永昌的刀。随后四人又各自分开。伍永昌、刘铁战、傅军奇重新组成背靠背阵型，一人向外，二人向着苏临安。

山包下的鏖战也并不轻松。"四脚蛇"在射击中被人从侧面偷袭砍掉了拿枪的右手。他疼得在地上打滚，不停地哀叹着"'四脚蛇'变'三脚猫'了！老子的手杆！"

他凄厉的哀嚎显然是在吸引攻击者的注意。几个人都想要趁乱取他性命。

可是他们都打错了主意。在地上打滚只是"四脚蛇"这个老油子的滑头手段，等到想要取他性命的人一靠近，他一个鲤鱼打挺就从地上跳了起来，借势砍掉了最近的一个人的脑袋，紧接着一刀捅入了第二个人的肚子。

失去一个手臂的影响下，"四脚蛇"这一刀没有太大的力度，他在摇摇晃晃中又补了一脚，刀才刺穿了那人的身体。本身就难以保持平衡的他一下倒在了地上，令人不解地对着第三个人耸起了右肩。

"死耗子"从背后补刀才救了他。躺在战友怀里，脸色惨白的"四脚蛇"痛苦不已。

"死耗子"下意识地看了一眼，血还从那里止不住地往外流，"四脚蛇"的半边身子都像是裹上了一层厚厚的红漆，衣服开始板结起来。

"死耗子"紧紧地抓着"四脚蛇"的衣服，眼泪一直往下掉，痛苦得说不出一句话来。

随着最后一丝光泽的消失，"四脚蛇"终于离开了这个在他看来肮脏而又无比眷恋的世界。

看到满眼怒火的"死耗子"等人赶来增援的时候，苏临安知道大势已去。

一心复仇的"死耗子"并没有废话，腔都没开就大杀四方。一阵砍杀之间，伍永昌三人有了专心对付苏临安的机会，不断将他逼入了绝境。苏临安以一敌三逐渐开始落入下风，突然之间，他掏出腰间的手枪，近距离射中了傅军奇的左腿。

瞬间，傅军奇只感觉到一个停顿便跪了下去，鲜血顺着那个窟窿像一眼喷泉一样涌出。三人合围下突然出现的缺口给了苏临安逃跑的机会，他冲出包围，丝毫不管手下还在苦战，找准机会放倒了"死耗子"等几个企图阻拦他的人，向着山下狂奔，连长枪都丢掉了。

苏临安在山脚寻得一匹马，随后绕着山包而去。伍永昌也找到一匹马追随而去。

翻倒在坑里的张五爷几人，等到外面的枪声几乎停了就开始寻找机会想要离开这个是非之地。张五爷手持着粗糙的手打兵器，对着"眼镜"说："爷们儿，要是能留条命，别玩这些了，玩枪弄炮。这东西现在没啥用了！"

"眼镜"点点头表示认可，说道："都能活着。五爷。"

张五爷笑了笑，他走向自己的白马，翻身上马。身上还穿着戏服的张五爷远远看去像是穿着诸葛衣服的关羽。

"我先去探探路，你们等到起。"

说完张五爷纵马跃出了深坑，刚走了没几步，守在山包上的"送死鬼"们远远地开枪了。距离过远失去准星的子弹虽然没有击中张五爷，但也把白马吓得往后退了几步。看着紧随其后露出头来的伍奎，张五爷说道："快！快上来，我们只有往回走，走其他的路。"

等到所有人都上来的时候，"屁眼虫"看着坑里的马车和行头行李，无比惋惜地说道："哎，这么多年白混了！"

老大拍了拍他的肩膀："没得事，人在戏在。本事在自己身上，怕啥子？！"

"屁眼虫"点点头，掏出了自己舍命拿回来的写着"魁首"的木牌："以后我们挂着这个唱戏！没得哪个不服。我看哪个还敢随意欺负我们！"

老大欣慰地拍了拍"屁眼虫"："走吧，先走出去再说！"

几个人相互搀扶着，跟在张五爷后面，用尽可能快的速度想要逃离这里。他们走出了没多远，远方就大起烟尘，似乎有一队人马冲这里来了。张五爷连忙回马，对老大说道："不好，前面来人了！你带着他们几个快回去，我来挡一会儿！"

"你自己怎么能行？"老大抓着缰绳说道，"跟我们一起回去。"

"哎呀！"张五爷有点生气地说道，"我有马，腿比你们长，要跑我也跑得落。大家都躲在坑里，一会儿就是被人按到头杀！快去，再耽误就晚了！"

老大却把缰绳抓得更紧了："不行！是我把您老人家请来帮场子的，要留下我也留下，要走一起走！"

看着越来越近的烟尘，张五爷只好答应了。等到那队人马冲至眼前的时候，被眼前的一幕唬住了。

带头的人是大和尚，随后的正是另外两名赵荣安遍寻不见的僧人。大和尚看到面前一个骑着白马、身穿戏服的老年人，手里拿着一把关公大刀，站在旁边的中年人手里却拿着一把剑。骑在马上的看装扮像是诸葛亮，但是诸葛亮不该拿着鹅毛扇吗？即使要拿兵器那也该是七星剑啊，怎么反而拿了把关公的大刀？要说是关公，那站在边上的应该是周仓，这周仓怎么就没勾脸没披挂？"这到底是唱的哪一出？是官是民还是贼？"大和尚心中犯了嘀咕。

"哪一路的？"大和尚问道。

张五爷并不搭话，反而唱了起来："兵又微将又寡难以征战，大丈夫处颠沛进退为难……"

"哼！"大和尚有些生气，"臭唱戏的，莫要挡道，快闪开。不要在爷这里装神弄鬼！"

大和尚的话还没有说完，张五爷已经拍马挥刀砍了上来，大和尚可能到死都没想明白这唱的是哪一出，自己又是死在了什么人手里。他最后的思绪都飘落在了那一把应该砍不死人的戏子唱戏用的假刀上面。

那把刀是在长生镇简陋的铁匠铺里打出来的,劣质的原料和不熟练的技艺让它徒有其表,虽然不惜工本但实际上并不锋利。可是重量厚度有了,砍人也就如同砍瓜切菜一般,只不过砍到一半便失去了势如破竹的资本。

于是大和尚像是脖子上长了一根长刺一般,笔直地指向天空,他到死都保持着这个脑袋歪向一边,夹紧一把粗糙的大铁片子的姿势。死之前,大和尚嚅动着嘴唇念道:"净地何须扫,空门不用关。"

得手后的张五爷并不恋战,迅速地跳下马去,躲开了后面的两个僧人的补枪。穿梭于马肚子和马腿周围的张五爷和老大让骑在马上的人完全没有办法开枪,随后二人瞅准机会解决了马上之人。

张五爷和老大很快就搜出了三个小包袱,里面除了黄金珠宝就是几十份度牒文书。

"看样子是这次大闹长生镇的那帮人。"老大分析道。张五爷也有点兴奋:"有了这些细软,我看以后都可以不唱戏了。"

"是啊!"老大突然想起了什么,说道,"还能帮三娘修个戏楼!帮……"

"快快收起来,"张五爷打断了老大的话,"现在还不敢耽搁时间,咱们还是得抓紧走。"

二人刚翻身上马,就听到了一声枪响,循着声音看去,苏临安正快马奔驰而来,同时伴随着一声接一声的枪响。

老大赶忙转头,因为马是抢来的,一时间没有那么听话,导致人和马都成了活靶子,老大还没把方向调整过来,肩膀上已经中了一枪。

看着掉下马去的老大,张五爷迅速调头往路边的小树林里去,借着树的阻挡躲避不断飞过来的子弹。这一招是张五爷之前经常使用的,通过树林的遮掩不仅能藏匿自己,还能迂回到敌人侧翼甚至是后方,对于自己现在这种要枪没枪、要刀没刀的情况更是适宜。

苏临安并不急于解决张五爷,他是个好猎手,总是要把能稳稳掌控的先拿到手再去猎取其他的。现在他的目标是老大。黄雀在后的伍永昌紧追不舍,他骑的马上备有弓箭,连续射了几箭没中后终于射中了马屁股。

摔下马的苏临安用几个连续前翻作为缓冲,随后快速地向老大冲去。伍永昌已经看清楚了对方的目标——就是那些金子。

老大拼命地逃跑着,就在二人距离越来越近的时候,张五爷从侧方骑马过来试图抓起老大。但是他忘记了自己手臂有伤,这一拉并没有成功。

突然冲出来的马吓住了苏临安,他几乎没有迟疑地开始给枪换弹。伍永昌在后面大喊"快跑!"然后射出了最后一支箭。箭准确地射穿了苏临安正在填弹的右手手臂,苏临安几乎是咬碎了牙齿装完了弹。

张五爷此时已经回马冲向苏临安,他保持着骑手的姿势,一身戏装,稳稳地如同山峦一样奔袭而来。苏临安把枪托抵在肚子上,用半跪的姿势开了一枪,子弹贯穿了张五爷的胸膛。

张五爷应声倒地,他跪在了地上,似乎想站了起来,可终究挣扎一番后,重重地摔在了地上。华丽的戏袍如同被风吹散的柳絮轻轻飞起,又轻轻盖在了那把关公大刀上,扬起了地上的一片尘埃。

苏临安也是眼前一阵恍惚,他似乎看到了太平军和湘军作战的场景,千军万马,横尸遍野,可最终化作了一缕硝烟,飘然而去。

一将功成万骨枯。这个时候的他,似乎读懂了历史,读懂了时代,他知道属于他们的时代已然结束。

没有了骑手的马儿依旧向着苏临安冲来,苏临安一个侧滚躲了过去,随即起身冲向老大。老大吓得扔掉了背上的包袱连滚带爬地逃跑。

拿到了金子的苏临安突然把包袱丢向了紧追不舍的伍永昌。伍永昌下意识地用手挡了一下,紧接着他就感到有什么东西刺穿了自己的心脏,随后他被苏临安拉下了马。

伍永昌才注意到是射穿了苏临安右手的那支箭,只是此时的箭只剩下了半截,箭头已经被自己的身体吃下去了。

苏临安也并没有占到什么便宜,伍永昌的刀整个横切了他的身体,身体甚至没来得及反应是否已经流血。

伍永昌看不透苏临安临死前的眼神,面对这个曾经的对手、今日的仇敌,苏临安也不可能说出任何一句话来。

他就那么倒下去了,睁着眼睛,直直地望着天空。

伍永昌感受到了身体里的液体流动,像是被扎破了苦胆一样,血腥味、苦味、烧心烧肺的味道开始涌上来。他逐渐失去了感觉,没有了温度,开始极度怕冷。整个世界好像都在跟着他打着寒战一样。

"死耗子"的呼喊，伍奎的哭泣，他都没有反应，心里面只有一个念头：终于可以放下了，放下这一切。

未了

方定祥追打申奕卿，整整两个时辰最终还是让他开溜了。当他到来后，方家人才松了一口气。方老太爷早已经被吓得神经兮兮，他现在有些庆幸当初把孙子送到了警官学校。但他望着威武的方定祥，似乎有些担忧。

他知道自己时日无多，庇护不了这个家族了，只不过让他走上从军这条路，对于方家来说，到底是福还是祸？

但是方同铜和方同海似乎显得十分兴奋，因为方定祥告诉他们，赵荣安对他们方家这次的表现十分满意，他将向总督大人为他们邀功。

如今大和尚、知县大人都已经丧命，他们方家又攀上了赵家的关系，将来还不是要东山再起。

只有方同卿看出了方老太爷的心思，看到父亲悲伤的模样，他也只能轻轻拍拍父亲的肩膀。

"哎！"方老太爷重重地叹了一口气。

伍奎来不及悲伤，他急忙赶往军营，找寻火三娘，此时的军营一片狼藉，而三娘也不见了踪影，纵使伍奎寻遍了各个角落。他猛然想起了三娘的嘱托。他快马加鞭来到了三娘的老家。

"您找谁？"

开门的一刹那，一个女孩笑意盈盈地望着他。

真是回眸一笑百媚生。伍奎瞬间觉得时间停止了流动，眼前的女孩，让他恍惚看到了三娘年轻的模样。

"你是……？"

女孩清脆的声音再次响起，只不过她的眼神里多了些许疑惑。

"你是火三娘的……女儿雷晚彤吧。我来就是想把你接过去。"伍奎的声音似乎透露着丝丝的慌乱。

"不，我娘说过，除非她亲自来，不让我跟任何人走。"面前的姑娘斩钉截铁地道。

伍奎犹豫了，他不知道该怎么给雷晚彤解释，纠结道："三娘，三娘，她……"

"她怎么呢？"雷晚彤看到伍奎伤心的模样，顿时感觉有些不妙，"我娘她怎么呢？你说啊！"

伍奎掏出了那个头绳编织的手环交给了她。本来她还对伍奎有所怀疑，看到手环后，内心便相信了他。因为她也有一个一模一样的手环，这是三娘独特的编织技巧，看似简单，但纵向横向的编织纹路，三娘也曾经教过她。

"人应该没事，她只是失踪了，我们会全力寻找的。"伍奎安慰她。

"我相信我娘一定会吉人天相的。因为我娘是个好人，老天爷不会惩罚好人的。"听到伍奎的解释后，雷晚彤的声音突然淡定下来。

短短一句话便让伍奎觉得这个女子不一般，之前他也想好了如何安抚她。

看得出来，她很悲伤，也很坚强。

用了接近一个时辰讲完了事情的来龙去脉后，雷晚彤的疑虑终于慢慢消失。

"哥哥带你离开这里。我答应过三娘会护你安全。"

伍奎看着雷晚彤欲言又止的模样，便问道："你还有什么尽管说出来。"

"我喜欢唱戏，经常跟着大人学。我想认真进个戏班学川剧。哥哥能答应吗？"雷晚彤终于说了出来。

"你真的要学吗？"

雷晚彤点点头："可是我娘一直不让我学，她说戏子是被人看不起的。可是我就想像我娘那样，站在戏台上，哪怕只有三五分钟，我也满足了。"

"好，哥哥答应你，到了成都，邀请最好的川剧师傅来教你。哥哥还告诉你，戏子并不下贱，川剧是我们四川的瑰宝，千百年来，正是像你娘和你爹这样的人，筚路蓝缕地不断坚持才传承了下来。我们凭本事吃饭，顶天立地！"

伍奎也十分激动，站在舞台上，何尝不是他的心愿？想不到他的心愿居然有了寄托。

"哥哥，你放心。我能吃苦，再苦再累我也不怕。"

"傻丫头，哥哥说要护你周全，怎么可能再让你和我们一样风餐露宿。"

就这样，伍奎将雷晚彤带回了成都。但当他回来的时候，老大似乎已经精神错乱了，以至于他连雷晚彤都认不出来了。

"三娘，你在哪里？你不能丢下我不管啊。"

三娘的失踪让老大大受刺激,以至于他过起了乞丐般流浪的生活,到处寻找三娘。

伍奎也没有办法,只能私下里安排几个乞丐暗中照顾他。好在雷晚彤的到来,让老大的神志多少恢复了些清醒,但饶是如此,他还是不停地奔走,以至于将整个六正班都交给了伍奎来打理。

夕阳西下,在长生镇的戏台上,伍奎和方定祥静静地坐在舞台中央。

想起曾经的血雨腥风,两人都唏嘘不已。

"伍奎,谢谢你哈。"方定祥首先开口道。

"谢我什么?"伍奎疑惑道。

"你知道吗,其实我的这个职务本来应该是你的,但是你跟着戏班子离开了长生镇,赵大人多次寻找无果,才给了我机会。"

"其实这都是命吧。再说虽然我出身行伍,但是说真的,我真的厌倦了。也许我们伍家的行伍生涯就要从我这辈断了。"

"也许吧。本来爷爷想让我读书,谁知道却阴差阳错地混了个警察当。就像这世道一样,让人捉摸不透。"

"今后你有什么打算?"方定祥问道。

"如今六正班交给了我,我当然要把它做下去,发扬光大。"

"那不妨去成都吧。到了成都,我多少还能照顾你们一下。"方定祥说道,"别看我官职小,但我们的同学遍及成都各地，以后没有人敢欺负你们。"

"是啊，长生镇太小了。"伍奎忍不住喃喃自语，"我们川剧将来肯定要走出去，从成都走出去，走到北京，走到上海，走到……"

"走吧，唱戏吧，别想那么多，凡事都要因势而谋、顺势而为，咱们成都见！"

"不，我要去重庆。"

"重庆？为啥子？"

"成都卧虎藏龙，我恐怕镇不住。"

"哈哈哈，有我你怕啥子哦，不过也没关系，在重庆我也可以照顾到你的。"

这场风波也让徐春风看得胆战心惊，小小长生镇居然折了知府和知县两位高官。他更想不到偌大的长生镇居然如此暗流涌动，他似乎也猜出了方家和赵家、老和尚错综复杂的关系。

"要变天了。"从长生镇发生的兵变来看，他似乎预感到整个成都府都将有一番天翻地覆的运动。

"我们的出路在哪里啊？"他忍不住思索起来，看起来要及早做好打算。

寿多必辱的方老太爷经历了一路颠簸之后抵达了重庆府，住进了先前买好的寓所里。这让方同卿十分为难，既要时不时地跑去成都看望一下正在读书的方定祥，又要应付官府的询问——两位父母官的暴毙让方家十分被动。新来的县令显然是把每一个蛛丝马迹和可疑点都当成了敲诈一笔、大发横财的机会，就连询问谁都是可以拿钱商量的事项。

如此频繁的"出血"，饶是方家这种大户也很快就十去其三。失去了产业的方家不得不一改往日的风格，大量的钱财投入了实业和购买川汉铁路的股票。唯一能够让方家这头困兽看到稳定收益的，只剩下了徐春风他们的那条线。虽然这条线也经常因武昌、宜昌那边新军人事更替而变化，使收入变得不那么稳定。

方家还额外花了很多钱上下打点，最终没有追究方家的责任。那段隐秘的过去似乎随着徐知县的入土为安画上了句点。方老太爷没过多久也去世了，他终究没答应新知县和长生镇百姓盛情邀请他回乡重建的邀请。

他还有个遗愿，那就是心心念念的魁星楼一直都没能建起来，所以在他临终的时候，终究有点不甘心。但当方定祥和伍奎前来探望的时候，望着孙辈，他似乎看到了希望。

"伍奎，你知道当初我买下你们伍家的戏台要做什么吗？"

伍奎摇摇头。

"一直以来，我都想重建魁星楼，可是阴差阳错却失算了。一切都是过眼云烟，百年之后，没有人晓得我们曾经来过，但是这座魁星楼，会让后人永远记得我们。"

"爷爷，我记得了，如果有机会，我一定会帮您完成心愿的。"

"哎，终究还是你这个耍大刀的后生传承了我们方家的衣钵。"

方老太爷满意地笑了。

不知道出于什么心理，也许是愧疚，方老爷子要求葬在教会墓地里。

方老太爷并不信教,他只是亲自考察过,相信外国传教士会好好打理他的陵墓。

方老太爷故去之后,方家兄弟谁也没有心思去打整留在长生镇的带不走的家产。那些老屋很快就被穷亲戚、破烂户们所占据。等到闹起了保路,方定祥带着拉起的人马杀回长生镇的时候,副官还曾把原来的祠堂征做了临时指挥部——那里不仅地方大,对面就是广场和戏台,十分有利于军队的集结。

方定祥后来还去了曾经的团练军营,那里已经再度恢复了往日的功能,养上了猪。只不过战乱饥馑年岁里,那些猪并不比狗肥多少。

仍在成都上学的方定祥在最后一年里明显感受到了家里的紧张,原本宽松的零花钱慢慢地就只够吃穿用度了。彼时的成都正在迅速地起着变化,新式学校层出不穷,甚至有了专门的女校。广汉、德阳、绵阳的年轻人操着各地的口音出现在成都街头,顺带着各种地方小吃按照乡音开始陆续聚集。方定祥贪婪地享受着充满着新鲜空气的生活,他并不太在意经济方面的拮据。毕竟多出几次巡逻,钱就有了。

除了为了钱而尽可能多地应差、出巡逻,方定祥还有一个隐而不宣的秘密,他想要查清楚老管家的死因,以及同学申奕卿到底是不是革命党、与老管家的死有没有关系。这个想法在长生镇唱大戏那天,于慌乱的人群之中远远看到申奕卿的时候,他就已经萌生了。

方定祥从长生镇回校之后第一件事就是想去教务处查询申奕卿的档案，只可惜他被学校视作可疑分子隔离了起来，直到数日之后的排查询问后才将他释放。等到方定祥想方设法偷偷潜入教务处的时候，才发现申奕卿以及其他几个不告而别的学生的档案都已经不翼而飞了。

一定是渗透！多年之后，再次见到赵荣安的时候，赵荣安也是这么跟方定祥说的。

申奕卿仿佛人间蒸发了一样，再也没有了踪影。方定祥只好又从爆炸现场开始入手。只不过等到他能接触到这批档案的时候，已经是从警多年了。那批档案整理得堪称潦草，连以前衙门里的仵作做的勘验都不如。除了乱七八糟的文字和几张手绘的现场图片，连张真实拍摄的照片都没有。

方定祥失望于什么也没能查到，他那个父亲也没能回忆起任何关于老管家有价值的信息。

反倒是伍奎又给了他一线曙光。

伍奎来成都的时候，刚好是长生镇唱大戏的三年之后。三年里他只干了一件事儿：活着。或者说，费力地活着。张五爷和老大留下来的那些金银珠宝让他短时间内不愁吃喝，可是戏班子一大家子都等着吃饭，除了维持正常的开戏唱戏之外，傅军奇、刘铁战、"死耗子"这些属于戏班子之外的老人也要负担。这就导致了伍奎拉扯着巨大的包袱在活着。

老大一心想要找到三娘也让伍奎吃了不少苦头。六正班像是一个猛子扎进田里一样往下生根，从一个乡村到一个乡村，从一个庄园到另一个庄园地唱着。红白喜事、婚丧嫁娶、生子冲邪……只要有堂口、有机会，伍奎一律来者不拒。

　　直到三年后，越来越多的人受不了了，为了成家立业先后离开了戏班子。这让伍奎陷入了青黄不接、挣不到钱又留不下人的尴尬局面。好说歹说之后，伍奎才说服了老大，同意在成都寻个茶楼安定下来。

　　举目无亲的伍奎首先想到的就是方定祥。他托人请方定祥帮忙寻摸一个处所，以方便落脚。

　　方定祥二话不说，直接把闲置的一处公寓借给了伍奎，还帮忙联系了一家茶馆。那家茶馆因为有个陕西逃难来的说书人而人气爆棚。方定祥有时候会在那里巡逻，与茶馆老板关系不错，交了点定金就把这事儿帮伍奎做主了。

　　伍奎的千恩万谢都没机会当面对方定祥讲。方定祥总是整日忙于街头的琐事，而且这几年革命党、欠税农民、无业游民闹事的不断增多，谁都感觉街面上不是那么太平。

　　方定祥也始终没去看过小时候好友的戏班子的戏，也不知道那家茶馆旁边很快开了家货栈，其中一个老板是徐春风。

　　就这么借人家的地盘唱了小十年。

　　伍奎的戏班在成都终于扎下根来。

　　多年的东奔西跑，也让伍奎渐渐成长起来，他褪去了稚嫩，变得沧桑，变得果敢，变得圆滑，变得世故。

　　也许这就是所谓的成长吧。

　　这之间伍奎跟方定祥最大的往来可能就是双方结婚的时候。方定祥比伍奎早了两年结婚，次年就有了儿子。伍奎婚后一直无子，倒是把雷晚彤这个妹妹当成女儿一样"经佑"着。

通过关系，伍奎拜访了川剧名角、三庆会的会长杨素兰，请他来教习雷晚彤。杨素兰本想拒绝，但耐不住伍奎的锲而不舍，同时也听了三娘的事情，便勉强同意了。雷晚彤似乎很争气，或者就是老天赏这碗饭吃，她的唱功很快让杨素兰意识到，他找到了一个宝，甚至可能是接班人。

作为川剧名角，他清楚知道，现在的川剧已经每况愈下，虽然唱戏的人很多，但戏曲传人却显得后继无人。而雷晚彤的生动活泼，幽默风趣，似乎让他看到了川剧的未来。

他决心要好好地培养她，为川剧留下火种。他现在非常感谢伍奎，倒搞得伍奎有些不知所措。

六正班的戏很正，小十年里也攒下了不少忠实的戏迷。其中不乏达官贵人，伍奎的生意也就慢慢地好了起来，心中那个建一座属于自己的大戏楼的梦想又开始萌芽。

伍奎很少跟其他人说心里话，修戏楼这事儿却倒讲给了方定祥听。方定祥笑了，说自己完全支持。只不过他没想到的是当年是方家想要修戏台唱大戏，现在却成了伍家人修戏楼唱大戏。

这真是命啊！

伍奎却不这么认为，他始终觉得是方老太爷给他开的蒙，不然那天晚上他也不会跟着火三娘他们走。

方定祥答应帮助伍奎筹钱，拍着胸脯说能找银行贷款。这个贷款是啥让伍奎拿不准，一时间不敢答应。方定祥也没做过多解释，那段时间保路闹得凶，他的精力都在这上面。

赵荣安又不知道从哪里冒了出来，专门下了请帖请方定祥去喝酒。方定祥悄悄咪咪地在警局里问了一圈，结果只有他一人收到了请柬。这让他十分意外。

多年没见，赵荣安明显衰老了很多，整个人也不再有当年的意气风发。方定祥依然以礼相待，落座后直接选择单刀直入。

赵荣安也不回避，缓慢地打开了话匣子。原来川汉铁路要收归国有的事情越闹越大，四川总督又在中间骑了墙，一开始挑唆汉人攻击满人，现在又想借满人之手打压汉人。现如今连满城都已经不安全了，满人们已经再次武装起来，以防民变。

方定祥不明白这种事情跟他一个小警员说有何用，他没有任何权力干预。

赵荣安叹了口气，解释道自从长生镇做局失败之后，他就被排除在了满城权力核心之外。现在满族人里也有主战和主和两派。成都将军想要和平，不想见到流血，需要这么一个可以在满人、汉人，警备、革命党之间说得上话的人。

方定祥一听惊了，他怎么也不认为自己是那个合适的人选。

赵荣安继续解释道，有些时候关键人物并不是位子决定的。是老天爷选定的。他从怀里掏出了一叠纸，上面写着暗探得来的情报。情报上显示成都、重庆两地的帮派人物已经跟革命党暗中勾结，准备起事了。方定祥仔仔细细从头看到尾，在中间看到了徐春风的名字。

赵荣安似乎并不在意这个跟方家过从甚密的人参与到了

谋反之中，他几乎十分卑微地解释道，现在警局里的少壮警官很多也是革命党。反清才是大义，但是他们不想成为鞑虏而被驱逐。

方定祥一时间不知道赵荣安葫芦里卖的什么药。正疑惑间，赵荣安透露了他们或者说成都将军的底牌："我们只要确保满城平安，就可以配合革命党反对总督。"他们后来也兑现了承诺，在徐春风被逼到满城城墙下的时候帮了他。后来满城被拆除，世世代代活在里面的满人像长生镇一样，消失在了历史长河中。

那次见面赵荣安很悲壮地解释了成都将军为何做出如此选择，他告诉方定祥，革命党人的暗杀已经到了没有目的、没有计划的程度，致使人人自危。炸弹成了公理，子弹解决一切问题。赵荣安解释说，死倒不是他们最怕的，他们最怕的是有家有业却被无情地剥夺殆尽。

方定祥对这些一点儿也不感兴趣，他在学堂里学到的早已经把传统的儒家思想洗涤一空。取而代之的是西洋式的理念，多多少少都带有革命的精神。

假如赵荣安不痛心疾首地列举出那些被暗杀的人，特别是老管家，方定祥可能也会成为一名革命党人。

始终毫无头绪的方定祥像是发现了宝藏一样打开了话匣子，刨根究底地问了下去。随后就陷入了百思不得其解的境地：他不明白为何徐知县会强行要求大和尚把自己的弟弟留下来作人质，而这个人质又被赵荣安看中送去了日本留学，归来后成了"双料间谍"。他更不理解到底是什么魔力，让这个本应深受太平天国影响的人最终成为了革命党人，而且被满族人重用。最不能理解的是为何最终他会被革命党人杀掉。

赵荣安没有解答前面的问题,他只解释了最后一个:因为他来成都是为了破坏革命党的地下网络。他不认同那些暗杀的手段,希望能像东洋那样搞明治维新才对。

方定祥反复问了申奕卿在哪儿这个问题。赵荣安显得十分迷茫,他似乎不知道申奕卿杀了老管家,而方定祥已经十分清楚地认定了这个"凶手"。

没过多久,保路运动就爆发了。一切都像赵荣安事前说的一样,只不过谁也没想到成功会来得这么快。徐春风按照方定祥的安排借助满城翻了盘。方定祥后来跟徐春风说他从来没想到会有这么肮脏的打法。

但是谁也没料到,赵尔丰死后的局势逆转会有那么快。徐春风很快就被抓了。方定祥在几个同僚的帮助下逃回了重庆,随后不得不继续逃亡。

在逃亡的路上方定祥拉起了属于自己的队伍,连续攻下了几座城市。他深知实力不足的时候坚守城市等于坐以待毙,于是不断地开始打迂回战。令他没想到的是,无论是战是走,那些旧官僚、革命党人总是先一步摘了桃子。一个通电宣布独立、一个拥举新都督,就能"革命成功"。

最后厌倦了奔波的方定祥回到了长生镇,回到了破败了的祖宗宗祠。

与此同时,伍奎也在成都的动乱中失去了生活来源。因为担心雷晚彤出事,更是暂停了她的演出。在伍奎的心里,他始终感念张五爷和老大留下来的那些金银珠宝,最终让他把六正班传承了下来。他绝不能让六正班毁于动乱。在方定祥、徐春风他们失败之后，伍奎决定自保，带着六正班迁到了重庆。

戏班在重庆的发展超乎了伍奎的想象，没几年的时间，六正班已然换了模样。

现在家大业大了，旁的东西就来了。"旁门左道，那是败亡之道。"这是父亲教给他的，也是他笃信的。只不过理想主义和现实主义中间总是隔着一个钱字。

一旦沾了利益，哪怕是蝇头小利，都有可能人人争得头破血流。

这么多年来，跟"眼镜"分道扬镳，"屁眼虫"大闹戏班咒骂他生娃儿没屁眼，都是为了些许利益。

伍奎不是那种拉不下脸来闹的人，他甚至可以断然放弃一切。只不过老大、傅军奇、刘铁战、"死耗子"这些老人让他束手束脚。每当有人说年轻时不信鬼不信邪的伍爷变得人情世故了，他总是一笑了之：人嘛，总归要低头，看是在哪个门下低头而已。

面对火三娘把雷晚彤托付给自己的重任，伍奎十分上心。

雷晚彤也十分争气，不仅人长得俊俏，唱功等基本功也特别扎实。很快就成了叫得响的角儿，这种角儿自然而然地就会引来男性的追捧。各种找伍奎想要请雷晚彤去家里唱堂会、包养雷晚彤，甚至是找了媒人上门提亲要纳她做小的都快把门槛踏平了。这都被伍奎挡了回去。

作为哥哥，他要给雷晚彤找个可靠的人家。

但是毕竟是戏子出身，纵然你有万贯家财，恐怕也不能在大户人家登堂入室。

"哥哥，你也不必为我发愁，如今这个乱世，大富大贵的人家很可能顷刻间便倾家荡产。"

"可是，我总要为你找到好人家以安稳终身吧，否则我对不起三娘啊。"

"娘和爹，一个终身未娶，一个终身未嫁。但他们却相守了一生，我现在也才明白这就是所谓的生死相依，能让他们走到一起的就是这戏，戏比天大，戏比命大。"

伍奎想不到晚彤居然能有这等想法。

"可是哥哥还是希望你有个幸福的归宿。"

"哥哥，这个乱世，能活下去就不容易了。"晚彤告诉伍奎，"如果你真的有心，就早点把魁星楼建起来，这样的话，我们唱戏的人就算真的有归宿了。"

伍奎这才明白晚彤的用心。

他决心要把魁星楼建起来，虽然不是在长生镇，不是在成都，但是在更大的巴县，也是更好的纪念。

人也许会老去，但建筑会永恒，戏曲会永远传承下去。

他现在终究明白了方老太爷、明白了三娘，明白了他们终其一生的目标。

人，为什么而活。

他只能找方定祥帮忙。

伍奎跟方定祥依然保持着孩童时期的亲密关系，只不过现在伍奎是个商人，方定祥是个军人，手握重兵的他准确地说是个军阀。看惯了四川军阀们你打我我打你，你坐两天我坐两天的混乱局面，伍奎就算是跟方定祥再铁，也知道选错大树的严重后果。

他与方定祥依然保持着若即若离的关系，当然方定祥仍然日理万机，对于伍奎的心思也是一清二楚，两人都是看破不说破而已。

几经思索，他终于决定要修建魁星楼，圆了自己的梦想，当然也是三娘和老大的念想。

从买地到修建，伍奎几乎没有遇到什么困难，能称为是困难的都让他拿钱摆平了。比如重庆没有上等的木料，那就直接找民生公司的卢老板从国外买回来；比如找不到会雕梁画栋的老木匠，那就高价登报悬赏……在他心目中，这都是有钱好办事、能办事的例证。

等到万事俱备的时候，魁星楼的上牌成了大麻烦。有的人开始串联请愿，请动了当地的大儒出面要求伍奎更名。这让伍奎十分纳闷，不知道自己找人算了的这个名字有何不妥。

"本地早已经有魁星楼，而且那是为了文曲星而建的。你们这些下九流唱戏的，有什么资格使用？"

这一理由让伍奎十分生气，他从没想到修建戏楼这种大好事会被腐朽的儒生用如此低等的借口来反驳。现在都是民国了，清王朝早已覆灭了，皇帝都没有了，居然还用这等拙劣的理由来搪塞他。

他心里清楚，背后无非就是利益而已，有人看他眼红，故意来整他。

倔脾气上来之后的伍奎自然不会在乎这些，但结果是商会、川剧协会轮番上门劝说，甚至拿出了"你要敢这样挂名，我们就除名"的态度。

伍奎的好脾气彻底被消耗尽了,他不知道每年给协会交了那么多钱,换来的居然是胳膊肘往外拐。

随后来劝说的是官老爷们。唯一给伍奎提供了帮助的是报社,报纸用了几期来报道他的戏楼即将开业。虽然没有任何的立场,但在伍奎看来确是莫大的帮助。

伍奎最后还是在原定的吉日吉时开业。开业当天,报社刊发了专版,沿路都是彩灯彩饰。

伍奎第一次感受到了世态炎凉,仅仅是观望就已经让他邀请的所有嘉宾都隐匿了,即便是平常经常来往、关系密切的人,也在这个时候选择了明哲保身。戏班子里都有人在窃窃私语,他们认为为了一个名字搞得可能失去立足之地,简直是不值。

伍奎几乎是在煎熬着最后的时间,越到吉时越觉得难熬,因为没有人出面捧场,大家都在等着。

直到儒生们结成了长队,由一名老儒生在前面捧着"大成至圣先师文宣王孔子"的牌位,迈着缓慢的步伐向魁星楼走来,伍奎开始动摇了。他有点想不通,为何思想的柔软可以敌得过大厦的坚硬。

接下来老儒生的侃侃而谈伍奎一个字都没听进去,老儒生说得唾沫横飞,说得身后的学子们群情激昂。看热闹的老百姓则有些不满,他们听不懂那一套套的说辞,也不了解什么文化道统,他们只想看到有人砸了魁星楼的招牌,或者只想知道到底今天这戏楼还能不能唱戏。有人摇头叹息:"可惜喽,修得恁个好看。"有人幸灾乐祸:"有钱就要藏到起,不能到处显摆。"有人在心里盘算着一会儿真乱起来了到底抢些啥好。

满大街甚至整座城里，伍奎是处在风口浪尖上的那个人，他一时间没了主意。正在发愣的时候，有个穿着崭新校官军装的年轻人走了上来。伍奎几乎是下意识地拦住了那个人。那个人戴着雪白的手套，握着今天刚出的报纸，挡住了伍奎阻拦他的手，背后两名背扛步枪的卫兵瞬间把枪卸下握在手中。

这一举动让原本还群情激愤的人们都噤了声。年轻人走到门口，差一步就要走进去的时候，转过身来问道："伍爷，魁星楼开业怎么没给我下请柬啊？"

伍奎这才醒过神来，看着不远处穿着军装的方定祥，才知道老友派了自己儿子方占元来撑腰了。只见方占元从后面轻轻地推了推伍奎："伍老板儿，伍叔，上好的包间伺候着！"

方氏父子的举动震惊了众人。老儒生生气地破口大骂："这是世道沦丧！这是道德不彰！军人和戏子……"他的话还没说完就被几个卫兵按住狠狠地打了起来，连至圣先师的牌位都踩烂了。这下吓得其他的儒生都不敢言语。

伍奎也被吓到了。方定祥并不在意，走上前来热情地挽着他的手说道："我已经派人去请那些吓破胆的人了。别怕，一会儿准保热热闹闹的！"

伍奎心中转喜，一只脚已经迈过了门槛。这时他看到了方占元手中的报纸，于是拿过来，站在门槛上，冲着外面还在发愣的人们，看了一眼在地上被打得滚来滚去的老儒生，大声喊道："凡拿今日报纸看戏者，一律免票！儒生学子门前叩首三下，也可免票！"看热闹的人们一听看戏免票，立即沸腾了,开始四处找寻报纸,那些儒生则尴尬气愤地站在原地,除了大骂"有辱斯文"之外,再也无可奈何。

方占元看着伍奎微笑道:"这就叫秀才遇到兵,讲道理没用。"

车马喧阗中,伍奎不由得担忧了起来,因为他看到了方定祥的儿子方占元眼睛一直没离开过雷晚彤。

不可一世的方公子似乎成了她的小跟班。他清楚记得这二人相识的鬼使神差,那是雷晚彤跟着杨素兰首次登台挑大梁时,就在旁边禹王宫凤青园,一曲《别洞观景》唱得台下如痴如醉。同为戏迷的方占元一眼就看中了雷晚彤,想要强行带走雷晚彤当姨太太,幸好大虎、耿省寨在才没有得逞。

方占元原本想求助父亲带兵灭了他们,没承想他们早就跟方家渊源甚长。方定祥最终出面摆了一桌酒,请的是伍奎和雷晚彤。

雷晚彤碍于场面只能虚与委蛇,这倒让方占元会错了意。从那以后,方占元除非有公务,几乎形影不离地跟随雷晚彤。方定祥倒也乐见其成,娶了个雷晚彤这样的儿媳妇倒也是不错的选择。

但是伍奎却不愿意,因为那样的话,以后雷晚彤肯定无法登台亮相了,这也是雷晚彤所不愿意的。

面对方定祥这个军阀,他似乎也没有什么办法。

但雷晚彤似乎已经可以应付自如,对于方占元的示好,她并没有拒绝,只是同意和他交往。这倒让方占元欲罢不能,要是别的女人,他早就霸王硬上弓了,可是面对雷晚彤,他只能小心翼翼地伺候着。

真是个麻烦事。

伍奎忍不住摇头叹息,他不知道这样的纠缠何时结束。

雷晚彤告诉他,不要他操心,再说有这么一尊佛在这儿,不也是省了很多麻烦嘛,何乐而不为。至少那些地痞流氓不敢再惹事。

但伍奎终究担心,过犹不及。

目前也没有更好的法子,只能走一步看一步了。

让伍奎和晚彤心安的是,魁星楼终究建起来并顺利开张了。

据老重庆人后来回忆说,那天的魁星楼张灯结彩,热闹非凡,军人与乞丐同坐一堂,富人与穷人觥筹交错,华彩舞台和唱的经典剧目让整个重庆府怀念了好几年。

其实那一天,伍奎也看到了老大,衣衫褴褛的他,灿烂地在人群中笑着。伍奎本想请他过来一起坐坐,可是就在伍奎招待客人的那么一瞬间,他很快消失在茫茫人海中。

在喧嚣的人群中,伍奎恍惚中看到老大似乎扶着一个老态龙钟的女人蹒跚地走着。

伍奎心中似乎有种预感,他激动地想走过去,奈何这么多贺喜的人,他实在抽不开身,当再次回首时,他们已然消失不见。

"哥哥,你在看什么?"

昨夜西风凋碧树,独上高楼,望尽天涯路……

伍奎喃喃自语:"众里寻他千百度,那人却在灯火阑珊处。"

雷晚彤不明所以地望着莫名其妙的伍奎。

伍奎并没有解释什么，痴痴地望着拥挤的人群，又抬头望向天空。

天，很蓝，碧空如洗，几朵白云悠悠飘荡。

他似乎看到了父亲，看到了母亲，看到了方老太爷，看到了张五爷……

斯人已去，但活着的人更当珍惜，更要自强。

春色撩人迷人眼，花风如扇，柳烟成阵。魁星楼开张的那天也是雷晚彤人生第一个专场，望着面前如同火三娘一个模子刻出来的花旦，伍奎终究理解了"传承"这两个字的真正意义。不由自主地，他握紧了雷晚彤的手。

"晚彤，这就是你的家了。"

"哥哥，这是我们的家！大家的家！"

"对，我们的家！此心安处是吾乡！"

魁星楼前，凤微台殿响笙簧，空翠冷霓裳。你穿上凤冠霞帔，我将眉目掩去。大红的幔布扯开，雷晚彤脚步沉稳，缓缓登台。望着熟悉的背影，伍奎知道，从此这戏台多了一出独有的折子戏。